太陽の血は黒い

胡淑雯 *Hu Shu-wen*

三須祐介 訳

台湾文学セレクション ❷

あるむ

語ることの困難と記憶の不安定感——日本語版序

胡淑雯

この作品を書き始めるのにあたり、私は一年半という時間をかけ、私にとってたいせつな作品をいくつか読み直してみた。それらの作品はつねに私のそばにあり、私の心を占めているものだ。二〇〇八年四月から二〇一〇年にかけて、カフカ『変身』、テネシー・ウィリアムズ『欲望という名の電車』、サリンジャー『ライ麦畑でつかまえて』、カミュ『異邦人』、トニ・モリスン『ビラヴド』、ナボコフ『ロリータ』といった作品と、私は愚直に向き合ったのである。私がはっきり知りたいと思ったのは、なにゆえこれらの作品は、私に繰り返し再読を促すよう呼びかけてくるのだろうか、ということだった。そしてある日突然、これらの作品に共通する特徴、扱っているテーマはすべて「孤独」だとわかったのである。孤独にはいくつもの種類があるが、もっとも底深い孤独というものは口に出して言えないものだ。たとえば、幼少期に性的暴力に見舞われた男の子や女の子がそうだろう。また、精神障害を患った人というのは、長期間に亙って心が負った傷についてうまく説明することができず、発症してはじめて口に出してみても、もはや誰にもそれを理解することはできないものだ。それに政治犯と言われる人々もそうだ。出獄した後も時の権力が彼らの発言権を引き続き認めず、政治的に雪解けの季節をむかえて発言できるようになった時にはもう、彼らは年老いて、記憶も定かでなくなり、ある者は精神障害や、認知症に罹り、その言葉の真偽はもはや弁別し難くなってしまっている。あるいは、私の作品のなかに登場する小光《シャオクアン》のような人物は、生まれながらの障害者で半失語状態にある。この作品を通じて私が表現したかったことはまさにこのような、さまざまな孤独と、孤独によってもたらされる語ることの困難さ、そして記憶の不安定感なのである。

　作品のなかの登場人物には、政治犯や、精神病患者、幼少期の性的被害者、性転換したいかあるいはすでに性転換した人などが出てくるが、その他にまた別の種類の人々も登場する。彼らの表現手段は制限され、口はあっても語れないのだ。このような人々こそ「貧者」である。「貧乏であること」じたいが、「口があっても語れない」という状況を予め示しており、ほぼすべての貧者はなかば文盲なのだ。彼らはおそらく小学校や中学校は出て、新聞を読むことはできるが、彼らを貶める主流の意見に対して精緻な話術を駆使して議論を挑むことなど不可能だ。彼らにはおしゃべりを楽しむ友人がいるが、ほんとうに辛い時には、心の奥底から汚い罵詈雑言を吐き出すか、だんまりを決め込むしかないのである。これらの一見「速度の違う」世界をひとつに織り上げることは、私にとってとても自然なことだ。創作の過程で、私は実際意識的に、「性的魅力」や「クールさ」で読者をかどわかし、少しもクールでなく、目新しくもない貧者の生活へと引きこむようにと努めた。私はこのような創作を通して、流行を追い求め、クールであることを自認する目利きの読者を引きずり込み、消えることのない、古ぼけた、貧しき人々の歳月というものを見つめなおしてみたいと望んだのである。――もしかすると私たちは「同時代文学」という固定したイメージ、あるいは「前衛」という既成のイメージによって想像力を制約されてしまっているのではないだろうか。いまこそ「新しさとは何か、古さとは何か」という問題を改めて思考すべき時なのかもしれない。このような創作には失敗の危険がつきまとうことを私はよく理解している。けれども創作というのはもともとひとつの冒険、挑む価値のある冒険にほかならないのではないだろうか。

本作品の日本語版が上梓されるにあたり、まず第一に愛知大学の黄英哲教授に感謝の意を表したい。彼の熱心な推薦や奔走、翻訳者やふさわしい出版助成の確保がなければ、この企画は決して実現しなかっただろう。翻訳者の三須祐介氏との間で幾度となく重ねたやりとりを通じてわかったことは、彼の翻訳という仕事に熱心に意を注ぐ態度だった。彼の作品に対する理解や、言葉に対する敏感さ、文学創作という仕事に対する敬意に、私は敬服し、感動すら覚えたものだ。このお二人によってこの作品は最大の幸福を得ることができた、と私は思っている。

二〇一五年三月十三日

太陽の血は黒い　目次

短い訳注は〔　〕に、長めの訳注は＊を付して各章末にまとめて掲載した。

太陽の血は黒い

忘却は誘惑に満ちている。酒やドラッグのように心地よいものだ。
わたしはかつて忘却に憧れてそのまま心を失うに至った。でもどうしても
あきらめることはできない、記憶がもたらす自由を追い求めることを。

1　小光（シャオクアン）

あの夏の日の夕方、秋の気配が水道管をつたってにじり寄ってきていた。水はちょうどよい冷たさで、わたしは行水したいと思っていたのだった。

たらいに水がいっぱいになるところだった。男がひとり現れ、腕ずくでわたしを裸に引き剥《は》ごうとした。夏の夕暮れの太陽は低くしゃがみ込んでいた。わたしも低くしゃがみ込み、斜めになった暗い影のなかに自分を隠そうとして、それだけ残っていた上着で身体を隠した。カーテンをぞんざいに閉じるみたいに。

射し込む光はまるで水のようにひたひたと一面に広がり、たらいはまだいっぱいにもならないのに、浴室はまるで湿り気を帯びて透き通っているようだ。

十九歳のわたしは足元にうずくまり、このいるはずのない異常な人間――バスケットボール選手よりも体格の大きな、整った下顎で五分刈り、しわくちゃのシャツをボタンをせずにはおっただけの、まるで運動場を後にしたばかりのような少年を見上げた。

少年は朗らかに笑い、良心に問うても恥じぬ白い歯を見せた。からだじゅうに力をみなぎらせて、わっと飛びかかってきた。わたしは手を伸ばして彼の二の腕を抑えたが、まるでトラックのタイヤに触っているような感じだった。それは檻から放たれた発情した獣で、全身の筋肉は暴動寸前のところで張りつめていた。ふしぎなのは、彼の強大さにわたしは特別な恐怖を感じなかったこと。それは彼の幼子のような鈍重さからだ。七、八歳の知能しかなく、せいぜい夢のなかの性的経験しかなさそうだ。少し話せば彼をやっつけることはできるだろう。彼のしまりのない笑い声から推察するに、誰かを傷つけようというつもりはないらしい。

わたしは獲物としての本能と冷静な機知を動員して、慌ただしく、しかし狡猾さを失わずに別の方向へと駆け出し、滑走した。じたばた暴れて彼から逃れ、自分の部屋に駆け込んで、鍵を二つかけた。そして深く深く息をついた。まるで重たくしつこく纏《まと》わりつく寄生虫を取り除いたような感覚だったが、危機から脱出したような感覚ではなかった。

部屋のドアを隔てて、外の様子をうかがっていると、彼が笑いながら楽しそうに手を叩いているのが聞こえる。まるでいたずらっ子が小躍りしながら、鬼ごっこを楽しもうとしているようだった。彼は興味津々に高揚した呼吸を徐々に落ち着かせているようだった。わたしは時間が静かに行き過ぎるのに任せた。あたかも自分が忍耐を養い、狩りの練習をし、堪《こら》え性を鍛えて、大人になるのを待てば、次の行動へとうまくつなげられるかのように。

黄昏は急速に冷却し、色を失い、閉めきったドアのすき間を通して入ってくる頼りなげな光線だけがひとすじ残された。

そのわずかに残ったかすかな光はわたしの足に踏まれ、身動きも取れず、時間さえもがその流れを止めた。

すべてが暫時停止した。つばを飲み込むことも、天井の漏水も停止し、透明な影すらもが時間に抗い、徐々に上がっていくスピードをおさえた。

ドアの外に聞こえる呼吸の音は徐々に速くなり、そして徐々に近づき、火焔のように気管を通過し、くねくねとはいまわるような好奇心に満ちていた。たいへんなことになる、と直感した瞬間、それは起こってしまった。

その刹那、少年の大きな指が木製の扉を破り、わたしの股間に直に触れたのだ。

外では、母がやっている麺の屋台が、夕方最初の書き入れ時を迎えようとしており、騎楼《きろう》*1の下には湯気がもうもうと立ち昇っていた。近くの建設労働者たちはちょうど仕事が終わったところで、ビールを何本かとつまみを頼んでいる。食器と箸がそっとぶつかりあうその音が、わずかばかりの利益をもたらすのだ。三十分も経てば、空は完全に暗くなって、あの日焼けを恐れて一度も日光を浴びたことがない女が自転車に乗って通りすぎる。そして、むっとする熱を帯びたたくましい労働者たちにたずねるのだ。「ねえ、おにいさんがた、私の猫を拾った人はいない？　金色のトラ猫なんだけどね」女の左眼がガーゼで覆われているのは、二重瞼の整形手術をしたばかりだからだ。一度に片側ずつしかできない。もう片方は、料理をしたり、自転車に乗ったり、仕事に行くのに残しておかないといけない。左眼の傷が癒えたら、こんどは右眼の処置をするのだ。ひとり暮らしの彼女は、働けるということをとてもだいじに思っている。だから休みをもらおうとは思わないのだ。彼女は山のふもとのおもちゃ工場で遅番のシフトで働いている。

「それが起こったとき、わたしは子どもに過ぎなかった。生理もまだ始まってはいなかったから、処女ですらなかったんだ」

「なに？　処女ですらなかったってどういうこと？」小海《シャオハイ》は訊《き》いた。

「小さな女の子の定義はね、初潮を迎えていない女童っていうこと。処女の定義は、月経がはじまった童女のことだよ」わたしは答えた。

女童と童女はちがうのだ。

「それはそんなに重要なことかな？」小海は訊く。こんなふうに童女と女童の差異を詳細に考えることにほんとうに意味があるのだろうか。

「あなたもそれを経験すれば、わたしの言うことがわかると思うよ」そう答えているとき、思い起こすのは自分のことではなく、阿莫《アモ》のことだ。

「いやいや」小海は言った。「その時きみは十九歳だって言ってなかった？　十九歳であれが来ていないなんてことはないだろう？」

「それは夢なんだ。夢の中の年齢っていうこと……」わたしは言った。さっき話したのは、記憶によって改ざんされた夢なのか、それとも、夢にうなされることで書き換えられた記憶なのだろうか。「実際には、それが起きたとき、わたしはもう十一歳だった。でもまだ十三歳にはなっていなかった……」

「きみは事件の鑑定でもしているつもりか……」

「そう言われればちょっと似ているかな。検死と同じようなものなのかも」わたしは言った。

身体はその尺度を提供し、わたしのために時系列を組み替える。身体はあの時を忘れることはない。鳥のくちばしのようにとがった乳房と、血なまぐさいことを知らない皮膚と。身体は決して忘れない。

「その時、きみは女童だったの、それとも童女?」小海は訊いた。

ある種の中間質だね、わたしは言った。女童からまもなく童女へと、四足のオタマジャクシのように、尻尾がとれて、子ども時代に別れを告げて、宿命の最初の跳躍を待っているところ。すでにそうであり、また、そうではないような、過渡的な状態。


何年も経って、あの「風呂場暴行事件」を夢見るようになった。あの秋の気配が滲みわたった、夕方の陽光がぬれそぼつ夏の日、わたしはそこではじめて、あの過ぎ去った子ども時代を新たに記憶し始めたのである。そして記憶し始めたそのとき自分がとっくの昔に忘れてしまったこと、とっくの昔にこのことを忘れてしまったことに気づいた。けれどもわたしにとってこれは片時も忘れることができないようなもので、繰り返しわたしの眠りのなかに忍び込んでは、夢というかたちでわたしにあらためて経験させたのである。

もしわたしが、さきに語ったような夢など見たことがなかったのなら、この子ども時代を記憶するべくもない。一旦、夢の導きで事件現場に戻っても、夢の中の虚構は再構築したものよりも多いと、恩知らずにも夢の間違いを責めたてるだろう。問題は、仮に夢の書き換えや変更を経験していないのなら、わたしには「夢との議論のプロセス」を経て、どの部分が真実かということを改めて確定するべくもないということなのだ。

実際の状況は——新たに記憶をなぞって取り戻した「事実」は——すっかり裸になって、ぬれそぼちながら石鹸をこすりつけていると、あの少年がいきなり入ってきて、わたしに笑いかけたということなのだ。

少年は小光《シャオクアン》といい、十一歳、わたしと同じ歳だ。頭部を手術したことがあり、いつも五分刈りにしていた。胸元には縦に一本、長くて雑な感じの傷痕があった。もっと小さい頃に、胸部の手術もしたことがあるのだ。両手は少し不自由で、パーカーはなかなか着られず、シャツもボタンをひとつかけるだけ。頭の回転は遅いし、走るのも遅かった。情報量の乏しい時代においては、「多重障害」という言葉もまだ生まれておらず、人々はくちぐちに彼をうすのろと呼び、誰もいっしょに遊びたがらなかった。

小光の家はわたしの家の向かいで、洗髪屋を営んでいた。彼はわたしの母の麺の屋台をすり抜け、まっすぐわたしの家の扉のない表側の広間に入り、あかりのない廊下を通り、扉のない台所にやってきて、扉のない浴室に入り、服を着ていないわたしに出くわしたのだ。彼はだらしなく少し笑うと、太く大きな親指を突き出して、「李文心《リーウェンシン》、おまえをつかまえたぞ……」と言った。誰も彼を相手にしないので、彼はこっそり窺いながらわたしにぴったりついてきて、そしてぬっと現れたのだ。小さな変質者のように。

小光はものすごくよく食べる。飲み込んだ栄養分はぜんぶ首から下に行き渡り、大きくそびえたつ巨人のようである。知恵遅れのように白いタイルに夢中になり、ほこりが立ち上る工事現場をひねもすうろついていた。

「つかまえたぞ……」小光はハハハと笑いながら言った。「ぼくはおまえのおっぱいをみたぞ……」小光の下顎はまるで木製の代替品のように、愚鈍でたどたどしく、言葉をうまく発音することができない。他の聡明な子どもたちのように、早々と各種の陳腐な性の知識を得ているわけでもなかった。けれどもわたしは、彼の眼のなかに優しく充血した興奮をあいもかわらず見て取っていたのである。

入浴用のたらいがいっぱいになりそうだったので、わたしは蛇口を閉めた。脱いだばかりの服はぜんぶ、小光の足元の洗濯かごのなかだった。

「おまえのBB《べべ》は?」小光は言った。「李哲偉がいってたけど、おとこにはおちんちんがついていて、おんなにはおまんこがついてるって。でも許慧真はおんなはおまんこじゃないって、BB《べべ》だって……」

わたしは彼に出ていけと言ったが、ちっとも動こうとはしなかった。眼をぎらぎらと光らせその場につっ立っていた。まるでもだえ苦しむスモモのようだ。熟すまえにがぶりとやられ、すっぱい果汁が滲みでてくる。

「出て行って!」(実際にはさらにうすのろと罵《ののし》った)小光は相変わらずじっとしていた。うるんだ眼はスプーンのようで、わたしをすくって飲み込んでしまいそうだった――彼はまだ子どもであり、夢のなか以外で射精したこともなく、童貞にも数えることはできなかったのではあるけれども。

たらいのなかのホースが浮力に押されて飛び出し床面に落ちた。わたしはうずくまっていた身体を起こし、裸のまま彼が立っているほうへ向かった。扉を閉めようと思ったのだ。

扉は引っかかっていて、動かない。

小光も引っかかってしまい、追い出せない。

小光は浴室と台所の間の壊れた扉のように、さびた時間にしっかりと噛みつかれ、蓄積したたまり水がゆるゆると滲みだした。彼はううっと何度かうめくと、ふくらんだズボンのまたぐらを掴み、泡を吹いて倒れ痙攣《けいれん》したのだ。

「なんてこった、イッちゃったのか?」小海は訊ねる。

「そんなことわからないよ。わたしもまだ十一歳だったし……」わたしは言った。「てんかんの発作だったんだよ」

あの電撃の刹那、電流が体内で火花を爆発させた瞬間、小光は幼く愚鈍な状態から離れ、新しい経験をして、ひとりの童貞になったのである。

「童貞ってそうやってできあがるのか?」小海は訊ねる。

「わたしの屁理屈《へりくつ》だよ」小さな男の子の性的快感は朦朧としているものだけど、童貞の快感は対象物があるのだ。

わたしは言った。「それは小光にとって初めての意識のあるなかでの射精だったと思うよ。だから彼は童貞になったんだよ」

「そうだとするとちょっと早熟じゃないかな?」小海は訊く。

「貧しい家庭の子どもは大人の目も行き届かないからたぶん本当に早熟なんだろうね」

(彰化のある産婦人科医師は男の胎児が母親の胎内で手淫しているのを超音波で見たという。まだ生まれる前のこの小さな物体はわずか二十七週目で、七ヶ月にもなっていなかったが、小さな陰茎はすでに勃起するようになっていた。この医師がさらに言うには、フランスの性科学者によるヒトの胚胎活動の研究において、六十件の有効なサンプルのうち四十二件で手淫を確認したという。実に七割もの確率である。男女両方で確認され、二十四週の胎児がもっとも早い例だという。)

夢の中で、事件によって侵されたのはわたしだ。だが実際には、侵されていたのは小光、あの侵入してきた少年だったのだ。

もともと被害を受けるはずだった女童、あやうくもろい裸体、無実のBB《べべ》、縮こまった客体は、意外にも果敢に四肢をひろげ、遮《さえぎ》るもののない赤裸々な身体を起動させ、闖入者《ちんにゅうしゃ》に立ち向かい、そして相手を片付けたのだ。その決断は無知によるものだ。受け入れる側としての羞恥心、そして「標的物」としての虚栄心——対象やターゲット、ギフトや物件《しなもの》(「物件《ミーア》」は台湾語で発音してもらいたい)になること——について無知だったためだ。

わたしにとって、夢が現実に対して行った最大の書き換えは、小光の容姿にあるのではなく、事件の結果にあるのでもない。夢の中の最大の虚構は、取るに足りないささいな出来事に由来する。たとえば、夢の中で、わたしは自分の部屋をもっているばかりか、そこには二つの鍵のかかる扉が付いていて、わたしが断絶を渇望するすべてを扉の外側に遮っておけるのだ。

扉を閉める。鍵をかける。これは夢の中ではじめて得られる自由だ。ひとりで暮らす自由。自分を折りたたんで自分が組み立てた時間の感覚の中に包み込む。

折りたたむのは、再び広げるためだ。なぜならわたしは自分を開いていく自由を心から渇望しているから。

ただの夢だよ、「夢とはひとを眠りから目覚めさせるもの」実際には、わたしの家は一軒のお店で、正面の扉は一日じゅう開いて、騎楼のほうに伸びている。拒絶をよしとしない見知らぬ人同士が往来し、這い回ったり走りまわったりする昆虫や犬や猫が出たり入ったりしている。

「ねえ、ちょっと待って……」小海はもうひとつの虚実を気にかけていた。「夢の中の麺屋は現実の中のほんとうの麺屋だよね。だけど……、その二重瞼の手術をした女は夢の中の虚構の存在なの？　それとも実在の人？」

「実在の人だよ」わたしは言った。どんなに朦朧として狂気じみためちゃくちゃな夢であっても、真実はそのうちをひそかに通り抜けているものなのである。

「彼女は父の同郷で、苗字も同じなんだ。どうにかこうにか親戚っていえるかな。すごく遠い親戚だよ。わたしはいつもおばさんって呼んでた。秋香《チウシアン》おばさん」

秋香はおもちゃ工場の作業員で、アメリカからの注文を受けていた。ミッキーマウスとドナルドダックが専門だが、ほかにも名前のわからない大きな眼をしたのや大きな口をしたのを作っていた。十月がいちばん忙しかったが、それは十二月のクリスマス繁忙期に間に合わせるため。秋香おばさんは、二重瞼にするのは開運のため、鼻を高くするのは真実の愛を求めるためだという。一定の金額が貯まるごとに、世界はいくぶん優しくなったと感じ、一回の手術が終わるたびに、街を歩く人が少し友好的になったと感じる。鼻を高くするのと二重瞼のほかに、眉とアイラインも入れた。このような公然とした整形、神様に願掛けをしたかのように繰り返し人相を変えるのは、二十年前であればアヴァンギャルドなことだったのか、それとも病気とみなされたのかはわからないが、みなはとっくに彼女の姿に慣れて、変だとも思わなくなったのだろう。

二十年前？　小海は怪訝《けげん》そうに「二十年前はきみはまだ四歳だったろう。事件が起きたのは十一歳の時だよね。夢の中でもう一度それを繰り返した時には十九歳になっていたの？」ほんとうに複雑だな、と小海は言った。

「どこが複雑なの？」わたしは言った。「四歳の時に出会った秋香おばさんが、夢のタイムマシーンをくぐり抜けて、わたしが十一歳の時空に入り込んだんだよ。そして十九歳のわたしと出会ったわけ」すごいことだよね、わたしは言った。

秋香が拘束された時、父はわたしを見舞いに連れて行ってくれた。そのときわたしは確かに四歳で

（夢の中の十九歳でもなく、「小光事件」の十一歳にもまだなっていなかった）、マッチのようにやせっぽちで、小文字のｉだった。顔じゅうそばかすだらけで、まるでシダの葉の裏の種のように、世代全体の未来に対する信念を貯蔵していた。世界はまだ汚れておらず、雨上がりには虹がかかり、わたしもまだ学校に行っておらず、父もまだだめになってはいなかった。父がわたしの手を引いて（父はだめになる前には、抱擁やキスについてもよくわかっていた）、窓口で書類に記入していたのを覚えている。

わたしたち二人の他には、見舞客は誰もいなかった。鉄の扉がガシャンと開くと、わたしの心もいっしょになって震えた。鉄の扉がまるでわたしたちのことを知っているかのように感じたものだ。わたしたちの足音のこだまが、薄暗く長い廊下を行き過ぎる。廊下の両側には閉じられたぶ厚く重い扉がひとつひとつ並んでいて、水滴の落ちる音が聞こえた。コンクリートの床面、色のない壁、遠いところから入ってくる光は光とも言えず、いかなるものも照らし出すことはできない。ただ暗闇を深くするだけである。

父は言った。「これが秋香おばさんだ」わたしは素直におばさん、と口に出した。

わたしたちは食事を差し入れる四角い枠を隔てて、互いの顔を見合った。わたしには高すぎたので、父に抱きあげてもらった。秋香はリンゴをひとつ差し出し、わたしへの手土産にしてくれた。昼食で出たものを残しておいたのだ。

それはわたしにとって初めて入る精神病院だった。巷間でよくいわれる瘋《ふう》人院［精神病院のこと］、松山精神病院である。

面会が終わった後、父とわたしは精神病院の外の空き地を通りかかった。気づかれないように布の幕をあげて、昼寝をしているサーカス団を覗き見した。彼らはここに何日も留まっていたが、まだ開演に至っていなかった。父が言うには、彼らはゾウも、アザラシも、トラも持たず、サルと小犬と奇形の人しかいないらしい。さらに、半陰陽とシャム双生児は作り物らしいし、本物は小人《こびと》と水頭症の赤ん坊だけだそうだ。けれども水頭症の赤ん坊なら夜市にもいて、あたまはサーカス団のそれよりも大きく膨らんでいる。「二日で十枚もチケットが売れないとは、浮世は厳しいものだな……」父はそんなふうに言った。

父が不思議なノートを買ってくれたことを今でも覚えている。ノートには頁ごとに赤い木馬が描かれている。わたしが角を押さえて、トランプを切るみたいにパラパラめくっていくと赤い木馬は全速力で奔《はし》りだし、続いて翼が生え、ほとんど飛んで行ってしまいそうになる。それは父からのご褒美だった。お前はいい子だ、と父は言った。おばさんはさびしいよなあ。そんなふうにも言っていた。

「さびしいってどういうことか知っているか？」

わたしは頷《うなず》きながら知っていると答えた。「さびしいっていうのは、その人のことを思ってくれる人が誰もいないっていうこと」

「誰が教えてくれたんだい？」父は訊ねる。毎日アニメを見ているから、そこで教えてくれるよ。

おばさんはどうしてさびしいの？　父は答えてくれた。「あまりにも長いこと悲しみにくれていたんで、病気になってしまったんだ。そして病気も長いこと続き、壊れてしまったんだよ」

わたしたちはひとしきり歩いて、自動車修理工場の入り口で止まり、バスを待った。隣は古いふとん屋で、その隣はもっと古そうな床屋さん、よくいう「散髪屋」というやつだ。ガラスの扉には赤い字で、「髭剃《そ》り」「顔剃《そ》り」「アイロンパーマ」と書いてある。そのすぐ隣は、古くて歯が欠けてしまいそうな「江歯科《チアン》」で、入り口には老いた犬が一匹寝そべって、総入れ歯の老歯科医に寄り添っている。老歯科医は七十歳で、彼の女友達は五十余りだ。針灸にくわしく、すたれた診療所の中で無許可の神秘医療を施していた。

「それから、ひどくでたらめなことが起こったんだ……」わたしは小海に言った。「バスを待ちながらわたしはリンゴをかじっていた。秋香おばさんがくれたあのリンゴをね。どんどんかじって種までかじったら、種が割れてなかからミバエが飛び出したんだ」

「種が割れてミバエが飛び出した？」小海はぷっと笑った。「つまり君は、虫の変態を見届けたってことかな？」

「タイミングがよかっただけだよ。ちょうどその時に間に合ったということ……」一匹の蛆虫が、幼虫から飛行体へと変態する瞬間。

「それはずっと種の中に閉じ込められていた。そして君がそれを分解し、解放してやった？」

「そんなふうには言っていないよ。そんなにすごくないし」わたしは言った。「ただ大声をあげてリンゴを捨てたことだけは覚えてるよ」それは腐ったリンゴだった、あの病院と同じように。

「ぼくは君を信じたいよ。だけどさ、それはあまりにも滅茶苦茶な話だよなあ……」小海は言った。経験、客観的な経験それじたいはあるいは細部で満ちているかもしれない。とどまることなく、描き終わることのない細部でね。だけど人間の記憶はそんなふうにはならない。すべての細部を描きつくすことなんてできないんだ。そうでなければ、記憶は機能するはずがない。

「二十年前の記憶なんてあてにならないよ」小海は言った。

「だけど、まさにあのミバエによって、あのリンゴのことを記憶できたんだし、秋香おばさんを見舞いに行ったことを記憶できたんだ……」そして父がかつてはこんなにも気前よく、やさしくのどかな風のようだったと記憶できたのだ。

あのミバエは、経書のなかから飛び出した神獣のように明らかに示している。わたしたちはみな治療の過程のなかに禁固されているのであって病気の中にではない。実際わたしたちはまったく病んではいない。あるいはわたしたちの病はここではない別の場所にあるのだ。

「そのハエはどうやら非常に意義深い存在だということだね?」小海は言った。「まれなる意義深さというのは、まるで隠喩や象徴のようなものだよ。かえってそれが存在しないのではと疑いを抱いてしまう」

「そうかな? あなたは虫の入った果物を食べたことがないんだね」わたしは恨めしさと恥ずかしさで怒り出しそうになった。「人間とハエ、ネズミとの関係は、あなたが想像しているよりずっと密接なんだよ。わたしたちはハエやネズミといつも食料を分け合っているんだからね」わたしが口に出さなかったこと、それはこんなことだ。あんたは他人がみんな自分と同じような家庭だと思い込んでる。二重の気密性の高い窓、二十四時間動き続ける空調なら、蚊一匹だって入ってこられない。

ハエはどこにだっている。
記憶の細胞分裂、意義の繁殖のように、ハエはいたるところに存在している。

＊1　二階以上が歩道に突き出ている建物。日射しや雨を避けられる。

2　小海（シャオハイ）

たとえカフカが同意してくれなかったとしても、わたしは、『変身』のなかでいちばん恐ろしくいちばん重要なセンテンスは「これは人間の話す言葉ではない」であると言いたい。

ある朝、Gは不安な夢から目覚めて、自分が怪物に成り果ててベッドに横たわっているのに気づく。大きくて醜い虫に。これはカフカの『変身』である。カフカの描写から推測するに、Gが変身したのは、甲殻類の昆虫の一種だろう。研究者がカフカの用いたドイツ語の文章に戻って確認したところ、原文のuで始まる単語が暗に示しているのはある種の害虫であり、準寄生虫であることが確認された。それは疫病の臭いを帯び、不名誉な臭いが染みついている。功利的な角度からみれば、役立たずな存在であり、拒絶と排斥の憂き目にあい、汚名を着せられることが運命付けられている。「ごらんこれは人々や社会に危害を与えるものなんだよ」と言われるような汚れた廃棄物なので、捕まえて殺したところでお供え物にもなりはしない。

これまでずっと、人々は精神病患者についてこのように見なしてきたのだ。「彼女のしゃべっているたわごとがわかるのか?」と。

もちろん、「変態」の名を負った数多くの風変わりな人も含まれている。

『変身』のなかのあの「これは人間の話す言葉ではない」というセンテンスは、脇役にも数えられないような人物が口にする。それはGの支配人である。支配人とGの家族は彼の部屋の外で、部屋から出てくるようにと彼を促している。姿を現して、仕事をきちんとするようにと。責任感があり家族思いのセールスマンにとって、時間は彼じしんのものではない。三十分遅刻するだけで、良心の呵責《かしゃく》に苛《さいな》まれるのだ。(もう数分、私にもう数分与えてほしい。自分の時間は他人によって与えられるものだから)時間を稼ぐために部屋の中に隠れて(大急ぎで人間に戻りたいという叶わぬ望みを抱いて)、寡黙なGは言葉に訴えるしかなく、口を開いては、たくさんの言葉を口にした。

扉で隔てられている以上、言葉は唯一のコミュニケーションの手段なのだ。

けれども、「あなたがたはひと言でも理解できますか?」と扉の外の支配人はGの両親に反問した。「彼はわたしたちをからかっているのではないでしょうか?」Gの母親はヒステリックに大声で叫び始めた。「お医者様を呼んできて。あの子はほんとうに病気なの。あなたたちにはあの子の言っていることがわかる?」

続くひと言は、恐ろしくて胸が張り裂けそうな判決文であった。これは人間の話す言葉ではない——Gの上司は冷酷に宣告した。「これは人間の話す言葉ではない」その低い声は暗号のようであり、秘密のようでもあった。慌ただしくそうだと判断したと同時に、自分の判断に驚いているようでもあった。わたしには、支配人の声の中に、雇い主の失望と、病院の冷たい光と、監獄の錆びた鉄、そして墓場の預言がうずめられているのを想像できた。

部屋の扉で隔てられている状況で、Gは虫としてまだ誰に会うこともないまま、もはや人としての資格を失ってしまったのだ。

終わった。めちゃめちゃだ。もうだめだ。

これはカフカ式の、Gの孤独だ。もはや誰ひとり彼の話を理解できるものはいない。

『変身』における最も重要な変身は、人間の体を失ったことではなく、言葉を失ったことだ。もしGがまだ喋ることができ、他人が聞き取れる言葉を話すことができれば、たとえ虫になったとしても、まだ少しは人間としての条件を残しているといえるだろう。

Gは言葉という人間性の基本的な条件を失い、仕事を失い、時計に刻まれる時間を失い、少しずつ両親の愛を失い、妹の敬意を失い、臭くて嗅ぐこともできない家族の恥となりはてた。自ら二度と灯りのともらない寝室に囚われの身となり（この寝室が徐々に倉庫に変化していくまで）、たまに人らしいことといえば、窓辺に座って世間のようすを眺めたりしても、食事を運ぶ妹をひどく驚かせてしまい、それで彼に対する怒りを感じさせてもしまうのだ。

Gの部屋の窓の外は病院だった。しかし彼の家族は彼を連れ出して診察してもらう勇気もないし、それを望みもしなかった。

これがカフカ式の、Gの孤独だ。このような孤独は、わたしの外祖父にとっても身に覚えがあるだろう。彼は政治犯で、叛乱罪で無期懲役となり、実際には十五年間服役した。誰も彼の話を聞きたいと思わず、彼の言うことを本当だとは思わなかった。数十年も経ち、もはや誰も彼の言葉を理解することはできなくなった。

人々が誰かの意見を貶《おとし》めようとするとき、よくその人のことを狂人と言う。長く狂人と言われ続ければ、本当に狂ってしまうものだ。たとえば、外祖父の同級生2046のように。

2046に、入獄するまでどれくらい国語［標準中国語］を勉強したかと訊けば、額縁のようなものを指して「ここに書いてある」と答えるだろう。あなたがたは雑誌をどれくらい刊行したんですか？　雑誌の名前を覚えていますか？　「ここに書いてある」……『野草』でのあなたのペンネームはなんですか？　2046の答えは相変わらず、「ここに書いてある」最初に送られたのは保密局ですか、それとも軍法処ですか？　「ここに書いてある」当時の判事に何か言いたいことはありますか？　2046は数秒間考えて、重々しく言った。「ある」どんなことを言いたいですか？　2046は彼の「名誉回復証明書」を胸に抱きながら、はっきりと言った。「ここに書いてある」

その証書は額に入れられ、客間のちょうど中央、テレビの上に掲げられていた。「戒厳令期の不当判決から名誉を回復する証明書」。

2046の夫人は言った。以前は、彼は話そうとしなかったし、話すこともできなかった。なんとか話すことができるようになった頃には、もう誰も彼の話を聞こうとはしなくなっていた。ここ数年、話を聞きたいという若者が出てきたけど、彼はまた話せなくなってしまった。2046は今年八十歳、「緑島[*1]の老人たち」のなかでは若い方である。一九五一年の春逮捕された時、彼は二十歳になったばかりだった。2046と同じ事件の容疑者2051はひとつ歳下で、二度の中風を患い、インドネシア出身の息子の嫁に押されて出てきて、客ではなく壁に向かって（彼が植物のようにベッドから客間まで運んでもらうのは、ほとんどが壁に向かってテレビを見るためだ）、ひとこと話すだけで息絶えそうで、よだれで襟のあたりがべとべとになり、舌は毒にあたった豚の肝臓のように膨らんでいた。

2051は障害者のありったけの力を振り絞って、三十分以上かけて、なんとか聞いて理解できる話をひとことしぼりだした。その支離滅裂で、哀れな、ぐっしょりと濡れて熱いひとこととは、ワシハ、ワス、レタ。風呂から上がったばかりの彼の疲れきった息子は、我慢できないような足取りで客間の端にやってきて、ベニヤで仕切られた小部屋から、吐き捨てるように言った。「聞けることなんてなにもないんだ、あんたたち早く帰ってくれ。仕事が終わったばかりで、もう寝たいんだよ」彼は引っ越し屋の作業員だった。

あの判決文のようなひとこと、――「これは人間の話す言葉ではない」――は、小説の時空間を凍結させる一瞬である。虫になったGを誰も目にしてはいないのは、彼に鍵をかける習慣があるからだ。もしもGがわたしと同じように、鍵をかけられる部屋を持っていなければ、『変身』はきっとまったく違う小説になっていただろう。

きのう、わたしは家を飛び出し、小海の家に一晩泊まった。寝る前に扉を閉め、鍵をかけ（だっておもしろいから）、大きなサイズのベッドを独り占めして、灯りの下で眠りたくなるまで読書をした。小海の家にあるものは、わたしの家には一切なかった。天井から床までのフランス窓、紫色の石鹸、温かいタオル、週末のパーティ、カウンターバーとワイングラス。客間の他にもうひとつ広間があって、全面まっしろで大きな壁には、観客の要らない白黒映画が映写されている。昨日は黒澤明なら、今日はフェリーニというふうに。夢のような浪費が、芸術《アート》を無駄使いしている。

小海の家族は就寝前に互いに挨拶を交わすし、両親は同じテーブルで朝食を食べさえする。小海の両親は、アボガド、トマト、玉ねぎ、ピーマンでワカモレを作り、焼いて熱いピタパンを手にしている（半年前のメキシコ旅行を思い出すために）。わたしの徹夜明けの父親はおそらくやっと仕事が終わり、早番の老運転手と交替しているころだろう。

もしわたしが、借金するみたいに小海に彼の幸運を少し貸してもらえるなら、わたしの両親がデスクやパソコン、電話やATMと触れ合うことができる仕事を得られることを願う。そうすれば、両親がいくらかは愛し合えるようになるかもしれない。

昨日の夜、わたしは行き場がなくなるまで街をさまよい続け、それから小海に電話した。

「ねえ、あなたのお姉さんの部屋はまだ空いてる？」小海の姉は公費でフランスに留学している。彼女の両親に対する最大の反抗は、アメリカを拒否し、ヨーロッパを選んだことだ。

「ずっと空いたままだよ。どうしたの？」小海は言った。

「泊めてもらえるかな？」

「いつ？」

「きょう」

「きょう？」

「うん」わたしは言った。「いまから」

「もうちょっと遅い時間でもいいかな？」

「どうして？」

「両親が外国に行ったんだよ……」

「だから？」

「阿咪《アミ》と黒草《ヘイツァオ》、それにイルカと約束してるんだ」

「アダルトビデオを見るの？」わたしは訊いた。

「……」

「かまわないよ、わたしは邪魔をしないから」

「大画面で見るんだよ。女がいたら気まずいだろ」

「まさか」

「きみにはわからない。どうしても思う存分楽しめないよ」

「まさかみんなでズボンを下ろしてオナニーをするつもり？」

「わからないよ」小海は言った。「いやらしい雰囲気の部屋に生身の女の子が出てきたら、俺たち四人は化けの皮をはがしちゃうかもよ……」

「わかったよ」わたしは言った。「いまは冗談を言う気分じゃないんだ」

小海は数秒間黙ってから言った。「また家のこと？」

「……」わたしは泣きそうだった。電話を握りしめながら、むだに頷いた。

「だったら、あいつらに来ないように言おうか……」

「だいじょうぶ」わたしは言った。「少し遅めにそっちに行くよ」

わたしは通化夜市に行って、少し前の映画を観てから、肉圓《バーワン》[*2]と魚酥《ヒーソー》[*3]、焼きとうもろこしを食べ、深夜の「陳公館」へとやってきた（毎晩九時までは、小海の家の執事が呼び出し音が四回鳴ったあとに受話器を取り、もしもしこちら陳公館です、と応対するのだ……）。

わたしが小海の家の客間に入ると、阿咪が風呂場から出てくるところだった。「ハロー、ひさしぶり……」彼はわたしに微笑む。阿咪はヒップホップ風の腰パンを履いている。背中をそらせぎみにソファーに手をついたが、膝の力がまるで抜けてしまったようで、意味ありげな恥じらいを顔に浮かべている。イルカは別のソファーに横たわり、足をぶらぶらさせながら、ギターを爪弾いている。メロディからはものぐさな春がもそもそと、黒く微かに濡れた髪のあたりをただよっている。瀰漫《びまん》する純心な色情《エロス》、解体するハレーション。

誰もが無言で、静かにタバコを吸っている。まるでたった今、秘密会議が終わったかのように。その沈黙は彼らを守るだけではなく、わたしも守ってくれるのだ。

わたしはくるりと自分が寝る部屋へと入った。無駄な言葉はひとつも必要がなかった。小海がシャンパンを二杯持ってきてくれた。一杯は金色で、もう一杯はバラ色だ。わたしに気晴らしをしてもらいたいらしい。甘酸っぱいお酒には気泡が立ち上り、悶々とした気分を一時忘れさせてくれる。それを束にして捨てることもできるし（もしもゲップが出れば）、心の入り口に停滞することだってありえる（もしもずっとゲップが出続けていれば）。

部屋は真綿のように柔らかで、清々しくて心地よいが、その柔らかい色調はわたしには慣れない。これがつまりお嬢様の暮らしってわけだ。

小海の姉はアルバイトも家庭教師もする必要がなく、塾のいくつかの時間帯を予約して、留学の模擬試験をし、全額の奨学金を手に入れた。それはまるでプラチナカードやブラックカードを持つＶＩＰだけが楽しめる（彼らにはまったく必要のない）ただの宿泊やただの旅行をするようなものだ。

支払える者はただで、支払えない者は自腹。公費留学の権利を得た者は、往々にして奨学金などまったく必要がなく、小海の姉もそのひとりなのだ。欲張りだなんてことは決してないの、と彼女は言う。合格は自分自身を証明するためのものなのだから、と。

わたしは灯りを消して、暗闇に取り囲まれる。目を閉じて、それからもう一度目を開けて、このまったく新しい暗闇に適応していく。

この部屋はホテルのように素敵だが、病室のように慣れない。ゲラゲラと笑ってしまいそうなほどわたしをからかっているみたいだ。わたしは小海の姉が残した香水の匂いが気にならなくなり、エアコンの温度と慣れない湿度に適応しながら、自分の鼻腔が収縮しているように感じるが、くしゃみをすればいいのか、鼻水を出せばいいのかわからない。わたしは鼻をすすり、目をこすりながら、知らず知らず馴染みの歌を口ずさんでいた。〝Small blue thing〟だ。「今日のぼくは／青く小さきもの／ビー玉か／瞳のような／からだじゅうがひんやりと／なめらかで／不思議でおもしろい／光ることも瞬きすることもない（涙を抑えるために）／ぼくはまっすぐにきみを見つめてる……

「適応」とはとめどなく何かが失われていく過程である。わたしたちは鼻水を分泌し、気温に適応する。経血を流して、体内の潮汐に適応する。異郷の冷たい空気のなかで鼻血が滲みだし、湿度に適応する。病気になれば鼻水を流し、血が混じった痰を吐き出す。涙を流し、粉塵に適応する。もっと多くの涙を流し、人に適応し、人間関係に適応する。幼児期に遊びまわって汗を流したようなことはもう二度となく、両親のように汗水たらしてその日暮らしをするようなこともなく、わたしはエアコンの効いた小海の家で、汗をほとんどかかず、高級な水を飲み、多くの唾液を分泌し、口に出せない本心の言葉を呑み込む。

わたしは暗闇に慣れていきながら、そのなかに浮かぶ月光の、輪郭と形状、いまだ褪《あ》せることのない色彩を探しだす。客間では誰も言い争いなどせず、不安にさせるほどの静寂に包まれていた。わたしの苦心して適応した心は力の入れすぎなのかもしれない。あまりにも激しく力を入れすぎて分泌した汗が、眼尻から流れだし、涙となる。わたしは携帯電話の電源を切った。忍びないとは自分でよくわかっている。でも電話をかけ直したいとは少しも思わないのだ。そしてほんとうに家出をしてしまったんだということを意識した。わたしを傷つけたこの傷ついた世界から離れたのだということを。

寝ぼけたままぼんやりとしたなかで目覚めて、ベッドサイドのシャンパンを飲み干してもまだ喉が乾いていたので、飲み物を探そうと部屋の外に出た。客間では誰かが起きているようだ。

暗い客間には、テレビの光が音もなくちかちかしている。強大な暗闇が小海の表情を丸呑みにして、逆に小海のからだの線を黒く浮かび上がらせていた。小海は両手を太ももの間に埋めて、首はぴんと張り、猛スピードの心臓の鼓動のなか全身は停止している。まるで高熱で発光する鉄の塊のように。わたしは入ってはいけないところに間違えて足を踏み入れ、他人の夢のなかに入り込んでしまったようだ。わたしつま先立ちで静かに逃げ出したかったが、まるで自分の足ではないようで、恥ずかしさでいっぱいになった。まるで羞恥心によって溶けてしまったみたいに。

夜の色はまるで甘い乳房のように、きつく小海を抱きしめる。月光は水のように襲来し、彼の身辺の暗闇を押し流していく。

ああ、小海は美少年だったのだ。

小海の祖父と曽祖父が二人とも役人だったことは、わたしたちの大学院哲学研究科では誰もが知っている事実だ。彼らの親族は男性なら政界か財界あるいは法曹界に携わっていて、家業を守り、そして拡大し続けていた。成功した男はみな家を成し、たいていは美女との間に子を作り、どうしても遺伝子ロンダリングをしなければならない。遺伝子ロンダリングは科学的であるうえに迷信でもある。運まかせのようなものだ。三世代四世代にわたって遺伝子ロンダリングしてもほんとうに美しい子が生まれてくるとは限らない。ふつうはファッションや整形手術に頼って修正し、エリート教育で補って品質を高めなければならない。けれども、小海の家ではたった三世代のロンダリングで、ひとりの美男子を生み出したのだった。

「なにしてるの?」小海はわたしに気づいた。

わたしはその場にとどまっていたが、足もとの床が流失していきそうなのを感じていた。

「ずっとそこに立っていたの?」テレビは無音のアダルトビデオの怪しげな青い光を放っている。

「ううん、水を飲みに来ただけ」

「見たんだよね?」小海は訊いた。

「眼鏡をかけてないし」

「見たい?」

「なにを?」

その夜、小海はマスターベーションをわたしにしてみせた。次の夜、触ってみたいかと彼がたずねるので、わたしは触った。触っているうちに彼は自分の手を離し、わたしの手だけを残した。わたしが両手を動かしていると彼がたずねた。「ここに手を置いてもいい?」わたしの乳房を指していた。わたしはだめだと言った。「あなたがわたしにやってくれと頼んだんだ。わたしはあなたに頼んでないよ」そして彼は、小鹿のような憐れな視線を落として、ピンと張った太ももに手を戻し、泣いて訴えるように痙攣する声を発した。

「朝、自分の眼が開かないことに気づいんたんです。きっと恋に落ちてるからだろうって……」ラジオでは、小羽《シャオユゥ》というニックネームの少女が電話をかけてきて、リスナーと今回のテーマ、心身症について語ろうとしていた。

小羽のまぶたは上下とも赤い発疹ができて、ひどい痒みで耐えられず、まるで燃えているようだ。彼女は恋愛アレルギーなのである。慕いあい、熱望するそのほとばしる感情が、眼の周りの皮膚をじたばたし、ある日、炎症を起こして一日が経つと、まるでバラの花が開かんとしていた。数日後、まぶたはクルミ大に腫れ上がり、医者も手の施しようがなくなった。恋愛による湿疹には、つける薬がない。熱愛の激情がひくのを待って、薬なしで治すしかないのである。

わたしも小羽と同じで、自分の精神的な疾患が皮膚病として現れたのだった。ただ、彼女は幸福に対するアレルギーで、わたしは幸福以外のものに対するアレルギーではあるのだけれど。

家を飛び出したその日は、空はどんよりとしていて、疲れ果てたねずみ色の灰が垂れ込めているようだった。八時に診療所に駆け込んだが、父はまだ着いておらず、初診の問診票を記入してから外に出て、少し寒い通りで辺りを見回した。父はとうに仕事を変えていた。タクシーを売って、レストランの駐車係になったのだ。食事の時間はいちばん人手が足りなくなる。遅れるのも無理はなかった。だいじょうぶ、まだ前に患者が三人並んでいるから。

電話をかけたが、出ない。もう一度かけても、やはり出なかった。十分後に電話が鳴ったが、かけてきたのは仕事を交替してくれた周さんだった。父はお客がいつ電話をかけてきても車を動かせるように彼に携帯電話を預けたという。そしてとっくに父は出発したとも、周さんは言った。「だいたい三十分くらい前だと思うよ」計算すればもう着いていていいころだ。わたしは診療所に戻り、トイレをノックしたり、受付に問い合わせたりした。それからまた外に出ると、心臓がドキドキしてきた。そして大通りを行ったり来たり探しまわり、走りだしたのだった。

父を見つけた時、父はちょうど道をたずねているところだった。わたしは車の流れをすり抜けて、通りの向こう側へと向かった。ねずみ色の空から雨がぽつりと降りだした。

父はわたしを見るや怒りだした。くそったれ、あばずれ女の娘め……（わたしの母親ってつまりこの人の奥さんだよね？）

父はその場に突っ立ったまま、自分の怒りで体がしびれてしまい、一歩も動けなくなっていた。ずっと、ずっと怒り続け、山津波が防御壁を突き崩す猛烈さで、ありとあらゆる罵詈《ばり》雑言《ぞうごん》を吐き出し、それでわたしを生き埋めにした。通りを歩く人々は遠巻きに眺めながら、近づこうとはしなかった。

わたしの一点の曇りもない自尊心は、不潔な言葉によって体じゅう、男性と動物のつばきと体液で汚されてしまったようだった。

わたしが何を間違えたというのだろう。

洪水のような臭い水のなかから、わたしはいくつかの「主旨」めいた漂流物を拾い上げた。お前がくれたこのわけのわからない住所では探せるわけがない、お前が選んだこのわけのわからない病院には看板すら出ていない、お前は早めに着いて路地の入口で待っているべきだった、おれの仕事がいつも時間に追われているのを知っているだろう、警察がすぐにやってきて違反キップを切ってしまうんだ、お前という怠け者のバカは代わりに罰金を払ってくれるのか。

もしも彼が口にする動詞のすべてがほんものであれば、とっくにわたしのからだは満身に穴が開き、服もぼろぼろになり、死体となってその場に転がっていただろう。

半生を借金の返済に費やし、いつでも失業し、時代の力によって外に放り出されてしまう可能性のある人間として、父は喜んで体制の束縛を受け入れ（まさにいわゆる「ものごとが軌道に乗れば、有用な人物になれる」というやつだ）、自分の娘にさえ怒りの矛先を向ける。そして慣性の法則に従って、顔色ひとつ変えずにいちばん陳腐な決まり文句を口にする。まるでわたしが彼の娘ではまったくないみたいに、まるでわたしの母が彼の妻ではなく、わたしの祖母が彼の母ではないみたいに。

（下品な言葉とは、人類社会の最も古い、最も醜悪な、永遠に生まれ変わることのない言葉なのだ。それは最も直接的に残忍な偏見を流用して、本能と直感に変化する。辱《はずかし》め罵《ののし》ることが有効なのは、まさに言葉の内側に構築される絶対的な先入観が作動するからであり、陳腐で平凡であればあるほど、効き目もまた強くなる。売春婦を罵ることができても美女を罵れないのは、「共感」に欠ける罵り言葉は痛くないからである。罵り言葉は永く更新されることもなく、パターンにも限りがあり、ひと通り罵り終わって、すべての動詞と器官を使い尽くしたら、また最初から繰り返す。まるで閉じられた回路か、巡廻と往復を繰り返す路線バスのように……重点は新しさを創りだすことにあるのではなく、気勢にある。そして気勢で最も重要なのはよどみなさなのだ。）

父の気勢は非凡であり、まったく滞ることがなく、独特なリズムで、俗っぽさがなかった。実際、神が乗り移ったかのようだった。海外の試合に出場するか、武芸大会にでも登場すれば、おそらく敵《かな》うものはほとんどいないだろう。「艋舺《モンガ》の極道ボス悪態大会」か「ハーレムのラップ競技大会」への出場資格はぜったいにある。

父は毎日十五時間働く。一週間なら七日、一年なら三百六十一日か三百六十二日間（大みそかと正月一日と台風の日を除いて）、片時も疲れを感じない時はない。倦怠は雨漏りのように、ゆるゆると骨の髄まで染み入り、身体はかすかに発熱し、時に炎症を起こす。いつ病に倒れてもおかしくないが、まだ倒れてはいない。疲労が彼の気性を破壊し、彼の感性をすり減らし、そして彼の皮膚をも損なった。父の皮膚は病気でひどいことになっている。いっそのこと、痒みとぼろぼろさ加減を野良犬と比べてやりたいくらいだ。駐車スペースを空けるためにスクーターを移動するので、腕にも傷がよくできる。

父は通りのこちらの端からあちらの端まで、診療所の路地の入口から診療所の門の外までずっと罵り続け、つややかに光る盆栽の間で立ち往生して、激しい怒りでなかに入ることができなかった。もしも怒りが水なら、父はその場で溺れ死んでいるだろう。自分の中で溺れ死ぬのだ。わたしの恥ずかしさと怒りは火のようであり、顔面でくすぶっていた。

父は罵りながらもやっとのことで門のなかへと入ったが、自動ドアのところで動けなくなり、ドアが開いたり閉じたりするのに任せ、相変わらず罵り続けていた（徹頭徹尾、文明人の羞恥心と田舎者の劣等感を欠いている。大安区の名店街で野蛮なふるまいに及べるのは、ほとほとたいしたものだ）。待合室には上品な人たちが冷たく横目でうかがっている。おそらくわたしを不憫《ふびん》に思っているか、嘲笑《わら》っているかだろう。もしも誰かが現場で眼にしたすべてを記録して、フェイスブックに載せ「すばらしい」といいねボタンを押してもらおうにも、自分の筆がついていけず、紙も足りず、知らない字も多いことに気づくだろう。どんなに天才的で変態な劇作家でも父の呪いの言葉を書き写すことはできないのだ。

この名医は小海に紹介してもらった、大安路の有名人が住む地区の貴族診療所だ。その存在は隠密で、支払いは自費だ。みなは見つけやすいというが、父に限っては無理だったようだ。診察が終わり、入口を出たところですぐにわたしは泣き出してしまった。涙は滔々《とうとう》と止まらず、父の痛罵《つうば》のように猛々しかった。この通りには、レストランやバー、カフェやシガー・クラブ、高級品ブランドのフラッグシップ・ストアが犇《ひし》めいていた。「所有権」はすべての家屋や通りを定義し、資本はすべての空間を占領する。誰かを受け入れてくれる、ひとりの慟哭《どうこく》する人間を引き取ってくれるどんな少しの暗がりをも残さずに。

わたしは泣いてはいけない大通りで泣いた。そして住宅街の路地に入って泣いた。わたしは目立たない小さな隙間、消防用の路地、階段のあたりにもぐり込んでしまいたかった。けれども、ここはわたしにとって不案内な場所（どうりで父は迷ったわけだ）、わたしはむりやりビルの傍らの暗がりに入り込んだ。まだ泣き足らないうちに、向こうから列をなして嬉しそうに騒ぐ男女がやってきた。わたしはまるで、船室の等級を間違えてしまった船客がズタ袋を提げて、席を見つけられず、そそくさと適当な隅に身を置いて、まだ泣き終わらないうちに、突然ともった街灯の光に目が眩んでしまったかのようだ。それは監視センターが妨害指令を出して、言葉を費やすことなく、わたしを追い出そうとしているかのようだった（わたしは小海の勧めに従ってこんなところに来て、特定の階級のためだけに奉仕する権威にすがるべきではなかったのかもしれない）。

わたしはまだ営業を開始していない空き店舗を見つけ、入り口のところの階段にうずくまり、頭を抱えて泣き続けた……（だけど、あの医者は確かに父の欲しかった答えをくれた。手術の必要はなく、まだ間に合うと……）ひと筋のヘッドライトがぱっと閃き、男が大型バイクを停めて、近くでタバコを吸い始めた。彼はわたしから数メートルのところに立っていたが、わたしにとってはぴったりと間近に迫っているのと同じだった。収まることのない涙はわたしのからだを思う通りにさせてくれず、まるで素っ裸になってしまったかのようだ。くそったれ、父はほんとうに悪態をつくのが得意だが、わたしときたらこんなに泣くのが得意だなんて。

突然、男はヘッドライトを点《つ》けて、死んだように白い光をわたしに向けた。わたしのやけどしそうに熱い心臓はまぶたで飛び跳ね、相手に対する好奇心とにらみ合い始めた……街灯のもとで、わたしは自分の顔が少しずつ焼け始めるのを感じた。バラは花開かず、刺だけが生えてくる。まだ青春が花開く前に、根元から腐り始めるのだ。花盛りのバラは燃えるようなパニックを引き起こし、わたしの頬に畸形的に現れる。

「……それで皮膚炎になったんですね」医者は言った。「毛細血管が急激に反応して、次々と修復しようとするんです。そうすると顔面が赤くなり、腫れてくるんですよ」

「アレルギーということですか」わたしは訊ねた。

「アレルギー、炎症、どのように言っても構いませんが、いずれにせよストレスによって起こっているんです」医者は続ける。「ストレスによって突然あなたの免疫系統が働かなくなってしまったんです」

「どれくらいで治りますか」

「そうですね、数日間よく眠ればよくなるでしょう」

「薬は必要ですか」

「飲みたいのであればそれもいいでしょう」

「じゃあ塗り薬はどうですか」

「つけたいのであれば出してあげましょう」

「まさかなにもする必要はないと」わたしは訊いた。「飲み薬も塗り薬も要らないんですね」

「そうです」医者は微笑むのをやめた。「これは治るものではないからです」皮膚は感覚を受け持つ、人体でもっとも面積の大きい器官だ。それがもっとも苦手とするのが、自分を欺くこと。皮膚は非常に誠実なのだ。誠実でなければ保護したり楽しんだりする価値もないのだ。

「キスされたり、やけどさせられたり、抱きしめられたり、あるいはむち打たれたりしさえすれば、きっと私の言う意味がわかるでしょう」もしもこの医者が髪のうすい老婦人でなかったら、彼女はわたしのことをモノにしようとしていると思ってしまっただろう。

「よく睡眠をとるだけでいいんですね」

医者は頷いた。「よく眠ること。そして、覚えておくべきでないことは忘れてしまうこと」彼女は頭をかしげてカルテを書き、また言った。「最近よく眠れないことはありますか。睡眠薬を処方してあげてもいいですよ」泣きはらしたばかりであることを彼女は見抜いている。そしてわたしがよく泣いてから眠りについていることも見抜いているのだろう。

「人にはそれぞれ自分の病というものがあるのです。みな少しずつ精神を病んでいるんですよ。ある人は胃に潜伏し、ある人は皮膚に現れる。毛が抜けてしまう人もいれば、爪を噛んでしまう人もいる。嘘をつくのが習い性になってしまう人も、覗き見が癖になってしまう人もいます。それは涙となって発散されるし、口の端に炎症を起こすこともある……」

「そう、すべての傷口はみな発言することを渇望している。傷ついた者はどうしてもその機会を伺うこともできなくなってしまうんです……」

「けれども傷つくことの他に、それを抜け出す他の方法はあるんだろうか。この傷ついた世界が私たちを傷つけることから抜け出す方法が」

ラジオから流れる、パーソナリティの読む原稿はわたしが書いたものだ。小海がわたしにこの仕事を紹介してくれ、わたしが自立するための一歩にしてくれた。しかしその後反応はいまひとつで、聴取率にはなんの貢献もできなかったらしい。プロデューサーは原稿の中にもっと笑いを書き込むようにと言った。できれば口をあけて笑えるようなものがいい。明日はテーマを変えて、もう一度やってみよう。

＊1　台東東部海上の島。政治犯収容所があった。火焼島ともいう。
＊2　サツマイモの粉などでできた半透明の皮に肉餡が入ったもの。
＊3　魚肉の揚げ煎餅。

3　阿莫（アモ）・秋香（チウシアン）

昼、小海《シャオハイ》に予備の鍵を借りて、外で豚カツ弁当を二人分買い、台湾大学病院に行って阿莫《アモ》と一緒に食べた。

阿莫が十七歳の時、わたしは大学に入学したばかりで、ただで住める宿舎があると両親に嘘をつき、他人の家のなかにテントのような部屋を作った。わたしのルームメイトはふたりの二十歳過ぎの大学三年の男子学生で、豊原の農家の出身だった。借りた家の客間を仕切って、安値で貸したのだ。わたしは家庭教師の収入で家賃と光熱費を支払い、別の収入を食費に当てた。懐具合は余裕がなく、いつも金欠だった。ひとりで外に住んで二年、ルームメイトが卒業すると、部屋を大家に返し、実家に戻って両親の世話になることにした。

わたしが求める「じぶんの部屋」とは、読書や創作のためのものではなく、泣く時に邪魔をされず、眠れない夜に寝たふりをしなくてもいいようにするためのもの。阿莫がわたしのところに泊まりにきたあの晩、部屋にはまだベッドはなく、寝袋をひろげて、それぞれの身の上を硬い床の上にならべた。

「どうしてあなたのところにやってきたのか私にもわからないけど、何かがあなたを信じさせたんだ。他には誰もいないってただそう感じたの」阿莫は言った。

それ以前、わたしは一度しか阿莫に会ったことはなかった。二度目のこの日、彼女は泰然とわたしのそばに横たわり、学校をさぼり家からも逃げ出したため着替えることのなかった高校の制服のまま、わたしが壁に干していた服を眺めている。初めて家を飛び出したわたしは、いいかげんな大学一年生の生活をしていた。机はなく、クローゼットも買えず、画鋲を壁に挿してフックにし、そうやって下着を干していたので、客を招くにはまったくそぐわないのだ。

わたしは阿莫が持っていた小説のなかに、手書きのメモを見つけた。練炭、飛び降り、農薬、睡眠薬、線路に横たわる、海への飛び込み、川への飛び込み、首吊り、拳銃、手首を切る、自動車事故、ガス、アヘンを呑む、首切り、蛇の毒……。問い詰めるわたしに彼女が語ったのは、「生きていくことができない理由」だった。わたしはしばらくの間だまりこくっていた。役に立ちそうなどんな言葉も絞りだすことができなかった。わたしは十八になったばかりで、まるでパパイヤのように愚鈍だったし、まともな教育など受けたこともなかった。わたしが受けた教育とは、大学に進学し、教科書を嫌い、知識を誤解するに足るだけのものに過ぎなかった。わたしには口を挟む資格などなく、なんとかひとつの話を持ち出すのが精一杯だった。わたしは言った。阿莫、知ってる？　シロナガスクジラは地球の歴史の中でいちばん大きな動物なんだって。体長は百フィートで、七、八階建ての建物くらい。心臓はワーゲンのビートルくらいの大きさらしい。大人はその血管のなかを匍匐《ほふく》前進できるし、子どもなら走ったり立ち上がったりできる。舌の重さは四トンでこれは一頭のゾウと同じ。だけど耳だけは、ペン先くらいの小ささなんだ。

「誰に教えてもらったの?」阿莫は訊いた。

「テレビで見たんだ……」わたしは言った。「シロナガスクジラは恐れることを知らない好奇心でこの世界を探求し、それは人類にも到底理解できない深みにまで到達するんだよ。地球最大の動物として、恐怖とはどういうものかを知らないんだ」

「教えてくれてありがとう」阿莫は言った。「だけど、私たちはシロナガスクジラを羨むことしかできないね。どうしたってシロナガスクジラにはなれっこないんだから」

わたしは「シロナガスクジラもわたしたちを羨んでいるのかも」などというでたらめを口にして、またぞろ自分じしんの長年の厄介ごとをほじくり出したことを覚えている。まるで三流の医者のように、「見てごらん(腰の下から臀部大腿部までの古傷をさすりながら)、わたしのここはもう五、六年も痛んでるんだ。四六時中痛いんだよ……」話してみればそれほど深刻でもない家でのあの出来事を思い出しながら、「起きていると、昼も夜も関係なく痛むんだよ。最初は、彫り上げたばかりの真新しい刺青《タトゥー》のように、炎症を起こし発熱するけど、水にはつけられない。細心のケアが必要なんだ。時間がたっても刺青はやはり刺青で、ただ古びただけ。慣れてしまって、わたしの一部になっていったんだ……」

「私には傷痕はないし、できものの痕もない」阿莫は言った。「ひとつもないよ」

阿莫はあまりにも美しすぎた。これは厄介なことだ。厄介なことというのはいつもおもてには見えないものなのだ。

わたしは「ちょっと待って」とも言ったと思う。まもなく夜が明けるというころになって、わたしは疲れた眼を閉じて言った。「あなたはもう少し待ってみたらいいかもしれない、この世界が追いついてくるまでね……」わたしはいつも思う。人は死んでも何も残らない。残るのは際限のない時間だけだ。死にたい人は何も怖くないのだから、ひょっとすると待つことだって怖くないんじゃないだろうか。

「両親に話したら、私のことを信じてくれるかな?」十七歳の阿莫は眠れない朝の光のなかでこんなふうに訊ねた。

「信じてくれるよ」わたしは言った。

「どうして?」

「だってあなたのことを愛しているから」

「愛するか愛さないかは問題じゃない、問題は愛し方なんだよ……」阿莫は言った。「あの人たちは頑固だから」

「そうだろうね。仕事で成功した高学歴の両親は、実際けっこう怖いかな……」わたしは言った。

「ほんとう?」

「うん、成功した親は子どものコントロール法を心得ているからね」わたしは言った。

「まさかあなたの親はあなたをコントロールしようとしないの?」

「したがってる、とってもね」わたしは言った。「でもね。あの人たちは子どもの運命を決める能力が自分たちにあるとは全然思ってないんだ。失敗することに慣れてるから、どうすれば成功するのかもよくわからない。子どもとやりあって負けても、すぐにあきらめてしまう」

大学の合格発表の後、父はわたしが哲学部に進むことを知り、心配でたまらないというふうに訊いてきた。国際企業学部と会計学部を志願したんじゃなかったのか。志願したよ、だけど受からなかった（というのはそれらの志願順位を哲学部よりも低くしておいたから）。父には「哲学」とは何かなど知る由もない。あちこち聞いて回って、哲学というのは生死や霊魂、八卦や易経を学ぶのだと聞いた。卒業後は占い師になるしかないと。聞けば聞くほど焦りは募った。そして善意の人が彼に教えた（ひょっとすると普段着の道士だったのかもしれない）。哲学とは広く深い思想なのであり、それは大海原のように深奥である。海外に留学して博士学位をとり、大学教授になることもできる。父はここでやっと満足な答えに辿り着き、開明的な父親になることを心から望んだのである。

その後、わたしは、阿莫が置いていった『ライ麦畑でつかまえて』のなかのこの一節に興味を引かれた。「私は君が取るに足りない理由から、気高くもむだ死にするところを予見できる……」語り手（四〇年代に育ち、母親のような女性と結婚した男性同性愛者）が語り終わると、一枚のメモを書いて、十六歳の家出少年に渡した。「未成熟な人間は、何らかの理由のために気高くも犠牲になることに心惹かれる。けれども成熟のしるしとは、同じ理由のために、卑しくも生き続けることなのだ」これは、この偽装結婚のゲイが、精神科医の言葉から拝借したもので、限りなくデタラメに近い話だろう。けれども、この言葉にわたしは心を動かされた。

思うに、この明らかに精神科に通院歴のあるゲイは、頼るものもない青春期をさまよい、自殺することも考え、あるいは実際に行動に移したこともあるかもしれない（そのために崩壊し入院した）。死を免れた後、「二度とあの理由のためにむだ死にしない」と決心し、一転学業を修め、男子高校で教鞭を執ったのだ（幸せなことに、一日じゅう美少年のそばにいられる）。既婚のゲイとして――彼の妻は、家出少年によれば、彼より年老いていておそらく六十歳にはなっている――彼が少年に「同じような理由のために、卑しくも生き続けることなのだ……」と諌めるとき、まさに自分に対して言っているのだろう。

「ねえ、わたし、何を言いたいのかわかったよ……」外出する前に『ライ麦畑でつかまえて』を読み直したわたしは、キッチンテーブルで小海に話しかけた。「あとで病院に阿莫のお見舞いに行くよ。たぶんライ麦畑について語り合えると思う。ホールデンのことを話すんだ」

「言わないからとっくに忘れてたよ」小海は自分の頭を叩いた。「ああ、ライ麦畑の主人公はホールデンと言ったね。確か白髪の少年だったかな」

「全部が白いわけじゃないよ」わたしは言った。「前髪のところがちょっと白いだけ。パンクみたいに」

「赤いベレー帽をかぶってた」

「ついでに訊くけど、セントラル・パークの湖面が凍結したとき、アヒルたちはどこに行ってしまったのだろう……」

「めんどくさいなあ。そういうめんどくささは彼が乗ったタクシーの運転手に押しつけていらつかせればいいさ」

「ただひとつの方向性は、がけっぷちのところで踏みとどまらせること。衝動的な子どもたちを守らなきゃ……」わたしは言った。

あの、前線をゆく子どもたち。

「だけど、君が覚えてるその話はまったく記憶にないなあ……」小海は言った。

「どの部分が?」

「気高い犠牲のために、卑しくも生き続けるっていうくだりさ……」

小海がこんなふうに言ったことで、わたしはやっと気づいた。わたしはまさにあの十七歳の阿莫を経験しているからだ、あの命を弄《もてあそ》ぶ若者を。まさに彼女がわたしをつれて見聞を広めさせてはじめて、わたしは『ライ麦畑でつかまえて』を理解できたのだ。あのくだりをたいせつにしっかり記憶することを、学んだのだ。


転がり込んできた翌日、阿莫は自殺しなかった。十七歳の彼女はもうちょっと待ってみることにしたのである。


いくつかの事柄は時間が経つと忘れてしまう。いくつかの事柄は忘れることはない。

六年後の今年二月、二十三歳の阿莫は初めて実行に移した。ほとんど成功しかけたところで、台湾大学病院に運ばれたのだった。

阿莫のルームメイト、路路《ルル》によれば、ことが起こったその日、路路はいつものように部屋を出て、師大路のバーに行ってバイトをした。深夜三時にあがる予定だったが、夕飯を食べた後、寒気と震えが止まらず、嘔吐や下痢も催した。店の主人は急いで帰宅させ、部屋に戻った彼女はお腹を抱えながらトイレに突進したが、床にべっとりと広がる血糊に驚いて色をなくし、便器に倒れ込んで胃の中の物を吐き尽くして、泣きながら魂の汚物もいっしょに出し尽くしてしまった。

バスルームのなか（路路は「事件現場」と言った）は、阿莫から流れ出た血がまるでペンキをひっくり返したようで、通りかかったアリをからめとり、ぼってりと赤黒く光る湖を現出させていた。排水溝もすっかりふさがれてしまったようである。そのべっとりとした油のような、流浪する液体は、悲憤慷《ひふんこう》慨《がい》し絶望した画家が、わずかに残った油彩絵具を一度に使いきってしまったかのようであった。

路路の知らせを受け取り、救急救命室にわたしは急いだ。半透明のシートを隔てて、看護師が医師に叫んでいるのが聞こえる。「脈が見つかりません、血液はほとんど流れてしまったようです……」阿莫は「行ってしまった」のだろうか。このとき彼女は神秘的な通り道にいて、「もう一方」へと行ってしまうのだろうか。いつも私たちを惧《おそ》れさせ、戸惑わせる、死亡という名の境界地。

半透明のシートにはひとつ穴があいていて、その上に血糊がついていたのを覚えている。

しかし阿莫は帰ってきた。殺そうにも殺しきれないどうしようもない命。病床に横たわり、閉じたまま開けたくない瞳。

「いったい何があったの」わたしは訊ねた。

阿莫は黙ったまま、相変わらず眼を閉じている。

しばらく経って、彼女はコンピューターを起動し、一行打ち出した。私は眠れない。

彼女のタイプする両手は絶えず震え、打つのも途切れ途切れだった。私はここを離れ、別人になりたい。

阿莫の傷口は腕に対して平行ではなかった。彼女はインターネットで腕の動脈の方向を調べ、腕と垂直のその血管、橈骨《とうこつ》動脈を探しあて、残酷無情にそれを切り開いた。阿莫は自分を殺したのであって、自殺ごっこをしたわけではないのだ。

この後、阿莫は精神病棟に移り、二ヶ月になる。見舞いに行くたびに、まず鉄の扉を通り抜け、名前と電話番号を登録し、患者との関係を説明し、携行品の検査をされ、ライターとアーミーナイフは取り出し、革のベルトも取らなければならない。ノートパソコンは持ちこめるが、電源コードは置いていかなければならない。携帯電話はよいが、充電器はいけない。首を巻けるヒモやコードの類はすべて禁止されているのだ。

逃走を防止し、飛び降りを断絶するために、この病院は監獄と同じように、開けることのできる窓はひとつもなかった。

彼らが気にかけているのは、「どんなふうに生きていけばよいのか」ではなく、どんな死に方も許されない、ということだ。

わたしは病室で別の女の子と知り合いになった。歳を訊くと干支は亥《いのしし》だという。指折り数えて出た答えは、十四歳だった。

「二十六歳、それとも十四歳？」わたしは訊いた。彼女の下まぶたはぽってりとしている。

十四歳。彼女は言った。ここにもう四ヶ月も入っているという。妄想症で光をとても怖がる。彼女は頭をわたしの胸にうずめて、ブラインドを下げ、陽光のなかの悪魔を遮《さえぎ》ってほしいと頼んだ。十四歳ははっきり言ってまだ子どもだけれど、皺が寄って腫れぼったく垂れた眼窩《がんか》で、蜘蛛の糸のように細い息で話す。悪い人間に聞かれないように、一言ひとこと秘密のように喋るのだ。悪い人間って誰、どこにいるの。彼女はブラインドの向こう側、遮ることのできない光線を指差した——悪い人間は日の光のなかにいる。光明を占拠し、そして定義しているのだ。

薬が女の子の動きを緩慢にする。まるで慢性中毒のコアラのように、わたしにとりついて甘えてくる。十四歳なのにまだ足し算引き算を練習しており、ひとつの学期をきちんと学んだことは一度もない。ケーキを勧めると、彼女は少しずつ食べ、食べ終わるとおいしいと言う。もうひとつ勧めると、食べながらはにかんで笑った。「私、胃腸炎、おなかこわす……」わたしはえっと驚きの声をあげた。「もうおなか壊しちゃったんだし、アイスキャンディーも食べちゃえば……」女の子の歯は栄養不良のようでまだ生えそろっておらず、まぶたはできたばかりの内出血のように腫れていた。彼女の母親は、これらすべてに対して少しの優しさもしぼりだすことなくずるずると先延ばしにしてきた。女の子は夜中に悪夢にうなされるので、付き添いの母親に一緒に寝てほしいと頼んだのに、母親はこぶしを振り上げ、彼女の顔に新しい血痕を作ったのだった。

けれども彼女の母親はもはやこの世で、わずかに残された、彼女を愛する人間だった。当直の看護師が言うには、彼女の母親はカラオケボックスでふたつの仕事を掛け持ちしており、その他の時間は病室にいて、寝椅子で眠っている。「ここは監獄のようだってあなたは言うけど、確かにそうね。でもね、考えたことはあるかしら、外の世界はもっと危険だってことを」看護師はまっすぐわたしを見つめて言った。「この子が家に帰ったらどんな目にあうか知らないでしょう。彼女が学校でどんな目にあうか知らないわよね」

看護師に負けて、阿莫の「外泊」許可を勝ち取ることはできなかったので、わたしたちは作戦を替えて「休暇」を願い出ることにした。鉄の扉と窓に閉ざされた範囲を離れ、外に出て散歩する。制限時間は百二十分だ。外来診のところを通りかかったとき、見覚えのある女を見かけた。女と言っても、実際には「女性であること」の体面をとうに失い、何日も風呂にも入っていない様子だった。彼女の年齢はよくわからない。ただ彼女の禿げた頭と顔色悪くシワだらけの顔が、緊張した礼儀正しさで看護師に話しかけようとしているのが見えた。

「あたしは深刻な病気だっていうのに、お医者は治療費の計算を間違えたようだよ」彼女は言った。

「どんな病気なの？」

「がんだよ」

「がんの深刻な症状なら、こっちに移ってきちゃだめなのよ」看護師は言った。

「だけどあたしゃ……」

「がんはがん、精神科は精神科ですよ」

女は後ずさりして、次に並んでいる人に譲った。けれども彼女は会計を離れず、ゆっくりとおびえたように、手にした明細を読み返していた。彼女のリュックは手製のもので、緑色の紐を通して、黄色いごみ袋をリュックにしているのだ。彼女には時間がたっぷりあって、手先も器用なのだろう。身につけているロングスカートも手作りのようで、いろいろな材質と模様の布切れを縫い合わせてできていた。

後ろに並んでいた人が離れるや、女は会計に近づいて行った。「だけどねこれじゃあ、一度に四百元以上なんて、あたしゃ払えないよ」

「イエローカードはお持ちですか」

「なにカードだって」

「精神科の重篤症のカードです。黄色の」

「持ってないよ。でもあたしゃ障害者だよ」そう、わたしは、障害を持っている。

「じゃあ障害者手帳は持ってますか」

「持ってない、だけどね……」彼女は自分の左足を揺り動かした。誰が見ても彼女の足が不自由であるとわかる。

黄色いビニール製の透明なリュックのなかは、同じようなものがびっしり詰まっている。同じようなものとはビニール袋だ――そう、ビニールのリュックの中にびっしり詰め込まれているのは、やはりビニール袋なのだ――まるでアイロンで熨《の》したように平らにし、一枚一枚畳んで、小さな四角い塊にしている。その貴重さ、大切さは、まるで袋一枚一枚が紙幣でもあるかのようだ。そしてそれは彼女のわずかに残された財産なのである。

「あたしは障害者手帳は持ってない、でも障害はあるんだ」障害とは一種の所有物になった。

「それは困りましたね……」

「もともとあたしには仕事があったんで、障害者手帳の手続きには行かなかったのさ」彼女は言った。「だけどがんになってからこのかた、長く休みを取り過ぎて、失業しちまったんだよ」

「じゃあまず手続きをしてください。そうすれば医療費を減免することができるようになりますよ」

女は手袋をつけた。汚れるのをとても怖がっているようだった。確かに、彼女はもはやどんな新しい病気も負うことはできない。ただ、彼女が手にはめたのは、五本指がはっきり分かれた毛糸の手袋でも、医療用の消毒手袋でも、はたまた鶏肉を手で裂くための「使い捨て」の手袋でもなかった。彼女がはめたのはビニール袋だった。

「だけど、お医者が書いてくれた勘定書の四百元以上ものカネはあたしゃ払えないし、薬だってもらえやしない……」

「先に障害者手帳の手続きをしてから、薬を取りに戻ってきてください」看護師は言った。

「何日かかるの」

「わからないですね。社会局に行って問い合わせてみてください」

「だけどね今日薬を飲みたいんだよ。あたしゃ悲しいよう……」女は言った。

夢のおかげで、わたしは長いこと思い出すことのなかった秋香《チウシアン》おばさんのことを思い出した。記憶のおかげで、この女は秋香おばさんを連想させたのだ。けれどもその後はどうなったんだろう。秋香おばさんはその後どこに行ってしまったんだろう。

セントラルパークの湖面が凍ると、ニューヨークのアヒルたちはみんなどこへ行ってしまうのだろう。世界が寒々と凍てついてしまったら、遠心力が人間を辺境へと放り出す。その人間たちはどこへ行ってしまうのだろう。

そのひとりひとりの……失踪した人たち。仕事がなく、声もあげず、功績もない（もしもその人がかつて少しでも成功し名声があったとしたら）。誰からも電話や手紙は来ず、訪ねてくる者もいない。生死もわからず、死亡宣告も受けていないのに、埋葬される。

治療はいつ終わるのだろう。矯正はどうやって区切りをつけるのだろう。

秋香が前回強制的に病院送致となったのは（すべての前回はみな最後の一回だ）、工場の窓という窓を全部黒く塗ってしまったからだった。「過酷すぎるわ、あの光、あれほどの残酷さはなんとかならないの」はじめ彼女が怖がっていたのは太陽の光だけだったが、徐々に月の光すら怖がるようになった。あるおせっかいが彼女に言った。月にはもともと光はないんだ、あれは太陽に借りた光なんだよ。

確か『ライ麦畑でつかまえて』では、十六歳の家出少年Hがクリスマスの前夜、冷え冷えとしたニューヨークの街角をさまよいながら、次の交差点、次の曲がり角で自分がその場で消失してしまうことを深く惧れていた。そして亡くなった弟に助けを求めるのだ。「たのむからどうか助けてくれ。僕が消えてしまわないように。お願いだ、僕を消してしまわないで」Hの弟がどんなふうに亡くなったのかはわからない。病気か、事故か、それとも自殺だろうか。わたしが知っているのは小説の最後で、Hは療養所にいて、患者の立場で物語を語っていたということだけ。

問題はその後どうなったのか、だ。小説が終わった後、小説の時間が苦い薬液のように乾いてしまった後、Hはどこに行ってしまったのだろう。それにブランチも。ブランチはその後どこに行ってしまったのか。『欲望という名の電車』の終盤、ブランチはきれいにおめかしして、客船旅行に招かれたと錯覚し、紳士姿の医師によって騙されて精神病院へと連れて行かれる。その後、彼女は退院したのだろうか。

治療はいつ終わるのだろう。矯正はどうやって区切りをつけるのだろう。

ある年の旧正月、母は父について故郷に帰り親類を訪ねた。役場の外で豆花《トウホア》*1の屋台を見かけた。こざっぱりとして、四百年は経つガジュマルの樹の下に佇んでいた。「父さんはね、犬みたいにオウオウと大声をあげてさ、袖を引っ張ったり首をつかんだりしてね、近くのお年寄りから子どもまでみんな連れてきて、ひとりに一杯ずつ豆花をあげたのよ。なんだか乱暴にちょっかいを出しながらね、豆花売りの女に数千元を渡して、釣り銭はいらねえって言うのよ」

母は父に言った。「あんた自分で稼ぐことがどれだけ大変かわかってるでしょう」

父は言った。「あの女を秋香だと思えばいいんだ」

女は頭全体を隠す日焼け防止の帽子をかぶっていたので顔ははっきり見えなかったが、父は秋香かどうかは訊かなかったという。ただ「訊く必要がないわけじゃない、そうだとしても訊くべきじゃないんだ」と言った。「たとえ彼女がおれのふるさとのあの秋香じゃなかったとしても、他の人にとっての秋香なんだ」

秋香がどこにいて、どうやって暮らしているかは誰もはっきりとは知らない。いずれにしても彼女はもはや工場に戻って働くこともないし、アメリカ人のためにクリスマスのおもちゃ作りに精を出すこともない。

秋香が失踪した日、病院が計画した小旅行に参加したのだった。彼女は逃げる気でいたのだという者もあれば、こう反駁《はんばく》する者もいた。「まったくの逆だよ。病院はこっそりと彼女を棄てたんだ」その病院仲間ははっきりとその証拠を示した。バスが発車した時、秋香はちょうどトイレで日焼け止めを塗り直していた、と。

別の者が言うには、その日、正午の太陽は少し傾いていた。十二時ちょうどの人影は十二時ちょうどにはなく、少しばかり長く引っ張られ、両足で自分の影を踏むことはできなかった。それでみなそわそわと不安になり、「病気にならない方が不思議だった」その人は生き生きと身振り手振りをまじえて言った。「バスが山の中のあるカーブを過ぎたとき、太陽はちょうど海の中に沈んでいこうとしていた。海に沈む前の太陽はばかでかいんだ。そのでかさといったら、耳のなかの幻聴が、直接脳天を衝いてしまうほどさ……」それから、この話し手は盲人であることの特権と想像力を駆使して言った。「おれは見たんだ。太陽がゆっくりゆっくりゆっくりと緑色に変わっていくのを。そして黒い血が流れ出てくるのを……」

まったくでたらめなことを。周りの者は悪態をつきながら、それぞれの「秋香失踪記」を寄せ集めていった。

盲人は周りの者の意見にも耳を貸さず言った。もしもあんたがおれたちのように障害があり、眼も見えず、車いすに乗って、仕事も探せず、女房ももてず、それでも気持ちをなんとか支えて病気にもならないのなら、おれは負けを認めよう。……この世のいいところはなにひとつおれのものにならないんだ、少しはおれの言うことも聞いてほしい、せめて何回かの例外として、どうか少なくとも一回はおれの言うことを信じてほしい。太陽の血は黒いってことを。

盲人が話しているまさにそのとき、太陽は血の色の光を放ち、空は闇に包まれようとしていた。

＊1　豆乳を原料とするプリン状のデザート。

4　来来飯店

「あのう、ちょっとお話相手になってくださる？」

家を出て三日目、日曜日、ファストフード店に閉じこもって小説を読んでいると、隣の女性が突然話しかけてきた。

「あなたひとりみたいだし、私もひとりなのよ、ちょうどおしゃべりできるじゃない」女性は言った。

おのおの少なくとも一時間はぽつんと座っていたのだが、この時はじめてまじまじと彼女を見やった。

「お聞きしたいんだけど、もしもお金持ちと結婚したいのなら、どの神様をお参りすべきかしら？」

「え？」

「もしね、お金持ちと結婚したいんなら、どの神様にお願いすればいいと思う？」

わたしは何秒間かぽかんとしたが、なんとか答えをひねり出した。「たぶん、月下老人だと思います」

「関羽さまはご利益あるかしら？」

「わかりません」

「註生娘娘《チュウションニャンニャン》は？」

「註生娘娘は子宝の神様ですよ」

「それなら、月下老人はどこかしら？」

わたしはちょっと考えてから「月下老人は……（窓の外を指さしながら）、向こう側のあの公園に確かひとつあったと思います」

「どうして私のこと誰もお世話してくれないのかしらね？」そう問いかけて、女性はあたかも答えなど要らないみたいに、続けて言った。「孫文にはあんなに支援者がいたのに、私にはなぜいないのかしら？」

これは「ドナルド・マクドナルド」からのプレゼントなのだ。邪悪な帝国のチェーン店でおかしな見ず知らずの人とやりとりするなんて。進歩的な若者はマクドナルドへなんて行かず、カフェにしか行かないものだ。けれどカフェの入り口の映画のポスターは、最初のフランス語の単語からして、彼女のようないびつでひねくれた人間を排除する。

「私の前世は孫文だというのに、どうしてこの私の代では誰も面倒みてくれないのよ」彼女は言った。

女性は水色のスーツを着て、なめらかな長髪を束ねている。もしもなにかボロを見つけたいのなら、それは彼女の足だろう。白いサンダルと肌色のストッキングが、彼女をある種時代遅れの「疎外感」のなかにはめ込んでいる。

彼女はわたしに結婚しているのかどうかたずね、わたしはしていないと答えた。「まだ学生なんです。大学院の二年生」

「大学院ってなに？」

「修士課程のことですよ」わたしは言った。

「大学より上なの？」

「まあそうですね。大学の上で、博士課程の下」

「あなたが結婚しないのはつまりあなたを愛する人がいないから？」

「そうじゃないと思うけど……」愛があるからこそ結婚しなくたって平気なんじゃない、とわたしはひそかに思った。

「じゃあ、あなた食べていけてるの？」

「ええ、なんとか」わたしは言った。「家庭教師をしたり、ラジオ局のアルバイトをしたりで。それに家賃がかからないんです」

彼女は自分の仕事について語り始めた。通信会社のコールセンターで働いていたらしい。けれどそれはもう何年も前のことだそうだ。ここ数年は、服薬、入院、服薬の繰り返し、頭がぼんやりしていて、もう働いていない。最新の人生目標はお嫁に行くこと。

「両親はもう年なのよ、じきに私も養ってもらえなくなるわ」彼女は言った。

金持ちと結婚するために、彼女は最近キリスト教に改宗した。

どうりで、とわたしは思った。彼女が着ているのはきっと「見合い服」なのだろう。この実力が気持ちに追いつかない偽りのレディ。

「礼拝が終わったところなんでしょう？」マクドナルドの隣の地下室に、小さな礼拝堂が新しくできたのだ。

「でも牧師にちょっと不満があるの」彼女によれば、牧師は彼女に考えを改め、金持ちを諦めるようにと言ったそうだ。

「どれくらいお金があれば、お金持ちと言えるのかしら?」わたしは訊いた。

「月に四、五万元はいるわね……」彼女はうっとりとした表情を浮かべると、すぐに皺を寄せて言った。「なのに牧師は私を貧乏人に嫁がせようっていうのよ」

「貧乏人ってどれくらいの?」わたしは訊いた。

「代講の教師。じゅうぶん貧乏でしょ?」彼女は言った。「月に二万元も稼いでないのよ」うーむ、わたしと同じだ。

彼女によると、その男性が結婚を承諾したのは彼じしんも同じように薬を飲んでいるからであるらしい。わたしは余計なお世話と思いながらも、彼女と「神に助けることができないこと」、また「信者が求めてはいけないこと」などの説教じみた話題を語り合った。

「社会局の補助のことはご存知ですか?」わたしは言った。「もしかするとあなたは申請できるかもしれない……」わたしは手元のナプキンをつまんで、手続きについて説明しながら、「障害者の補助は月に三千元で、列車や地下鉄も割引があるんですよ……」と言った。

女性はわたしを見つめたまま、鼻をひくつかせ始めた。まるで鼻の穴に一匹の毛虫、一缶の胡椒、一袋の怒り狂う拍手、ひとつの血が滲むような秘密を飼っているみたいに。

症状が現れたか、もしくは薬の副作用が始まったのだ。彼女は猛烈な速さでまばたきをし、鼻をひくつかせ、首をかしげると、手のひらの上に突っ伏し、一秒ごとに崩れていく。わたしの目の前で健康という仮面を外し、彼女の病をさらけ出したのだ……。

「エリナー・リグビーを聴いたことはある？」小海《シャオハイ》はわたしの女性の話を聞き終わると、ビートルズを思い出した。「ポール・マッカートニーが歌詞を書いたんだけどね」

「Ah ... Look at all the lonely people ...」小海は声を押し殺して、低い声で一節うたうと、両手を首のそばに構え、ヴァイオリンを弾く真似をした。ああ、すべての孤独な人よ。

エリナー・リグビーは誰かの婚礼が終わった後、ひとり教会でばらまかれた米粒を拾う。窓辺に佇み、夢のなかに生きる。ガラス瓶のなかに入れておいたあの顔をかぶって。それは心を砕いて保ってきた顔、瓶のなかに封印され顧みる人もなく、漬け込まれ、腐敗臭を漂わせている。

この顔は「マクドナルド・レディ」のあの制御不能な顔と同じで、瓶のなかに封印されいまだに解放されていないのだ。

解放されていないといえば、ホテルの従業員の顔もそう。彼女らはテーブルひとつひとつの客の間を行ったり来たり、テーブルを拭き、紙ナプキンを置き、ティーやコーヒーを注ぐ。顔の筋肉を正確に制御して、それが崩れないようにしている。

小海はわたしにアフタヌーン・ティーをご馳走してくれた。五ツ星のシェラトン・ホテルの「十二厨」[kitchen12]。月曜の午後、開店してすぐに満席になった。金持ちの暇人はほんとうに多いのだ。金持ちであるほど暇もある。

地下一階のカンファレンスホールでは、男性がスーツを着て、胸には名札をつけたまま、経費で飲み食いしている。インテリ風の話しぶりは知恵比べのようで、みな英語のニックネームを持っている。ワインにはみなある程度薀蓄があるが、最近はシングルモルト・ウイスキーにこぞって宗旨変えしたようだ。きれいな指は皿洗いなどしたがらないためだが、洗ってもせいぜいワイングラスくらい。なのにキーボードを叩いたり、携帯電話を使うことには目がない。指先をさっと滑らせるだけで動くiPhoneやiPadは両方とも会社か役所の経費で買ったものだ。

小海の父親はこのホテルのメンバーで、毎月一定の金額を使い切らなければならない。わたしには「メンバー」がどういう意味なのかずっとわからないままなのだが、飲み食いを手伝うことには満足している。小海の両親は留学中の娘（小海の姉でわたしの部屋の持ち主）に会いにパリへ行ったので、少なくともあと半月は帰ってこない。

午後のティールームは香ばしい匂いが立ち込め、銀食器と磁器がぶつかる上品な音が響いている。終わりのない食事と終わりのないおしゃべり。わたしはスープ皿の端を上げて、底が見えるほど少なくなったスープをすくった。すると小海がわたしのやり方は見栄えが悪いと注意した。「少し残したからってどうってことはないさ」

きれいに食べないともったいないじゃない。わたしは言った。

「ブルジョア」の定義はつまり浪費ってことなのさ。彼は言った。

携帯電話が午後三時を示している。自分にとって不必要な食事を楽しみながら、一方でわたしは父親のことを思い出していた。この瞬間、父はたぶん自分が苦労して手に入れた昼寝の権利を享受しているだろう。駐車係にとって午後三時は一日のうちでいちばんのんびりした時間なのだ。レストランの客はとうにいなくなり、交通警察はまだ出動していない。

わたしが銀のナイフとフォークを握り、お皿の上でレアのビーフステーキをひときれ切り分けてほおばりつつうっとりしていると、鉄の鎖が夜明けに噛み付くような音が聞こえた。まだ薄暗い曙光のなかでうつろなこだまが響く、石板をこするように。

隣の席の女性四人組はおしゃべりだ。盗み聞きする必要もなく彼女たちの話題がわかってしまう。四人は同じ私立の小学校を卒業し、同じ私立の中高へとそのまま進学した。うち二人は途中で退学し、外国に行き小さな留学生になった。間近に迫った同窓会について、Aは素敵な庭園レストランを推薦、しかしBは反対、いわく日焼けはご法度だし、最近はベースクリームのアレルギーも出てきたと。Cも反対、お抱えの運転手が休暇を取るし、バスも地下鉄も面倒、タクシーの運転手は恐ろしい。そこでDが大安路のフレンチ・レストランを提案、Cの家からも歩いて一分しかかからない。

この四人の同い年の女性たちは見たところせいぜい二十歳をちょっと越えたくらいだろう。このグループの口ぐせは「好崩潰《がくんとしちゃう》」だ。愛情について語るときには、「あのショートメッセージが届いて、私たまらず大泣きしてしまったの、その場でがくんとしちゃったわ！」ファッションについて語れば、「あの店、私四回も行ったのよ、四回よ！　おととい電話があって入荷したって言うから昨日の午後行ってみたの。そしたら店員がそのバッグはたった今誰かが買ってったって言うのよ！　私は、私は

（ひどく頭を振ってため息をつき）、怒りで言葉も出てこなかったわ、もうその場でがくんとしちゃって……」彼女たちの話しぶりはまるでトーク番組のスターか名家の令嬢のようだ。「このシーンのために三回もお風呂に入ったのに、ディレクターはもう一回って言うの。私、その場でがくんとしちゃった！」放送されたばかりの番組の宣伝で、「お昼にロケで、水着で海に入ったの。撮影が半分まで終わったところで生理が来ちゃって。もうその場でがくんとしちゃったわよ！」

何もかもが崩《が》れ《く》落《ん》ち《と》て《し》し《ち》ま《ゃ》う《う》ということは、つまり、何も崩れ落ちたりはしていないということだ。

「崩れ落ちる」はもはや「貪婪《どんらん》で軽率な言葉であり、自由自在に人を腹立たせる程度」にまで成り下がってしまった。煽情的でわざとらしく、けばけばしくて幼稚な。言葉の価値が下がれば、その意味もやせ細っていく。絶えず磨耗していく一枚のコインのように、刻み目（模様や価値や発行日）を失い、一塊の鉄くず、無意味な金属に成り果てる。一枚の偽コイン。おびただしい嘘。

ちょうどこんな感じだろう。一一九番の電話の向こう側で、助けを求める女が凄惨に叫び、赤ん坊も一緒に泣きわめいている。パトカーが警笛を鳴らして出発し、急いで救助にかけつけると、実はゴキブリが出ただけだった――「崩れ落ちる」は果たして崩れ落ちてしまうのである。言語の情緒と情緒の言語が休むことなく苛《さいな》み合うなかで、意味の崩壊に陥るのだ。

「月下老人をお参りしてもたぶん無理だよね……」わたしは言った。

「お嬢さん、眠たくなったの？」小海はわたしの髪をちょっと引っ張って言った。「ぼうっとしてるだけ？　それとも夢でも見てるの？」

「あの女の人のこと考えてたんだ……」

「それって……マクドナルド・レディのこと？」

「やるわね、ちゃんとわたしの話聞いてたなんて」

「マクドナルド・レディがどうしたの？」小海が訊く。

「さっき急に思い出したんだ。公園の中のあの月下老人の姻縁簿[*1]は、実は『蔣公遺訓』[*2]だってこと……」

「ウソだろ？」小海は言った。「それ超ウケるよ」

「本当だよ。あの月下老人が手に持っている帳簿には、表紙に『蔣公遺訓』の四文字が刻まれてるのよ……」

「そりゃデタラメもいいところだよ」

「デタラメなだけじゃない、まったく人を傷つける話だよ……」わたしは言った。「マクドナルド・レディがもしもわたしの言うことを聞いて月下老人をお参りに行ったって、蔣公遺訓のどこにも素敵な旦那様なんて出てきやしないんだから」

　Cjは死ぬまで一度も、新妻と肌を合わせることはなかった。

　一九四五年の暮れ、Cjは台北駅の向かい側の郵務総局に勤め、彼女は駅側の電信局で働いていた。太平洋戦争が終わったばかりで、東アジアは焼け焦げた一片の皮膚のようで、ヨーロッパからの船便は遅延を繰り返していた。入港したところで、卸された郵便物は三つの倉庫にうず高く積まれたままであった。国語を話すあの上司たちは、大きな湯呑みをもって出勤し、大きな机の後ろに座って、長々と時間をかけて署名をし、六倍から十倍の給料をもらっているというのに、新たに届く郵便物にはただ手をこまねいているだけだった。彼らは封筒に書かれたドイツ語やフランス語がわからないばかりか、島の地名や街路もまったく知らず、みなが使い慣れた日本語は心底憎んでいた。

Cjは郵便物で溢れた倉庫のなかで一日じゅう働き、『簡易仏和字典』を抱いたまま眠ってしまった。見慣れない女性が彼の仕事を引き継ぎ、翻訳しながら郵便物を仕分けていった。女性は電信局勤務だったが、支援のため派遣されてきたのだった。まるで猫のようにすばしこくそして静かだった。これが彼らの最初の出会いだったが、Cjはその間ずっと眼を閉じたままであった。

九ヶ月後、Cjは補習クラスで彼女と出会った。彼らはそれぞれ郵電組合主催の「国語補習クラス」に参加し、漢字や四角字（方塊字）を学び、注音字母[*3]を読み、国語を話した。彼らは新世界で文盲《もんもう》になることを望まなかったのである。漢字を見分けるのは容易《たやす》いが、発音は難しかった。数ヶ月後にはなんとか新聞を読めるようにはなったが、話す方はまだまだだし、聴きとる力も不十分であった。中国人になることを学ぶと同時に、「中国」とはいったい何なのか、疑いを抱いてもいた。

その頃、大陸からの船便の出入港予定期日ははっきりとせず、ややもすればキャンセルとなり、遅れは頻繁だった。中央政府の役人たちは、遅れて届く新聞や雑誌を読むのにもう慣れっこになっていた。

郵便物が三日遅れるのは正常で、一週間遅れたところで不思議ではない。Cjは役人の特権を踏襲して、彼らが予約購読している本や新聞、雑誌をこっそり開封し、同僚たちと黙って回し読みした。数日後にはもう一度封をして、郵送する。封を切ったとはまるで思わせないように。情報を得るために、役所の人間は公費でどんなものも、禁止されているものでも予約購読できる。Cjは同僚たちと郵便物を開封し、船便の「合理的な遅延」を理由にその時間差を得て、貪欲にそれらを読んで知ったのは、実は戦争は戦後の中国で拡大し続けており、この島の米も砂糖もすべて内戦のために持っていかれているということだった。

Cjは毎日彼女を家まで送った。台北橋のたもとから三重まで歩き、それからひとりで永和まで帰るのである。魯迅や老舎を交換し合い、頼和や呉濁流について語り合った。ふたりは愛情の古典時代を肩を並べて共に歩いた。時間をかけることを惜しまず、愛情に対する辛抱強さと、そして想像力を湛《たた》えて——だからこそこんなにも純粋に愛することができたのだ。そこには駆け引きも、小道具も必要なかったのである。

Cjは彼女と肩を並べ一九四七年へと歩みを進めた。血なまぐさい三月、すべての貯金を従兄の妻に渡した。Cjの従兄の死体は駅に二日間も放置されたままで、引き取りたくても賄賂が必要だったのだ。二二八[*4]の後は米価が暴騰し、米を買えば野菜が買えず、半切れの豆腐乳[*5]でしのぐしかなかった。Cjは従兄のために貯金を使い果たし、米を買う金すら残っていなかったので、同級生の勧めで台湾大学病院で売血することにした。その月、金は一両で百六十元、人間の血は百ccで二百五十元、非常にいい値だった。Cjは自分の血と引き換えに報酬を受け取ると、興味本意でその患者の身の上を訊ねた。そして相手が差し出したのも苦労してやっと稼いだ金だと知り、覚悟を決めてその金を返してしまった。

その年の春、二二八の後、小雨が連続四十日も降り続けた。太陽が色褪せてしまうほどの雨で、「海面までもがびっしょりと濡れた」のだった。Cjは変わらず傘を持ち、歩いて彼女を家まで送った。男と女が一緒に歩き、じゅうぶん長いこと歩けば、夫婦になるものだ。ふたりは四六年の秋から四九年の暮れまで歩き、数えてみればもう三年経っていた。双方の両親は気をもみ始め、翌年一月には婚礼を挙げたのだった。

「小海、級長になったことある?」

「小学校の時になったよ」小海はコーヒーに角砂糖を三つ入れた。

「わたしはないな。でも副級長はある。それに風紀委員も」わたしは言った。

「うへ……」小海は舌を出した。「いちばん嫌なやつだな……」甘くて死にそうなコーヒーにミルクを加えた。

「そう、密告者、ネズミ捕り……」わたしは言った、「だけど風紀委員に限ったことじゃないわ、級長だって副級長だってアシスタントだって……、みんな教師の手先になって、秩序を守るために使われるの」

小海は言った。「小学校五年生の時の級長のこと覚えてるよ。趙という名前で、母親が国語の先生だった。この趙級長は非常に愛国的で、非常に教師を敬い道徳を重んじ、非常にまじめだった」(小海は続けて三回もアクセントをつけた、三つの「非常」にだ)。昼寝の時間は歩哨のように教卓のところに立ち、休むことなく検挙し、氏名を記した。体を動かす者、痒いところを掻いている者、こっそり眼を開けている者、勝手にトイレに行く者を次々に捕まえた……。いったん昼寝をすれば、黒板はクラス全員の名でいっぱいになっていたよ、一人残らずね。いちばん賢い模範生ですら逃れられなかったよ。趙級長はあと一人で記録を更新し、クラスの全員を告発できるというところまできた。そこで彼はあの綺麗な模範生のそばに行き、跪《ひざまず》いて彼女の顔をじっと見つめた、彼女が何か違反するのを待ったんだ。彼は辛抱強かった。そしてチャイムが鳴る前にやっとのことで彼女を検挙できたんだ。夢を見ながら、白目をむくという罪でね」

「ひどい変態だね」わたしは言った。「これも一種の完璧主義ってことかな?」

「うん、完璧なる全体主義だ」

「趙級長がそんなことをしたのは、ご褒美をもらうため?」

「それは教師に訊いてくれよ、そんなの知るかよ」小海は言った。「覚えてるのはその模範生が本当にさめざめと泣いていたことだけかな、清らかだった人生が汚されてしまったかのように……」

「ご褒美のために徹底的に殺戮し尽くすっていうのは一種の恐怖だね。ご褒美のためでもなくとにかく殺戮し尽くしちゃうのは、また別の恐怖だけど」

わたしはある年、小三か小四の頃、学校がクラスごとに選んだ「小さな優等生」のために行なった「幹部旅行」のことを覚えている……

「学校が私たちをどこに連れて行ってくれたかわかる？」わたしは訊いた。

小さな優等生たちがどこに遊びに行ったかって？　小海はちょっと考えて、「……外交部？」

違う。

立法院？

いいえ。

弁護士事務所？

いいえ。

貿易発展局？

違う。

証券取引所？

それも違うな。

法務部の調査局だよ。わたしは言った。

優秀な小学生のためのご褒美に、学校は私たちを特務組織の参観に連れていったんだ。


わたしはまだ幼かったし、行程全体の印象ははっきり覚えていない。ただ感じたのはこの上なくつまらなかったということだけ。つまらないとすぐにおしっこをしたくなってしまう。トイレに隠れて時間をやり過ごし、出てくるともう列についていけなくなる。屈んで靴紐を結んだり水を飲んだりして、当然のように列からはぐれ、迷子になり、あちこち歩き回った。すると毒ガスのような異臭に吸い寄せられ、誰もいない部屋へと入っていった。

部屋には番をする人も、仕事をしている人もおらず、明かりもなかった。中には鉄の戸棚がぎっしりと置かれていて、その上には広口のガラス瓶がいっぱいに並んでいた。床面から天井まで積み上げられ、こちらの壁からあちらの壁まで、一列一列まるで図書館のようだ。

ここは標本室で、ホルマリンの臭いに支配されている。ガラス瓶の中には様々な人間の器官と切断された手足や体が浸かっている。カードには器官や切断された手足の身上が書かれていた。「女、氏名不詳、台中大甲、30−40歳」「男、氏名不詳、台北六張犁、20−30歳」わたしと同じくらいの高さの透明な瓶の列には小さいのから大きいのまで、弁別の難しい見慣れぬ物体が陳列されていた。この列の最後の一瓶を見た時、答えが明らかになった。ここまできて、さっきから見ていたものが何なのかやっとわかった。人間の子宮から取り出した胎児だった。三ヶ月、四ヶ月、まだ性別がはっきりしていない。五ヶ月、六ヶ月、七ヶ月……

これらの死産児はどこからやってきたのだろうか？　彼らの母親は？　この部屋のどこか、別の瓶の中にいるのだろうか？

わたしはとても怖かったけれど急いで逃げ出すことはなかった。両眼はぎらぎらと燃えていて、まるで催眠にでもかかったようだった。

最後の瓶の中の赤ん坊は十ヶ月目で、膝を曲げ体を屈め、性別はわからず、実際に産まれたのかどうか、泣いたことがあるのかどうかもわからなかった。濁った薬液の中の水腫のような物体は、頭半分が瓶の内側につかえて、顔が半分押しつぶされている。たぶん瓶に入れられてそのまま位置を直さなかったか、時間が経って徐々に傾きいびつになってしまったのだろう。

その歪《ゆが》んでいびつな顔はある種の苦しみをしぼり出すような表情をしている。見たところ標本のようには見えないし、むしろまだ生きているようだ。それは眼を半開きにし、まぶたは垂れ、わたしと視線を合わせている。わたしが死というもの、そして死の眼《まなこ》とじかに向きあったのはそれが初めてだった。私たちの間は長い時間で隔たっている、おそらく十年、二十年、あるいは三十年、いやもっと長いかもしれない……わたしはむさぼるようにカードを読みながら、その身の上を知りたいと思った。でも調査局はなにも示してはくれない。その空白のカードには、通し番号と赤ん坊の性別が記されているだけ。

「男の子、それとも女の子？」小海は訊く。

忘れたよ。わたしは言った。「もしもむりやりでも思い出さなきゃならないとしたら、女の子と言うよ」

「なぜ？」

「その瞳の中にわたし自身の顔が見えたから」

「たぶん難産で、亡くなってしまったんだろうね」

「中絶させられた女の子かも」わたしは言った。「一部の私立の診療所で生まれる子どもは十人のうち九人は男の子なんだ。多くの病院で生まれる三番目の赤ちゃんは、つまり三男は、生まれて来なかったお姉さんの代わりなんだよね……」

「それらの器官は、たぶん未解決の事件か、病院が供出した解剖用の遺体じゃないかな……」小海は言った。「ちょっと考えてごらんよ、DNA鑑定技術が確立する前は、どれだけの非業の死を遂げた人が、〝氏名不詳〟としてしか処理されることができなかったかを」
「たぶんホームレスか、あるいは酷い交通事故に巻き込まれたか……」
「それとも病院で亡くなったのに、誰も引き取りにこない患者か……」
「亡くなった囚人かもしれない……」わたしは言った。

いま午前四時四十八分、深まった秋の最も深い夜、もしくは最も浅い明け方。

Cjは看守が最初の鉄扉を開き、更に二番目の鉄扉を開いて、固い靴底で歴史に吐き気を催させる足音を響かせるのを耳にした。

月光はその首を垂れ、輪郭がうすぼんやりとしてくる。太陽はまもなくあたりを照らし出そうとしているのに、最後のひとつ星はまだ輝いている。

これは一日のうちで最も透明な時間だ。夜と昼の二重性を帯びている。けれどCjを拘束しているのは暗黒だけ。広場に面したすべての窓が、二階の女性刑務所の窓と共に、既にひとつひとつ覆い隠されている（逮捕されるときは本人が目隠しをされるものだが、殺されるときには他の者が目隠しされるのだ）。

Cjは五月に逮捕された。結婚したばかりだった。無理やり二百日もの間失踪させられ、一度たりとも家族と面会することはなかった。裁判所は刑務所のすぐそばにあり、非常に便利である。判決を下すのも、殺すのにも便利だ。

軍用トラックが到着した。囚人を載せるのである。Cjはエンジンの低い回転音を聞いた。まるで震え直径三百メートルの小高い丘になった)。
行われる度に、新たな血痕の上に土が被せられる。それは幾重にも積み重なり、高さ五、六メートル、
る耳うちのようだ。明け方死刑が宣告されると、すぐに馬場町[*6]へと載せられていく(そこは刑の執行が

Cjは髭を剃った。カミソリは自家製である。空き缶を拾って得た鉄片をやはり拾ってきた石で磨いて作ったものだ。将棋のコマは、米粒をこねて作った。同じ事件で逮捕された張少年にやるつもりだ。張少年は声変わりしたばかりで、まだ十六歳にもなっていない。

排便を済ませ、真新しい白いシャツに着替える(同じ災難に遭った劉さんが、家族に頼んで死刑囚のために準備したものだ)。

静かに座り、その時を待つ。自分の名が呼ばれるのを待つのだ(我々の清らかな血が、清潔な服に流れようとしている)。

ついこの前、刑場に赴いた羅さんは、軍法処が配給した赤い短パン一枚の格好だった。看守が彼に訊ねた。「どうして靴すら履かないんだ?」彼は言った。「これから引っぱり出されて銃殺されるのに、見た目がどうこうなんてかまってられるか」羅さんの持ち物を靴やスーツも含めて誰に渡すのかは、既によく考えてメモに列挙してあった。

新婚の床からまっすぐ刑場へ。秘密裏に逮捕され、秘密裏に拷問を受け、秘密裏に判決が下り、秘密裏に銃殺刑に処される。謀殺と同じだ。

Cjのいる軍法処は、日本の陸軍倉庫を改築してできたもので、壁を作っているレンガはもち米と石灰によって接《つ》がれている。Cjは壁の接ぎ目の石灰を撫でながら、もち米の匂いを思い出していた。それは家庭の匂いであり、台所の匂いであり、生活の匂いだ。彼女がいちばん好きだったのはもち米のご飯だった。彼の妻である。Cjは記憶の海原に潜り込み、彼女の可愛らしい口もと、そして眉の上の小さくてお茶目な傷痕を掬《すく》いとった。

新婚四ヶ月は、Cjは二十五歳の男としては得難い優しさと辛抱強さで、彼女が新たにやり直せるように、彼女には指一本触れなかった。けれどCjは決して保守的だったわけではない。愛する女性と彼女が逃れられない旧社会のために保守的になったのである。労働組合に参加してからは、Cjは自分がいつでも逮捕される可能性があるとわかっていたので、畢生の優しさを総動員して、新婚の妻のために新たな人生を歩むための機会を残しておいたのである。Cjにとって、最大級の優しさとはつまり節制であった。

隣には呂という桃園大渓の者が入れられていた。掘っ建て小屋を見知らぬ者に貸して住まわせていたという隠匿罪だったが、ひたすらに自分が「今日こそ保釈される」と固く信じ、いつでも誰かが呼びに来るのを待っていた。逮捕された時に持っていた毛布を抱きながら、落ち着いて座っていられず、寝付くこともできず、どんなかすかな足音でも聞こえれば、すぐに毛布を掴んで飛び起きた。そんな状態が長く続き、体を壊してしまった。魂が抜けてしまったように、一日じゅう暴れていた。Cjは自分の同胞が最後には呂さんと同じ運命、一度に大きな精神的崩壊と人格的破綻を経験し、気概をなくした人に成り果てる運命を辿ることを心配したのだった（呂さんは死刑判決が下される前に、獄中で病死した。事件の担当者は、判決確定後に彼の財産を没収し、三分の一の報奨金を受け取るために、審理停止を望まなかった）。

Cjは他の囚人と同様に、長期にわたって半飢餓状態に置かれ、栄養失調となり、両足は浮腫《むく》んで痛み、少し歩くだけで息切れがした。彼らは彼の腎臓や分泌器官や皮膚を痛めつけた。とりわけ彼の爪が気に食わず、一枚一枚剥がした。許医師は刑に赴く途中、廊下を歩きながらスローガンを叫んだので、それ以降の者は刑場へ送る前に全員ボロきれを口の中に押し込まれるか、銃床で下顎をたたきつぶされた。

Cjは遺書を背広の肩あてに縫い付け、同窓のKに託した。もしKが幸いにも死なずに済み、家族と会うことができたら、家族に頼んで手紙を妻に渡してほしいと。「死ぬほうが生きているよりずっと安全だよ、死は僕をこの場所から連れ出してくれるんだ……」国語をうまく書けないと、Cjは日本語で書き継いだ。「もしもっと水を飲めたら、涙を流すことだってできるのに……」

深まった秋はまるで壊れた蝉の羽のように色を失った。歴史の臭いが潜伏している。Cjの痣《あざ》だらけの太ももに、まもなく炸裂する痛みのなかに、刑務所に配置された密告者の口のなかに。

血の臭いが潜伏している。廊下の真っ暗なネズミ穴に、改装されたホテルの貯蔵室、シーツやバスタブ、プールやサウナ、ゆらめく蝋燭《ろうそく》の炎の中、そして清潔な台布巾の下に。

その後数十年、台北人は沈黙の中で忘却を学んだ。大規模な逮捕の恐怖を忘却することを。刑務所も血の汚れをきれいに洗い落とし、楽園のような大ホテルへと変貌した。来来香格里拉《ライライシャングリラ》、「おいでおいで、誰かがあなたを呼んでる」、幼い頃父がこんなふうに、台湾語で国語を弄《もてあそ》ぶのを聞いたことがある。「来来香格里拉《ライライシャングリラ》、おいでおいでと誰かがあなたを呼んでいる」

国語の「香格里拉」は、台湾語の「誰かがあなたを呼ぶ」と発音が近いのだ。

「ここにたくさんの人が収監されたこと知ってる？」わたしは小海に訊いた。

「聞いたことはあるよ」小海はコーヒーをかき混ぜる手を止めた。

「シェラトンホテルはもともと来来飯店と言ったんだ」わたしは言った。「そして来来飯店の前身はまさに台北軍法処なんだ。すべての政治犯は銃殺刑に処せられるまで、みんなここに収監されたんだよ」

「どうして知ってるの？」小海が訊く。

「本を何冊か読めばわかることだよ……」わたしは言った。「実際には軍法処の敷地はこの来来飯店だけじゃなくて、青島東路の国立映画図書館まで含んでいたんだけど」

「そうなんだ？」小海は訊いた。「じゃあ銃殺されなかった人たちは？」

「やっぱり同じようにここに収監されたよ。時期が来れば、一緒に緑島に送られたんだ」わたしは言った。「ようするにここが大本営だったということだよ」

老K［国民党］は日本人の陸軍倉庫を接収し、刑務所に改築した。その後財団に払い下げられ、ホテルとなった。

来来香格里拉、歴史を削り落とし、歓楽に供される。

来来香格里拉、豊かさと未来のために生まれた、国際フランチャイズ・チェーン店。

来来香格里拉、おいでおいでと誰かがあなたを呼んでいる。


「母方の祖父が緑島に送られる前もやっぱりここに入れられてたんだ」わたしは言った。

「どのくらい?」

「一年近く。移送される時、体はもうボロボロで、誰も逃げ出せるような状態じゃなかった」

月の光にさえ恐れおののいた。死の脅威は潮汐も乱し、二階の女性刑務所では全員生理が来なくなった。


暴動、riot。「爆笑」と翻訳も可能で、貴族の贅沢なお祭り騒ぎを指す。この点から見れば、暴動とは一種の特権であり、最初の暴民は政権や金権を掌握した階層だったのだ。

暴民:快楽と力の暴走族。

平民は封建体制と衝突する過程で、暴民の特質を受け継ぎ、路上で酒を飲み踊り、思う存分高らかに歌う。時には放火し殴り合い、ほしいままに破壊していく。この言葉はだから「平穏をかき乱す」や「平和を破壊する」といった意味も生み出した。黒人小説家TMの言葉にこんなものがある。定義の権力は、「定義する」階級に属しているのであり、「定義される」人々に属してはいない。暴民になるのはやはり貴族であり、そこで暴動は非常に高貴なものとなる。平民が一旦暴民になると、「暴動」という言葉は降格させられるのだ。

ただ詩人だけが、このような特権によってつくられた言語の偏見から免れることができる。

詩人にとって「暴動」とは「慷慨」の同義語である。

辞書の例文にはこんなものがある。Venus loveth riot and dispense. ヴィーナスは暴動のようなお祭り騒ぎと喜捨を熱愛する——この言葉はチョーサーの『カンタベリー物語』、あの野性的で色情的な小説に出てくる。詩人のポープは言った。No pulse that riots, and no blood that glows. 脈拍が暴れ出さなければ、血は光を放たない。


この夜、小海がドアをノックした。手伝ってくれないかと訊いてきたのだ。わたしは無理だと答えた。ドアは静かに閉じた。

(もしも部屋代を支払えというなら、新しい貨幣を発明して印刷するから、数日間の猶予が欲しいと頼んだ)


薄っぺらで脆《もろ》い夢が艶めかしく冷ややかな月の光の中で眼を開き、わたしはうとうとしながら身体を横にして夢のもう一方へと向きを変えると、小海がなんとわたしのベッドに横たわっていた。彼は眠っていて、右手は夢を見ているのか笑っているのかわたしの腰に巻きつき、ゆるやかに抱きしめているようだった。

わたしは身体を起こして携帯電話を確認した。深夜零時三十二分。母からの留守番電話が一通届いていた。湿り気のある声で、わたしに無事だと伝えてから、言った。「清明節の日、私といっしょにおばあさんのお墓参りに行ってくれるかしら?」

＊1　結ばれる男女の名前が書かれているという帳簿。
＊2　蔣公とは蔣介石のこと。
＊3　中国語の発音記号の一つ。注音符号ともいう。
＊4　二・二八事件のこと。一九四七年二月二十八日から台湾各地で発生した台湾人(本省人)による反外省人・反国民党蜂起。本省人とは一九四五年より前に中国大陸から台湾に移り住んだ人々及びその子孫のことであり、外省人とは一九四五年以降に国民党と共に渡ってきた人々のことをいう。
＊5　豆腐を発酵させた調味料。
＊6　戒厳令期の台北の処刑場があった場所。

5　楽蒂（ローディ）

小海《シャオハイ》の祖父は毎日按摩をする。これは小海がわたしに言ったのではない、ゴシップ雑誌が書いていたことだ。

一九四九年台湾に戒厳令が敷かれたとき、小海の祖父、海爺爺《ハイイエイエ》は中央政府の高官であった。彼の官威が大きければ、警備総部[*1]もそれだけ力を持った。

海爺爺は生活のリズムが規則正しく、あっさりした食事を心がけ、毎晩寝る前に必ず人を頼んで家に呼び、特製のベッドで九十分間の按摩をしてもらう。祖父はオイルマッサージをこよなく愛し、按摩師特製の調合したオイルをよく使っていた。まるで仙人のように身軽で爽やかで、書道展を開いたこともあるほどだ。縦に細長い字体は「長寿養生体」として有名で、皮膚は肌理《きめ》が細かくてまるで「髪結いの亭主」といったところだ。九十歳になっても長距離飛行機や大型客船に乗れるし、一路氷を割って北へ、極地までオーロラを見に行ったこともある。

その雑誌の同じ号には、楽蒂《ローディ》という仮名の女按摩師のインタビュー記事もあって、何年も前に受けたあやしげな仕事について書かれていた。客は男性、金持ちで、高齢（七、八十歳はかたいわねと彼女は言った）。出張サービスで二時間のマッサージ、三六〇〇元出すと言ってきた。楽蒂は電話口で一も二もなく承諾し、降り続ける冬の雨も焼けるように鈍く痛む指の関節もおかまいなく、スクーターに乗って仕事に向かった。

「金持ちの家の客間ってほんとうにすごいわよ」楽蒂は言った。「その広さといったらまるでスケートリンクみたい。自転車も走れるわよ」


楽蒂は一セッション七〇〇元（実際には恒常的な値引きで五五〇元）の按摩店を何軒か掛け持ちでアルバイトをしている。お客ひとりにつき一本カードを受け取る。三十分で一本、一時間で二本。あがりは店と折半なので一本につき二七五元だ。彼女の言う「カード」ははっきり言えば、薄いフィルムを圧縮した紙板に他ならず、バスで乗客に手渡される「二区間乗車」の整理券のようなもので、繰り返し再利用されて乾燥野菜のように皺くちゃで、雑巾のように汚れていた。

楽蒂が世話になっている店は四つあり、中山区に集中している。電話で呼ばれたらすぐに向かうのだ。景気がよいときは一日に十セッション以上も仕事をし、筋膜が炎症を起こし関節が壊れそうになるまでやる。けれどもこのような嬉しい悲鳴の日々は実際には少なく、あの金持ちのところの実入りのいい仕事にありつけたのは、まったくこのうえない幸運であった。「こんなにいい話がどこからあたしのところに転がってきたのかしら？」楽蒂は言った。「あたしが揉んだ水虫足は淑女のお尻よりよっぽど多いのよ」仲介者は彼女に耳を塞ぎ口を閉ざすよう言った。「とにかくあんたに悪いようにはしない」そしてこう付け加えた。「先方は金持ちだ。質感にこだわるお方だよ、失礼のないよう服には気をつけることだな」

楽蒂はお手伝いに先導され門をくぐり、そそくさと広間を通り抜けて、件《くだん》の主の部屋へと直行した。部屋には誰もおらず、楽蒂は言いつけのとおりドアのそばに立ち、衝立で仕切られた入り口で静かに待っていると、九時きっかりに老人は部屋のなかにある浴室から出てきた。背中から白く芳しい湯気を立ち上らせて、仙人の口からゆらゆらと気を吐き出すように、やあ、と言うと、すぐにバスローブをほどいて一枚のメモを差し出した。「これがわしの注文じゃ、どうかこのとおりにやっておくれ」

声なき求めは紙に書かれてあり、至極簡潔である。たったの一項目で、楽蒂はたいして力もかけずに任務を果たせそうだった。

老人が楽蒂に頼んだのはこのようなものだ。彼の乳首の周りを軽く円を描くように、内側から外側へ、さらにまた内側へと絶えず繰り返し押す。時には幻のように軽やかに、また時には罰を与えるように力強く。指だけでじゅうぶんだが、時々手のひらも使って。ベッドサイドのグリースは、楽蒂に任せるので即興で腕を振るい、量を見計らって使うように。

記者は客の反応はどうだったのか、声は出したのか、と訊ねた。楽蒂はもちろんよ、と言った。死人じゃああるまいし。

セックスの時のようなうめき声は？　楽蒂は言った。「あんたが考えてるような声を聞いたってことよ、アハハハ……」記者は「齢五十を越えて、まだ艶っぽさを残す女按摩師だが、その鷹揚な笑い声は少々品がなかった」と書いた。

相手はあなたの体に触ったんですか？　楽蒂は否定して、「お役人様だもの、やっぱりメンツってものがあるじゃやない」

官僚なんですか？　ちょっと教えてくださいよ。「もう引退して長いわよ」

どれくらいの地位の高さの？　「昔テレビでしょっちゅうお顔を拝見できたくらいの地位ね、アハハハ……」

もっと金を出すから別のところをさわってくれとは言わなかったんですか？　「下の方を触るってこと？　アハハハ……」楽蒂は言った。「合図のようなものは感じたけど、でも言っていることはよくわからないし、あんなにも偉いご身分だし誤解だったら困るじゃない、それでそういうことはしなかったわ……」

どんな合図だったんです？　「えー、そういうのはなんともいえないわね、ただ彼の声を聞いてただけよ、説明できないわ、アハハハ」

ちょっと話してみてくださいよ。「体をずっと揺すったりくねらせたりして今にも泣き出しそうなの、まるでお願い、お願いって言ってるみたいで……」
全部で何回通ったんですか？「そんなに多くはないわ」
相手は勃起したんですか？「あんたの父ちゃんに聞きなさいよ、アハハハ」

楽蒂の話によれば、十代でひとり台北にやってきて、最初はホテルの従業員になった。その後女性用サウナでマッサージをするようになった。「株価が一万ポイントを超えたあのころ、風俗産業のうす汚れたあぶく銭が林森北路にあふれたわ。ホステスたちはみんな仕事帰りにサウナに行くようになった。人手が足りないから、こんな私まで動員されてマッサージをしたの。やってるうちにだんだんできるようになったわ……」サウナが風俗産業とともに落日を迎えると、楽蒂は賞味期限の切れた漬け物のように時代に淘汰され、安価な街角の小さな店で、足裏マッサージをするようになった。

楽蒂自らが語った内容は空白で満ちており、多くの年月が省略されている。たとえば、ホテルの従業員から按摩師になるまでの数年間、そして落ちぶれて足裏マッサージをするようになるまでの数年間。

雑誌には楽蒂のルポルタージュ写真が載っている。入れ墨でぞんざいに分厚く描かれた眉は刃物でこそいだようで、鬱血して滲んだような青紫色だ。それは一九八〇年代のテクニックである。それはたとえば、やり過ぎの、はじめからしなければよかったと後悔しそうな女王蜂の印象。入れ墨で描かれた上下のアイラインは老いを隠しきれず、緩んで外れてしまいそうな目縁《まぶち》が薄黄色の目の下の袋を下に押し下げ、まるで泣きはらしたようになっている。厚化粧しなければとても人前には出られない。

どうやら彼女は顔面の整形もしているようだ。ひと昔前の技術で、手元が狂ってしまったような魔女の鉤鼻は、ずっと腫れが引かず手でちょっとつまめばもげてしまいそうである。

もう一枚の写真からは、楽蒂の足指が深刻なほどに変形していることがわかる。外反母趾で、指先は横を向いて人差し指、いや中指の方までいっている。これは力仕事で生計を立てている足ではない。赤裸々な愉悦を売っている足だ。ハイヒールによって長い時間ぎゅうぎゅう圧迫され、変形し痛んでいるのだ。まちがいなく娑婆を見てきた足である。

老小姐《オールドミス》、老査某《行き遅れのお嬢さん》。若いころは肉体を売り、体型が崩れた後は力を売る。色を鬻《ひさ》ぐ日々が彼女の足を傷め、力を売る日々が彼女の両手を壊した。

雑誌に載った写真を見ると、楽蒂の右手の親指も外側に反り曲がっており、指の根元と手のひらを繋ぐ関節が横向きに突き出し、まるで力を増すために骨が一つ増えたかのように、折れ曲がって大きな三角形を形作っている。

三角形の先端にはタコが、寄生した瘤《こぶ》のようにできていた。

楽蒂が話してもいないことまでつなぎ合わせ、あいまいな筆致で記者が暗示したのは、人に頼んで乳首に円を描かせたあの年老いた客人が、政界を引退した海爺爺だということだった。しかしその後すぐに、この女（当然楽蒂のことだ）の経歴がいかがわしく、背景は複雑で、その話を完全に信用することはできないことも匂わせていた。海爺爺であることを「暴露」したのは雑誌記者であって、彼の筆になる「汚れた証人」ではないことにはまったく触れられていなかったのである。

海爺爺の使用人はきっぱりと否認した（このようないかがわしい取るに足らぬ話には家人が公の場に出るまでもない）。取りざたされている仲介者も、「私は電話受付の担当に過ぎず、お客の名前など聞いたりはしません。我々はやましいことなど微塵もない健康マッサージ業者です……」楽蒂は唯一の当事者であり、またもっとも適格な目撃者でもある。海爺爺らしき件《くだん》の人物からすれば、楽蒂のような汚れた女こそ最適な証人なのだ。なぜなら彼女らの話すことを信じる者など誰もいないからである。

マフィアの戒律第十条、自分の子どもの母親を尊重しなければならない。この戒律の意味は決して、自分の妻に忠実であれということではない。何人の愛人を持とうが自分次第、彼女(たち)を連れて街へ繰り出し毛皮製品を買ったりオペラを観たり兄弟分のパーティに参加しようがかまわない。その前提条件は、愛人を妻の目の前に登場させないこと。これは自分の子どもの母親に対する極めて大きな不敬である。

よりによってある者が戒律を破り、自分の家の屋根の下で浮気をした。お手伝いに手をつけたのである。

彼はニューヨークのマフィア、三大ファミリーの一つ、ＣＣＴのボスだ。ＦＢＩの長期にわたるモニターにもかかわらず、望みどおりの謀殺罪で起訴することができず、毒物販売の罪でやっと彼を逮捕することができた。マフィアのボスが逮捕されたとなれば、確実にトップニュースになる。ＦＢＩのモニター事件はたちまち大小のメディアが競い合うスクープの対象になった。

ボスとお手伝いの不倫はつまりこのように白日のもとに曝されたのである。

重要なことは、ボスは浮気がバレたことを決して気にはしなかったということだ。いや自分の刑期のことすらそれほど悩んではいなかった。彼が最も恐れたのは、ＦＢＩがモニター中に、彼が七十の高齢にもかかわらず、ペニスを増大させる物質を注入したことが知られてしまうかもしれないということだった。

逮捕、収監、自分の家でしかも妻の目前での浮気、これらはすべて彼のボスの地位を脅かすには足りない。ただ「陰茎増大術」のみが彼の男らしさを傷つけ、家父長の権威を一夜のうちに倒壊させるのである。

メディアに追い回されている有名人にとって、自尊心を傷つけるに足る最たるものは、往々にして自分にとって最も切実な快楽である。

快楽と羞恥は切り離すことができない。シャム双生児、あるいは鏡面とその裏の水銀のようなものだ。絶望的な快楽であればあるほど、羞恥心を抱かせるものなのである。

けれども、マフィアのボスは結局のところ政界の大物にはかなわず、女按摩師もＦＢＩではなく、まともな威信などもっているわけはない。重要なのは、このエピソードが次のことを我々に教えてくれるということだ。すなわち特権をもって富を成し、さらにその財産をもって複利で儲ける人間の話は、出身もあやしいハッタリ女のそれよりも信じられるということである。もしもこの女がタバコのヤニだらけの口で、指の股が汚く、髪の色も低俗であり、重要でない瑣末な事柄について前言を覆《くつがえ》したとしても、彼女の言葉は汚れた証言のようなものであり、信用するに値しないのだ。

海爺爺は正式な引退の前に早くも引退生活に入り、実入りがよく条件もよい機関に配属され、公用車と運転手があてがわれた。システム化されたあぶく銭は汚れてはいないし、することもない生活によって白く柔らかな手にもなる。オフィスには助手がいて、家にはお手伝いがいる。高額な年金を受け取り、新しい社会においても貴族であり続け、他の者の生活、庶民の生活を喰い物にしている。海爺爺は「大衆」とか「人民」という語に慣れていない。「庶民」こそが彼の使い慣れた言葉なのだ。

それほど気にしなければ、海爺爺は実際ユーモアのわかる人だし、楽蒂も、「あの爺さんはいいお客よ」と言っている。裕福な暮らしぶりで、性格はさすがにそんなにひどいということもない。確か大学一年の頃、何人かの同級生と小海の家にＤＶＤを観に行ったことがある。海爺爺はちょうど孫に会いに来たところで、ニコニコと笑って何かご馳走しようと言う。わたしを指名してお使い（お役人のころの名残の習慣だ）をさせ、ハンバーガーやホットドッグ、コーラにポップコーンを買ってくるようにと言ったのだ。

わたしは彼の下僕になんてなりたくない。どんなふうに断ろうかと考えていていると、海爺爺はもう千元札を何枚か取り出していた。多すぎますよ、とわたしはダイニングテーブルの上のコインがたっぷり入った磁器のお皿を指さして言った。「これふた掴みもあればじゅうぶんです」

　小海の祖父はコインを何枚か手にとって、それらをひとつひとつ大きさで分けて並べ、一番大きいのを指して「これはいくら？」と訊く。五十元です、とわたしは答えた。「それは？」二十元ですよ、新版なんです。みんなが使い慣れないうちにもう生産停止になりました。「これは？」十元です。

「それじゃあこれは五元だね」海爺爺は言い終わると、さらに一番小さな黄色いコインを触って言った。「これは一元、そうだね？」

　海爺爺は、わたしが白目を大きく見開いて唖然とした表情を浮かべているのを見て、慌てて言った。

「きみ、よしてくれよ、わしは小銭は使ったことがないんだよ」わたしは顔に残ったわずかな微笑みも使い切ってしまい、作り笑いで何秒間か持ちこたえるほかなかった。そしてこう言った。「こうしましょう。わたしがこのコインの整理を手伝いますから、おじいさんはわたしたちに食べ物を買ってきてください。庶民の生活を体験するんですよ、面白いですよ」

　物乞いのホームレスはわたしをこき使えるし（お嬢さんタバコを買ってください）、車椅子の宝くじ売りもわたしをこき使える（地面に落ちた袋を拾ってくれませんか）。けれども小海の祖父はだめだ。

　わたしは海爺爺の背後に、醜悪このうえない歴史を嗅ぎ分けることができた。おそらくだからこそ、自分が彼らより下にいるなどと思ったこともない。子どもにとって、幸せとは日曜日の朝、両親のベッドから聞こえる笑い声や、台所で目玉焼きがじゅうじゅう焼ける音、イチゴジャムの瓶を開ける耳にこちよい音だろう。でもわたしはそれらを味わうことなく成長し、大人になった。海爺爺に会ったあの日曜日、ゲストとして「上品な老人」の晩餐を観察した。白いご飯は必需品ではないが、酒は欠かせない。欲望は前菜とスイーツに集中しており、メインディッシュにはほとんど手も付けない。スプーンひと匙で七種類の香りを味わう。飲食とは気分を味わい、ついでに目も愉しませるもの。空腹を満たすためのものではないのだ。

成熟、優雅、世故、腐爛。

海爺爺は小海がわたしに手をつけていると思い込み、わたしにはとりわけ親切で気前が良かった。小海の秘密を知っているのはわたしだけで、わたしは小海の「性《セックス》」と「愛」を密かに守る欲望の女スパイだ。テーブルでは笑顔で「ボーイフレンド」のおじいさんの話に耳を傾けた。百年前、ある年老いた黒人が自分の孫がちょっとおかしい事に気づいた。外出時間が変わり、歩き方も変わった。そしてどうやらこの十九歳の少年は恋に落ちたのだと判断した。そこで人生の経験を少しばかり伝授して、若者に「愛情教育」をしようと決めたのだ。老人は孫に言った。女性はすばらしい、そしてとても重要だ。すばらしい女性はお前の人生に最高の三つのものをもたらすだろう。すばらしい食事、すばらしいセックス、そしてすばらしいお喋りだ。ふつうの男ならそのうちの一つでも得られるだけで幸運といえる。もしもそのうちのどれか二つを得ることができれば、天にも昇る心地だよ。

海爺爺は「天にも昇る」と言いながら、横目で小海を見つめた。まるで孫と秘密の交換をしているのだと思い込んでいるように。

わたしはこの物語が好きになって、後でその本も買った。

その年老いた黒人はアメリカの小説に登場する奴隷の末裔で、厳密に言えば虚構の人物である。まさに彼が虚構の存在で、実在の人物のように上手に嘘がつけないからこそ、わたしは彼を信じる。この黒人はこんなことも言っている。男がすばらしいのは悪くない。けれどこの世には「すばらしい女性」よりもっとすばらしい人間などいるわけはないのだ。

ああ、わたしは海爺爺の趣味の良さを認めざるを得ない。マクベス夫人が実に人をうっとりさせること、彼女が悪辣で、男以上に権力を渇望し、手を伸ばしてそれを獲得する胆力と見識を持ち、両手を真っ赤に血で染めることでその代価としたことにうっとりしてしまうことを認めざるを得ないように。

数日前、小海は講義ノートをめくりながらわたしに訊ねた。信仰、知識、そして真理は必ず同時に成立しなければならないわけではない。このへんてこな理論はいったいどういうこと？

わたしは数分間考えた。決しておかしなことではないよ。

わたしは神を信じる、客観的な知識が神の存在を証明しないとしても。

わたしは神を信じるけど、神がなしたことが即ち真理ということにははっきりと疑いをもっている。

わたしが信仰する真理は善だけど、だからって神は善のみをなすなんて信じてない。

小海が大学四年の年、海爺爺は夢のなかで安らかに息を引き取った。神の懐に入り、百歳の天寿を全うしたのである。

海爺爺の身体は亡くなってなおこのうえもなくふわふわと柔らかく、まるで上等なシルクの掛け布団のようだった。まったく混じりけがなくてコクがある、まるでオークションの後で開ける極上のワインのよう。死んだはずの麦と葡萄はボトルの中で相変わらず生彩を放っている。

報道によれば、彼の遺体はまるでバターのように柔らかく、聖者のようにしなやかであったという。

＊1　台湾警備総司令部のこと。戒厳令下の台湾において治安維持の主導的役割を担った。

6　お嬢様の試験

小海《シャオハイ》の家の紙くず回収かごから、二冊のゴミを拾った。

Luxury Taker　世界最高級品情報。

Vintage Luxe　貴族人生。

奥付には四ヶ所の「大中華」支部、北京、香港、上海、台北と記されている。

雑誌は「ハイエンド」な消費者をターゲットにし、書店にも置かず、販売もしない。「広告すらも載せることはない」自ら発行する雑誌の中で、身内のインタビューを受けた編集長は語る。「正直なところ、われわれには余るほどの金があるので、広告を掲載することはまったく必要ないのです」でも雑誌そのものが広告なのだ。「第一級都市」の五ツ星ホテルの客室、「第一級の景勝地」の「最高級」ヴィラ、ゴルフクラブ、カジノのＶＩＰルームに直接届けるのだ。

会員でないと読むことができない「高尚」な雑誌。てらてら光るオールカラーで厚手の紙を使った印刷。大きく開け閉じする大きな紙面の雑誌で、拝読することはできても、寝転んで読むなんてできない。泥棒をなぐって気を失わせるくらいの重さはあるし（優良なホテルは警備用に配備）、腕も折ってしまうだろう（一冊の本すら持ち歩けない、力尽きてへなへなのパーティ生活をしている女を懲罰するのだ）。一冊は十個の段ボール箱に相当する。くず拾いで生計を立てている者いちばんのお気に入りの精選されたゴミだ。

日本の最高級オーダーメイドの服とジュエリーの展示会の予約専用番号は、〇八〇〇－〇九二－〇〇〇、あれ、これは「健生漢方医診療所」のフリーダイヤルだ、間違えてしまった。[*1] 先方がくれたのはベラヴィータ［台北信義区にある高級品デパート］のＶＩＰ専用番号だ。

「最高級のビジネスクラス」、目的地は南アフリカ、ドバイ、南極、エジプト……最も多くの燃料を消耗して、世界で最も遠い場所へと飛び、「私営《プライヴェート》野生動物保護区」（野生動物保護区にも「私営」があるとは）に宿泊する。何台かの豪華なリムジンが基本的に装備されている。まるで「三つの正確な目覚まし時計」がサラリーマンにとって基本装備であるのと同じように。ディオールのネックレスは二十七万、単位は人民元でなく米ドルだ。

すべての消費できる男たちはみなとてもManだ（Manは徐々に大文字で書かねばならならぬ形容詞になってきた）。貨幣購買力の仲介を経て、消費社会はmanの定義を書き換え、男の血気盛んなさまを変えてしまったのである。

雑誌の中の金持ち独身男のスタジオで撮った写真を見てみるがいい。

貨幣は男らしさと交換することができる。実質的な購買力を通して、自分のものにし性的にも欲したい相手を惑わせ、貨幣の力でうんと言わせるのだ。代価を問題にしないプレゼント――自動車、家、船、光が降り注ぐ森の図書館、最後の審判の日に亡命するように思いつきで出発する極地への旅行、カネを叩いて貸切会場で挙行する誕生日パーティ。

華麗なる男の心意気、男らしくて贅沢でとってもManだわ！（お花ひらひら、くるくるまわるわ。夢見る少女はこんなふうに言うだろう）

けれども、美しいあなたは、トカゲとワニの革の違いがひと目でわかるだろうか。パーティをはしごして、ワインディナーのお見合いゲームを楽しんで、お互いに知り合えば、相手のグレードを見間違えることもなく、間違った交友も防げる。

「談笑の合間に、ひと目でわかる」雑誌のなかのタイトルにはこんなふうに書いてある。

わたしには一問も解けなかった、お嬢様の試験問題を通してわたしが知ったのは次のようなことだ。ダチョウの「足」の革は入門レベルで（牛革は挙げる価値もない）、その上はダチョウ革、さらに上はヘビ革で、もっと上はトカゲだ。トカゲの革の値段はワニ革の半分で、ワニの生革は平方センチで計算する……以上の資料は（わお、なんてひとりよがりな編集者なんだろう）CITES：ワシントン条約によるものである。

やはりまったくなにもわかっていない。幼稚すぎる。

金持ちの「世間知らず」は、貧しい者とまったく同じだと暴露しているじゃないか。

金持ちのわざとらしさと貧しい者のわざとらしさは、ほとんど同じようなものだとはっきり言っているのだ。

三ツ星の騰貴の宴。（わたしには見てもわからないし読めもしない）フランス語の名前の、ミシュラン三ツ星の栄光に輝いて二十年のシェフによる限定四十名のディナー。ドレスコードはスマート・カジュアル（ん、どうやって「聡明なぞんざいさ」を身にまとえばいいのだ）、電話番号も料金も書いていない。来るべき人には招待状が送られる。——これはおかしい。排他性が極めて高い、秘密結社のような宴席なのに、なぜその知らせが載るんだろう。排除される人々に自分にはまだ資格がないことを知らせるためなのだろうか。

羨ましがる者にはぐうの音も出ない。口には出さないが、胸の奥では妬んでいる。でも口では、時間がないから、興味がないから、ちょうど海外に行っていて、だいじな仕事が入ってメールを見落としてしまって、などと言っている。

嫉妬《しっと》とは、最もありきたりな狂気だ。一旦漏れてしまうと、とたんに自尊心を貶《おとし》めてしまう。教養のある人ならこのような屈辱的な感情を自らさらけ出すことは絶対にない。どうりですべてのブランド大工場では決まってひとつのシリーズか少なくともひとつの品物に「嫉妬」と名付けられているわけだ。

「こんなゴミみたいなものを君も読むの」小海はわたしの後ろから頭を突き出した。

「勉強しているんだよ……」びくびくしながらわたしは言った。『孽世代《ニエ・ジェネレーション》』［「孽」は罪業や不孝の意］の次の放送で〝嫉妬〟について取り上げようと思ってるんだ。あと〝偽娘《ウェイニャン》〟（男の娘《こ》）もね」「孽世代」はわたしがバイトしているラジオ番組の名前だ。

「君は〝嫉妬〟という文字を不思議に思ったことはないかな」小海は訊いた。

「不思議じゃないよ」わたしは言った。「だいたい酷い文字の多くが女偏じゃない」

嫉、女の病。妬、石の女。

〝朋比為奸〟（ぐるになって悪事を働く）。〝興妖作怪〟（悪事を働き悪影響を広げる）。〝売俏行姦〟（誘惑して姦淫する）。

「社会の動きっていうのは先入観に依存しているんだよ。そして先入観というのはすべて言葉のなかにあるんだよ、わかるかな……」小海の単純さが嫌になる。

「言葉の意味は変わっていくものさ。〝妖孽《ヤオニエ》〟［元来は魔物、悪人の意］だっていまやすごくクールな言葉になったし、決して悪くないよ……」小海は言った。「君の番組だって、『孽世代』って言ってるじゃないか」

「そうだね、今のご時世、妖怪も妖怪らしくなくなっちゃった……」わたしは言った。「ねえ、陳家の小海おぼっちゃま、あなたには暗黒面というべきものはあるの」

彼は大声で笑って言った。「アダルトビデオ好きはそうだっていえるかな」

「あなたみたいに順風満帆に坂をかけ上がって、春風に乗っている男の子の唯一の暗黒面はアダルトビデオを観てるってことなんだ」

「自分でも運がいいってことはよくわかっているよ」小海は言った。「でもそれは僕のせいじゃない」

「昨日わたしの部屋に来て何してたの」

「それが僕の運命となにか関係があるのかな」

「関係ないよ。だけど、わたしの運命とは関係がある」わたしは言った。

「きのう?」彼は鼻をさすった。

「きのう深夜に目が覚めたとき、あなたがわたしのベッドに横になってたんだ」

「そうだったのか……」まだとぼけている。

わたしは訊いた。「さっき起きたときどこにいたの。自分の部屋にいたの」

小海はうなだれてしばらく黙ったあと言った。「たぶん呑みすぎてしまったんだろう……」

＊1　台湾の漢方医のテレビCMに出てくる電話番号。白人女性を登場させ、台湾人医師が台湾語で喋るというもの。「高級さ」を演出して売り込む俗っぽさに特徴がある。

7　裸の海岸

人生で間違いを犯すこと、それは分岐点であり、予想外なことである。もしもそれが繰り返されれば、言葉となり、スタイルにもなるのだが。

わたしが犯したひとつめの間違いは、すなわち、いちばん仲のいい友人のオナニーを手伝ったこと。ふたつめは、彼の家に泊めてもらった四日目の夜、わけもわからず彼とベッドを共にしたこと。

すべてはわがままと好奇心によるものだ。友情の境界ってどこにあるんだろう。いわゆる「セックスフレンド」ってほんとうに成立するのかな。友人とのセックスってどんな感じだろう。愛情の不在によって、からだは自由になれるんだろうか。セックスの友情に対する破壊力はどんなふうに見積もれるかな。

結果はなかなか悪くなかった。わたしは自分と小海《シャオハイ》を誇りに思う。「一夜の甘い痙攣《けいれん》を得ること」で互いの関係を損なうことはなかった。ただちょっとした悩ましさを除いては。小海の要求は普通の人よりいささか高いということ。

小海は女を買っている。女に対して潔癖ではないのだ。

それはちょっとした誤解から始まった。

大学院に合格したあの夏、小海は自動車事故を起こした。白いベンツと衝突して、双方とも怪我はなかったが、小海の車の前の方は大部分が壊れてしまった。事故は深夜一時半に起きた。先方が標識を無視して左折したのだった。運転手は酒臭かった。小海は相手を大目に見てやり、通報もせず携帯電話で現場写真を撮って、証拠を押さえた上で、タクシーを呼ばせ、週末に話し合いをもつことを約束した。

再会したとき、先方は盛大な宴会を用意して、小海に丁重に謝り、袋につめた現金をテーブルの上に置いて、「現金ですべて賠償することで誠意を示」したいと言ってきた。日本式の個室で、和服を着た給仕が最初から最後までつきっきりで（名実ともにウェイトレス、そばで待ち続ける女の子だ）、料理のとりわけ、お酌、タバコの火、おてふきの世話をし、アワビとフカヒレを切り分ける。イセエビの刺身が来たとき、触角はまだ動いていた。料理が来ればお皿に取り分け、お酒が来ればお酌をしていく。

料理は多すぎるし、酒も旨すぎる。ふたりではまったく食べ切れないので、先方は友人をふたり招いて付き合ってもらった。「みなさんどうぞご自由におしゃべりして、友達になってください」相伴したのは優れて気品のあるふたりの美女で、おだやかに先方のことを「鋭兄《ルイ》さん」と呼んだ。宴会が終わり、ほろ酔い加減でレストランを出た小海は、夜風にちょっと吹かれてから帰ることにした。すると携帯が鳴った。Zoeからの電話だった。宴席で小海の右側に座っていた女の子だ。彼女は小海の後を追いかけてきて、おしゃべりしながら彼をホテルの客室へと連れ込んだ。その次のデートでやっとわかったことは、Zoeは実はホステスで、鋭兄さんの宴席への出席にも料金が支払われていたということ。小海を追いかけセックスをしたことも料金に含まれていた。

それからの数ヶ月というもの、小海は金をぜんぶもって女の子を買いに行った。まずはZoe、次はApril、それからIris、Vivian、Anna、Christie、宴席の左隣に座っていたMintもよかった。でもいちばん馴染みやすく、話も盛り上がったのはやはりZoeだった。

小海は言った。「一回に一、二万は使うんだ。払ってみるとけっこうもったいないと思うもんだよ、正直なところ」

「遊びすぎてお金がなくなって、それでやっとやめることにしたの」わたしは訊いた。

「飽きてきたっていうのが大きいかな。もしも飽きなかったら、金を使うことはさほど大きな問題とは思わなかっただろうね」小海は言った。「ほんとうに面倒だったのは、Zoeが僕のことをつけ始めたってこと。現実でも、インターネットでも僕のあとをつけている。僕の授業の時間まで調べて、教室の外でずっと待ってるんだ」

「彼女のことが好きじゃないの」わたしは訊いた。

「好きだよ。でもつけまわして欲しいと思うほどにはまだ好きじゃないよ」

「じゃあどうやって片付けるつもり」

「まあ真剣に怒ってみせて、愛してないと伝えるよ」小海は言った。「彼女はお嬢様ってわけでもないし、話せばわかってくれるよ」

「わたしもある男の子をつけてたことがあるよ」わたしは言った。「あれは高校一年の冬休み、科学の研修キャンプで知り合ったんだ。といっても知り合ったとは言えないね。わたしたちは違うグループだったし、話す機会もなかった。でもその週、わたしは毎日のようにすごく興奮していた。早々に起きて身支度をし、念入りに化粧をした。視線は知らないうちに彼を追っていた。だからわたしにはわかっていたんだ。彼の視線は一日じゅう別の女の子に向けられていたのをね。わたしのことなんて一度も見向きもしなかった」

「それはあとをつけまわすのとは違うよ」小海は言った。

「その後、冬休みが終わって新学期が始まり、わたしは重慶南路に参考書を買いに行った。そしたら同じ本屋で彼も探し物をしているのを見つけたんだ。ただ、彼は明らかにわたしよりずっと聡明だった。わたしは試験対策の本を探していたんだけど、彼が探してたのは哲学と思潮文庫だった……わたしは目の前の作業をひとまずおいて、こっそり彼を見た。ぼんやりと彼の後をつけて、一方で自分に言い聞かせた。ぜったいに彼に見つかってはだめ。初めから終わりまで少なくとも五メートルの距離を保った。そんなふうにして、幾筋もの通りをついて歩いた、彼の足が止まるまで……

「彼はある騎楼の下で止まり、所在なげにあたりを眺めた。まだ現れていない何かを調べているようだった。わたしはひどく驚いたよ。つけていることが気づかれたんじゃないかって。わたしはさっと柱の暗がりに隠れて、そのままぼんやりと彼を見つめていた。彼はもう動こうとはしなかった。その場にとどまり、新しく買った本を開いて、壁に寄り掛かり、街なかで本を読み始めた。わたしは震えるほど緊張していた。きっとわたしを見つけたに違いないと思った。わざと止まって本を読むのは、糸を垂らして魚を釣るようなもの。影に隠れてこそこそしているわたしを釣り上げようとしている。彼はきっと経験豊富なんだろう。誰が見たって彼はみんなにとってとても魅力的な存在だからね……

「わたしの理性がわたしに言い聞かせたんだ。すぐさまここを離れるべきだって。即刻消え去って、絶対に彼に顔を見られてはならないと。でもわたしは、自分をコントロールすることができなかった。わたしは魅せられ、彼に心を奪われてしまった。むしろ危険を冒してでもここに残っていたい。彼に嫌われるという危険にさらされながら……

「何分か経って、その恐怖は終わったんだ。誰かが彼に声をかけると、彼は本を閉じ、頭をあげて、うれしそうに笑った。その時になってはじめて気づいたんだ。わたしは映画館街に立っていて、彼はずっと映画館の切符売り場で、読書しながらあの女の子を待っていたんだって」わたしが慌てふためいたあの一幕（どうしよう彼はわたしを見つけてしまう！）は、一人芝居の内心の独白にすぎなかった。わたしにとって、彼はどこにでも存在しているので、自分が彼といっしょにいるものだと勘違いしてしまう。実際のところ彼の目には、わたしなどまったく存在していないのだ。

「君のそんな話を聞いたら、なんだかとても感動しちゃうよ、実際」小海は言った。「少し羨ましいくらいだ」

「どうして」わたしは訊いた。あわのようなひそやかな片思い、失敗した青春の夢。どこに羨むような価値があるのだろう。

「君の passion が羨ましいのさ」小海は言った。「君は passion の人だよ」

ほんとう？　わたしは自問した。わたしは情熱的な人間だろうか。

「情熱というのはみんなが持っているものでは決してないんだ」小海は言った。「passion と情熱は一種の天賦のもので、神が少数の者に贈ったプレゼントなんだ。熱烈な愛情もそうだよ。この世界では、誰もが神の厚情にあずかれ、熱い恋慕という神の奇跡を体験し、熱い情愛という狂わしい喜びにひたれるわけじゃない。でもこういう人間は別に補償を受けられるんだ。彼らは失恋の苦痛を経験する必要がないってこと。それはほとんど生きていけないほどの、狂ってしまうほどの痛みなんだ」

「じゃああなたは？」わたしは小海に訊いた。「あなたには passion はあるの。あなたは神に選ばれし者なの？」

小海は言った。「君を羨ましいと言ってるんだぜ。それでもまだ僕に答えを聞きたいの」

小海と喋りながら、わたしはひとりの女性を思い出した。風変わりな見知らぬ人だ。

わたしは「誠品書店」で彼女と出会った。誠品に行くたびに、思いがけなく彼女に出くわすので、いつもそこにいるのだろう。たくさんの本を買えないような人たちからすれば、たとえばわたしにとって、誠品書店は冬は暖かく夏は涼しい図書館なのだ。無料の音楽と無料の講演、生き生きとした人間たちの景観。空間は広く、流動性も高い。観光客がひっきりなしにやってきては去り、一日じゅうこもっていても、追い出されることもない。あるパーカーを着た男の子が、一揃いのナイフを広げて床に座り、彫刻に没頭している様を見かけたことすらあるが、あか抜けた雰囲気を漂わせた流浪の芸術家のようであった。

わたしは女性トイレでその女に出会った。彼女は自分で昼ごはんを用意してきて、トイレの外の長椅子でチャーハンを残さず食べ、トイレで手を洗い、ナイフを取り出して果物を剥いた。さいの目に切った果肉を洗った弁当箱に入れ、慣れ親しんだ一隅に戻り、恋愛小説を読み続けた。女はフォークも用意しており、のどが渇いたら水筒を開けてこれも用意してきたお茶を一口含む。一銭も使うことはない。その揺るぎない態度に、かえってわたしのほうがなんとなく心やましい気分になってくる。

また別の日、わたしは誠品で座る場所を見つけて、『変身』の二種類の翻訳本を比べていた。向かいに座っているハンサムな男の子は、『英単語三千種』を読み、集中して単語を暗記していた。右側には真っ白な髪のおじいさんが、何冊かの財テク本を代わる代わる読み、申し訳程度の紙切れにメモをとっている。左には、もっとてきぱきとした女性が、分厚いノートを開いて、本の中の文を書き取っている。この女こそまさしく女性トイレで食事をしていたあの変人である。

今回、彼女は自分の筆箱も持ち込んでいた。中には十何本かの色鉛筆が入っていて、自分の書写作業のために厳粛な分類を行っているようである。A種の観点はピンク色で書き、B種の観点はスカイブルーで書く。C種はグリーンで、D種はオレンジ……半透明の筆箱のなかには虹よりも豊かな色彩が並んでいた。

女の字はとても小さく、よく整っていた。書いている文字に敬意を込めているようである。書き写しながら、頭を揉んで考えにふけり、時にはぶつぶつと声を出している。復誦しているようでもあり、自分じしんと議論しているようでもある。彼女が手元に引っ張ってきて広げている本たちは、すべてどのように「恋愛」すべきかを教授するものである。わたしはノートの中にびっしり詰まった小さな文字の中に、「タイトルとポイント」の類の大きな文字が出現しているのに気づいた。情愛の女王になれども、情愛の下僕にはならず。

その瞬間、わたしは限りなくセンチメンタルな気分に陥ってしまった。自分のそばには警戒し、戦い、傷ついた女が身体をこわばらせている。そしてこう自問せずにはいられない。恋愛とは技術なのか。努力や学習を通じて上達し「得到《タオ》（獲得する）／得道《タオ》（悟りを開く）」ことができるものなのだろうか、と。

わたしは小海に言った。「ボードレールは『パリの憂鬱』の中で、確かこんな問いかけをしていたと思う。激情（passion）が一種の〝愛と信念のために苦しみを甘受する意志〟であるなら、それは結局人間の本性なのか、それとも特権なのかって」

小海は言った。「もし自分には熱愛の経験がないとあっさりと認めたりしたら、周りはきっと、それはぴったりの相手にまだ出会っていないからだと言いたがるもんだよ。この世界ではほとんどの人が自分が本当にやりたい仕事を見つけられずにいる。みんなは探し続けなければならないと言うんだ、まるで努力して探しさえすれば、きっとぴったりの相手に出会えるのと同じように。ぴったりの仕事なんて、そんなものはでたらめなんだよ」

「激情」とは、人間性のなかに存在するある種の普遍的な装置なのか、それとも神が少数の者たちに特別に許した贈り物なのか――この点について、小海はすでに定見を持っているようだった。彼が言うにはこうだ。われわれは激情を崇拝し、すさまじい愛情を追い求め、最も遠大な理想を奨励するもんなんだ。しかもこれらをひとりひとりが獲得するべき幸福だと見なしている。得られなければ強く求めるんだ、苦しくなるまで。ぴったりの相手や、ひけらかせるような才能や成果を得られるよう苦しい思いで待つんだよ。そして自分の凡庸さがいやになるんだ。もしかしたら、ほんとうに愛情を理解する人だけが、ほんとうに激情の中で必死にがんばり、自分の才能でもって自分の凡庸さを見極めた人だけが、逆に、これらは神からの贈り物だと信じたいのではないだろうか。出会えるとしても、こちらから求めるものではないってことだね。雨上がりの虹のようなものさ。


二度目にベッドを共にした後、わたしは小海に訊いた。「あなたには秘密はあるの」

「どうしてそんなこと訊くの」

「わからないよ、ただ訊いてみたいだけ」わたしは境界が曖昧ないやらしいやつなんだ。他人の事情に軽々しく触れようとする。

しばらくの沈黙の後、小海は言った。「あるよ」

「人には言えないような秘密なの」わたしは訊いた。

「ああ、人には言えない。いままで誰にも話したことはない」

人と人の間で、口から出まかせに話せるようなことは、たいてい重要ではない。ほんとうに重要なことは、二、三人くらいにしか話せないものだ。それに自分にしか話せないことだってある――虚栄や嫉妬や絶望や羞恥に関わるようなこと……人格の壊れた裂け目に近づいて繰り返し炎症を起こし、長いこと病で癒えない皮膚のように。もうひとつは、直接命に関わること（もしも不運が襲ったとすれば）。自分でも受け入れたくないし、あまり聞きたくもない。

「どうして言えないの」わたしは訊いた。「恥ずかしいから、それとも怖いの」

「わからない。言いたくないんだ」

「やっぱり孤独だと感じているからかな。誰にも理解できないと思ってるの？」

「訊かないでくれよ」

「我慢しすぎるとよくないことが起こるかも……」わたしは言った。

「僕は自分で処理できるから」

「あなたを見ていると」、わたしは興味津々で言った。「やっぱりそれはほんとうに秘密なんだね」

「うん。勇気を出して言うようなこと。他人も聞きたくないようなこと」小海は言った。

「そうなの」わたしは訊いた。「わたしですら耳をふさいで聞きたくないとでも？」

小海は頷いた。両手を首の後ろに組んで、仰向けに横たわり、天井に向かって頷いた。

「それは本当に秘密なんだね」わたしは言った。

「間違いない。アダルトビデオが好きってことよりずっと深刻だよ」小海は言った。


小海はその秘密については黙ったままだったが、もうひとつの秘密について告白した。

去年、二十四歳の小海は、自分がうつ病にかかったのではないかと疑った。彼は図書館のミーティングルームで、授業TAの立場で数名の大学院生とグループで議論していた。「芸術と救済」という危険な、ややもすると「虚無」に負けてしまいそうな題目である。

小海は言った。芸術の「倫理的意義」はまさにそこにおいては「提供」されない。救済は提供されないんだ。芸術はただ失敗を記録するだけということだ。

「でも、失敗と失敗者に対する敬意のなかに、救済の可能性は存在しないといけないのではないでしょうか」彼の向かいに座っている女子学生が言った。

「それもただの可能性にすぎないな」小海は補足した。

「私たちにできるのは」、女子学生は食い下がった。「可能性のような言葉で可能性そのものを貶めることではなく、可能性のための条件を創造することですよ」――ああ、なんと完璧な言葉なんだろう（小海は内心この向かいのきれいな女子学生に敬服した）。too vague to be wrong、絶対に過ちを犯さないほどの曖昧さ。

「どのように創造するべきなのかな」学生Aが訊ねる。「どうやって可能性のための条件を創造するべきなんだろうか」

「まず、ボヘミアン風のカフェか退廃的なバーを見つけるんだ。コーヒーの香りとタバコのけむりがただようなかで、テーブルを囲み口先だけのお喋りをするんだよ……」学生Bが言い終わると、みなは作り笑いをして、また本に戻っていった。


小海は笑えなかった。彼の脳裏には女子学生の肉体だけが浮かんでいた。

彼は頭が痛くなった。外の世界に対して嫌気がさすと、彼はいつも頭が痛くなるのだ。いまの女の子たちはいったいどういうことなんだ。どうして何事もなかったかのように高度な演技ができるのだろう。

先週の土曜日、彼は深夜まで研究室にこもって、学期末の論文を書くのに追われていた。そこへこの女子学生は化け物のようにふらりと入ってきたのだ。すけすけの洋服をまとい、海の波がたゆたうような素肌が丸見えの足どりで、香水の匂いは乳房を包んでそれと共に前に押し出され、何度か弾けて、デスクの脇のソファーにすとんと座った。そして黙ったまま、横目で彼を見つめた。彼が見つめられて落ち着かないそぶりをみせると、やっと女の子はそっとつぶやいた。「先輩、私のスクーターが故障しちゃったんで、申し訳ないんですけど家まで送ってくれませんか？」女の子は清純な顔をして、腹の中はまっくろだ。それはお金を払って自己啓発セミナーに参加する美女のように、内面は他の誰よりも薄っぺらなのである。

車に乗ると、女の子はミニスカートの下の股の部分に、太ももをあらわにさせて、つやのあるまっ白い肉感を繰り出し、同じように黙ったまま、彼を見つめていた。女の子の顔にはまるで口がなく、それは太ももの内側、下着に近いあたり、青春の油脂が煌めく場所にあるようだった。小海は邪気にあたったかのようにそこに目をくぎ付けにされ、耳鳴りがわんわんと響くなか、彼女の言葉をかろうじて聞きとった。「今日は帰りたくない」

小海は苦しみながらもぐっとこらえたのだった。手を伸ばして触ろうとはしなかった。もしも彼女に手を出したら、彼女の期末レポートは彼が書くことになる。それを恐れたのだ。彼は助手で、彼女は大学院に入ったばかりの一年生である。彼女は彼を訴えることができる。

世界は危険で満ちている。とりわけ彼のような権力者の子弟からすれば、世界はとくに陰険なのだ。誘惑はすさまじい勢いでやってくる。彼に照準を合わせ優位な形勢でやってくるのだ。小海はどれもこれも手にする勇気はない。なぜなら彼はどれもこれもを手にしたいからなのだ。

学者を除いて、他の何者かになることはできないと小海は感じていた。けれども学問は何のためにするものなのかはわからないのだった。ベテランの教授連中はたいていなまくらであり、前向きな戸惑いを胸に抱くことはもはやない。末梢神経は皮膚と一緒に皺が寄っていき、古くなった菜っ葉のように、呼吸を忘れてしまっている。しなびて老いさらばえ、弾力を失ってしまった。彼らひとりひとりがみな性的不能者なのではないかと小海は疑っている。まるで自分が「セックス中毒」に罹《かか》ってしまったかと疑っているように。

小海はしょっちゅう寝室にこもって酒を飲んでいる。飲みながら頭が痛むのを感じる、ひそやかに痛むのを。彼の学科主任は七年余りもかけて、どうにかこうにか一冊の本を書きあげた。そしてお気に入りの弟子に意見を求めたのだった（実際には讃美を求めたわけだが）。小海は数ページ読んで、この学科主任の自信作は世に問われた瞬間に時代遅れになることをすぐに理解した。けれど小海にほんとうのことが言えるだろうか。彼はまたどんな資格で自分が「実《シー》」（ほんもの）であり、話すことがほんとうのことだと信じられるのだろうか。

小海は自分の「実《シー》」が、せいぜい、時代の流行の「時《シー》」であり、時流に合っている「時《シー》」に過ぎないことは知っている。まるで彼の行きつけの何軒かのバー、ニュースタイルの個室ラウンジのようだ。それはニューヨークからアジアへと伝わり、さらに台北、香港、上海へと広まり「コロニアル・ノスタルジック・ラグジュアリー」となった。骨董の照明と古いソファーが並べられ、ダーク・レッドの艶めかしい色を放ち、薄暗い蝋燭の光が、装飾用のガスランプのシェードのなかに隠れている。振り返ると、椅子の背もたれの毛皮がやさしく撫でてくる。デザインのひとつひとつは渇望のために、サービスの渇望のためになされている。渇望するのはセクシーな女の子の素肌の二の腕、鎖骨に漂う香水の匂い、いまにも跳びだしてきそうな豊満な乳房、ウエストのあたりのタトゥー。壁には円形か四角形の現代的な幾何学模様が貼られていて、木枠の窓にはイミテーションの古い彩色ガラスが嵌めこまれている。床には鉄製の扇風機が置かれ、ぼんやりとノスタルジックな春風を送っている。廊下には大きな人形が展示され、ポストモダンの趣きであり、人形のそばには木製の化粧台がすえられている。ぼんやりとした鏡面には黄ばんだ写真が挟んであった。それは相も変わらぬ三〇年代の上海モダンガールである。

（東区のとりわけ典型的な何軒かは、椅子やテーブルが、ナボコフが心底嫌った「異種交雑」だが、一方で彼が寵愛した「世代を超えた乱倫」でもあった。たとえば六〇年代のカラフルなソファーに、九〇年代の透明なプラスチックの椅子が配されている――おお、堕落したハンバート・ハンバートと彼の十二歳半の連れ子ロリータ、謎めいた反逆する小さな妖精。ティーテーブルには何冊かのWallpaperやEggのようなデザイナーが読む雑誌が並べられている。「この上なく幼稚で、限りなく軽薄」、バー全体には、ロリータの偽物が座ったり寝そべったりし、「ソフトなジャズ」や「やわらかいヒップホップ」、「偽物のパンク」に合わせてゆるゆると腰を動かしている）

台北と香港、上海のバーはどこもかしこも似通っている。植民地にはびこる疫病のようだ。時代について行けないそれらのバーは、価値を下げていくしかない。「懶吧《ランバー》」（lounge bar）でなければ、「爛吧《ランバー》」

というわけだ。

「規範が移り変わっていくときに、古い規範のなかに留まっている人間は、一緒に変化していくことなど決してできないものなんだ……」学科主任の最も哀れなところが、彼がずっと進歩的であると自任していて、しかも自分は現在も依然としてリーダーであると誤解しているという点にあることを小海は知っている。二十年前、台湾の学界がまだ左派と右派の間で論戦を繰り広げていたとき、彼は率先してポストモダンを導入したのだった。今となってはもはや過去の人なのだが、自分の小さな王国に閉じこもり、数名の崇拝者やゴマすり専門の弟子たちを育てている。小海はどうしてもこのグループに溶け込むことができないし、かといって真実を語る勇気もないのだった。小海は自分の先輩や同級生と同じように脆《もろ》く、自らが批判するものにしっかりと頼りながら、逃避しながらもそれを肯定することを追い求めているのである。

小海の頭痛は不思議なことになかなか治らず、彼にクレイマーを思い起こさせた。彼が英国留学しているときに知り合った、年をとったある学生のことだ。クレイマーは脳の手術をして、医者は彼の頭蓋骨を取り出して冷蔵庫に保存していた。しかしその冷蔵庫はおかしなことに壊れてしまい、頭蓋骨も壊死してしまった。結局人造頭蓋骨で代替するほかはなかった。クレイマーは術後しょっちゅう頭痛に悩まされることを嘆いていた。天気が変わるだけで、頭がぼうっとして考えることができなくなり、そのせいで十年経っても博士論文を書き終えることができずにいた。

もともとこうなのだ。本物の頭蓋骨には自然に出来たへこみや欠損があり、リズムと呼吸を有している。偽物の頭蓋骨はあまりにも完璧すぎて、脳を守ると同時に圧迫もしてしまう。

クレイマーは裁判所に訴えを起こし、病院に三万ポンドの賠償金を求めた。しかし、敗訴した。判事は医療専門家に意見を乞い、クレイマーの頭痛の原因は彼がもともと持っている脳の疾病によるものであり、頭蓋骨が人造かどうかは関係ないと判定したが、病院側の過失も斟酌《しんしゃく》し三千ポンドの賠償を命じた。クレイマーは受け入れず、控訴した。彼が最近小海に送ってきた手紙にはこう書かれている。裁判はまだ終わっていないが、頭痛はますますひどくなっている。家族すら私があまりにもこだわり続けていることを怪訝《けげん》に思っているようで、こんなふうに言うんだ。「たとえ頭痛がほんとうに偽の頭蓋骨のせいだったとしても、あなたのその証明しなければすまされないという執着心こそが、頭蓋骨には責任を負えない痛みを誘発しているんだ」と。

小海にはこの痛みがわかる。

彼は自分の脳に宴会用の醜悪で高価なとりどりの花束がぎゅうぎゅうに差し込まれていると感じる。花びらにはツヤ出しの薬液と防腐剤がべったり塗られ、ゆるゆると彼の神経系統に忍び込み、脳膜と舌根にまで直接届くのだ。彼は自分の口臭が酷いのではないかと恐れている。

最近、階下のメディア学部にたくさんの生花がうず高く置かれた。半月ほど経っても、ビニールの布に包まれた花束は水換えが行われていないのに、なんと枯れてはいない。新任の学部長と業界の関係は密接で、不当な利益を多く得ている。就任の日、お祝いの花かごは廊下をいっぱいに占拠した。ひとつの花かごは、ひとつの人間関係であり、政商の利益なのだ。小海はそれらの花かごに書いてある署名を忘れることができないが、しかし、みんなはこっそりとあれこれ取りざたしているだけで、おおっぴらには批判しない。みなそれぞれ仕事は必要だからであり（学問は志のある職業ではなく、ただの仕事に過ぎない）、みな自分のために（未来の失敗や貪婪《どんらん》を預けておくための）空間をあらかじめ確保しておかなければならないからだ。

小海にはこの痛みがわかる。道徳の痛みだ。けれども自分のそのすべてを暴き出したいという衝動が、結局のところ道徳の呼びかけによるものなのか、人を叩きのめし悪事を働きたいという破壊欲なのか、彼にはよくわからなかった。

小海にはこの痛みがわかる。美感の痛みだ。

それはまるで、上の階のあの立派な、著名な詩人でもある講座教授が、どうして痔による出血の後、学生をトイレに呼び便器の脇に跪かせて、彼の出血の後始末をさせるのか、とても信じることなどできないというようなものだ。

このような醜悪さは耐えられない。

ひとりの人間がどの程度まで美感を放棄すれば、このような要求をしようと思うのだろうか。このように権力を行使できるのだろうか。

しかもこれっぽっちもきまり悪そうな表情を浮かべるでもなく。

その教授は出血する前、明らかに用を足していたのである。「色を観察」し、自分の病状を把握するために、女子学生に命じて彼の血便を採集させ、同時にもたもたしている男子学生をどなり声で叱りつけながら、別の学生には売店に行って下着を買ってくるように言いつけた後、大声で弁当はどうなっているのかと訊く。もう十二時だぞ、私の昼食はどこにあるのだ。

健康を維持するために、この講座教授は時間をきっちり守って食事をしている。そのきっちりさは凶暴なほどで、一分でも遅れることは許されず、また大量の野菜や果物も指定する。当番制で彼のために食事を準備する学生たちはみな戦々恐々としている。なぜなら、彼の手には多くの研究計画が握られ、それぞれの計画はひとつの予算、ひとつのアカデミックなチャンスを意味していたからだ。

小海は次のような話を聞いたことがないわけではない。痔を長年患ったある老人は、しょっちゅう出血を起こすため深刻な貧血になった。用を足している時に血が吹き出し、便器の上で死んだという。しかし、講座教授が直面しているのは、生死に関わるようなことではない。命の危機に瀕していない限り、と小海は思った。人は少なくとも最低限度の美的尊厳は保つべきだろう。この美感に対する堅持は人の品性と密接に関係していると、彼は信じている。

講座教授から吹き出した血は、湯気をたてながら便所の扉の外へとあふれだす。あんなにも赤く、あんなにも艶やかに。

なるほど腐った人間から流れ出る腐った血も、見た目にはきれいな熱い血のようだ。しかし、六十年前の馬場町に流れた理想主義の血とは、はっきりと異なっている。

小海は緩みや堕落を感じた。「リラックス」とはまったく違う、ゆるゆると朽ちていくような、疲れきった、すてばちの緩みをずっと感じていた。彼は車を道端に停め、海辺へと歩いた。まったくの思いつきで、革靴と長ズボン姿のままだったので、砂浜は歩きにくく、なんとなく自殺をしにゆく人のようにも見えた。

海辺には背丈の低い樹が茂っていて、茂みのなかには人がいた。そこで休んでいる人には、砂浜にやってきたシャツを着た男が見えてはいなかった。

小海はタバコを吸いながら、歩きにくそうに進む。乾いた砂は気ままに世間を跋扈《ばっこ》するように、彼の買ったばかりの革靴を呑み込み、足もとの力を吸い尽くしてしまう。

小海は靴と靴下を脱ぎ、ズボンの裾をまくり上げた。頭をあげるとひとりの男が遠くから歩いてくるのが見えた。上半身は裸だった。

一月ではあったが、異常に熱い冬の日だった。小海は車を降りる前に温度計をちらっと見たが、摂氏三十四度だった。目の前の男の皮膚は真っ黒で、上半身はよく鍛えられている。日光浴をしにここへ来たのだろうか。


なんておかしな天気なんだろう。頭のいかれた人の奇妙な優しさのようだ。人間の脳は、長期間高熱を発すると、だめになってしまう。地球は人間の脳と同じで、いちばんの精華はすべてその表面に存在している。高山、河川、海洋、すべての動植物、そして鉱物も地球にとってみれば、表面の浅いところにしか存在していないのだ。小海は先月テレビで見た専門家の討論を思い出した。何人かの痩せっぽちが震えるほど冷えたエアコンのある部屋でスーツを来て、心配でたまらないといったふうに地球温暖化について議論していた。「炭素」が植物や海水を媒介にして、生態系に戻り循環していくのに間に合わなければ、森林火災がもっとも有効な解決方法であると。急性症状のような、慌ただしい狂気。

「この先に道はあるっすかね？」小海はへたくそな台湾語で目の前の見知らぬ人に訊ねた。この男は台湾語を話すと直感したのだ。

あるよ、と男は答えた。やはり台湾語だった。

「歩きやすいっすかね？」小海は訊いた。

「そらあ人によるだろな」男は言った。道の良し悪しは、歩く者が決めるものだと。

小海は男が裸であるのを見て、彼もそれにならって上着を脱ぎ、裸足で歩みを進めた。尋常ならざる高温のもとで、尋常ならざる裸体になったのだ。授業の時間はとっくに過ぎている。彼は授業をサボり、真昼の激しく照りつける太陽のもと、辺鄙な海辺を歩いている。彼はどの女でもいいから寝たかった。大学の後輩、博士課程の先輩、修士課程の同級生、女性教師……誰だってかまわない。

彼は自分の命がゆるやかに制御不能になっていき、火花を飛ばしているのを感じる。

太陽の光が彼の眼をたたきつけ、彼は少しめまいを感じて俯《うつむ》き、自分の一歩一歩を見つめながら、自らの影のなかに足を踏み込んでいった。彼はぶつぶつ呟《つぶや》き、まだ解けない命題を解きながら、それがまだ自分の息のなかにあり、空っぽの熱気を吐きだしているのを感じる。まるでシンポジウムの「言語の泡沫《あわ》」のように。

マイクに付着した唾は、水道の蛇口から浸み出る錆びた水のようであり、老教授の下着についた血痕のようであり、枕に残った温かみのようである。

彼は前回女と寝たときのことを思い出した。ふにゃふにゃのまま挿入し、ふにゃふにゃのまま抜き出した。これはもう一年も前の話だ。

「どうしちゃったの?」当時のガールフレンドが訊ねた。

「そっちはどうなの。変な感じだったんじゃない?」

「私はイッたわよ」彼女は言った。

「それはおれもそうだよ」仮に彼女のそれもエクスタシーというのなら、もっと苦渋に満ちた荒れ果てた川でも氾濫して水害を起こしてしまうだろう。

「ほんと?」彼女はたたみかける。「あなた射精してないじゃない、まったく」

「おれのはドライ・オーガズムだから」彼は言った。自分がでたらめを言っているのはわかっている。

小海は、自分は「乾いたエクスタシー」を得たのだと言った。ドライ・オーガズム。男のエクスタシーも女と同じで、いろいろあるんだ、とも。この話がたとえほんとうだったとしても、このベッドに当てはめるのは間違っている。ガールフレンドは疲れ果てていたし、嘘を見抜いてもいたので、信じるふりをした。二人は数ヶ月後に別れた。涙は一滴もこぼれなかった。

小海の未来は目前に広がっている。途切れることなく長く延びていく砂浜、果てまで行っても誰もおらず、似たような者も見つからない。遊び仲間や喧嘩相手もいないし、彼にほんとうのことを話す者もいない。尖った岩礁や危険で大きな波もなく、見苦しい景色もなく、大きな風すらない。この一月の暑い午後、ただ厳しく輝く太陽しかなく、一分一秒間断なく苛《さいな》み続ける。と突然変化が訪れた。

小海は歩みを止めた。自分の目を信じる勇気があまりなかった。砂浜に巨大な岩が横たわっていて、岩には全裸の男がかぶさっていた。顔を下に向けて、トカゲのように、その熱い岩を抱きかかえていたのだ。おそらく真昼の暑さのなかで眠ってしまったか、気を失ってしまったのだろう。

巨大岩の傍らには別の男がいて、同じように全裸だった。

これは同性愛を思い起こさせるだろう。小海の汗のにじむ皮膚には、軽い戦慄が走った。安定した木のテーブルの上のコップに入った水が、細かくて目には見えないくらいに揺らいだようだった。その揺れは、木製の構築物の見えないほど小さな亀裂に由来するようなものだ。

ふたりの全裸の男を目にし、同性愛を連想し、緊張して、犯されるのではと不安になった——これはいったいどういうロジックなんだ？　彼は自分が敬愛する哲学者や小説家にほんとうに申し訳なく思った。

巨大岩の男はうつ伏せで眠り続けていた。立っている男のことは誰も相手にしていなかった。彼の陰茎は柔らかく垂れ、縮こまっていた。警戒のまなざしを収斂するように、無関心な様子で横目でじろりと小海を見つめていた。

彼と彼らの間は、十数歩の距離しかなかった。

立っている男は強そうな角刈りにしていたが、ただよう空気は穏やかなもので、性的な緊張感はみじんもなかった。呼吸さえ緩慢としていて、さっぱりしてさえいた。彼は黒く、全身の皮膚がつややかに黒く光っている。彼の尻も同様にまんべんなくつややかな同じ黒さで、ふつうの男によく見られる「水着の跡の白さ」はない。彼はいつもこんなふうに日焼けしているのだろう。

小海はひとりごちた。おそらく彼らは日焼けしにきただけなんだろう。

うつぶせの男は「闖入者《ちんにゅうしゃ》」に対して無頓着《むとんちゃく》で、身じろぎもせず、やはり眼を閉じたまま、熱い岩の中でまもなく焼き上がる夢を抱いていた。

小海は上半身裸になり、少し離れたところに立って、遠目に眺めながら、ある種の敬慕する感情がこみ上げてくるのを感じた。

その退廃的な、享楽に対してすらも消極的な肉体。

小海は自分が半ば機能障害の人間であることを自覚していた。望みは高いが実力が伴わず、たいしたものも書けない。学期末に書いたばかりの論文も、せいぜい高級な読書感想文のようなものにすぎない。彼は大家の著作を精読し、大家の叙述法を研究し、学部のなかで将来のスターへと成りあがった。彼だけがわかっていたことだが、自分がひとつひとつ文を書きだすごとに、すべての自己懐疑を使い果たさなければならなかった。「おれの書くものは一文たりとも、一文たりとも成立しないのだ」彼は自分で自分を罵《ののし》る。「ない、ない、じゅうぶんに高度で美しい文章なんて。フィロソフィーという言葉につりあう文章なんて」彼は自分の頭痛は頭痛ではないのではと疑っていた。それは自己懐疑がもたらした心身症なのではないかと。

小海は、額の汗をぬぐい、立っている裸の男に「道を譲って」もらうつもりだった。大自然がどんなに広々としていたとしても細く狭い道もできるものである。そして見知らぬ者同士を巡り合わせ、ふつうの人間をして自分とは異なる者と「正面から出会」わせるのだ。

前方にはもう道はない。唯一の進む道は裸男のそば、彼らが占拠している大岩のそばなのだった。

小海は下腹に力を込めて、角刈りの男とすれ違った。緊張して青ざめた皮膚の色が、相手ののんびりしたつややかな黒い皮膚を撫でた。

「この先に道はあるっすかね?」

「あるよ」

「歩きやすいっすかね?」

「そらあ人によるだろな」この人も台湾語を話している。

ぼうっとしている間に、小海は自分が別の人間の夢の中を歩いているような気持ちになった。身体を斜めにして大岩を抜け、生い茂るススキをかき分けながら石の道を進んだ。小海は前へとさらに数歩進み、角を曲がると、ぽかんとして開いた口がふさがらなかった。

うららかな陽光が一切のガラクタもきれいにすっからかんにしてしまい、地平線はどこまでもまっすぐであった。何十名かの男の肉体が砂浜に並んでいた。横になったり、腹ばいになったり、立っていたり、座っていたりして、全員が一糸まとわぬ姿だった。どの肉体も、他の肉体とのいかなるまぐわいもしていなかった。まったく。コンドームもティッシュペーパーもなかった。砂地には纏綿《てんめん》ともつれ合い摩擦し合ったいかなる痕跡も見られなかった。まったく。セックスしたようすも見あたらなかった。じっとりしてねばねばした感じもなく、そそり立つ陰茎もなかった。

目の前には一面の静けさが、一面の静かな肉体が太陽のもとにさらされていたのだった。透明で深奥な避難地。

冬の日の暑さのなか、温かさに身を投じる異常さは、正常な人間の狂気の注視を避けたものだった。

それらやわらかいペニスの、その退廃的な、享楽に対してすらも消極的な肉体は、小海の日ごとに緩みつつある人生とは決して似てはいない。

彼、陳海旭《チェンハイシュー》は、二十四歳の哲学専攻の大学院生である。射精できなくなってもう八ヶ月が経ち、インポテンツに近い状態だ。しかし学科主任は違った。手を汚すことなく何人もの女子学生をものにした。しかもどうやら、女子学生たちは互いにそうだとは知らないらしい。もしかしたら彼女たちはすべて知っていて口には出していないだけで、互いの競争をより優雅に見せようとしているのかもしれない。誰もが誰のことをもすっぱぬかないのは言うまでもなく、それぞれが自分の能力で青春をもって権力とまぐわうことができるのだ（ああ、権力、権力とは貪婪な年寄りのことだ）。小海が拒絶したあの女子学生は、その青春のぽってりつややかな太ももをきらめかせながら、最近学科主任にものにされ、酒の肴になったばかりだという。

学科の何人かの「いい奴」は、油漏れのスクーターに乗っている貧乏学生たちで、小海と同じように際限のないインポの病に陥っている。流行遅れの夜市のジーンズを履いて、後頭部の髪はぺちゃんこで、ボロボロのサンダルを引きずり、来る日も来る日も同級生の女の子の部屋に入って、今日は家具を運んだと思えば、明日はコンピューターを修理し、明後日はソフトをインストールするという始末。同級生の女の子は、ありがとう、あなたはほんとうにいい人ねと言い、火鍋に誘い、どのキャミソールが可愛いかと意見を求めたりする。いい奴は勇気を奮って、骨抜きにされ続けた日々に終止符を打とうと決意して、若くて激しい、色情にみなぎった愛を伝えれば、女子学生は驚いて怒りだすだろう。どうしてそんなことができるの、私たち親友じゃない！　女の子の口には出さない心の声はこんなものだろう。よくもまあ、家に帰って鏡を見ようともしないのね。「トヨタの車の中でぼんやりするくらいなら、レクサスの中で泣いた方がましよ」、乗っているのが中古のヤマハってことは言うまでもないけど、自動車を持つことだってできないんだから。

いい奴は美女が現実的であることを悪く言うが、実際には、いい奴だって美女と同じように現実的なのだ。彼らだってきれいな女の子しか気に入らないのだから。

いい奴の最も同情に値しない点は、すなわち自分の同類——彼らと同じように平凡な女の子たち——はごみ箱に捨て、ただ「かわいい女の子」のためだけに牛となり馬となって働くということだ。だからまあざまあみろということだろう。可愛い女の子は、彼らがあそこをしまっているときだけ、進んで仕事をいいつけたり、くだらないおしゃべりをしたり、写真を撮ったりして遊ぶ。でも一旦彼が自分の性欲を取り出して、ねえ、僕のあそこも大きいんだよ、などと言えば、女の子はたちまち顔をそむけてしまうのだ。けれども小海は違う。彼は「いい奴」などではないし、誰からも「いい奴カード」を発行してもらったこともない。彼は青い血液［青は国民党を象徴する色］が流れる特権階級のハンサムボーイで、美女を欠かしたことなどないのだ。彼はどんな女でもかまわなかった。醜い女ですらも。「インポテンツの状態がひどい分だけ、性欲も強くなるんだ」小海は外に出てたまらなく喧嘩をしたかった。けれど自分のこぶしがそんなに頑丈でないことはわかっていた。流行文化はあらゆる極端な手段を使って男らしい勇気を讃える。どんなアイドル・ドラマも乱暴さを売りにしているし、どんなバラード曲もミュージックビデオで血を流し、殴り合い、生死を顧みない。なのに現実には誰ひとり、少しの肉体的勇気も持ち合わせてはいないのだ。

「僕は『けんかの必要性』というのを書けばいいんじゃないかと思うよ……」小海は冗談を言いながら、修士論文の題目について考えていた。暴民、派閥及び革命党の起源。

「君は僕の去年のようすをまだ覚えている?」小海はわたしに訊ねた。「僕はあのとき病気だったと思うかい?」

「去年わたしはちょうど失恋していたよ、忘れたの?」わたしは言った。「わたしは授業に出ていなかったし、学部の事務所であなたを見かけることもほとんどなかった」

「そうだった」小海は言った。「君も半年以上、失踪していたんだった」

「あなたの欠点はたぶん孤独ってことだろうね。仲間も信じるものも見つけられない。若者はみんな多かれ少なかれこういうことを経験するんだけどね……」わたしは言った。「わたしは小肆《シャオスー》と別れてまるまる一年という間、夕方になるたびにものすごく孤独を感じたよ。とくに台北の秋はね。朗らかでからっとした黄昏、紫だかピンクだかわからないけど美しく色づいた夕焼けは、ほんとうに無情なほどにきれいで、一秒ごとに変化して、数分経つと散り散りになり、漆黒の夜の色を残すんだ。わたしはがんばってがんばって耐えなければならなかった。そうしてやっとのこと泣いたり電話をかけたりしなくてもよくなったんだ。あのころはね、友だちみんながわたしにひどくいらいらさせられたんだよ。一度話し終わったら、また二度目を話し始めるんだから……」

「その後ネットで交友サイトに行き、新しい男の子と出会いたいと思ったんだ。台湾版ヤフーのなかで〝ドビュッシー〟っていう、わたしより五、六歳上の人がいてね。彼がアップしている写真が好きだったな。書斎なんだけど、散らかってて、だけどなかで本を読んだりお酒を飲んだり映画を見たりできそうだった。人間には、精神的な寂しさだけじゃなくて、肉体的な寂しさもあるんだろうなって思ったよ。それはなんというか身体から精神へと広がっていくような冷たさなんだ。いわゆる性的な渇望、ときには抱き合って寝るだけでいいという渇望なんだな……」

「そのころ、わたしはある舞台俳優を好きになった。Faという芸名で、彼の作品はぜんぶ見に行った。舞台がはねたら楽屋の外で待っていて、彼と言葉を交わしたかった。彼に気づいてもらうために、毎回麗しく優雅になるようメイクしたんだ。麗しく、しかも優雅にってどれだけたいへんかわかるでしょ」

「確かに容易ならざることだね」小海は笑った。「やっぱり胸の谷間を見せるほうが効果的なんじゃない」

「わたしはそれまでまったくFaと話したことはなかった。ひと言も。わたしはいつもファンが彼を取り巻いている時に、ひとりでその場を離れた。わたしは彼のファンにはなりたくなかった。ファンって誰がやってもまったく変わり映えのしない役回りだからね。わたしは自分のことをおかしいと思っているから、彼のガールフレンドになることを妄想してた。彼を独占できないのなら、むしろ彼のことなんて要らないって」わたしは言った。

「君の話を聞いていてひとつ思い出したよ」小海は言った。「去年僕がひどい状態だったころ、しょっちゅう図書館に眠りに行ってたんだ。ある女子学生がそばで僕が起きるのを待ってて、手紙を送りたいからメールアドレスを教えてくれって言うんだよ……」

「教えたの？」

「いいや」

「どうして？」

「どうしてもなにも、人間には善意に欠けるときってのがあるんだよ」

「うん、とくに誰かが自分のことを嫌ってるときにはね」わたしは言った。

Faの物語はまだ終わってない。わたしは言った。それから、すごく奇妙なことが起こったんだ。

「あるとき、西門町に映画を見に行って十時すぎに家に戻ろうと、地下鉄板南線に乗ったんだ。忠孝復興駅に着くと、すぐに人波が車内に押し寄せてきて、わたしはよけるように隣の車両に移ったんだ。そしたらなんとそこにFaがいたんだよ。わたしには横を向いていて、ドアのところによりかかり、携帯を見つめながらメッセージを打っていた。わたしは振り返って漆黒の車窓の方を向き、そこに倒影が映っているのにかこつけて、こっそり彼を見たんだ。突然彼は頭をちょっと上げた、まるで互いに心が通じあったみたいに。窓のなかでわたしと目があった。でもわたしたちは礼儀正しく、すぐにうつむき、視線を外した。そんなふうに何駅か過ぎて、Faは地下鉄を降りようと、床に置いた茶色いかばんを手にとった……わたしは何秒かがまんして、彼が下車する前にかけ寄って言ったんだ。〝すみません、Faさんですか〟これはでたらめ、わたしは彼がFaってことくらい知っている。彼はとても驚いたよ。舞台俳優とか小説家っていうのは無名の一兵卒と変わらないんだね。一度レストランで黄小楨を見かけたことがあるけど、あのクールで才能のある歌手だって、駆け寄って挨拶したら、彼女も同じようにびっくりしたんだ……そう、Faの話に戻るね。〝有名になるずっと前からあなたのことが好きだったんです〟といっても、彼はそれほど名が知られているわけではないし、今までも有名になったことなんてない。わたしがそんなふうに言うのは、ほんとうに愚の骨頂だし、相手のことをからかっているようなものだよね……」

「それから？」小海は訊ねる。

「それからって、なにが？」

「彼のことだよ、そのFaはどんなふうに答えたの？」

「ありがとうと言って、車両を降りたよ」

「たったそれだけで終わり？」

「うん」

「どさくさにまぎれて彼を誘わなかったの？」小海は訊いた。

「そんなことしない。それにちっともそんなふうにしたくなかった」

「どうして？」

「わたしは変わったから」わたしは言った。「もう絶望や孤独を感じることはなくなったから」

「なんで自分が変わったってわかるの？」

「ちょうどその瞬間に、自分には軽々と手放せるし、引きとめる必要なんてないって気づいたその瞬間にわかったんだ」流木を自らのリズムで流させるように、Faを「自分とは無関係」な生活に戻してやるということ。

「鍵はなんだろう？」小海は訊く。「元の状態に戻るための鍵はなんだろうね」

「正直な話、わたしにはわからない。自分がよくなったことしかわからない」わたしは言った。「時間はとっても不思議だよね。よくわからずはっきりとしないことは、みんな時間に押しつけられる」

「ほんとうに君に嫉妬するよ」小海は言った。「君は叩いても壊れないくそったれの運命を持ってる」

「そうだよ、一番いいのはくそったれの運命だよ」わたしは言った。

「じゃあ、台湾版ヤフーのあのドビュッシーは？」

「大いなる勘違いだった。わたしたちは会ってお茶を飲む約束をした。武昌街の城隍廟の向かいの明星珈琲館にしようって言ったんだ。行ったことがなかったし、興味があったから。彼はそこでとても驚いて返信してきた。彼はわたしも彼と同じようにアメリカのシカゴに住んでると思い込んでたんだ」

「じゃあ結局、僕の問題はどこに存在しているんだろうね？」小海は訊いた。

「誰にもわからないよ」わたしは言った。「もしかしたら問題が消えるまで待って、やっと問題のありかがわかるのかも。だけどその時が来たら、問題はもう重要ではなくなるけどね」耳鳴り、めまい、過敏性腸症候群がなぞめいた襲撃をもたらし、なぞめいたまま消失するみたいに。「ほんとうに」わたしは言った。「わたしたちはいつだって痛みが無くなった後にやっと問題の性質をはっきりと見極めたくなる。その時が来れば、真相はもうあんなふうに人を傷つけることはなくなるからね」

小海は続けて一年前の出来事を思い出していた。あの自暴自棄の一時期を。夜、両親のもとを離れて部屋に閉じこもり、赤ワインをボトルで一本飲み干しても、まだ痛みを感じていた。小海の陰茎は痛かった。彼は自分の命の痛みを、この陽性の、積もりつもった腫れの痛みをどのようにおさめればよいのかわからなかった。なぜ彼は他の人と同じように、胃や肩や眼の痛みなどの口にすることができる痛みを患えないのだろうか。彼はむしろ一陣の動悸に襲われて、愛と美——あの無限の歓びに通じる悲しみに震えてみたかった。

家を出て車のエンジンをかけ、深い闇夜に向かって走り、色とりどりのネオンを引き裂いて、深夜二時の東区にやってきた。一軒のバーを選び、明け方四時まで、バーテンダーがそっけなくなり、パチッと青白い蛍光灯をつけるまで飲んだ。彼は、夜行動物が強い光にびっくり仰天するように、手で顔を覆って両眼を遮《さえぎ》り、数百元のチップを置いて、ふらふらとドアにかけより出て行った。コンビニエンスストアを見つけて安酒をもう一本買い、誰もいない騎楼に沿って闇夜のいちばん深いところ、朝の光のいちばん浅いところに歩みを進めた。

小海の足取りは重く、まるで湿り切ったひと山のビラのように地面にはりつく。一匹の猫が心優しい人の広げた弁当箱に鼻先を突っ込んでいたが、後ろ足は明らかに怪我で引きずっている。薄暗い片隅では、ホームレスがハンバーガーをかじっている。彼は壁と向き合ってすごい速さで咀嚼《そしゃく》していたが、まるで自分の食欲を恥ずかしく感じ、自分が買ったのであって拾ったのではない一個のハンバーガーにいたく不安を感じているようだった。マクドナルドの〝二十四時間営業中〟の弱い光のなかで、ホームレスがカルバン・クラインを着ているのを小海はちらっと見て、この人間はいったい、昔はいい身分だったのがここまで落ちぶれてしまったのか、それとも場所柄ブランド品のごみも拾い上げることができるのか、わからずに不安になった。

小海は自分が病気だと感じている。若い陰茎は腫れて痛み続けていたのだ。この苦しくて出口のない勃起状態。彼は自分が前立腺がんなのではと疑った。「キャッシュボックス・カラオケクラブ」の前を通り過ぎたとき、ちょうど店じまいしようとする焼き腸詰の屋台を目にして、自分の初体験を、最初の女性のことをゆっくりと思いだした。

その年彼は高校三年で、十八歳だった。その女はたぶん四十ちょっとだったろう。

あの頃、彼は世間を知るようになり、いくつかの事柄についても耳にしていたし、現代史——中華民国遷台史についても少しはわかるようになっていた。同級生が彼の引き出しにメモ書きを入れたが、そこには彼を辱め激怒させる言葉が書き込まれていた。ある者は彼の背後から声をかけた。「おい、おまえは×××××の孫だよな?」前の三つの×は「他媽的《くそったれ》」で、後の三つは海爺爺《ハイイエイエ》の名前だった。一九八七年、戒厳令が解除されたあの年、小海は満一歳になったばかりだった。一九八八年、台北の街頭で最初に起こった社会運動の五二〇事件があり、何千もの農民が、政府が進めようとした輸入農産物の開放に反対するため台北にやってきて抗議しようとした。抗争の前夜、その知らせが伝わり情報治安組織は厳しく鎮圧することを決定した。耳打ちレベルの暴力のやりとりは、まるで自己実現の予言のように、抗争現場の暴力的衝突を促したのだ。「暴力は起こる前に鎮圧しても、その後にさらなる暴力が起こる」反動暴力に抗う人々は暴民とされ、知らぬ間に鮮血は流れた。一九八九年、小海は三歳で、鄭南榕は焼身自殺し、詹益樺は葬送の途中で烈士の後を追って総統府の前で焼身自殺した。仲間は救おうにも効果のない水柱のなかに跪き慟哭した。小海は五〇年代から六〇年代のいくつかの公文書や判決文を探し出し、そこに海爺爺の公印が押されているのを見つけた。一九六〇年、小海はマイナス二十七歳、雷震は連名で蔣介石が第三代総統に再任されることに反対し、野党を組織することを宣伝して、十年の実刑判決を受けた。一九八一年、小海はマイナス五歳、帰国した学者陳文成は警備総部に呼び出された後、その死体が台湾大学の校地で発見された。一九八〇年、小海はマイナス六歳、政治犯林義雄の双子の娘と彼の母親は、在宅中に無残にも何者かに謀殺され、階段のあたりで発見された七歳の娘の死体は、その口にキャンディを含んでいた。林家一族惨殺事件が起きた日は、ちょうど（必然的に）二月二十八日であった……この物語の細部には一千項目も一万項目も書き続けられる。加害者の遺憾よりももっと長く、いつまでも延長していく。

小海は上手に身を処して自分の地位を守るということがわからない。世の不平を憤り、世俗のひどさを憎む犬儒主義に向かうか、あるいはポストモダンの無重力の逃避路線に向かうかである。彼は身の程知らずにも記憶を選択し、自分はその場に存在しなかったが、父祖が黙認し、ひいては積極的に関与した暴行について探求した。「接収者と強奪者の後継者か……」小海がこんなふうに自分の境遇を追憶することは、粛清となんら変わらない。

台湾人になろうとすることは、簡単なことではないのだ。

義憤にみなぎる急性の酔狂さのもと、十八歳の小海はデスクの上のパソコンを叩き壊して、すぐにでも外へ肉を買いに行こうと決めた。「台湾の農民は悲惨にすぎるけど、おれは死ぬほど腹いっぱいになるまで肉を食べるぞ……」異様に不条理で幼稚な行動の論理。

夕食の時間はとっくに過ぎたのに、小海はどこに肉を買いにいけるのだろう？

彼はまもなく店じまいを始めようとしている黄昏どきの市場を見つけ、そこで阿東《アトン》という八百屋に出会った。八百屋の阿東は彼に、「紅衫姑娘《ホンシャンクーニャン》」のところへ行って買うようにと教えた。

阿東は小海に言った。紅衫姑娘は年中無休で、いつでも買い物ができる、と。そしてこうも言った。

「男なら彼女をひと目見て、買い物したくなるものなのさ」

紅衫姑娘は果たして紅《あか》いブラウスを着ており、市場のなか、肉屋のすぐ上、半二階の屋根裏部屋に住んでいた。天井は低く迫っていて、小海は腰を折り曲げるほどだ。

「にいちゃんよ、彼女のところで買い物するんだな。どんな男だって彼女のところなら欲しいモノがみつかるだろうよ」八百屋の阿東がこんなふうに彼に語りかけたのを、小海は今でも覚えている。

「紅姑《ホンクー》」は果たして阿東の言ったとおり、すこぶるすこぶる「肉港」（肉感的）だった（「肉港《バーガム》」は台湾語で発音してほしい）。そのふっくらと豊満な肉体は、生きた肉の港であり、そこには一対の肉の尖塔がまっすぐ立っている。思わせぶりな視線を投げれば、誰でもボロボロの赤い寝床に引っ張りあげることができるのだ。

小海は自らのとまどいの青春、ぼんやりとした自己嫌悪をこのふんわりと柔らかい波止場に停泊させたのだった。

女の胸の優しさはこんなにも大きく、鎖骨より下にはまるで一対の肉でできた食卓が据え付けられているようで、そこではお乳を吸ったり、酒や食事を楽しんだり、好きなようにおしゃべりしたり笑ったり、腹ばいになって眠ったりもできる。よだれが出て、夢のなかでうめき出すまで眠るのだ。

紅姑の部屋は散らかりうす汚れていた。一九四七年の基隆港のように、三月の血なまぐささが漂っていた。赤色の肌がけは清潔で礼儀正しい男を迎えるために、きちんと折りたたまれたことはなかった。紅姑の枕辺に空きは必要なかった。彼女の夫はもう蒸発して何年にもなるし、彼女と床を共にするのは、たまに帰ってくる職業専門学校に通う娘だけだったから。

それは六年前のことだ。二十四歳の小海は、夜風がすがすがしく、朝日が昇り始めたばかりの台北の街角で、記憶の呼びかけと真相の再創造に向き合いながら、「十八歳の小海はいかに二十四歳の自分に思いを馳せるのか」について思いを馳せていた。その夜、彼はひとかたまりの白っぽい豚肉を提げて家に帰り、鍋で湯がいて醤油をつけ、がつがつとたいらげたのだった。

紅衫姑娘はきれいに着飾った都会の女ではなく、少し出っ歯で、この出っ歯が彼女に豪気あふれる、その土地を根城にしているがゆえの地元民らしい、土地の力の充満した美しさを与えていた。その際立った無骨さはまるで辛酸に耐えてきた大きな石塊のようだ。彼女はエロチックな笑い話を語り、荒っぽい言葉を口にするのを好み、手とり足とり動物的な愉悦を高ぶらせるのである。肉体に向き合うにあたっては、彼女は直接的に手を伸ばし、ためらいなく与えてくれる。待つということに耽溺《たんでき》し、常に受け身で、求められ讃えられることを必要とするような類の女では決してない。小海と紅姑の関係は一年ほど続いた。彼女の自立自足したところが小海を満足させると同時に、やましさをも感じさせた。「性」の恐ろしさ、強大さに気が咎《とが》めびくびくしたのである。その残酷な真実性に。

夜が明けると、小海の顔には男性的な皮脂がにじみ、夜通し酒を呑んだ疲れがまとわりついていた。あてもなく始発のバスに乗り込み、バスの中で一眠りした。彼は運転手に揺り起こされた。終点まで眠ってしまったのだ。よろめきながらバスを降りたが、自分が熱く燃えているように感じ、まもなく出発しようとしていた別のバスに乗り、上着で頭を包み、眼をつぶってまた眠り続けた。次に目覚めた時、もう正午近くで、小海は窓の外に首を伸ばしてちょうど「中正路」を走っていることに気づいたが、自分がどこにいるのか皆目見当がつかなかった。もしかすると、永和か中和か、あるいは三重か新荘か、さらにあるいは台北を離れ桃園にやってきたのかもしれなかった。台湾全土の中正路は、三百十九の村や町に百七十もあるという。

バスには数人しか乗っていなかった。野菜かごをひきずり運転手の後ろに腰かけている女性と、病院に通う老人を除けば、若い女がひとりだけだった。

女はとても美しく、白いブラウスに黒いスカートを履き、セルロイド・フレームの黒い眼鏡をかけていた。真っ黒く長い髪はまっすぐでつやがあり、顔にはファンデーションが厚過ぎるほど塗られ、神経質そうな、闇夜に属する幽霊のような白っぽさが誇張されていた。見るからに哲学者のようである。彼女の衣服はちょっと流行遅れだったが（街なかのどこにVogueの見開きページにものぐさに寝そべり、足の指先だけ地面について全身を支えているようなマネキンがいるだろうか?）、手間をかけて化粧をしており、五分埔[*1]の店と同じくらいにはきれいだ。

小海は女の後について下車し、いともたやすく彼女に話しかけた。熱を帯びた二日酔いのなか正午の照りつける陽光の下では、どんなことでもできてしまうものだ。

ふたりは喫茶店に入り、注文し終わると、小海はへんな臭いに気づいた。人間の体臭だ。じっとりと生ぐさい臭い。大企業のキャリアの長い専門職で、かけると鼻梁に跡がついてしまうような厚いレンズの眼鏡をかけ、五十を過ぎているがもはや昇進は望めず、妻も愛人もいなくなり洗濯をしてくれる者もおらず、まだそこまで汚れていない何着かを代わる代わる着て、洗濯をしたとしても脱水や乾燥には不案内で、暗く日の光もささないキッチンに部屋干しするのでカビが生え、いつも自分ががんなのではないかと疑い、仕事場の休憩室で漢方薬を煮出したりする……そんなすえたような臭いだ。

こんなにきれいな女がそんな臭いを出してはならない。

異臭の元を確認するために、小海は一度トイレに行って戻り、女のそばに近寄ってにおってみた。どうもそうらしい。彼女の臭いに間違いなさそうだ。もしかすると二日酔いがひどいせいで、鼻がおかしくなってしまったのだろうか？

女は小海が席につくと立ちあがって言った。「私もお手洗いに行ってくる」

「紙がもうないよ」小海は彼女に教えてやった。

「だいじょうぶ。どっちにせよ私、下着は履いてないから」彼女は言った。

まさか彼女の股間の臭いなのか？　小海はあの臭いを思い起こした。女からにじみでる幾重にも重なる分泌物が、じっとりと湿ったひだの間をぐるぐるとめぐる。処女の臭いだ。

小海は自分の経験から、この女は処女だと断定した。世間には確かにこの種の処女は存在する。おそらく父親ひとりで育てられたか、祖父母に養われたのかもしれない。自分の陰部をどう手入れすればよいかわからず、「ニセの処女」のように「処女」のほのかな香りを漂わせる。彼女には誰かがそこに鼻先や舌先を近づけるなんて想像すらできないからだ。

小海は熱い額に手を置いて、この女はZoe（そして図書館のなかで彼が眠っているのを見ていた同級生の女の子）と変わらないと直感した。たとえ精神を病んでいないとしても、少なくとも艶っぽい憂鬱を患っており、「ふつう」の枠外にある。こういう女はベッドを共にするなら一番いい相手で、憚《はばか》るところなく大胆なのだ。小海は近くで部屋をとろうと提案すると、女は特にためらうでもなく受け入れた。正常な処女にはまったく似ても似つかない。――これが小海を確信させた。自分の判断は間違っていないと。

彼らはタクシーを停めて、駅裏の旧市街へ向かい、へんてこ極まりないホテルに入った。「大旅社」を名乗ってはいるがルームナンバーは三桁しかなく、ルームキーにはプラスチックの柄が付いている。受付には赤色の灯りがともり、関羽か土地神が祀《まつ》られている。もっぱら「退職老人旅行団」や「参拝旅行婦人会」を受け入れているが、週末にはタイ語やインドネシア語で「休憩三時間四百元から」というセールの広告を掲げて、外国人労働者の恋人たちのための密会の場所へと成り変わる。

どうしようもなくひどいベッドルームで、女は着ていたものを脱ぎなめらかで美しい裸体を露《あら》わにした。その美しさは予想を超えており、八月の花の香りのように、醜い調度品のすべてをなぎ倒してしまうほどだ。

小海は女のために湯を張り体を洗ってやった。心からそれを願う若い召使いのように、去勢されてしまったような沈黙の陰茎をそそり立たせ、少しずつ彼女の皮膚に触れていった。彼は女の青春にむしゃぶりつきながら、喫茶店で嗅いだ異臭がしないことに気づいて、逆に自分を疑った。まさか自分が嗅いだのは自分じしんの臭いだったのだろうか？

たとえ彼女といっしょにいても、こんなにも美しい処女といっしょにいても、小海は相変わらずそのやり方は変わり映えのないものだった（それはZoeやAprilやIris、Anna、Christie、Mint、また戻ってZoeと繰り返し行われる、ひとまとまりの標準的な作業手順だ）。しかしこの女、経験の乏しい処女の動きはすべてオリジナルで、自発的なものであり、予測することのできないものだった。小海だけが、無数の「他人」を経験した自分じしんを、何度も何度も繰り返していたのだった。

この素質に恵まれた女は、処女ならではのアイディアを駆使して、経験のないはつらつとした肉体のスイッチを押したのだ。すべてはそんなふうに新しく、不思議で、そして不案内で野性味にあふれていた。その異様に奥深い女体は、高熱の痙攣のなかにある小海にこれ以上ないほどはっきりと知らしめたのだった。自分はまさに腐乱しつつある物体であると。「エリート養成」という規律のもと、ゆるゆると、ゆるゆると感受性を失い、他人の感受性を感じとる力を失い、B級映画の役者のように気づかぬうちに時代の病を表現していたのだ。たとえば気まぐれで傲慢な名利を競い合う場に喰い物にされるように。

小海は射精し、やわらかくなり、眠気が急激に襲ってきた。体温はゆるゆると下がり、眼を閉じた。まるで冷えきったひと山の灰塵《かいじん》のようだ。

女は彼が朦朧として眠りに着いてから、静かにその場を離れていった。

ぼんやりとしたまま、小海はまたあの裸体の海辺に、限りなく透明で深奥な避難地に戻っていた。数十人の男が、おしゃべりするでもまぐわい合うわけでもなく、裸のからだを砂浜に横たえている。いったい何のために？

数百匹のフナムシが、そろって同じ方向に向かい、尻尾を空に高く上げている。餌を探すでも交配するでもなく、いったい何のためなのだろうか？——小海は夢のなかで、昔ある小説のなかで読んだこのシーンを拾い上げていた。一群の同種の虫が集まり、まったく「生産的意義」のない集団行為に勤しむのには、いったい意味があるのだろうか？

もちろん意味はある。小説のなかの登場人物は言った。「ここでもっとも重要なのは、フナムシが集団で同じ方向を向き、尻尾を上げていることではない。人類であるわれわれがこの現象を見つけ、その奇妙さに魅せられ、その意義について考え始めることにあるのだ」

「かりに集まったのが人間だったとすれば」小説のなかの人物は続けて言った。「一群の人間が見慣れない理解し難いことをやっていたのなら、おそらくそれは祈りを捧げているところなのだろう。だからこのフナムシたちも祈りを捧げているのかもしれない」

おそらく祈りだけではないだろう。小海は夢のなかでひとりごちた。おそらく彼らは思考し、耳をそばだてているのだろう。おそらく彼らは示威し、抵抗しているのだろう。もしかすると彼らはただ難を逃れているだけかもしれない。岩壁でまったく動かないフナムシや蘭嶼の海辺で静止している羊の群れのように。海辺でやわらかく頭を垂れた状態の男のからだのように、全世界で座り込みをしている人々のように。

小海は数時間熟睡し、いっぱい汗をかいて、体温はすでに下がっていた。彼はホテルを出て、太陽がまもなく沈み、夕陽が発する蛍光を目にした。まるで作り物のように美しい。ホテルの傍らの中途半端な広さの土地には何軒かの違法建築が建ち、新緑の野菜の苗が植えられている。

空は暗くなり、ぽつぽつとこぬか雨も降りだした。雨は小海の意識を取り戻した顔にかかり、この街を新しくしてくれる。

雨は不意に止み、小海の頭上が突然晴れ渡った。しかし遠くには黒雲がすさまじい勢いで近づいてくるのが見える。うららかな晴天の次の瞬間は暴雨なのだ。

この晴雨がかわるがわるやってくる酔狂さは、まるで言いたいことがあるから言ったり、無実だからと訴えたり、恨みたい人がいれば、愛したい人もいるようなものだ。

地球温暖化。地球は発狂し、人間も発狂する。このポスト工業化時代のクレージーさは、すべて人間がもたらしたものだというが、けれどもこの「伝聞」ですら人間が口にしたことなのである。地球の免疫システムは人類をだめにしてしまう。たとえ東アフリカや赤道が横切るケニアであっても、平地ですら雪が降るようになる。学生たちは駆け回り、雪を力いっぱい齧《かじ》り、バイクを借りてきて雪の玉を持ち帰るだろう。チェンマイは摂氏一度の低温になり、女の子たちは着飾って化粧をし、カメラをたずさえ争って雪と一緒に写真を撮るだろう。「百年に一度なのよ」少女は言う。「この瞬間この場にいることができてものすごく幸運だわ」

発狂した天気は街の風景を一変させ、クリスマスカードのようにしてしまう。愉快な白い粉が一面に降りつもり、平日は休日に変わる。小海は常識が通じない女とセックスして理性を失ったのと引き換えに他言無用の秘密を手にした。それは、ある種のひびを求めるようなもので、もともと用意されていた人生を破壊し、崩壊の辺縁まで愉快に発狂し続けること。

暴雨が叩きつけるように降ってきた。小海は舌を伸ばして舐めると、全身びしょぬれの男を目にした。バイクをビンロウ売りの店に乗り入れ、刺青がいっぱいに彫られた腕を挙げて手真似で何か言っている。まるで興奮した少年のように、年配の檳榔西施《びんろうせいし》［ビンロウ売りの女］に黒雲が急に向きを変えてやってきたことを教えているのだ。その野性的で無骨にほとばしる感情を、小海は心底羨ましいと感じ、彼の紅衫姑娘を思い出したのだった。

あの透明で深奥な避難地で……静かに座り、あるいは思考をめぐらせていた人たちは答えが見つかっただろうか？

見つかったかもしれないし、見つからなかったかもしれない。

ある時、人々は起き上がり、その場を離れる。疲れ果てたので家に帰って休みたいからだろう。あるいはまた時間に迫られて、その場に居続ける力を無くしてしまったからかもしれない。もしかすると心理的に満足して、自分を困らせる必要がなくなったからかもしれない。

どのみちその時は来て、小海は彼らと同じように、起き上がって方向を換え、困惑を抱えながらそこを離れ、新しい困惑をとりあえずの答えとして、もう一度生活に戻っていく。

しばらく時間が経つと、一部の人々はまた避難地に戻り、思考し、座り込み、抵抗し、休息するだろう。

しかし別の一部は、他の場所を探すことにするだろう。なぜなら、以前の答えは答えではないと気づくからである。

＊1　安い衣料品を売る店が集まる服飾問屋街。

8 西門町・獅子林・欲望という名の電車2.0

わたしはTWが描いた、ブランチが登場する様子を覚えている。

彼女の着ているものは凝っていて、周囲の環境——彼女が身を寄せようと思っている、妹の家の近所のブルーカラーたち——とまったく不釣り合いだ。揃いの白いドレスで、上着にはふわっとしたダウンがあしらわれており、真珠のネックレス、真珠のイヤリング、白い帽子に白い手袋で、その厳粛でまじめなたたずまいは、夏の日のお茶会か公園に特別に設けられた場所でのカクテル・パーティにでも出席するかのようだ。ブランチは耽美的だが自分を卑下しており、男たちに声をかけるのが好きである。彼女はどんな男でも放っておくことができないのだ。

独身の女ということで言えば、彼女は少し歳がいったほうに入るだろう（一九四七年という残酷な時代においては、いわゆるオールド・ミスといっても三十歳を超えた程度である）、精緻につくりあげた化粧姿は、異様な脆《もろ》さを帯びた美しさであり、強い光が当たるのを避けて、化粧崩れがおきないようにしなければならないほどだ。

簡単に言えば、ブランチは白日のもとでは素顔がばれてしまう。華やかに装い化粧をした賞味期限切れの女が、（わたしのような読者に言わせれば）時宜にかなわぬ淑女の衣装をまとっているのは、いつでもお見合いできるように準備しているかのようだ。

そしてTWはこんなふうに言っている。ブランチのしぐさに見え隠れするためらいや不安は、全身の白と組み合わさり、蛾を連想させるのだ、と。

わたしは蚕を飼ったことがある。サナギを孵化して、蚕から羽化して蛾になるのを見たことがある。世間にいる蛾は蚕由来の一種類だけではないと言うが（台湾だけでも四千種近くあり、六十数科に分類されると、Google：股溝《お尻の割れ目》の神様は言っている）、わたしの主観的な認識では、蛾は白いわけではなく、少なくともちょっと古い、くすんだ感じの白なのだ。絶えず落ちてくる鱗粉《りんぷん》には払っても落ちない粘着感がある。ちょっと面倒で、触ってしまったらすぐ手を洗いたくなるものだ。

確かに、ブランチは面倒な娘だ。多くの田舎から出てくる貧しい親戚と同じように。

インターネットで蛾の写真を調べると、果たして全身が絨毛に包まれ、それは驚くべき密度で生い茂っている。はさみで梳《くしけず》ったり、手入れすることができるようだ。人工のレザーを身にまとい、貴婦人の気勢で尊大に登場し、口にするのは過ぎ去った栄華ばかりで、その実ポケットにはいくらも入っていない。わたしはそんなブランチの姿を想像する。

蛾類の白さは純粋無垢な雪のような白さでは決してなく、土や灰の色合いを帯びて、見た目は汚らしい。それはブランチの衣装が、ある種の老いさらばえた、幾多の転変を経験し、倉庫のなかにしまわれた古びた匂いを帯びているのに似ている。まるで色が褪《あ》せていくように青春もその色を失い、純白から徐々に汚れていくのだ。

ブランチは画面に登場する時点で、彼女は死んでも認めないけれどもすでにオールド・ミスであり、妹の妹だと嘘をつき、独身で恋愛経験に乏しいと自称しているが（実際には一度結婚している）、酒は飲むと悪酔いして暴れてしまうほどだ（しかし自分はあまり飲めないと何度も遠回しに拒絶する）。

ブランチ（Blanche）というフランス語由来の名前の元々の意味は「白」である。純潔で欠点がなければないほど、汚れには耐えられなくなるもの。脆くて染まりやすいので、簡単に堕落してしまうのだ。その全身の「蛾白」はついに耗弱《こうじゃく》の白、精神耗弱へと成り果てるのだ。酒や薬、香水や記憶に溺れ、妄想と幻聴に苛《さいな》まれる。四六時ちゅう化粧直しをしたり、浴室を占拠して温水マッサージに勤しむ。うわさによれば、彼女は昔、博徒や酔っぱらい、不良少年や売春婦を相手にする「フラミンゴ」という安ホテルに長いこと滞在していたという。彼女は自分ではそこには滞在していないというが信じる者はいない。病的な虚言癖で、年齢や趣味すらもほんとうのことを言わない女なのでまったくもって人の信用を得ることは難しい。

蛾に関しては、もうひとつ言っておくべきことがある。蛾は夜行性であるものの、強烈に光を求める性質を帯びている。一種の矛盾であり、まさにいわゆる「飛んで火に入る夏の虫」というやつだ。自滅は蛾の本性であり、それはブランチの本性でもある。

「どこでも誰とでも寝る」という非難を嫌というほど受けてきた女なら、本来暗闇のなかでこそそしているべきである。強い光の照射を避けて、夜の暗黒に見守られながら、不吉で怪しげな秘密の日々を静かに過ごすべきなのだ。こともあろうにブランチには別に強い望みがあり、それは公明正大な幸福を得て、ふつうの人の祝福を受けるということ——これはブランチの孤独である。この不名誉な化け物が、夜の帳《とばり》と陰影に守られたなかを抜け出し、火の中に飛び込んで行き、光り輝く世界に受け入れられ、吸収されることを望むのだ。彼女は結婚したくてしかたがない。それほど悪くない男であれば誰でもいいから。

もしかすると彼女は疲れているだけなのかもしれない。妹が、ほんとうにミッチでいいの、まじめだけどつまらないあの追っかけでいいのと訊いたとき、ブランチは、それはもうたいした問題ではないのだと答える。「私が欲しいのは休息なの。穏やかに息をしたいだけなのよ」もしもミッチとの結婚がほんとうにうまくいっていたら、あるいは彼女は落ち着いて、二度と自分や他人の負担にはならなかったかもしれない——ミッチはいい人だし、典型的な「マザコン」でもあり、口を開けばいつでも「母さん」だ。でも彼の母親は病気でおそらく半年ももたないだろう。彼はついにひとりぼっちになり、孤独のまま終わりを迎えることを恐れているのだ。だからブランチにとくべつ誠意を示しているのである。

週末の西門町に足を踏み入れた時、わたしはブランチ2.0を目にした。二十一世紀の台客《タイクー》*1版だ。

その日の午後、わたしと小海《シャオハイ》は病院に外出届を出した阿莫《アモ》を連れだして西門町に遊びに行ったのだ。わたしたちは誠品書店武昌店のそば、しにせの六福ビルまで歩き、カツラの店の外に足を止め、ガラス棚に陳列されたマネキンの頭を眺めながら、笑ってしまうような可愛いヘアスタイルについてあれこれ言い合っていた。豪快に盛り上がった「おばさん太巻きカール風」、まっすぐでぐにゃりと垂れた「許純美風[*2]」、紫色の超細《こま》かめカールの「カラオケ・オールドミス風」、「結婚式に出る母親風」、「キャバレーの演歌の女王風」、「気ままなおまかせ風」……

と突然、カツラ店から誰かが出てきた。真っ白なハイヒールに真っ白なお姫様スタイルで、身長は一八〇を超えている。胸元を露《あら》わにし、腰にはコルセット、膝丈のミニスカートを履いている。つやびかりする濃い化粧が顔一面を覆い、表情はとびだした喉仏の上に浮かんでいる。がっしりとした男の体躯はフル装備の女装のなかに包み込まれ、まるで大きな秘密が、公然と騎楼から白日のもとへと歩き出したかのようだった。

「いまの見た？」わたしは声を押し殺して訊いた。

「見たよ」小海は言った。「彼の胸の谷間は鍛えていてすごく深かったね」

スポーツジムでは男たちが毎日鍛え、異常なまでの雄々しさを作り上げている。胸筋の起伏が、呼吸するごとに恐怖を感じるほどになるまで。彼らのほとんどが男らしさを求めて鍛えているが、一部は乳房を獲得し、女性の肉体に変わることを求めているのである。

わたしと小海と阿莫は一斉に振り向き、「小白《シャオバイ》」の後ろ姿を眺めた（わたしたちは即座に彼女に名を与えたのである）。ディナードレスのようにぴったりのシルエットで、大きくてごつい体格があからさまだ。苦渋に満ちたカツラは位置が合っておらず、無生物のようにぐったりとして、頭ぜんたいを覆っている。その内側は風も通らず、花の香りもせず、愛情も存在しないが、息絶えつつあるハエが一匹まとわりついているかもしれない。

「あのカツラはレンタル店から買ったセール品みたいだね」阿莫は言った。

「彼女の衣装代もきっと安いんじゃないかな……」わたしは言った。

「彼はうまくいくと思うかい」小海は言った。

「それって、まわりに妖気を振りまきながら仰々しく歩きまわって、それでも男だと知られずにいられるかってこと？」

「はは、それは甘いよね」わたしは言った。「初めての外出だって見ればすぐにわかるよ。歩き方だってままならないんだから……」明らかに初心者で、化粧の仕方もわからず、ファンデーションも二号の白を使って、チークの位置も高すぎるし、眉墨も濃くしすぎていて、アイシャドーは誰かに殴られたばかりみたいに腫れて炎症をおこしているようだった。

「女性になるのは勉強が必要だよ……」阿莫は言った。「私みたいに女性になる天分が備わっていなかったらね」

「彼には相棒が必要だね」わたしは言った。「〝アキバ系〟の男の娘《こ》の相棒が」日本の秋葉原の女装男子は、「男の娘《こ》カフェ＆バー」を開いて、「男の娘《こ》ヘアメイク講習」や女装ファッションの通信販売サービスも提供している。

　わたしたちは小白を盗み見し続けた。彼女は少し緊張していて、怯えているふうですらあった。それから傲慢な感じで下顎を上げた。それにしても彼のお姫様スタイルはほんとうに、いやはや実に、醜いほどにバランスがとれていた。厚ぼったいフリルのネックに、くどくどしいレースの飾り、大きなちょうちょ結び。可愛いを通り越して古くさい感じで、まるでどこかの店じまいした女性用服飾店の裏口から拾ってきたもののような過ぎ去った時代の異臭が漂っている。

全身うす汚れた白、一匹の蛾のようだ。本来なら夜の帳《とばり》をひっそりとゆくべきなのに、こともあろうに陽の光のもとをゆこうとしている。

「まじで超イカすじゃねえか」小海は言った。

こうして彼は自分の男性器《イカした部分》を棄ててしまったのだ。世間の人がそのやり方に同意しようがしまいが、男性器の有無によってしか彼という人間を判断できないのも構わずに。

見た目はもう三十をゆうに越えた男が、心から愛するお姫様スタイルに身を包み、幼い頃から今まで抑えつけてきた渇望を満たしている。小さな女の子から始めて、処女のもじもじしたしぐさを帯びて、自分じしんを街頭の悪意のなかへとさらしていくのだ。

「誰かにコンシーラーの使い方を教えてもらうべきだよ。顔のでこぼこを隠さないと」わたしは言った。「それに青ぞりもね……」

「彼はネットで見かけるきれいな男の子みたいに、肌のキメが細かくないし、体格も華奢《きゃしゃ》じゃない。ほんとうにごつ過ぎるよね……」阿莫は心配そうに話した。

「間違いなく私は変態です、と公に声明を発表しているみたい……」

「思い切りがよすぎるよな。まったく自分から殴られにいっているようなものだよ」

そう言いながら、小海はふいにからだを前に傾けて、スタートラインについた姿勢でひとこと、「おれは彼の髪を整えにいってやるぜ」——これがすなわち、これがすなわちブランチが（自分と同類のために）言ったこの言葉である。どなたであろうと、私は今までずっと見ず知らずの方のご好意を頼りに生きてきたのです。

わたしたちは「獅子林」ビルに入り、地階の「瘋馬《フォンマー》ビデオボックス」で個室を借り、『欲望という名の電車』をまた観た。この映画は今回を含めてもう三回も観ている。

灯りを暗くして、ソファに寝転がり、いちばん気持ちのよい、自分だけのおかしな姿勢で、他人の人生の中へと入り込み、そしてまた自分のもとへと帰ってくる。まるで心理療法を受けているかのようだ。泣きたいときには我慢する必要はなく、タバコを吸おうがお酒を呑もうが誰も邪魔しない。美しい映画は奥深く、そして気前がよい。一回二時間で百元か二百元しかかからないのだ。個人経営の診療所が提供する談話治療は五十分三千元から、一セッション五千元、七千元するのはざらで、遅刻しても同様に支払わなければならないようなのとは似ても似つかない。

たとえ三回観たとしても、ブランチの過去に何があったのか、彼女がどうして壊れていってしまったのか、あの映画の初めから終わりまで一貫して罪悪感が漂っているのはいったいどうしてなのか、わたしには相変わらずよくわからない――わかるのは、彼女が財産を使い果たしてしまったということ（けれども彼女はこのことを微塵も悔いていない。あなたは私をひとり残して、どこかへ行ってしまった。あなたには私を責める資格なんてない。一方、妹は確かに彼女をとがめたりはしない。彼女は姉がここ数年状況があまりよくなかったことを知っているのだ）。ブランチには衝動買いの癖があり、それは強迫症に近い躁鬱《そううつ》症の行為だ（彼女が言うには、女性の魅力とは見せかけが積み上がってできたものであり、カネを宝石や服や高級なバカンスに投資するのは、富豪と出会い、上流階級に成り上がるためなのだ）。彼女は最も早期のコールガール、あるいは援交少女であり、デートするのは簡単で、口笛一つでひっかけられる。彼女の多くのレザー製品やジュエリーは、彼女に言わせれば、すべてファンから贈られたものだ（彼女を慕う者はほんとうに多い。ひとつの部隊の兵士が全員彼女と寝たことがあるそうだ）。彼女がどうして職を失い、教えていた中学を離れたのかはわからない。わかっているのは、彼女がその後、巷《ちまた》で「アメリカ大統領並みの著名人」になったことだ。違うのは、彼女には支持者がいなかったことであり、「どんな政党や党派（どんなパーティ）の歓迎や尊重も得られなかった」ことである。

ブランチはカラフルなショウジョウバエだ。果肉が裂けて開いたオレンジのなかを縦横に蠢《うごめ》き、ぷんぷんと悪臭を放っている。聞くに耐えられない彼女の過去は、妹の夫スタンリーにひとつひとつ暴き出される――ああ、あの発狂させるほどの粗暴さと発狂させるほどの（繰り返し他人の自由を奪うことで享受している）自由さ。発狂してしまうほどにセクシーなマーロン・ブランド。彼がこの映画に出演したのはわずか二十三歳の時だった。白いシャツは濡れて透きとおり、たくましい筋肉に吸い付いている。暑ければ脱ぐし、脱ぐのに手間どるようならいっそ引き裂いてしまう。いちゃいちゃすることなどまったくなく、甘い言葉を弄《ろう》したりもしない。眼差しひとつで彼女を刺し貫き、彼女にこう知らしめる。「素直になれよ。俺のことが欲しいんだろ」

好色なゲイとして、TWは誰であろうが抗うことのできない性的な暴君を創造した。思うに、TWはかつてこのような男をこれでもかと愛し、そしてこれでもかと傷つけられたことがあるのだろう。スタンリーがブランチを傷つけたように。

ブランチは「むき出しの電球はとても耐えられない」と、紙のシェードで光源を覆い、光をやわらかくした。まぶしい光線は暴力的すぎる。男の荒っぽい言行、スタンリーの情のかけらもない雑言のように。彼女はスタンリーの口からどんな美辞麗句も聞き出すことはできなかった。いちばんいいのでせいぜいこの程度だ。「まあまあだな。あんたはまあまあの容姿ってところだ」彼女には物足りなかったが、スタンリーは彼女を放ってはおかず、よく考えてみろよ、もうそんなことは訊ねてくるんじゃねえぞと彼女に言った。「どんな女だって、自分が美人かそうでないかぐらいはわかってるもんだろう」

スタンリーはほんとうに残忍である。それは「真実」と同じくらいの残忍さだ。ブランチにはこの男がついに彼女の肉体に対して「刑を執行する」ことがわかっていた。「彼は私を壊すわよ」ブランチはそんなふうに言っている。

スタンリーは確かに彼女を破壊した。彼女の再婚の希望も、彼女と妹の関係も。

彼は彼女を犯したのだ。

スタンリーはこの義理の姉を嫌っていた。彼女がひねもす彼女の妹つまり彼の愛しい人の前で、彼のことを平凡で、粗野で、上品さのかけらもないと言いつのることに嫌気がさしていた。「あなたが身につけた教養はいったいどこへいってしまったの?」とブランチは妹に言う。「あんな男と暮らして、唯一できることなんて他でもない寝ることだけじゃないの」(ああ、この罵《ののし》り言葉はとてもセクシーだし、とてもcampだ。あけすけだし、とってもゲイっぽい）彼女の妹の返事もこれまた超弩級にセクシーだ。彼女は言う。「男と女の間で、灯りが消えたあとに起きるあれやこれやというのは、一見見劣りするような他のさまざまなことをどうでもよいものにしてしまうのよ……」

スタンリーは自分の汚泥のような粗野さを自覚していた。自分の女（少なくとも中等教育は受けているステラ）を引きずり下ろし、そして彼女はこの堕落した文盲《もんもう》の快楽を愛してやまなかった。けれども、この五月初めから間借りして九月まで居座り続けている義理の姉は、彼ら夫婦のひと夏の激情を台無しにし（カーテンで仕切っただけの寝室を共有している）、しかも繰り返し彼らの身分違いをほじくり返したのだ。彼は彼女を恨んだ、彼女がこの結婚の真相を暴きだしてしまったことを。この上流階級を気取った売女《ばいた》を。彼は自分には彼女を求める資格があると感じていた（彼女も彼を欲していることを知っていたから）。とりわけ彼は彼女を罰する資格があると思っていた（相手を選ばぬ淫蕩《いんとう》なひどい奴、別れることは勧めても、一緒になることを邪魔する壊し屋のことを）。

映画のなかでは、果たしてこれがレイプなのか、ひとりの女が情欲と情欲の暴力性に屈服した結果なのか、はよくわからなかった。しかしわたしたちははっきりと、スタンリーが言葉で彼女を苛み、セックスで彼女を飼い慣らそうと試みたことを聞きとった。これが「刑事事件」として構成することができないにしても、少なくともいじめではあろう。いじめ、bully、雄牛（bull）から演繹《えんえき》された言葉。スタンリーはしたたかに酔っぱらい、まもなく爆発しそうなほどの鬱屈を抱え、発情して怒り狂った一頭の雄牛のように、ブランチを憎むと同時に彼女を自分のものにしたいと強烈に願っていた。みなが味わったことはあるが、経験したことのないような生臭さを渇望していた。不吉で物珍しい味わい。

事が終わって、誰もブランチの言うことを信じなくなった。彼女のような汚され傷つけられた不浄の存在は暴行者のいちばん理想的な餌食だと言わんばかりに（妓女もレイプされることなんてあるだろうか？　いいわ、たぶんね、だから何だって言うの？）。おまけに彼女は幻聴に苦しむ、妄想で頭がいっぱいの病的な虚言癖なのだ。一匹の蛾が、やっかいな鱗粉を落とし続け、誰もが触れてしまったら運が悪いと思い、中毒やアレルギーにならないか心配するようなものだ。ブランチの妹ですらよくわかっている。「もし姉を信じるとすれば、どうやって夫との生活を続けていけばいいというの？」と。彼女は子どもを産んだばかりで、生活に変化を生じるのが耐えられないのだ。彼女には選択肢はなかった。

（蛾の鱗粉は確かに効能がある。防水、体温調節、それに危険を逃れることもできる。蜘蛛の巣に誤って引っかかってしまったら、思い切り羽を揺り動かし、鱗粉を落としながら蜘蛛の糸を振り解くのだ。鱗粉はアレルギーを引き起こす化学物質を含んでいて、腫れや痛みなどの炎症反応を起こすという保護の作用もあるが、この作用にも限界はある。一匹の蛾がもしも大量の鱗粉を消耗してしまったら――捕獲と攻撃の密度が上限を超えてしまったら――羽は飛行能力を失い、不自由な身になってしまう。）

鱗粉が深刻なレベルまで落ちてしまうと、蛾はもはや飛ぶことができなくなってしまう。ブランチの苦労を重ねてきた、もとより死にぞこないのぼろ雑巾のような命は、スタンリーのこのひどい一撃を受けて、崩壊してしまい、精神病院に送り込まれたのだった。

これはブランチの孤独であり、罪人の孤独だ。切実な罪の意識が彼女を麻痺させ、スタンリーの残酷さに反撃する力もなく、彼の冷静な弁解の言葉の嘘を暴くこともできなかった。

ブランチの孤独はこれにとどまらず、もっと深い。気の触れた孤独な罪人のそれよりももっと深いのだ。気の触れた人はいちばん重要なことについて本当のことを言うものだが、彼女は本当のことを言う権利を持ってはいなかった。彼女は「正常」という最も基本的な人間らしさを失ってしまったから。彼女の羽はぶち壊され、飛べなくなってしまったのだ。

こんなふうにいう人もいるかもしれない。彼女の身心はもともとあまり健康的ではなく、ひどく敏感で、脆いのだ、と。彼女の異常さ、奇怪さ、そして障害は、もともと彼女がその体内に持ちあわせていたものなのだ、と。まるで蛾のように、サナギから繭《まゆ》を破って出てきた蛾が、羽は生えているけれども、発育不全で、生まれながらにして飛ぶことができないように。

「わたしは意地でもあきらめないよ。ブランチがどうして壊れてしまったのか、必ずはっきりさせてみせる」わたしは言った。

彼女の幻聴、それが絶え間なく積み重なって症状となった罪悪感について、映画ではまったく説明していない。

「確かにおかしなところはあるよね」阿莫は言った。「ブランチは心から愛したことがあると言ってはいるけど、一方で自らその愛する者をなくしている。唐突な感じだしどういうことなのかわからない」

「彼女は何歳で結婚したの？」小海は訊ねた。

「わからない。だけど彼女の初恋は十六歳の時だったよ」わたしは言った。この映画をわたしは結局三回観たのだ。

「だから、彼女が愛して、そして死んでしまったその男が、彼女の夫っていうことかな？」小海は訊く。

「きっとそうだよ。二人が結婚した時はまだ若かったんだろうね」わたしは考えた。「この映画は一部のエピソードをわざとカットしている。どうしても話が通らない、つながらない部分があるんだ」瘋馬ビデオボックスを出て、となりの誠品書店へ駆け込んだが、『欲望という名の電車』は見つからなかった。にくらしい、この本には中国語訳がないのだ。原書を探すしかない。見つけてもやはり苦々しい気持ちが残った。一冊の本に何百元もかかるなんて！

小海は本を奪い取って代金を支払い、舞台俳優のような口調で宣言した。「私は正式に〝ブランチ病理調査チーム〟の主任調査員を拝命した。この資料は我がチームで会計処理をしよう」それから小海は本をわたしに手渡して言った。「李文心《リーウェンシン》君、三日以内に読み終わり、本チームの海主任と莫君にレポートしたまえ」

「三日以内？」わたしはありったけの渋い顔をしてみせた。「辞書を引くだけだって三日じゃ足りないんじゃない？」実際わたしはこう言いたかった。小海、あんたはほんとうにご立派で度量が大きく気前がいいよね。でも言わなかった。小海がフェイスブック（非死不可《シナズニハスマナイ》）に、「僕のように幸運な人間が、疑ったり、ケチケチしたり、文句ばかり言っていたら、それは自分の幸運を浪費してるってことだと思う」と書いていたからではない。わたしは実際恥ずかしかったのだ。彼に対して礼を述べたり詫びを入れたりするのが恥ずかしかった。わたしは彼の家を出て、阿莫のところに転がり込むともう決めたのだ。

果たして、原作のなかで最も重要な部分が、映画ではすべて削除されていた。

ブランチが口にする「その少年」は、確かに彼女の初恋の相手だ。十六歳の初恋。ブランチは彼のなかの愛に気づき、愛を見つけ出し、そして愛を我がものにした。それは薄暗い時空間のなか、目が眩んでしまいそうな強い光に当てられたようなものだった。

「けれども私は間違った方へと導かれてしまった……」ブランチは言った。彼女の恋人は他の人とはちょっと違い、比較的繊細で落ち着きがなく、時に焦ったり、怖がったりと少し神経質だった。彼は詩や恋文を書くし、優しくて気が弱い。ふつうの少年にはない特徴を彼は持っていた。「彼は私にたどりつき、助けを求めたわ。でも私にはわからなかった……」三十歳のブランチはこんなふうに自分の少女時代を回想している。

（盲人が盲人を導く。最もロマンチックで、創意に富み、しかし最も危険でもある）

ブランチは彼と婚礼を挙げ、駆け落ちし、家を出る（読んでみるとこんなふうだ）。けれども彼女は最初から最後までずっと要領を得ず、彼を助けることができなかった。自分が何を必要としているのか、彼は口にしなかったし、はっきりとは言わなかったからだ。

（彼には言葉が見つからないのか？　それとも彼女が理解できなかった？）

青年は流砂に飲み込まれ、見る間に地中へと吸い込まれそうになる。彼は手を伸ばして彼女を掴むが、彼女には彼を引き上げる力はない。それどころか一緒に飲み込まれてしまう――このすべてを彼女の方は微塵も感じておらず（人はどうやって自分にすらわからないものに対抗すればよいのだろうか？）、ただ自分が彼を愛していることだけはわかっている。「彼を愛している」苦痛から抜け出せないばかりか痛々しい苦しみに苛まれているかのように彼を愛している。それは彼女がある部屋に偶然入り込んでしまうまで続いた。もともと誰もいないはずの部屋、そこにふたりの人間が横たわっていた（あるいは抱き合い、口づけしあっていた）。ひとりは彼女が愛する若い夫アラン、もうひとりはアランの長年の親友で、彼よりだいぶ年長の男性だった。

「ああ、まったく意外じゃないよね」阿莫は言った。「テネシー・ウィリアムズはゲイだったんだから」

「そうだね。彼がタバコをふかしている姿はかっこいいよ」わたしは言った。

「彼がふかしていたのは葉巻だろ？」小海はわたしが手にしていた『欲望という名の電車』を置いて、ひっくり返し、作者の写真をしげしげと見つめた。

三日後のこの日、阿莫はいつものように病院に外出届を出し（四時間の身請けであるという約束にサインした）、わたしたち三人はうらぶれた獅子林ビルの周囲を二回まわって、となりの六福ビルに入り、カツラ店の近くに一軒の喫茶店を見つけた。店内には六つしか席がなく、読まれてくしゃくしゃになった『壹週刊』が積んであり、カウンターの内側では、頭の半分を緑色に染めた不良少年がゲームに夢中になって、わたしたちのことを相手にもしない。まったくもってすばらしい場所だ。

「ブランチは敏感で繊細な男の子が好きなんだ。口を開けばこんなふうだからね。そっと、そっとしてね、やさしくね、そんなに荒っぽくしないで……」

わたしは言った。「彼女には典型的なマッチョな男が耐えられなかったんだよ。男の独断専行的なところがね」

彼女は「男らしくない男」が好きだった。内気で温和な男の子を切に思い慕った。これがブランチの孤独だ。

（飛んで火に入る夏の虫その一：同性愛者を愛してしまった）

ブランチは見なかったふり、なにも「気づかれて」はいないふりをした。三人はいっしょにラスベガスへバカンスに行き、酔っぱらい、大いに笑いあった。

「それは3Pじゃないか」小海は言った。

（飛んで火に入る夏の虫その二：自分の愛する者が同性愛者だと気づいても、愛し続けることをどうしてもやめられない）

「ブランチの妹はこんなふうに言ってる。ブランチは彼を愛するあまり、もはやそれが人間でなくてもよくなってしまった、彼が踏んだ道さえも崇拝して已まなかった、とね」

婚礼も済み、晴れて「正妻」になったのに、愛情においては浮気相手に成り下がってしまった。

（飛んで火に入る夏の虫その三：夫の恋人もいっしょにして、三人の世界に無理やり適応しようとした）

その後彼女はもう耐えられなくなる。ダンスホールで騙され続ける苦しみに耐えることができず、ぞっとするような冷酷さでアランに言い放った。「私は見たのよ、わかってるの。吐き気がするわ……」一曲のダンスが終わる前に青年はダンスホールを飛び出して湖畔に走って行き、自殺して亡くなった。彼は自分の口に銃を咥《くわ》えて引き金を引き、後頭部が吹き飛んだのだ。この後、命を明るく照らすと同時に目を眩ませるような強い光は消え去る。世界は暗然と色褪《あ》せ、蝋燭一本ほどの明るさをも失ってしまった。

「彼女は映画のなかでこう言っただけだよね。私は愛した、けれど彼は死んだ、と……」阿莫は言った。

五〇年代の映画検閲制度は、アランという「人倫にもとる」人物を消し去ってしまったのだ。

ミュート。消去。見てはいけない。強制された忘却。

「もしかすると、アランには一般的な二分法、異性愛でなければ同性愛だというような理屈が合わなかったのかもな……」小海は左手を広げ、それから右手を広げた。「彼をバイセクシュアルだというのもなんだか単純化し過ぎているような気がするよ」

「もしかするとアランはふたりとも愛していたのかも」わたしは小海の意見に賛同した。「だけどブランチはこれでなければあれだという二分法を使って、アランが彼女のことも愛しているということを信じなかった。彼女は十六、七歳になったばかりで、しかも初恋だし、こんなに複雑な心理的な分析には耐えられなかったんだろうね」緑色に髪を染めた少年が頭を上げて、良心が芽ばえたみたいにイヤホンをしたままわたしたちに大声で叫んだ。「なにかお飲みものはいかがですか？」

「ああ」小海とわたしは同時に答えた。「ホットコーヒー三つ」

「そうかな？」阿莫は言った。「アランはそうだったのかな？ アランはブランチを愛したのかな？」

「もしもブランチを愛していなかったら、どうして生きていけなくなるくらいの激情に駆られたんだろうね？」わたしは言った。

「たぶん罪悪感だよ」阿莫は言った。「彼は自分のセクシュアリティに苦痛を感じていたし、騙して結婚した行為も恥じていたと思う。彼だってブランチと同じように若かったし、複雑すぎることには同じように耐えられなかったんじゃないかな。銃まで準備していたんだから、死にたいと思うようになってずいぶん経っていたと思うよ」自殺については、自殺をしようという心づもりと行動については、わたしたちのなかで阿莫に反論できる者はいない。彼女の腕の傷はようやくふさがったばかりに過ぎないのだ。

三人は黙りこくり、一杯三十五元のホットコーヒーを待った。コーヒーが来る前に、中年の男がひとり入ってきた。頭はぼさぼさで、顔もろくに洗っていないようで、指にはタバコを挟み、慌ただしく店の中に入ってきて「相変わらずだな」とつぶやく。それからまたドアのところに立って、自動ドアを開けたままにして、半分残ったタバコを吸い続ける。

不良少年が、今日は勝ったのかと訊ねる。うす汚れた男は自分の髪を掴みながら「四時前だぞ、体をほぐしただけさ。三勝一引き分け」

「じゃあ俺の分も五百元賭けておいてよ」少年は言った。

うす汚れた男はタバコを吸い終わると、不良少年の手からなんだかわからない特製のドリンクを取り上げて言った。「これをお前の分としておこう。負けたら半分もってやるよ」

うす汚れた男が離れるとすぐに、不良少年はわたしたちに教えた。「彼はビリヤードの神様なんだよ」八階ではスヌーカーをやっていて、プロ並みの勝負が賭けの対象になっている。五百元なんて誰も相手にしないから、これはうす汚れた男がくれた特権なのだ。九階の白雪劇場はポルノ映画館で、三十五年も営業してきたがまもなく閉館となる。「今週は3Dのエマニュエル夫人だよ、見たけりゃ急いでね」

「結論としては、ブランチは妹の夫スタンリーと同じで、残酷なことを言って、当人にも耐えられない真相を残酷に暴きだし、アランを死に追いやったということだね」わたしは言った。

これはブランチの孤独であり、罪人の孤独だ。

「彼女とスタンリーの最大の違いは、彼女は自分の罪を認めているけど、スタンリーは他人が罪を受けるのは当然だと思っている点だよね」わたしは言った。ブランチは「もろくか弱い」罪人であり、そのもろさが彼女を孤独へと導いたのだ——蚕蛾《カイコガ》には羽はあるが、発育不全で生まれながらにして飛ぶことができない——もしもブランチが他の人と同じように、非難に非難でお返しをし、反撃したり互いに告発しあうゲームを大いに楽しみ、糾弾や罵倒、告訴などによって人が誹謗中傷する暴力を解体することができたなら、もしかするとこんなに高い代償を払う必要はなかったかもしれない。もしも彼女がアランを咎《とが》め、彼の自殺を結婚詐欺師が自ら招いた懲罰だとみなすことができたなら、もしかすると彼女はこんなにも高い代償、精神崩壊にまで至った人格的な代償を払う必要はなかっただろう。彼女は正々堂々と人を指さして罵り、相手を変えて結婚しなおすことができた。けれども彼女にはできなかった。

これがブランチの孤独であり、善人の孤独だ。

（飛んで火に入る夏の虫その四：罪名を背負って、他人には押し付けない）

ブランチはつまりこんなふうに壊れていったんだ。わたしは言った。自らの「善良な誠実さ」によって破壊されたのだ。

「私の白衣君がね、うつ病の人の大部分は比較的善良で、しかも他人の意見をわりと気にするんだって言ってた」阿莫は言った。白衣君とは阿莫の主治医のことだ。

「ブランチは誰かれ構わず寝たんだ。アランを除けば、この世のどんな男も彼女にとってみればみな同じ。誰だっていいんだよ。だって誰もアランではないんだからね」

純粋であればあるほど、それは降り積もったばかりの新雪のようだ。湿り気があって柔らかく、白くて美しいが、たやすくわなにはまってしまう。触ればたちまち汚れるのだ。

「じゃあ、学校をクビになったのはどういうことなんだろう?」小海は訊いた。

「自分の生徒に手を付けたからだよ」わたしは言った。「スタンリーの調査とだいたい同じで、彼女が学校を離れたのは、病気療養のためじゃなく、十七歳の高校生と関係をもったからだよ。相手の父親に見つかって、役所に訴えられたんだ……」

「教師と教え子の恋だったわけか」小海は言った。「俺も高校の同級生に追いかけられたことがあるよ。男子校に通ってたんで、つまり……そう、俺の一番仲の良い高校の同級生はゲイだったんだ。そいつは師範大学を卒業後、中学の教師になった。国語を教えたり、順番でクラス担任にもなった。そいつは少年好きだったんで、何かしでかしやしないかと俺はいつもやきもきしていた。俺はそいつに何度も言い含めたもんさ。もうがまんできずに何かしでかしてしまいそうになったら、まず俺のところに電話をかけてこい、って……」

「あなたに連絡して何になるの?」わたしは訊いた。「あなたにオナニーを手伝ってもらうってこと?」

「君は最近俺に手厳しいよな」小海は言った。

「そんなことがあっても不思議はないよね……」阿莫は話題を戻した。

「どんなこと?」

「〝新聞代の集金〟のあの場面だよ。唐突な感じでまったくわけがわからない」阿莫は言った。「あんなに難解にするんだったら、全部カットしたほうがよかったよ。そうすれば頭がくらくらしないで済むしね」

映画では、ブランチがひとりきりの午後、新聞代を集金に来た青年に応対する。最初はからかい、そして媚を売って、火を借り、タバコを吸う。あれこれ適当に話題を探しては、繰り返し彼を引き止める。青年の頬に自分の唇をむりやり押し付けたかと思えば、さっさと帰るように促す。ブランチは誰に言うわけでもなくひとりごちる。「ほんとうにあなたを引き止めておきたいと思うわ。でも私はお利口さんにならないといけないの、子どもからは離れていないと」

「ブランチが妹を頼りにきたのはだいたい三十歳のころ、仕事を辞めて二年後だよね。計算すると生徒と恋愛してたのは二十七歳のころかな」わたしは言った。十歳の年の差の教師と教え子との恋。

阿莫は言う。「いまの言い方なら、姉と弟の恋ってところかな」

しかし、四十の男が十七の女性を追いかけるのは許されるのに、二十七の女性が十七の男を追いかけることが許されない時代、「姉と弟の恋」は「おばとおいの恋」となり、許されることのない変態となるのだ。

(飛んで火に入る夏の虫その五：自分の生徒を愛してしまった)

教師と教え子、姉と弟、おばとおい……落ちてはいけない恋の闇路に落ちていく。愛し、そして堕落していく。衆人の審判のもと、鱗粉を使い果たし、二度と飛ぶことのできない蛾へと落ちぶれていくのである。

流言というものは自在に形を変えるもの。ゴシップニュースにたとえ信じられる部分があったとしてもそれはだいたい誇張されているというものだ。男たちはみなこんなふうに言う。自分はブランチと関係を持ったことがある、彼女は町の男を代わる代わる一巡して楽しんだのだ、と。しばらく経つと、ついに町でいちばん有名な人物となった。淫婦あるいは怪物であるだけではない。スタンリーの言葉を借りれば、彼女は完全に精神障害者、掛け値のない精神障害者と見なされた。有害な毒物のように人々にたらい回しにされ、洗いすすがれ、掃討され、除去された。「フラミンゴ」のような下品なホテルも彼女に我慢できず、鍵を返すよう要求し、彼女が宿泊し続けることを拒絶したのである。

「まるで『変身』の主人公の男性のようだね」わたしは言った。

唯一の追求者ミッチ（誰も求めないミッチ）ですら、ブランチを捨てた。彼は彼女の顔を押し付け、憤りながら言った。「おれはあんたのことをしっかりと、ほんとうに見てはいなかったんだ」ブランチはいつも夕方六時以降に家を出てデートに向かう。ロマンチックの名のもとに大きな灯りを消し、蝋燭に火を灯《とも》す。ミッチはブランチが身をかわして逃げながら抗議するのにも耳を貸さず、むりやり大きな灯りを点《つ》け、紙製のランプシェードを外して言った。「あんたが俺が想像したよりも歳を食っているのはどうでもいい。俺が怒っているのは、あんたがまともな人間であると俺に思い込ませたってことさ！」

「彼はstraightっていう言葉を使ってるんだ！」わたしは得意満面で大発見をしたと思い込んでいた。

「わたしはまじめに辞書を引いてみたよ。straightには誠実で嘘がない、正統、正直、もちろん〈異性愛〉の意味も含んでる。だからミッチの言葉はこんなふうに翻訳できるんだ。あんたが俺が想像したよりも歳を食っているのはどうでもいい。俺が怒っているのは、あんたが異性愛者であると俺に思い込ませたってことさ！」わたしは言った。

「それはブランチがアランに言いたかったことでしょ？」阿莫は言った。

「そうなんだよ」わたしは言った。「こういう古典的な作品っていうのはほんとうに何から何まで繋がっているんだよね」

「推理小説のように楽しめるな」小海が言った。

ブランチは正しさにも、まっすぐさ《ストレート》にも欠けている。自分の衣装箱をもってあちこちを流浪し――彼女の秘密とアランからのラブレターも含む彼女の一生、彼女の全てはこの衣装箱のような革のカバンのなかに収められている。

異性愛の男性の観点から見れば、彼女は正統さに欠け、標準にも達していない。結婚や恋愛ができるレベルには不十分で、異性愛者としても失格だ。初恋の相手だった夫はゲイだし、高校教師の立場で十七歳の教え子を求め、見知らぬ男たちとところかまわず関係を持った。

そしていま、彼女は疲れ果ててしまった。ただ彼女と同じような孤独の人を見つけて、この冷たく硬い、石のような世界のなかで、すき間を探してもぐり込み、休みたいだけなのだ。けれどもミッチ――誰からも愛されないミッチ――は彼女には母親のいる家に入る資格はないと考えた。彼と母親の家庭からすれば、彼女は清潔さに欠けていたからだ。ただ、彼女が誰とでも寝る淫婦である以上は、度胸のない温和なミッチも気を大きくして、以前には求める勇気のなかったもの、つまり彼女の肉体を勇猛にも奪おうと企んだにすぎない。

ミッチとスタンリーは同じように、売女の肉体を渇望したのだ。

ブランチの期限を超えた間借り生活は、もはや歓迎されない状況に至った（初夏の五月から九月中旬まで引き延ばしていた）。彼女が出て行けば、スタンリーと妻は過去に戻り、カーテン越しのあの迷惑な義理の姉のことで心配する必要もなくなり、闇夜で愉悦の騒音をまた生み出すことができるのだ。ブランチの妹ですら夫に同意し、精神病院に頼んで彼女を引き取ってもらうことにした。

ブランチは出発に際して、振り返ってまた戻り言った。「忘れ物、忘れ物をしたの……」彼女は迎えの人間に覚えがなかった。あの男女二人組は彼女が期待した人物ではなかった。彼女はこれからバカンスに、船に乗ってカリブ海へと出かけるのだと思い込んでいた。

「私はあなたたちを知らない、知らないわ……」ブランチは部屋に駆け戻り、再び幻聴が襲った。「あんたはランプシェードを持って行きたいんだろう、そうだよな」スタンリーは手を挙げて、ランプシェードを引き剥がした。剥き出しの電球が審判の強い光を放つ。それはサーチライトのように、目を眩ませる。ブランチは大声で泣き叫んだ。まるで自分がその紙製のランプシェードで、スタンリーによって自分が引きちぎられたかのように。

一九四七年の初夏、ブランチは「欲望という名の電車」に乗ってニューオーリンズの、Elysianというところ（Elysianは発音するとillusion：錯覚、幻影に似ている）にやってきた。同年夏、『欲望という名の電車』の作者で四十歳のTWは十八歳の少年FMと出会う。翌年ふたりは愛しあい、同棲を始める。四十一対十九、二十二歳の年の差の兄と弟、おじとおい、父と息子の恋。彼らは十四年間、FMが肺がんで亡くなるまで共に暮らした。とても悲しく、そしてとても幸せなことだ。

映画ではわからなかったことは、まじめに原著を読むことで、ひとつひとつ手がかりを探し、映画検閲制度によって禁じられた記憶を救い出すことができる。一九四七年はちょうどナボコフの筆のもと、ハンバートがロリータに出会った年だ。その「運命の夏」に、三十七歳のハンバートは十二歳のロリータを愛した。わたしの二十歳の外祖母は二十七歳の外祖父に嫁ぎ、彼の女性、彼の「腰の炎」[*3]となったのだ。

一九四七年はまさしく、二二八事件が起きたあの年でもある。

学者たち（おお、偉大なる知識権力の壟断者）をして鼻であしらわせるような、数々の偶然の一致のなかで、わたしはさらなる発見をした。

『欲望という名の電車』の映画版ができたその年、一九五一年には、政治犯が緑島に大挙して移送された。その年の春、外祖父は外祖母とわたしの三歳の母親と別れ、十五年後に元にはもう戻れない家庭生活に再び帰るまで、島で服役していた。

その前の年、一九五〇年、老Kが地方の掃討作戦を発動して大量の逮捕者を出したとき、四十歳のハンバートは十五歳のロリータに捨てられた（あるいはロリータの立場からすれば、ようやく羽がしっかりと成長し、自由への道、すなわち日和見主義者専用の逃亡用の路線を見つけ出したということだろうか）。ハンバートは自殺する間際のところで優しく偏見を持たない女性、リタと出会った。彼らが「タイガーモス」（灯蛾《カトリガ》）という酒場で知り合うのは（蛾、蛾、またしても蛾だ）、ちょうど一九五〇年五月、わたしの外祖父が逮捕されたのと同じ年同じ月だ。ハンバートによれば、もしもこの女性と出会い、彼女と街角の安ホテルで毎週二日を過ごすことがなければ、彼は再び崩壊し、精神病院に入ることになっていただろう。

ハンバートを崩壊から免れさせた救い主が、『欲望という名の電車』の終幕で、療養院に送られたブランチであったとわたしは信じている。なぜならナボコフが描くリタは、純粋な同情心によって折れ曲がった老木（あるいは死にゆくヤマアラシ）と恋愛することができたのだから。

仮に台本のなかの時間と現実の時間が同時に進んでいたとすれば、ブランチが精神病院に送られた年は、一九四七年、彼女が三十歳の時だ。

ブランチはその後退院したのだろうか？「The END」の緞帳が降りた後、登場人物たちの運命はどんなふうに続いていったのだろうか？

もしかすると彼女は退院手続きを済ませ、『欲望という名の電車』を離れて、ナボコフの『ロリータ』のなかにもぐり込み、リタと名前を変え、生まれながらの情婦、善良な玩具として生き続けたのかもしれない。彼女がハンバートと出会った時、三番目の夫と離婚し、さらに七番目の「紳士的従僕」に捨てられたばかりだった。ああ、この悪名高き、優しく憔悴した娼婦よ。

そう。わたしは『ロリータ』のなかのリタは、『欲望という名の電車』のブランチだと信じている。根拠は、ブランチは一九五〇年には三十三歳のはずで、リタの年齢はロリータのちょうど二倍だからだいたい三十歳。ブランチには歳を若く言う癖があり、彼女は自分のことを「もうすぐ三十になるでしょうよ」と言うだろうから。ブランチには嘘をつく、自分の身の上を書き換える癖がある。まるで禁書は表紙を変えておけばだいじょうぶ、とでも言うように。

獅子林ビル、そして来来百貨店、さらに六福ビルを加えたこの土地は、戦前は寺廟で「浄土真宗東本願寺」と言った。戦後は老Kによって刑場に作り替えられ、「保安司令部保安処」と名を変えた。特務はこれを大廟といい、庶民の間ではこっそり閻魔殿と呼ばれていた。監獄は一部屋三坪で、二十人の犯人が立ったまま寝ていた。秘密裏に尋問取り調べが行われ、秘密裏に処刑が実施されていた。臥龍街一帯には、まるでチェーン店のように別の支部があり、逮捕者を六張犁の山中に連れて行き、刑罰が度を越して死んでしまったら、そのまま荒れ地のなかに埋めた。

「あの〝来来飯店〟は？」小海はわたしに訊ねる。「青島東路と忠孝東路のあの一帯、〝映画図書館〟から来来飯店までのあのあたりは……」

「あれは軍法処だよ。日本の陸軍倉庫だったところを改築したんだ」わたしは言った。「西門町のここは保安処、東本願寺を改築したものなんだ」保安処は最初の駅、軍法処は次の駅。最初の駅で拷問にかけて自供させ、次の駅で収監し判決を言い渡すのだ。

軍法処の監獄は一部屋六坪で三十人、狭すぎて苦しく熱い夏には、「毛穴から出るのは汗ではなく、油だ」

シラミやナンキンムシは夥《おびただ》しい数で、床にはカビが生えている。犯罪者は便器の糞尿と部屋を共にするのだ。

彼らは服を引き裂いて縄を編み、軍用毛布を吊るして代わる代わる「風を起こし」、空気を動かした。

睡眠は三班に分かれて行うが、横向きにしか横たわれず仰向けにはなれない。鼻は前の者の後頭部に当たり、背骨は後ろの者の胸にくっついてしまう。一つの班の睡眠が終わると別の班に替わり、起きている二つの班は壁の縁に貼り付くようにして座るか跪《ひざまず》き、紙切れを振って蚊やブヨを追い払った。真夜中、ほんとうに我慢できない時を除いては、起き上がって小便に行くことは決してない。もしも行けば、戻った時にはもはや横向きのすき間しかない場所にすらもぐり込めなくなってしまうのだ。

夜明け前、鉄の扉がガチャガチャと音をたてると、その時はやってくる。何百もの心臓は縮み上がり、飛び上がって、喉元につっかえてしまうほどだ。

名を呼ばれた者は、馬場町に送られ銃殺されるのだ。

軍法処の高い壁は、上海路と中正路にちょうど沿っていた（当時の台北の街は、ちょうど日本から中華民国へと籍を変え、中国の街になっていた）。その上海路は後に林森南路となり、中正路は忠孝東路となった。

「こういうことみんなもう覚えていないよね？」わたしは小海に訊いた。

「覚えていないんじゃない、知らないんだ」小海は言った。

聞いたことがないということは起きていないのと同じなのだ。まるで遠くで行われている戦争のように。

「わたしだって覚えていないよ」わたしは言った。「でも知っている」

「あなたのお爺さんはこのことについて言わなかった？」わたしは小海に訊いた。

「もう亡くなったよ」

「わたしが言ってるのは生前のことだよ」

「言わなかったね」

「じゃあお父さんは？」わたしは訊いた。
「親父も言ったことはないね」小海は言った。

六福ビルの看板といえば、ポルノ映画の他に、ビリヤード賭博に、カツラ専門店だ。ハゲと変装趣味の者たちが共有する秘密。黙りこくったまま顔色ひとつ変えないさまざまなカツラたち。

わたしたちは喫茶店を出て、カツラ店の外で足を止めた。小海と阿莫とわたし。ガラスの陳列棚に並べられた頭部を眺めながら。

「来来飯店……軍法処、来来百貨店……保安処」阿莫は言う。「どっちも〝来来〟だよね。どうしてかな？　まさか来来と軍部はつながっていたの？」

誰がそんなことを知っている？　スパイを掌握している特権階級の他に。

「老Kは日本の財産を接収し、国家財産もしくは党の財産に変えた。そして財団に転売したんだよ……」わたしは言った。「目の前のこの一帯全部が、最初に省政府によって売りに出されたんだ……」

獅子林商業ビル、六福西門ビル、来来百貨店、そして新しく近くにできた誠品116。

「刑場が名利をむさぼる場に変わったのは、まあ合っているといえるよね」小海は言った。

わたしたちは別のカツラ店へとやってきて、棚に並べられた古びた品物を眺めた。

それらの頭部は切り首を彷彿とさせる。不自然な短い髪を載せて、死んで硬直した顔立ちは表情がかたまり、痛くも痒くもないが人間のものとは思えない恐怖を醸し出していた。

「六十年前の台北のことを〝政治犯の卸売センター〟だなんて言う人もいるね」わたしは言った。「全島の反逆者は一律にここに集められ、精錬し加工を施され、反逆者のレッテルを押されて、また各地に送られ服役させられたんだ」

「ねえこの話はまるで、まるで」、阿莫は鼻をつまんで、蜘蛛の糸のようにねばつくアレルギー反応に耐えながら、「この話はまるで語り始めたと思ったら、もう時代遅れになっているような感じだよね？」まさにそう言っていると、切り首の静まり返ったカツラはもそもそと動き始め、細く小さな幼虫が中から這い出した。生まれたばかりのゴキブリのようだ。

阿莫が言うのももっともだ。わたしたちは政治のなかに生きているのだから。

空気汚染と同じように至るところに存在する政治の、最も主要な目的とは忘却をつくり出すこと。われわれをして自分たちが政治のなかに、汚染のなかに生きていることを忘れさせること。

今年の初め、まさにここ、獅子林ビルの下着売り場が万引きの被害に遭った。犯人は男で、盗んだのは女性用の下着の揃いだった（もうひとりの、もうひとりの手もとが狂った小白、ブランチ2.0）。逮捕された後は沈黙を守り、留置場に入っていた七日六晩ずっと、ひと言も、ひと文字も喋らず、咳一つさえ出さなかった。彼は身分証を持っておらず、氏名も、年齢も、戸籍も、住所もなにもかもわからずじまいだった。まるで生まれたこともなく、戸籍へも登録されず、存在しない幽霊のようだった。

身分も突き止められず、警察はしかたなく、そのまま裁判所に送った。審理の間じゅう、やはり一言一句として口にはしなかった。

身分のない者はまるでこの世に生まれたことすらなかったようであり、窃盗をしたとしても、罪名をつけることはできないのだ。

最後に検察ができたことは彼の写真を撮り、起訴調書の「被告欄」に氏名を書かず、「写真に示された者」と書くだけだった。判決は懲役五十日だったが、起訴される前に、彼が口を開いて、身分が判明するのを待っていただけで、予定外に百十七日間もすでに拘留しており、判決で示された刑期をはるかに超えていた。男は判決が言い渡された後即刻釈放され、西門町に戻り、あてのない流浪の人生を続けることになったのだ。いまこの時も、彼はもしかすると獅子林の二階の公衆便所で身体を洗い、どこかの試着コーナーに潜り込んでこっそり鏡を眺め、地下の駐車場で昼寝をし、目覚めたらスターバックスのそばのコンビニをうろつき、入り口のところで二時間ねばり、お客にレシートをくれと頼んでいるかもしれない。幸運にもくじが当たれば、二ヶ月に一度数百元の現金を得られるから。


一九七九年三月末、獅子林商業ビルは盛大に開幕した。地上十階、地下三階、二十億ニュー台湾ドルをかけて完成した。屋上には遊園地ができて、非常に流行った。四階には三つの映画館、金獅、銀獅、宝獅が出来て、いっとき注目を集め、気勢を誇った。エレベーターガールがドアを開け、十階の香港式飲茶の店や、九階の白雪氷宮、零下八度のスケート場へと客を運んだ。ああ、ひとつひとつが狂喜にみなぎる秘密の部屋なのだ。

冤罪をはらんだ歴史は商品のけたたましさによって幾重にも新たに書き直され、埋《うず》められ、それらの死にきれない記憶は依然として死なないまま、この場所でうなされているのだ。獅子林はまだ栄光を嘗め尽くす前にはやばやと調子を落とし始め、西区の没落に従って八〇年代からずっと萎み続けた。花は開いたと思ったらすぐに枯れてしまい、根がはり始めたばかりでもう腐り始める。まるで五〇年代の学生政治犯のように。

そしていま、二階三階には各地で使い古された遊具が置かれ、口外できない密やかな賭博遊戯が闇で行われている。この「屋内禁煙」という新しい時代に、かたくなに古い習慣にこだわり、タバコの煙が充満するなか、博徒や酔っぱらい、薬物中毒者、小銭集めの半浮浪者（彼らは家がどこにあるかまだ覚えており、どうしようもなくなれば家に帰ることができるが、また家を出てしまうのだ）を受け入れ続けていた。遊戯機械の外の通路には、マッサージチェアがぽつんと置かれている。十元硬貨で十分間使えるもの。緑色の合成樹脂のカバーは破れ、深刻な肝毒に罹患《りかん》しているようで、全身に皮膚の病変が現れている。9047はここでひねもすのらくらとひまをつぶし、酒に酔い博打にうつつを抜かしている。

六十年前、9047はわずか二十二歳だった。保密局を離れた時にはもう恐れおののいていて、それから軍法処へ、九ヶ月後には火焼島［緑島］に送られた。刑期が終わった時にはもう家はなくなっていた。保証人になってくれる人も見つからず、9047は火焼島にさらに六年も留まることになった。刑期と合わせれば合計で二十八年だ。再び社会に戻ったのは、ちょうど獅子林がにぎやかに開業した時だった。記憶をたどってこの懐かしい場所に戻って来て以来、二度と離れることはなかった。当初彼が戻ってきたのは、過去に決別し、恐怖を拒絶するためだった。再訪は否定のためであり、離れるためだった。彼は離れられると自分では思い込んでいた。はからずも9047もここに留まりうなされ続けることとなり、どうしても離れられないばかりでなく、その場に留まることに抵抗もできず、そのまま浮浪者になったのである。

「みんなは幽霊がでるというんだがな、わしは怖くないわ、どっちにしたってみんな身内みたいなものだろう……」9047はもう八十を過ぎている。遊具の並ぶなか、めぐんでもらったはした金を握って、必死で長いこと頑張って数百元、千元を手に入れたら、安い年増の娼婦を買って一晩やさしく抱いて寝るのだ。若いが高い女は彼は求めないし、こういう女は彼と一夜を共にするはずがないのだ。彼と似通った運命の女浮浪者でもいい。八百元で安旅館の小さい部屋をおさえて、ゆるゆると入念に熱い湯で身体を洗えば、生まれ変わって、よい香りを放つ一夜の恋人になれる。

昔日の金獅、銀獅、宝獅は、規模が縮小して現在の「新光影城《シネマ》」となった。座席は古びて傷ついた骨のようで観客の腰を支えることができないほどだが、場所代が安いので、様々な映画祭の第一の候補地になっている。前衛的であればあるほど経費が不足しがちで、ますますここがもっぱら好まれるようになるのだ。

毎年十月の女性映画祭には、街中の最も美しく最も奇怪な妖精たちが映画を観に繰りだす。オネエにおかま、ニューハーフ。ブサイク、病人、障害者。男装のハンサムなT〔トムボーイ〕に女装したおかま。色とりどりの男でも女でもない、男でも女でもあるブランチ2.0。性転換したい者、性転換真っ最中の者、もう一回手術を受けたい者……最も新しく最も珍しい（でも実際には昔から存在していた）異形の輩は、自らの化け物のような身の上のために、苦しみ、傷めつけられ、そして享楽し、誇らしくも思う。彼女たちは「われわれ」の映画をここに観に来るのだ。たとえばふたりの父親、あるいはふたりの母親をもつ子どもたちが、どんなふうにそれぞれの青春期を送るのか、とか、性転換の途上にあるFTM（female to male, 女性から男性へのトランスジェンダー）がどうして切除手術のみを求めて乳房と子宮を捨て去り、男性生殖器を構築することは遠回しに拒絶するのだろうか、といった作品だ。

これらのドキュメンタリー映画のなかの女性たちは、悪運に見舞われているにもかかわらず、そうだとは思えないほど逞しい。

はじめはあるブランドのお話だ。もしもニューヨークに行って、DKNYに入ったら、ちょっと気ままな感じの棚（ファッションを視界に入れず、処世術ともしないようなファッションの言葉を並べている）を見かけると思う。棚には細やかでしかもしっかりとした手作りのアクセサリーが並んでいる。身体の比率がおかしな（だからこそそこにはある種の態度が表現されている）人形、祝祭の衣装をまとったゾウ、パズルのような幾何学模様で彩られたウマやロバやシカ……小さいのは携帯電話の飾りに、大きいのならバッグに合わせられる。もっと大きいのであれば家具と組み合わせられる。そしてふたりの黒人の女の子が怯えるように店内に入り、こんな会話がなされていく。

店員「なにをお探しで？」（このふたりの黒人はどう見てもDKNYの客には見えない）

彼女たち「Monkeybizを見に来たんです……」（さっき説明した人形のブランドのことね）

店員「あ、Monkeybizですね。お客様、いくつにいたしましょう？」

いまの都市生活は、商品によって組み立てられ構築された物質生活だ。でもこのふたりの黒人少女は買い物に来たのではない。彼女らにはDKNYの値段は高すぎる。彼女らはこれらの商品の製造者だからだ。ふたりは興味津々にそれら人形や怪獣を囲み、指で示しながら言う。「これはMadibaが作ったやつだ」「あれはNoluyoloのだね」もうひとつは、Mankosiが作ったもの。彼女は歌や踊りが大好きなエイズ患者だ。

これらのきれいなお人形にひとつひとつ縫い込まれているカラフルなビーズは、北アフリカの粟、クスクスのように細かく小さい。

これは女性によって構成されたビーズ・コミュニティで、南アフリカのケープタウンの郊外、典型的な「ポストアパルトヘイト」の時空間のなかにある。貧しく、不衛生で、病気に囲まれた生活。子どもたちはやけどしそうな砂地で裸足で踊り、重病人はハエが飛び交うなかあっけなく死んでいく。そこで白人の慈善家と黒人コミュニティのリーダーが手を組み、Monkeybizという名のブランドを立ち上げたのだ。彼女らの希望は、貧しい女性を自立させ、エイズの互助診療所を開くこと。できればマーケットでバービー人形を打ち負かすこと（ここまで言って、彼女たちは恥ずかしそうに笑った、自分の野心が大きすぎるのを自嘲したのだ）。

エイズを患ったMankosiは自分の「家」で仕事している。古いポスターで壁がいっぱいの、水も電気もない場所だ。彼女は水を汲み服を洗う。手のひらが洗濯板のかわりだ。太陽の光にかざしてビーズを縫う。歯がはさみのかわりだ。そうやって姉と弟が残したふたりの孤児の面倒をみている。

Mankosiはいつまでもビーズを縫っている。明るいうちも暗くなってもずっとだ。それらのビーズは砂糖のように細かいので、彼女は早晩目が見えなくなってしまうのではと本当に心配になる。けれども彼女は満足していた。なぜならちゃんとお腹いっぱい食べられるし、教育費も払えるし、新しい服や靴だって買えるから。彼女はきれいなものが大好きだ。彼女の姪は上下のスーツを買って、ネクタイをし、男の子っぽい感じでこう言った。「ぼくはMankosiおばさんをどうやって世話すりゃいいかわかってるさ。父さんも母さんもＨＩＶで死んだからね……」みんなに打ち明けてはいないが、トムボーイの小さな姪がいう「世話」には、おばのために安らかな死に方を準備することも含まれている。

Mankosiはこれらすべてをよく理解している。屈託なく瞳を閉じて、彼女の歌をうたい、彼女の踊りをおどる。彼女の時間は多くはない。死を待つことだけに費やすことはできないのだ。それはまるでLuhariaと彼の家族のようだ（観客のみなさんご注意ください。わたしたちはもう次の映画に移っています。インドにやって来ました）。

Luhariaは農夫であり医者でもある。彼は赤い樹皮を引き裂いて言う。「これは頭痛に効くんだ」山のなかを悠然と歩きまわり、一匹の美しい蜥蜴《とかげ》を跨ぎ、植物の茎に付いている蜂の巣のような塊をこそぎおとしてまた言う。「これは胃薬だな」観客はカメラに付いて、都会の人間の疑い深いまなざしで興味深く観察する。しかし彼は自信をもってこう保証するのだ。「本当さ、よく効くんだよ」Luhariaの肉体はそれら理性の及ばぬことどもをよく知っている。彼と彼の一族の物語とは、まさに「近代化」が集落の生活を壊滅的に呑み込んでしまったというものなのである。

台湾人は西洋人と同じように、インド旅行が大好きだ。「ほんとうのものを探しに」と言っては、インドへの愛が観光客のそれでは決してないと強調する。けれども意外と知られていないのは、都市の車が行き交うなかで不良品を押し売りしたり、足をひきずりながら物乞いする人々の多くが、運河沿いから、あるいはダムの下流からやってきたということ。洪水に家が呑み込まれ、彼らは都市にやってきて貧民窟をつくり、日雇い人足になった。レンガ運び、道路工事、セメント運搬、三輪車に乗るものもいるが、一日一米ドルも稼ぐことはできない。インドで五〇年代から始まった近代化事業、大規模ダムのプロジェクトは一六〇〇万人の難民を生みだした。これはオランダの人口より多い。

Luhariaと一族の者たちが協力して抵抗したのは、まさにこの「近代化ドリーム」のなかでも最近でいちばん大きな水の怪物なのだ。この世界第二のダムは、Narmadaという大河の流れを変え、彼女を慈愛に満ちた母親から凶暴な悪魔に変えてしまい、二十五万の命を呑み込んでしまった。官僚たちは誇らしげにこう語る。われわれが使ったセメントの量で、赤道をぐるっと一周できる道を造れますよ。

政府は彼らに移住することを受け入れ、まもなく水没する集落を離れて、「上流社会の枠のなかへ転居するように」と求めた。Luhariaは安心できず、半日がかりのバスに揺られ、政府が許可した土地を見に行った。結果、それらの土地は、生き物が死んでしまうほどの干からびようで、草は人の背丈ほどの高さに伸び放題で、葉は牛でもかみ切れないほどに分厚く、引かれている灌漑用水は塩辛い。「こんな土地でなにを育てろというんだ、おれたちはなにを食っていけばいいんだ？」別のすでに移住を受け入れた先住民はこんなふうに言う。われわれの暮らしというのは、もともと河や大地や山林で成り立っていた。だけどいまは、水はプラスチックの管を通ってくるし（河から来るのではない）、薬は一粒一粒できあがったもの（もはや樹皮や茎などではない）、光は電線からまかなっている（松明《たいまつ》や太陽や月の光ではない）。これが新世界の展開の仕方なのだ。土地を耕すのに肥料を買い、牛を買うのに飼料を買い、飲み水や灌漑用水には水道代を払う、明かりにも電気代を払う。金に頼って動いていく、買ってきた赤貧《せきひん》の生活。

Medha Patkarという女性教授は、ムンバイから集落へと移住し、非協力運動を推し進め、抗争生活は十五年になる。彼女とLuhariaその他三名の活動家は世界銀行の本部にまで行ってハンガーストライキを行い、大規模ダム計画の人的代償についての調査を求めた。ハンストして二十二日間が経ち、ダムの建設は中断された。けれども成功は一時的なものに過ぎなかった。それから彼らは集まってデモを行い、逮捕され暴力を振るわれ、ある者は亡くなり、ある者は牢獄に入った……水位が上昇し続ける河のなかで不眠不休で立ち続けた……最高裁に上訴し、環境への影響を評価するように求め、インド史上わずかにガンジーに次ぐ全国的な社会運動をつくりあげていった。勝訴し、そしてまた敗訴し……。この運動にはひとりのスターが登場する。Arundhati Roy（アルンダティ・ロイ）。そう、『小さきものたちの神』を書いたあのロイだ。彼女は言った。「もしも政策によって、この河を人々の手から奪い、別の人々に渡すのであれば、我々は問いたださなくてはならない。こんなことをするのはいったい誰のためなのか、だれがその代償を支払うのか？」貧困とは利益を図ることができる一種の事業なのだ。大規模ダムは干ばつを理由に宣伝され、貧しいものたちの河を奪い、豊かなものたちに与えられる。利益を享受するのは、建設業者、工事業者、大地主に砂糖工場だ。

水はついに溢れ上がる。それは都会の人間の憂鬱のようだ。一晩ごとに高まり、ゆるゆると睡眠のなかに溺れていく。Luhariaの文字の読めない妻ですらこう言う。「水が溢れて私の夢のなかにまで入ってきたわ……」けれども、彼女と彼女の一族、そして女性教授はまだ奮闘を続けている。まるでテキサスのDiane Wilsonのように（続いて、われわれはアメリカに参ります）。

Dianeは漁民であり、五人の子どもの母親でもある。重工業の企業を追い出すために、汚水を瓶詰めにして販売している。名づけて、Texas Gold、「テキサス・ゴールドジュース」だ。標榜しているのは「企業家だけが持っている、希少で微妙な配合。以下のメーカーによって気前よく原料が増されています。Dow Chemical、Exson Alcoa、EP及びFormosa Plastics」フォルモサ・プラスチック？　王永慶の台湾プラスチックグループじゃないか。

Dianeは創意に富んだ物腰の柔らかい人物ではない。彼女も強い人間だ。多くの人は少しお金を寄付し、ネット上で署名をし、フェイスブック（非死不可）に文章を書き、それで責任を尽くしたと考えている。けれど彼女は事業者の土地に入っていって大騒ぎをし、五ヶ月の懲役をくらった。しかも収監と同時に無期限のハンストを行うと宣言したのだ。

Dianeの境遇は大変だが、Malalai Joyaの境遇はもっと困難に満ちている（アフガニスタンへようこそ）。Malalaiは公の場で軍のトップと政治家を批判し、民主化と女性の人権を要求した。そして自ら前線に立って、最も貧しい地域で国会議員へ立候補した。彼女に反対する者は言う。「この女は民族会議の席でブルカをとったんだ。当選したらズボンを脱ぐに違いない」四つのグループが彼女の命をねらい、暗殺令が出された。彼女は選挙活動しながら、助けを求めてやってくる女性のために離婚手続きをしてやった。ある十一歳の少女に代わって直談判し、婚約解除を要求したこともある。少女の相手は麻薬王で、孫の年齢は少女よりも上だった。

Malalaiは結局勝ったのだろうか？　映画館を出るとわたしは忘れてしまった。覚えているのは映画の終わりに、Malalaiが疲れ果て、ちょっと甘えてみたくなった場面だ。でも彼女のやり方はわずかにこう言うにとどまった。「音楽をかけて。聴きたいのよ」するとすぐに自分にはまったく音楽なんてわからない、だって毎日が忙しすぎて何かを楽しむ余裕なんてないから、と自嘲するように笑った。「私は八年生の時から仕事を始めた。午前中は勉強に行き、午後は教えに行っていたんだ」彼女は言う。「私には政治しかわからない……」これはいったいどんな時代と場所、そしてどんな人生なのだろうか。どんなふうに困難のなかで自由な人生を渇望すれば、このような言葉にたどりつけるのか。私にわかるのはただ政治のことだけ。そしてこのいつ暗殺されるかもしれない女性は、わずか、二十八歳、なのだ。

へんてこな格好をした男たちや女たちが家を出て映画祭をにぎやかしに来るときには、新光影城《シネマ》の一階から入って、ずらりと並んだ携帯電話の店を通りぬけ、肩に刺青のある店員とすれ違って、エレベーターに乗り、拷問具のような緑色のマッサージチェアを見、遊戯機賭博のうるさい音を聞きながら、三階へと上がっていく。目の前はがらんとしていて、大半の店舗はシャッターを下ろしている。灯りの点《つ》いたいくつかの店で売られているのはショーに使うドレスだ。赤や紫、青や黄といった色とりどりの、金ピカで俗っぽくどぎつい艶っぽいドレスが、かたいマネキンに着せられている。マネキンはみんな金髪に青い瞳の偽北欧人で、涼やかで色っぽい口紅がさされていた。

かつて、キャバレーの歌姫が得意客で、それはショーの全盛時代だった。「朝に一着買ったばかりの人が、お昼にまた来てね、晩にまた来て一着追加することもあったよ」九〇年代、不動産販売促進の歌舞ショーや、ディナーショー、ストリップまがいのセクシーショーがひとつひとつだめになって、ショー界の伝説のスター猪哥亮も借金から逃げるように「海外修業」へと飛び出していった。それでも倒産しなかった店はなんとか食いつないで、いまではアニメおたくの若者たちの注文をとるようになり、きらびやかすぎるコスプレ用の衣装を特別生産している。「最近は西王母に捧げる衣装を納品したよ。信者がお礼参りのために注文したんだ。それに大枚をはたいてスワロフスキーのクリスタルも嵌め込んだんだ」店主は『壹週刊』のインタビューのなかでこう語っている。「納品の数日前、店のなかに特別な香気がただよったんだ。嗅いだことのないようなやつだよ。おれは神様がやってきたんだと思ってるんだがね」

ここは老朽化すればするほど前衛的で清新になっていく。とりわけ、安い賃貸料がひろい空間を必要とするスポーツジムを引きつけ、真っ赤な看板が立った。そこにはトレードマークのゴリラが描かれており、獅子林の客の年齢層をぐっと引き下げた。ただ、最近会員になったばかりの少年は不満を抱いている。このジムの動線はスムーズすぎて、くぼんだ暗がりのような場所が足りない。ここで化け物のような肉体を作りながら、相手を探すゲイたちが、気に入ったアニキやオトコノコとシャワールームで愉しみたいと思っても、おそらくそのチャンスはないんじゃないだろうか。

獅子林は老朽化すればするほど前衛的で清新になるが、天と地ほども差があるいくつかの時間の層もそこには埋め込まれている。

ダンサーや歌手のオールド・ミスたちの時間層。
男性の身で女装する異性装者の時間層（ブランチ2.0のお姫様のコスチューム）。
おかまやハンサムなトムボーイの時間層。映画祭が熱くなるシーズン。
政治犯の時間層。保密局の恐怖の時間。

博徒や酒飲み、浮浪者の時間層。そして淘汰され、リタイヤした後にもう一度組み立てられたたくさんの遊具。

コスプレを嗜《たしな》む若者たちや年老いた少女たち。アニメおたくたちが酔いしれる夢幻の境地。六十年。干支のひとめぐり。状況は次々に変わり、昔日の刑場は「リトル・モンスター」たちの宝探しの場所となった。レディーガガを追いかけるリトル・モンスターの一群は、ここでコスプレや変装のアイテムを見つけるのだ。Gaga の本来の意味は、熱狂的な、いかれた、愚かな、無邪気な、ということ。Gaga のアクセントを後ろにずらせば gagá、これは原住民の古いタイヤル語で、巫女の論理、善の法則、同類に対する愛――少数者であり異類でもある「われわれ」の、同類に対する愛という意味になる。

ぼろぼろのこの世界で、ささやかな愛の同伴者を求めているのだ。

やるせないのは、愛とは流れ行く風のようで、止まっても一瞬だから、絶望の抱擁ひとつ受け止めることすらできないということだ。たとえば浩子《ハオズ》、浩子の物語だ。

浩子がやっと三歳になったばかりのころ、両親と一緒に監獄に入り、保安処に閉じ込められた。兵士が彼に国歌を歌うように命じると、両親とともに歌った。「三民主義、あんたの党是」生まれながらの反逆児で、「小さな共産党」だ。兵士は彼のズボンの股ぐらを開け、はさみで小さな男性器を傷つけた。

銃殺される前、両親は遺書を書いて浩子の防寒着のなかに縫い付けた。遺書には今後もしも困難にあったら、方おじさんを探すといいと書かれていた。

保安処のある運転手が浩子が孤児になるのを憐れに思い、彼を軍用車両の修理工場で引き受けることにした。

彼は両親を殺した特務機関によって育てられたのだ。

浩子は十八の時に方おじさんを探しあてた。彼は家族が欲しかったし、仕事が欲しかった。できれば勉強を続けて、大学にも行きたかった。両親は遺書のなかで断固としてきっぱりと書いていた。方おじさんはただひとりの信用できる人だ。しかしなぜか方おじさんは巻き添えになることを恐れ、目の前でその遺書を破り捨てた。浩子は粉々になってしまった、人の心に対する最後のちっぽけな望みを捧げ持ち、西門町に戻ってきた。両親が亡くなった地を再び踏んだのだ。そして近所の旅館に入り、首をつって自殺した。遺書は当時名望のあったコラムニスト柏楊に送られた。

遺書を受け取った柏楊もまさか二年後に入獄するなどとは、その時思いも寄らなかっただろう。一九六八年一月、『中華日報』に「大力水手《ポパイ》」という連環画《れんかん》が掲載された。柏楊が郭衣洞という本名で中国語に翻訳したものだ。漫画の筋はこうだ。ポパイ親子が資金を出し合って島をひとつ買い、島に国家を創り、大統領の選挙を行った。柏楊は英文のfellows（仲間たち）を「全国の軍民同胞諸君……」と蒋介石の言い方を真似て翻訳し、調査局によって「元首を侮辱」し「国家の指導的中心を攻撃」していると認定され、九年あまりにわたって収監されたのであった。

当時、浩子の両親に間違って信頼された親友、あの方おじさんは、後に（あるいはもともとそうだったのかもしれないが）軍統特務となり、その後地方に転出して県長となった。その上、才能に恵まれており（特に政治を弄《もてあそ》ぶことに長《た》けていて、「権力」との相性の良さは抜群だった）、地方の首長から財政経済の専門家となり、さらには役人風を吹かせる銀行の会長になった。一方、浩子が自殺した旅館は、獅子林のすぐ近所だ。

（誰も語らない物語は実際には起きなかったことのようで、誰にも気づかれることなく死に絶えていくのだ。ただ流言や伝説を通して、うさんくさい姿で伝わっていく。だから、どうか物語の真偽について は気にしないでほしい。また、忘却を主張する人たちを真似して、物語のなかのさまざまな瑕疵《かし》をあげつらい、一部分で全体を語り、物語の真実性をひっくり返さないでほしい。厳格に禁じられてきたすべての言葉は、死から甦る時はたいてい痛い、とても痛いものだ。死から甦ることは痛々しいことなのだ。痛みででたらめの話をしてしまい、真実のなかにたわごとや憶測が入り込んでしまうことは免れがたいのだ）

「当時の台湾人にとって、中国人になろうとすることは、容易なことではなかったんじゃ」2046の同級生、3596はそう言った。

3596は小さい頃は日本人だったが、「清国奴」とか「支那人」などと呼ばれていた。太平洋戦争が終わると立場は一変し、敗戦国の軍人から、戦勝国の国民になったのだ。新たにやってきた政権は口々に同胞、同胞と呼びながら、銃の引き金を引いて人殺しを行い、千五百にものぼる墓を築き上げ（一説には二千、三千とも）、八千人にものぼる人間を逮捕し牢獄に閉じ込めたのだ（一説には一万二千あまりとも）。清国奴と日本人の子孫で、生涯を「中華民国」の国民として送ってきたが、「我らが党是」といった歌詞を心から歌うことはどうしてもできず、かといって新しい国歌も創れずにいた。そしていま、「同胞」という言葉は捲土重来《けんどちょうらい》した。「台湾同胞」「大陸同胞」「両岸同胞」……十年二十年あるいは五十年後に、次の世代がどの国の人間になっているのか、誰にも予想はできないのである。

＊1　元来、戦後大陸から渡ってきた外省人などが粗野な振舞いや姿の本省人（台湾人）を指した蔑称。檳榔を噛んだり、訛りの強い中国語（国語）を話し、派手で野暮ったい服装をして、ブランド品（舶来文化）を好む傾向がある。二〇〇〇年代以降、「台客」をあえて自称する芸能人が現れるようになり、台湾サブカルチャーの重要な一部分を担うに至っている。

＊2　許純美は一九五七年台北生まれの芸能人。長い黒髪が特徴。

＊3　『ロリータ』の冒頭の引用であろう。

9　処女

どんな女性にも三歳の女の子だった時代がある。三歳のわたしはかつて、ひとり道端をぶらぶらしながら、一本五毛［毛は元の十分の一。五毛は〇・五元］のみかん水を舐めながら、その甘い色素のなかで馬鹿みたいに笑っていた。一台の自動車がわたしのところで停まり、はやてのように右の後部ドアが開き、男が腕を出して、わたしをつかまえ車のなかに引きずり上げようとした。

幼い時に襲われたあの道は、大道路《タータオ》と呼ばれていた。光明大道の大道だ。道の左側には公営の「博愛院」が建っていて、独り身の外省人の老兵や薬物中毒や売春少女が収容されていた。右側は一面の貧民住宅で、薄暗くどんよりとしたコンクリートの建物には、台北の人間のクズや廃物が住んでいた。よりすぐりの貧民の一群が、首都に近接した直腸の内部に、よりすぐりの廃棄物に頼って生活していたのである。

わたしを掴んだ男は全身黒ずくめで、最初から最後までひと言も喋らず、力を入れた時にあるはずの息切れすらも、静止したかのように声ももらさず、まったく唖者《あしゃ》よりもずっと唖者らしい。わたしはしかしずっと叫んだり手足をバタバタさせ、まるで発狂したひよこのようで、相手がドアを閉められないほど騒ぎ立てた。

わたしが大騒ぎするなか、車はゆっくり前に進んだ。ちょうど貧民住宅を通りすぎようとした時、最初の目撃者と出くわした。

男は諦めて、手を緩めると、わたしを道端に放った。

わたしは地面に座り、人生のなかに飛び込んできた最初の黒塗りの大型自動車を目で見送りながら、疲れを知らない恍惚のなかで、落胆したように何かを思い出し、振り返って何歩か歩き、あの五毛のみかん水を拾い上げた。そしてその蛍光色に彩られたなかをぐるぐるまわる甘い化学物質を吸い続けた。もともとは甘いものを口にして自分を安心させたかったのだが、吸っているうちにさめざめと泣き始め、舌が涙の苦味にひきつって、震え始めると、大声でわんわん泣いた。

あの道……見知らぬ勇ましい力で捕《と》らえられ、逃れられない絶体絶命の状態に陥ったあの道は、その後測ってみるとたったの数メートルしかなく、その時間も短く、数秒程度のことだった。でもそれはわたしの人生のなかで最初の「決定的」な瞬間であり、事件性を孕んだ出来事だ。偶然とは、一種の芸術的体験に似ている。わたしを見知らぬ別の世界に、風変わりな時間のなかに放り込むのだ。

「トラウマ経験とその象徴的な衝撃を媒介にした、独特な時間」まるで夢を見ているかのように。

いま思い返してみると、「ほんとうにあなたの夢だったんじゃないの?」阿莫《アモ》は訊ねる。「もしかするとあなたは間違えて夢を現実だと思い込み、自分のために記憶をつくりあげたのかも」

「でもこの記憶はすごく鮮明なんだよ」わたしは言った。「その後のことも覚えてるんだ。少なくとも一、二ヶ月の間、わたしは毎晩悪夢にうなされ、真夜中に屠殺されようとしている子豚みたいに泣き叫んだよ。息ができなくなるくらいにね。母さんはわたしを恩主宮に連れて行き魂を呼び戻すためにお参りもしたんだ」それは切実な記憶だ。廟のなかの盛大な線香の煙はわたしの涙を止めるほどもうもうとしていた。ある時(母はわたしを一度とならずお参りに連れて行った)、わたしは癇癪を起こして手を振り上げ、束になって燃えている線香に触ってしまった。手の甲をやけどして、水ぶくれも二つできた。

「痛みは何日も続いたよ。おふろがとくに面倒だった。傷は数週間後にやっと消えたよ……」わたしは水ぶくれが皮膚を吸う感触を覚えている。卵の薄膜のような不透明の、しなやかでやわらかい表皮の張力が痛みをぎゅっとしめつけるのだ。

「それはあなたがむかし悪夢にうなされていたことを説明しているだけだし、誘拐されそうになったことを証明できないでしょ……」阿莫は言った。「当時あなたは三歳になったばかりだった。赤ちゃんより二歳大きいだけ。それは悪夢と幻想でいっぱいの年齢なんだよ」

両親の家(すでに廃業した麺屋)を出て、右に曲がる。百メートルほど歩いて、こんどは左へ。大道路のある路地の入口で止まり、振り返って、貧民住宅を背に、血の気を失ったような黄昏のほうを向いて、見上げると台北一〇一が姿を現す。世界で二番目に高いビル、五〇八メートル。怪物が降臨したかのように、昔日の天真爛漫さを一掃し、地平線を描き変え、雲や虹、春風を傷つけた。

葬送の列が出発しようとしていた。肺炎で亡くなった貧民窟のあるおばあさんだ。この冬を越えることはできなかった。

葬送の列はすべて老人で、亡くなったおばあさんよりも年老いた人々だった。ここではもはや生命がつくられることもない。トコジラミやネズミやゴキブリを除いて。何匹かの満ち足りたハエが、積み上げられたごみのなかを飛び回っている。

するどいチャルメラの音が黄昏を切り裂いて、一〇一の方向へと行進していく。一〇一は濃い霧で真ん中から真っ二つに切れてしまい、お化けの城のように虚空に浮かんでいる。まるで廃墟のようだ——もしもまだ台中の卡多里《カトーリ》遊園地や士林の明徳遊園地、三芝のUFOリゾートを覚えているならあるいは同意してくれるだろう。楽園とは結局、廃墟と同義語なのだ、と。

ニューヨークのワールドトレードセンターが崩壊し灰塵と化して、台北一〇一はシカゴのシアーズタワー、クアラルンプールのペトロナスツインタワーに代わって二〇〇四年から世界一となった。カウントダウンしてドバイに取って代わられるまで。台北一〇一は数年のあいだ世界一の座にあったが、その間ずっと不安でその日の晩までももたないのではないかと気をもみながら過ごした。ドバイのブルジュ・ハリファは八二八メートル。一挙にすべての「五〇〇メートル級ビル」の歴史を塗り替え、六〇〇、七〇〇メートルも飛び越え、金銭の暴力的欲望が極致にまで至ったのである。しかし欲望は満足することはない、ますます大きく膨らんでいくだけだ。一〇一が世界二位に後退して二年も経たないころ、ハリファの空き家率はまだ五割もあったが、サウジアラビアは、一〇〇〇メートルの「超級」スカイスクレーパーを建て、「キングダム《王国》」と名付けることを宣言した。この天の覇王の身長は一〇一の二倍もあり、台北を侏儒《こびと》のように押し縮めてしまう。費用は三五〇億ドル、二〇一四年に竣工する予定だ。

「実はまだ、誘拐事件の続きがあるんだ……」黒塗りの乗用車が駆け抜け、葬送の列を押しのけて、わたしの頭のなかに飛び込み、長年の忘却を打ち破った。まるでハッカーの侵入、疫病の攻撃のように。あるいは突然開いた抽斗《ひきだし》のように。「翌日か数日経った頃かな、いずれにしてもわたしが襲われてから幾日も経たない頃だね。母さんの麺屋が急に騒がしくなったんだ。隣近所の人たちがみんな集まって、ある子どもがいなくなったって話してたんだ」

いなくなったのは貧民住宅の女の子で、彼女とは顔見知りだった。彼女の学生カットはぶかっこうで、そのぶかっこうさが目立たないようにといつも首をかしげて歩いていた。たまに、弟の手をひいて彼女はうちの店に麺を食べにやってきた。彼女の弟は非常にわんぱくで、破壊力に富んでいた。麺を一杯食べる間に、箸箱を落とし、皿の山をひっくり返し、椅子を二つ三つ押し倒すことができた。母は彼を怖がって、「癇癪《かんしゃく》ザル」と呼び、わたしはいつも孫悟空と呼んでいた。この姉弟《きょうだい》はほんとうにたまにしか店を訪れることがなく、いつもの主食は即席麺、とりわけ維力《ウェイリー》炸醤麺だ。汁なし麺にできるし、スープの粉も付いている。姉はいつも手当てが支給される日に、ひと月分の食料をいっぺんに買い揃える。そうすれば弟がお金をもってゲームをしにいけないからだ。彼らには父親も母親もなく、外祖母といっしょに、貧民住宅のなかの一世帯六坪ごとに区切られた棲み家で暮らしていた。

その女の子が失踪してから、母はわたしに厳しく注意するようになった。貧民住宅のほうには絶対に二度と行ってはいけない。とくに「博愛院」のあたりだけじゃなく、あの蓮霧《ワックスアップル》が植えてある草地のほうにも入り浸ってはいけない。母は言った。人買いたちは貧民住宅の女の子を選ぶんだ。お金もなくはぶりも悪く両親ともにいないような子なら、しぶとく置屋のなかに入っていって救い出そうとは誰もしないだろうから。

「彼らは三歳以下の子ばかりを狙うんだよ。まだ記憶力がしっかりしていないような子どもをね」母さんがこんなふうに言っていたのを覚えている。

三歳の子どもは言葉もおぼつかないし、学校にもまだあがっていない。生まれながらの文盲《もんもう》であり、生まれながらの「失語症患者」なのだ。

「じゃあ、どうして彼らはあなたをあきらめたんだろう?」阿莫は訊いた。

「そんなこと知らないよ」わたしは言った。「たぶん彼らは手を付けてみてはじめて、この子どもはよく泣き叫ぶしやたらじたばたして扱いにくいと気づき、面倒になるのを嫌って物静かな子に標的を変えようとしたのかもね」

「あるいは、わたしが貧民窟の子どもではないと見抜いたからかも」わたしは言った。「母さんはきれい好きだし、お金を惜しまず、わたしは小さい頃からいいものを着せてもらっていたから」

阿莫は眉をひそめていった。「あなたは、あの女の子があなたの身代わりになり、置屋の新入りの幼い娼婦になったと言うの？」

「たぶんね」わたしは言った。「わたしが大学に入ることになって家を離れるまで彼女を二度と見かけることはなかった。大学四年のときに実家に戻って両親と暮らすようになってから、たまにここを通るけど、見かけるのは玄関口に座って日光浴をするお年寄りばかり。若い人はひとりも見ないね」まるでいま、葬送の列がすでに遠く離れてしまっても、おばあさんの子ども――ふつうは孫、とくに外孫だ。誰かに捨てられたか、誰かを捨てた女の子が放り出した捨て子――は相変わらず不在で、実家に戻って彼女の最後を見届けることはできなかった。


「もしもあの時捕まったのがわたしだったら、彼らはわたしを雌豚か西瓜のように手早く育て上げ、いろんなホルモン剤を肥料に混ぜたり、注射したりして、早めにおっぱいを大きくし、どんどん客を取らせようとしただろうね」

「コストがものすごくかかりそう」阿莫は言う。

「だからきっと死ぬまで犯され続けるんだよ」わたしは言った。

「あの捕まった女の子は？　いくつだったの」

「七歳か八歳だったと思う」彼女はもう学校に通っていて、一日じゅう制服を着ていたのを覚えている。彼女は自分の制服がとてもお気に入りだった。それは彼女の存在の証明だったのだ。

「七、八歳なら捕まえるのは簡単じゃないよね……」阿莫は言った。

「だけど彼女はやせっぽちで栄養不良だったんだ」わたしは言った。「それに彼女は半分唖《おし》だった」

「どういうこと？」

「彼女は耳が聞こえないので、養護学級に通ってた。しかも入学も遅らせたから、一年生になったばかりで、はっきりと話ができなかったんだ」女の子は三歳のわたしと同じように、生まれながらの文盲であり「失語症患者」だった。理想的な獲物だったのだ。

一〇一は実にものすごく高い。頭を上げれば眺めることができる。貧民窟の周辺の住民は自分が信義の豪邸地区に住んでいて、郭台銘《テリー・ゴウ》と隣近所だと錯覚してしまうほどだ。張おばさんが自転車をこいでいると、市場の入り口で周おばさんと出くわして、うきうきとして訊ねる。「いい知らせはないかい？」周おばさんは一〇一のレストラン街で皿洗いの仕事をしている。時給は百元だ。張おばさんは彼女に仕事を探してくれるよう頼んだのだ。レストランでの皿洗いか、トイレの清掃員か。「なんでもいいのよ。時給九十元でも満足だよ……」

一〇一はどこにでも存在している。頭を上げてそれを眺められる人はみな、自分はそのお膝元に住んでいると思い込むのだ。人々はみないいニュースを待っている。現実的な人なら仕事の機会を望み、夢見がちな人なら、大儲けすることを妄想する。投機家がやってきて、古い家は解体撤去だ。そして建設業者の土地として整地され、都会の豪邸へと新しく生まれ変わる。急げ、急げ。「ほんとうよ。信義路と忠孝東路のあたりはもう開発し尽くされて土地がないの。そろそろ忠孝東路をのり越えて、ここに順番が回ってくるわよ……」少なくとも、趙小姐《おねえさん》はそう信じていた。彼女は母の麺屋の権利を譲り受け、小さな喫茶店を開いていた。一日にコーヒー五杯も売れないが、少しもがっかりする様子はなく、人に会うたびに一〇一の外観を、箱がひとつひとつ積み重なっているみたいと描写する。

「チャイニーズ・テイクアウトみたいで、ほんとに可愛らしいわ」

「チャイニーズ・テイクアウト？ それはいったいなに？」

「アメリカのドラマによく出てくるやつよ。中華料理の持ち帰りをするときの紙の箱！ セックス・アンド・ザ・シティとかＣＳＩ：科学捜査班にも出てくるでしょ……そうそう、あなたもニューヨークに住んでみれば、すぐにわかるわ……」趙小姐はニューヨークに住んだことなどまったくなかったし、日本にすら行ったことはなかった。


阿莫はわたしを真似て三輪車に乗り、一〇一の方向を眺めた。それは古紙回収専用の三輪車で、老いぼれだが力強い鉄の機械だ。「ここからなら年越しの花火も見られるね。混雑の中を市役所とか誠品書店まで行く必要はまったくないよね」阿莫は言った。

「だけどここは風の向きが逆なんで、煙しか見えないよ。花火は見えない」わたしは言った。

「父さんが今年の階段登り競争に参加したいって言ってたな」阿莫は言った。

「なんの競争？」

「台北一〇一の階段登り競争だよ。今年は六月に開催するみたい。一階から九十一階まで、全部で二〇四六段」

2046、ウォン・カーウァイの八つ目の作品。マギー・チャン（蘇麗珍役）とトニー・レオン（周慕雲役）が『花様年華』で互いに愛し合う様子を演じた、接吻もセックスもしなかった旅館の部屋。緑島印のお年寄り、わたしの外祖父の同級生、番号2046。

「あの女の子がいまも行方不明なら、龍山寺の〝痞唖幇《やくざ》〟に入っているのかもね」阿莫は言った。「やっぱり彼女はわたしの身代わりで幼い娼婦になったんだと思う。早い時期に多くの原住民の女の子たちが漢人の女の子に代わって、華西街で幼い娼婦になったみたいに」

女性であるということは危険だ。家門を傷つける女の子はとりわけ危険なのだ——ひとりの少女が一旦このようなあいまいな悟りを得たとしたら、たとえ四、五歳に過ぎず、認識形成の過程であったとしても、ひとりの「処女」となり、「処女」という言葉の形而上学的な意味を体得するのだ。たとえ「形而上学」についてまったくの無知であったとしても。

「捕まって子どもに恵まれない夫婦に売られ、いい生活を送ってるかもしれない」阿莫は言った。「そうだったらいちばんだけどね」わたしは言った。「母さんはこんなふうに言ってた。女の子が失踪して三日経ち、五日経ち、一週間たってもなんの消息もつかめなかった。みんなは彼女がもう帰ってはこないとわかっていたけど、でも口では、きっとお金持ちに養われて、毎日いいものを食べいい服を着ておもちゃも買ってもらい、お姫様になって、家に帰るのを忘れちゃってるだけだよとおばあさんを慰めていたって」

「あの女の子がわたしの身代わりになったのは、あなたがわたしの代わりにうつ病になったのと同じみたいだね……」言い終わって、阿莫の方を見やると、彼女の顔にはうっすらと笑みが浮かんでいた。その微笑は、「気にしない」と「そんなふうには思わない」の間にあるようだった。阿莫はまもなく退院するので、病院は毎日四時間の外出を認めているが、誰かがそばにいることが条件だ。それはいつもわたしだった。阿莫のルームメイトの路路《ルル》はひどく衝撃を受け（自殺現場の目撃者として）、しばらく高雄に戻ってしまったのだ。

「はっきり言ってしまえば、私はあなたの代わりに少し気がヘンになってしまったけど、クリスの妹は私の代わりにもっとひどく、おかしくなってしまったってことだよね」阿莫は言った。「あなたの論理はシンプルだよ。いちばん悲惨な誰かが、二番目に悲惨な誰かのために悪運を引き受けているってこと。比較的幸福な誰かが、彼女の悪運を他の誰かに転嫁するっていう……」阿莫は言った。「だけどあなたの論理ははっきり言っておかしい」

「おかしいなかにも道理はあるよ」わたしは言った。「わたしが言いたいのは、比較的幸運な人たちが、他人の不幸を自分の不幸とみなすべきだっていうことだよ……」

「言うのは簡単だね」

「そう、行うのは難しい。わたしにもわかってる。自分にはできないって」わたしは言った。「一歩引いて次善を求めるしかない、見ず知らずの善意の人になるほかないんだ。ブランチが、どなたでもかまわない。私はずっと見ず知らずの方のご好意に頼ってきた、って言ったみたいに」

「どなたでもかまわない」阿莫はわたしのブランチへの盲目の愛を笑いながら口真似をした。「あなたはずっと必要のない罪悪感のなかを溺れてきた」

「罪悪感？」

阿莫は頷く。「うん、正常な人間として、あなたには罪悪感が充満している」

「わたしは正常なのかな？」

「いわゆる正常っていうのは、医者に見てもらうことも薬を飲む必要もないってだけにすぎないよ」阿莫は言った。

診察してもらったことがないから、診断を下してもらったこともなく、病名をつけられるという暴力から免れている。名前のない痛みのなかで、自分の運命を書き換え続けている。

「わたしに罪悪感がある？」

「そうだよ」阿莫は言った。「まるで正常はある種の過ちのようで、健康とは一種の欠陥みたい」


阿莫はわたしの膝、その赤黒く突起した古い傷痕を指さして言った。「傷口が癒える過程でね、薬がよくなかったか、体質の問題かで、余計な肉が盛り上がってくることがあるんだ……」肉体にはめ込まれた、しかも肉体の外側にも存在する、増殖し続ける異物。人の記憶も同じようなものだろう。失ったものを取り戻すために、夢や芝居や想像力を借りて空白を埋めようとする。でも空白を埋めていると、もともとの空白が溢れだしてしまうのだ。「まるであなたの足のあの盛り上がった傷痕みたいに」阿莫はカバンに手を入れてしわくちゃのノートを取り出し、授業でとったメモの部分を開いて復唱する。主体や記憶や酔狂を「じゅうぶんに再現」しようにも、それは完全に不可能なことである。この「不可能」という言葉でさえ、その「不可能さ」をじゅうぶんに表現することはできないのである。

「私の友達になるために、なんとかして自分を私のように変えることはないよ」阿莫は言う。

「そんなことはしてない」わたしは言った。「あなたはわたしにひとつのインターフェースを提供してくれただけ。それがわたしにもう一度自分を振り返らせ、重要なことがらとそうでないものを並べ替え、位置を交換させてくれたんだ。それはわたしが何年かに一度書棚を整理したくなるのと似てるかな。何冊かの本は捨てて、後ろにしまってあった本を前にだす、っていう具合に……」

阿莫はわたしの記憶にかたくなに疑いを持っていた（言葉によってなんとか獲得しようとした真相。それは言葉を不断に積み重ね、崩し、また組み立てられたもろい真相だ）。彼女は記憶の中の偽造された部分が好きではなかった（あるいは、偽造の必然性が）。というのは彼女は記憶のなかに紛れ込んだ真実をより恐れていたからだ。

「何を根拠に誘拐されそうになったなんて言うの？」阿莫は言った。「女の子の失踪は本当のこと、あなたのお母さんがあなたに注意したのも本当のこと、あなたが悪夢にうなされたことも本当のこと。でもね、誘拐は本当のこととは必ずしも言えない」

「でも覚えているんだ」わたしは言った。（わたしが唯一言えるのはすなわち、わたしが覚えているから、ということだけ）

何を根拠に覚えてるって言い、それが本当だったたって言えるの？

それは確かにわたしに影響を与えたから。わたしは言った。

「覚えている」ということは、まさにゆっくりとそしてはっきりと、わたしを変えているのだ。

10 マンション・バー

小説のなかの架空の人物というのは本当のことを語るものだ。ＴＭが描いた黒人奴隷の末裔はこんなふうに言っている。すばらしい食べ物、おしゃべり、そしてすばらしいセックスが幸せな愛情をつくりあげるのだ、と。わたしもこの黒人の権威を借りて、わたしの「三水論」をクリスに押し売りした。人体には三種類の水がある。汗、涙そして性《セックス》の水だ。この三種は、「体液」とか「液体」などと呼ばれるが、ともかくふつうは（しかし規律正しくなくともよい）分泌したり、排出したり、放出することで病気を防ぐことができる。

クリスは酒場でバーテンダー（tender）をして五年になる。その名のとおり、心優しいバーテンダーだ。八月中旬生まれの獅子座。わたしは病院で彼と知り合った。彼の妹は阿莫《アモ》と同室で、わたしたちは彼女を十三《シーサン》と呼んでいた。

「性の水？　なんだか言いづらいなあ。みんなは愛液って言ってるだろう？」クリスは訊ねた。

「愛は複雑すぎるよ。水ならとてもシンプル。水に性をつけ加えるだけでじゅうぶん……」わたしは言った。「この三種の水はふたつずつ存在することがよくあるんだ」性と汗。性と涙。汗と涙。

「汗と性がペアなのはそのとおり。汗と涙もわかる。でも性と涙っていったいどういうこと？」わたしは言った。「性と涙はつまり愛だよ。至福のあの感動するような愛情だよ」

「暴力の可能性だってある」クリスは言った。

「でも、暴力なら、分泌するのは性の水とは言えないよ。せいぜい防御の水じゃないかな」わたしは言った。「たぶんまったく水分を分泌せず、こすれるばかりで出血してしまうかも……」

じゃあ汗と涙は？　クリスは訊ねた。「汗をかき、涙を流す人生は、どうしたって幸せとは言えないだろう」

「汗を流せるんなら、少なくとも大きな不幸とは言えないよ。まだやること、よりどころになるものがあるかもしれないから」わたしは言った。「あなたの妹もわたしみたいに泣き虫だったら、たぶん大事には至らなかったかもしれない」

　クリスはわたしのために特製のお酒を出してくれた。そして疑い深くわたしを見つめた。長いことずっと。まるでわたしの瞳の虹彩のなかに先天母斑を見つけたかのように。

「これがまったく科学的じゃないってことは認める」わたしは言った。「でもほんとうに信じてるんだ。汗を流すことでその人が壊れてしまわないようにできるし、涙を流すことで痛みを和らげ、気がおかしくなるのをおさえることができるってね……」

クリスは言った。まあ飲んでみて。

わたしは言われるとおりにした。

「わお、とってもおいしいね。これはなに?」わたしは冷たいグラスを、まるで未知の贈りものにするみたいに撫でた。

「あててみて」

「チョコレート」わたしは言った。

「あたり」

わたしは何とか香りを感じようと、目を閉じて、もう一口飲んで、唇を舐めた。「オレンジも入ってる?」

「うん」

「他はわからないなあ」

「ミントも入ってる」クリスは言った。「それからレモンとキウイを少しずつ」

ベースはなに? とわたしは訊いた。「ジン、それともウォッカ?」

「どっちでもない」

「テキーラ? ウイスキー?」

「まったく、適当に言ってるだけだろう」

「これくらいしか知らないんだよ」

「金門高粱《コーリャン》さ」クリスは言った。「五十八度のね」

「あなたのオリジナル?」わたしは訊いた。
「美味しいですか?」
「と・っ・て・も・お・い・し・い」

クリスが勤めているこのバーは、延吉街の古いマンションの一階に身を隠すように、食堂や果物屋の並ぶ路地のなかにひっそりと佇んでいる。名前は「別院」だ。沈復《しんふく》『浮生六記《ふせいろっき》』のなかの「蛙をつかまえ、数十回鞭打ち、これを別院［別の庭］へと追い払う」の別院だ。看板の蛍光灯は壊れても修理されず、そのまま時間が経って名前はなくなってしまった。わたしたちのような「別院」のなかの人間たちは、あまり他人に気に入られようとはしないダメガエルや野良猫たちが、捕獲隊が捕まえにくるのを待っているかのようだ。真夜中十一時に開店し、朝六時に閉店。近所の愛すべき標準的な家庭がやっと寝静まったころ、牙をむき爪をふるう怪しげな者たちが続々とやってくるのである。

この店のウイスキー・オンザロックは、真四角の結晶性鉱物のような大きな氷で、クラッシュアイスがグラスの底に入ったウイスキー・オンペブルスではない。しかも大安路や信義区あたりのような値段でもない。よく来店する客には、レストランで演奏するミュージシャンも何人か含まれていて、仕事が終わるとさっとここへやってきて、引き続きギターを爪弾いたり、自分が書いた歌やレストランでは歌わせてもらえない歌をうたうのだ。ミュージシャンたちはトイレのそばのふたつのテーブルがお気に入りで、この一方の辺境の地をゆったりと守りながら、身体を揺らしてテーブルの縁を叩きながらリズムをさぐり、創作中のメロディや歌詞のために、酔っ払いながら延々と議論をしている。

そのなかで苗木《ミャオムー》という若者の声には、新しく出来上がったコインのように艶があり、かまどから取り出したばかりのような熱を帯びていた。肌は浅黒く、母親はパイワン族で、父親は湖南人。苗木は自分のことを「湖南パイワン族」と呼び、ジャズとブルースを愛している。いわく原住民の血がたぎってくるのだそうだ。けれども彼は母の言葉で詞を書くことができないし、歌の方も苦手だ。彼は父の言葉、父の文法には長けていて、文を書かせたらとてもすばらしい。

苗木はパソコンを開いて、彼の書いた歌詞をわたしに見せてくれた。非常に視覚的な言葉で、映画のシナリオのようだ。音や動きや影を描写している。「雨が女を街角からはじき出すと／男は溶けたアイスクリームのように落ち込んでしまう／一服のタバコで気力を取り戻し、通りを見渡し、あの七五年製のシボレーを探す／通りを三つ、また二つと進み、火の気のなくなった太陽の灰が再び夏を燃やす……」中国語で書かれているが、まるで英語かフランス語のようだ。

「しかたないよ」苗木は言う。「おれたちみんな外国の小説の翻訳を読んで育ってきたんだからな」

苗木のパソコンのデスクトップには、美しく清純な顔があった。他の者がもし「おまえの女、いけてるな」と言おうものなら、彼は厳しくはっきりと言うだろう。「女じゃない。ガールフレンドだ。ガ・ー・ル・フ・レ・ン・ド」一字一句、重々しく。

苗木は「おれの女」という言葉を拒絶している。自分は古い人間だと言いながら。

女の子は黒いプラスチック・フレームの眼鏡を掛け、垢抜けた個性的な美しさをもっていた。化粧をしていないスッピンで、この愛情への絶対的信頼を認めているようだ。清潔で透明な肌で、異国のバーで微笑んでいる。「彼女は今年卒業して、いまはバックパッカーとしてひとりでオーストラリアに二ヶ月間のワーキングホリデーに行ってるんだ」苗木が「バックパッカー」という言葉を語るときの、その得意げな表情は、まるでガールフレンドのことを誇りとしているかのようだ。

「ほんとうだね。汗を流すことはすごく大切なんだ……」わたしは苗木のテーブルを離れて、カウンターに戻り「三水論」を引き続き喧伝した。クリスの顔には「まだやってるんだ」という表情が浮かぶ。

「『欲望という名の電車』のブランチでさえ言ってる。汗をたくさん流したほうが健康的だし、汗が出なくなったら、五分以内に人間は死んでしまう、と」ブランチのこの言葉はミッチに向けられたものだ。彼は多汗症の自分を恥ずかしく感じている。シャツが汗で身体にくっついてしまうので、申し訳なさそうに上着を脱いでいる。

わたしは言った。「あなたの妹を連れて身体を動かしに行って、汗もじゅうぶんに流せば、よく眠れるし、脳の化学物質のバランスも回復すると思う……そうでなければ彼女を泣かせればいい。ほんとうだよ。泣くのはいいことなんだ……」ボスニア戦争で民族浄化に遭った女性で――夫と子どもを殺され、軍人たちに無理やりなんどもレイプされ、その後、敵の子を出産するまで強制的に「収容」されていた――いちばん境遇のひどかった何人かはとても静かで、一滴の涙もこぼさず、口々に言った。どうってことはない、語るに値することなんて何もないんだ、と。そうでなければ、忘れてしまったのだ、と。記憶の中に陥っていく時にはずっと、肺も破れるかと思うほど笑い続けていた。

二年前、クリスの妹は深夜に起きだして風呂に入り、髪の毛にドライヤーをあててまだ乾かないうちに、自分の身体が冷たく、硬くなっていることに気づいた……そして仰向けに床に倒れたのだった。昏倒したのではなかった。なぜなら彼女にはずっと意識があったし、岸辺に打ち上げられた魚のように恐怖にかられた眼光を見開いていたからだ。彼女は泣いてはいなかった。身体がこんなふうにドスンと床に投げ出されたのに、なぜか痛みは感じなかった。他の場所のほうが身体よりもっと痛いとわかっていた。

ドライヤーはまだ通電していて、ガーガーと絨毯を炙《あぶ》っていた。クリスの妹は無頓着《むとんちゃく》に、石の塊のように凝り固まっていた……こんなふうに床に長いこと横たわっているうちに、背中や頭に痛みを感じ始め、痛みは背中から胸の方へと貫いた。肩を少し動かしてみようとして、すでに長い時間が経ち、ドライヤーからも火花が出ていることにやっと気づいた……。

妹が石のように硬くなった状態から変化して、自分を取り戻したとき最初に思ったのは、ああ、これが「精神崩壊」というんだな、ということだった。

真夜中、ドライヤーがうるさく音をたてつづけているなか、妹は目を見開いて自分が「壊れてしまった」ことを知ったが、どうしても身体を動かすことはできなかった。絨毯から焦げた臭いがし始め、隣室のルームメートが通報して、事態はやっと明るみになった。

妹は最初から最後まで動かず、声も出さず、まるで痛みを忘れたコンクリートの塊のように、何も感じなくなるまですべての感受性を使い果たし、自分がいったいどうなってしまったのか、結局なにが起きたのか、どうしても語ることができなかった。そこで彼女は精神病院に入院することになり、新しい症例として付け加えられたのだった。

クリスは二杯目の酒といっしょに、新聞の切り抜きも手渡して言った。「これ、あたらしいやつ。先週読んだんだ」これは彼とわたしのコミュニケーションのやり方だ。妹が病気になってから、クリスは意識の高い「社会面の達人」へと変わったのだった——

二歳の女の子が幼稚園から帰宅して、下半身をさすりながら痛い痛いと叫び続けた。検査の結果、処女膜が破れ、膣から出血し、恥骨も裂傷を負っていた。女の子はうううあと、完全な言葉を語ることができなかった。けれど彼女は痛いとは言えたし、「おじさんこわいこわい」と言うことはできた。検事は取り調べの際、人形をひとつ持ってきた。女の子は人形の下半身を指さして、カエル、と言った。それから口を開いて、カエルにキスをするしぐさをし、もう一度自分の下半身を指さして痛いと訴えた。検事は写真を並べ、「おじさん」を指すように女の子に言った。女の子が指さしたのは、幼稚園の園長だった。

けれども裁判官は女の子の証言を認めなかった。彼は警察署における取り調べの録画テープを取り寄せ、女の子は、おじさんが彼女に何をしたのか、最初から最後まで自分からは語っておらず、逆にその場にいる両親や、ソーシャルワーカーや女性警察官が彼女の代わりに発言し、彼女の受け答えを訂正し、園長の写真をとりだして繰り返し女の子に指をささせ、練習し、印象を強化していることを発見した。

裁判官は、このような誘導式の取り調べは、証拠の信頼度を低下させており、女の子が教えこまれたそれらの物語が深く彼女の脳内に刻み込まれてしまったと考えた。たとえ下半身や恥骨の傷が、女の子が確かに性的被害にあったと証明するに足るとしても、しかし汚染されたそれらの証言は、もはや証拠としての能力を失い、このため園長は無罪となったのである。

裁判が結審したとき、女の子はすでに五歳になっていた。しかし五歳にすぎないのだ。言葉を話せない子どもに彼女じしんのために発言させるよう、大人たちは一字一句、証言を彼女の口に入れてあげたのである。しかし、言葉によって探りあてたそれらは、もはや元来のものではなくなっていた。それはちょうどわたしたちが二度と同じ夢や、同じ河の流れには戻れないのと同じように。

「あなたの妹は?」記事を読み終えてわたしは訊ねた。「彼女の〝カエルおじさん〟は見つかったの?」

「見つかった」クリスは言った。「妹は一年ちょっと治療を受けたんだけど、あ……それじゃ足りない……」クリスはちょっと間を置いてから、「今年の五月、つまり来月の初めでちょうど二年になるんだな……」

カウンターのもう一方の端の、ファッショナブルな美女がクリスに微笑んで、空のグラスを挙げた。

「同じものでよろしいですか?」クリスは彼女に訊く。「それとも他のものを?」

美女は言った。「前に紹介してくれた、はちみつの香りがするのにするわ……」

クリスは背を向けて、美女が指定したウイスキーを探した。そして前を向き、酒を注いで、不意につぶやいた。「ぼくの外祖父だった」

「妹の外祖父？」

「そう、つまりぼくの外祖父」

「血はつながってる？」

「うん、おふくろの実の父親だから」

「あなたたち一緒に住んでいるの？　……わたしが言いたいのは、あなたたちとおじいさんは一緒に住んでいる？」

「おふくろが離婚して実家に戻ってから、外祖父はぼくたちと暮らすようになったんだ」

「お母さんはいつ離婚したの？」

「十数年になるね……」クリスは指折り数えながら、「十四年かな……僕は十二歳で、妹は六歳だった」

「じゃあ、あなたのおばあさんは？」

「おふくろが結婚してすぐ、外祖母は外祖父の元を離れたんだよ。離婚の手続きなんかしてないと思う。ただ出て行ったんだ」

「そのときから始まったの？」わたしは訊いた。

「なにが？」

「あなたのおじいさんがあなたの妹に。はじめからそれは始まったの？」

「どんなことだってはじめから始まるもんだろう」クリスはひやかす。

「ああ、わたしの言いたいことはわかってるよね……」

「それは僕たちが引っ越してから始まったのかと言いたいんだよね？」

わたしは頷いた。

クリスは言った。「わからないんだ」

「お母さんは？」わたしは訊く。

「おふくろ？」

「お母さんの反応はどうだったの？」わたしは言った。「あなたにも言ったのなら、お母さんにも言ってるはずだよね」

「言ってないよ」クリスは言った。「妹は最初から最後まで僕には言ってない。医者に聞いたんだ」

「こういう話なら、医者はきっとお母さんに言うと思うよ」

「そうだよ。医者は僕とおふくろに連絡して、実際に会って一緒に家族治療を受けるよう勧めてくれたんだ。おふくろは真相を知って、その場に崩れてしまったよ……」クリスはタバコに火を点《つ》けて、ゆっくりとしたスピードで深々と吸い込んだが、微かな震えは止まらなかった。そして言った。「おふくろが小さいころ、外祖父は彼女にも同じことをしてたんだよ」

「なんてこと……」わたしは二の句が継げなかった。

「そうなんだ。二代にわたって。娘と孫娘に……」クリスは言った。「妹は外祖父の罪を問い、謝らせようとしたけど、間に合わなかった。外祖父は中風で入院して集中治療室にいる。あとは死ぬのを待つだけ、話をすることもできない……」わたしはクリスの顔を見つめながら、言うべき言葉が見つからなかった。彼からタバコをもらい、いっしょに吸うことしかできなかった。

クリスが言うには、はじめは母親のことを信じられなかったそうだ。彼女は母親としての罪悪感に耐えられず、自分の子ども時代の記憶を捏造して、自分をもうひとりの被害者にしようとしたのではないかと直感的に思った。事実の姿というものはこんなにも驚くべきものなのだ。まるで偶然掘りあててしまった骸骨（検視の結果、五十年前の事件だという）が、リアルな悪臭を放つように。まるで繰り返し演じられるくだらないソープオペラの、作りものの涙のあとや、傷や血のように。

「いいように考えれば、おふくろがでたらめを言うのもたぶん妹を守るためだったのかもしれない」クリスは言った。ひとりの人間が同じことで繰り返し被害を受けたのなら、人々は被害者にも責任はあるというかもしれない。仮に同じひどい出来事がふたりの別々の人間の身に起きたとすれば、人々は「その出来事じたい」に問題があると意見を変えるだろう。

「わたしたちが覚えている真相というのは、ふつうは自分たちが受け止められるバージョンだっていうことだね」わたしは言った。

「星を見上げたことはある？」クリスはわたしに訊ねる。「夏の夜空の下で星を数えながら、遠くに煌《きら》めいているのがほんとうの星か人工衛星なのかはどうやって区別できるんだろう？」

「わからない」わたしは言った。「空のことは難しすぎるよ。わたしにはまったくわからない。都会の光がひどくまぶしくて、星もよく見えないくらいだよね。いちばん目立っているのはみんな人工衛星かもしれないよ」

「地球にいちばん近いからね」

けれど、どうして、とわたしは訊ねた。「どうしてあなたはお母さんを信じようと思うようになったの？」

「僕もそこに住んでるんだからね」クリスは言った。「こんなに長いこと、僕は彼女たちと一緒に外祖父の家に暮らしていたんだ。もしもおふくろに責任があるなら、僕にはないとはいえないだろう？」

クリスの妹が石になってしまったあの日は、まさに外祖父が亡くなったその日でもあった。知らせが届いた時、すでに深夜二時を回っていたが、彼女は起きて、風呂に入り、魚のように押し黙ったまま、仰向けに床に倒れて痛くても声にならず、まるで痛みとは何かを知らないみたいに、見知らぬ肉体のなかに横たわり（なんども症状に打ちのめされるので、繰り返し更新され、ますます見覚えのないものになっていく肉体）、身体が受け止めることのできないあの秘密、恥毛さえ生え揃わない子どもの恥骨のなかに封じ込められた秘密をくりかえし経験していたのだ。

彼女は身の程知らずにも、記憶を選んだ。そして記憶によって叩きのめされ、精神病院のなかへと片付けられてしまったのだ。

二ヶ月前、自殺未遂した阿莫《アモ》が集中治療室を出て、精神病棟に移った翌日、わたしは彼女を見舞いに行った。ぐるぐるとベッドを探しまわった。六人部屋のなかを歩きまわり、ひとつひとつベッドカーテンの角をめくってみたが、阿莫はいない。部屋を間違えたのかと思い、別の部屋に行って同じように探したが、やはり阿莫は見つからなかった（こいつはカラオケに新聞を読みに行っていたのだ）。ただそれで彼女の同室の、クリスの妹、十三に出会ったのである。彼女は縮こまり、ずっと震えていて、薄いふとんにくるまり、戦慄の止まらない病にかかっていた。

　十三はずっとずっと、三十分以上もずっと震えていた。ばらばらに崩れて瓦解していくあいだじゅう、遠心力の中心には核心のようなものがうずを巻いていた。その直接生命のなかへと入ってくる（と同時に散り散りになる方向性をも持つ）核心とは、もしかすると恐怖、あるいは孤独、憤怒、もしくは別のなにかかもしれない。わたしには区別する力がない。わたしはそんなに強くないし、彼女のことを知ってもいないのだ。

　ひんやりと風が通り抜ける、からまって結び目が解けない毛糸のかたまり。癇癪の発作のように震える秘密。

　わたしは十三に、だいじょうぶ？と訊ねた。水を飲みたい？　お医者さんを呼んであげようか？

　十三は答えなかった。ただただ震えていた。彼女は答えたいのに話せないのだとわたしにはわかった。彼女はがんばって呼吸し、息を吐きながら言葉にならない声を発していた。氷の上に横たわる活きた魚のように、口は開けているが、言葉はもつれていた。わたしは彼女の背中をたたいて、阿莫を抱くように彼女を抱いた。そうやって長いこと抱いていた。決まりの悪さを感じなくなるまで。外が暗くなってしまったと感じるまで。するとやっと彼女は話し始めた。何かを表現しようと試し始めた。

　十三はなんとかひとことをひねり出したが、わたしには聞き取れなかった。下顎をぶるぶるぶるぶると震わせながら出される言葉は、粉々になった紙切れのよう。喉には穴が空いていて、力が全部漏れてしまっているかのようだった。

　要するに、息が出ないのだ。元気がないだけではない。息すら出てこないのだ。

わたしは耳を彼女の口元に近づけて、伝道師が死にゆく者の告白に耳を傾けるように、言った。「聞き取れないんだ。もう少し大きな声で言ってもらえないかな」そこで彼女はもう一度繰り返した。問題は、そのふらふらとして定まらない言葉が、ちりぢりになって形をなくし、わたしにはまったく捉えることができないということ。

「ごめんね、よく聞き取れないんだ。もう一度言ってくれる?」わたしは言った。

彼女は歯もガタガタと震えていた。

わたしは紙とペンを出して言った。「書くほうがいいかな? 書いてもらえる?」

十三は聞き分けのよい小学生のように従順に、わたしが手渡したペンを受け取った。しかし彼女にはしっかり掴めず、ペン先は紙の上を絶えず動きまわり、震え、占いで神託を受けているようで、まともな筆画すら書くことができない。

しんと静まり返った、失語症。緩慢に弱々しくなってはいるが、休むことも止まることもなく震え続けている。この十三という十九歳の軍学校の女の子は、全身からすべての人間が持つべき多種多様な成分をすべて使い果たし、わずかに残った核心の部分が表面に浮き上がっているが、それはまるで恐怖そのものだ。まるで古い市場で、沸かした湯の入った遠心分離器に放り込まれた地鶏が、鶏とは思えないような鳴き声を響かせるような。

さらに一時間ほど経って、十三は落ち着いてきた。ウォーミングアップをした後のスポーツ選手のように、痛み止めを打った病人のように。彼女はノートパソコンを開けて、震えがやまない両手で、文字を打とうとした。彼女は続けざまに ttttaaa と打った。指先はキーボードの上をめちゃくちゃに叩き続け、やっとのことで「他《ta》」［彼の意］という一文字を打ち出すことができた。続いて、mmmm エンター・キー、エンター・キー、さらに enenen というふうに、「們《men》」［複数の意］を一文字打ち出した。

こうやってどれだけ時間をかけたのかわからない。とにかくわたしは彼女がわたしに言おうとした最初の言葉を得たのだ。彼らはみんな私を傷つけたいと思っている。

次のお見舞いの時には、十三の話す能力は回復しており、わたしに、足音が彼女をびくりとさせるのだと言った。わたしの足音（ベッドをめぐりながら阿莫を探しまわる影）、どんな人の足音も、見舞いに来る家族であれ遊びに来る患者友達であれ、それらはすべて彼女をびくりとさせるのだという。なぜならそれらは医者か看護師のものかもしれないし、「あの人」のものかもしれない。十三の舌は温かみを取り戻し、徐々に加熱していき、一本の熱いスプーンになって、見知らぬ言葉たちがその上で騒がしく飛び跳ねている。話しているのでもなく、歌をうたっているのでもない。比較的近いのは、ある種の是非や善悪に対してまったく無感覚の、言語の幼児的段階だろう。

わたしは静かに耳を傾けたが、彼女が何を話しているのかわからなかった。十三は目を閉じて、過去のひとつひとつを取り戻そうとしていた。時間感覚が混濁しているなかで、前後が入り組んでしまう。彼女があなたが誰であるかを知り、あなたを信じることに決めた時、物語は復活する。もしくは誕生する――肉体が痛みを感じ引き裂かれるのを感じる時、十三は妊娠と分娩を経験して、物語を生み落とすのである。

わたしは自分と十三との「出会い」をクリスに話してから、彼に訊ねた。「あなたじしんはどうなの？だいじょうぶ？」彼はうつむき加減でタバコを吸いながら一言、「それは彼女にとって、ここ二年で四度目の入院だったんだ」と言っただけだった。

「わたしの〝三水論〟はあなたにも当てはまりそうだな」わたしは言った。「最近涙を流したのはいつ？」クリスはタバコの火を消して言った。「思い出せない」それから「そんなこと聞かれたの初めてだよ」と言った。

「妹にもお母さんにもあんなことが起きたのに、あなたは泣かなかったの？」

クリスはまぶたを閉じた。まるでこの話題を続けたくないみたいに。

わたしは言った。「悲しみは感染するものだよ。怒りもそう」

まるで愛のようだ。愛は受け継いでいくことができる。恨みもそう。恨みは愛よりも簡単にそして強烈に受け継ぐことができるだろう。子どもはみんな両親の病なのだ。母親は外祖父外祖母の病、妹は母親と外祖父の病、兄もたぶん妹と母親の病だろう。

「クリス、あなたは運動する？」わたしは話題を換えた。「ジョギング？　水泳？」

「僕は毎日のように自分に運動するんだと言い聞かせるけど、一ヶ月に一、二回ってところかな」クリスは言った。「ここは深夜の開店だろ、僕は十時に出勤して、朝は六時に閉店だけど、だいたい七時までは延びる。それから帰宅して風呂に入ってベッドに入ってテレビを見る。九時ごろ寝るかな。他の人にとってはちょうど家を出て新しい一日が始まる時だよ。毎日目覚めた時には外はもう暗くなってる。特に雨の多い冬はね。晩飯を朝食がわりに食べて、大学夜間部の進学予備クラスに行くんだ……」

「どうやらあなたにはまったく勉強する時間がなさそうだね」わたしは言った。「大学を受け直すのなら、予備校に行ったほうがいいんじゃないかな」

「考えてみるよ。まあ僕はお金を貯めたいんだよ」それから、めったにしないいたずらっぽい笑顔で言った。「もう兵役には行ってるから、加点されるしね。ハハ」

クリスは明日の材料を準備し終わると、少し移動してシンクでグラスを洗いながら、わたしとおしゃべりを続ける。彼は言った。「ある日ね、先週の木曜かな、肩がものすごく凝って、頭も痛いし、眼の奥のほうが石のように、石灰でも削り出せそうなくらい硬くなってしまって、首もうまく回らなくてね。マッサージに行きたくなったんだ。女の人に触れてもらいたかった。ネットでいくつか探して電話をかけて値段を聞いてみたんだけど、どこも高いんだ。ニュー・エイジを標榜する店であればあるほど、こんちくしょうなくらいに高いんだよ。瞬間僕は思ったね。〝身心霊〟なんていうのはひどいウソっぱちだって。実はいちばん現実的で、拝金主義的だってことだよ」

「身心霊」について、クリスはこんなふうに語った。我々をとりまく商品の現実というのはこうだ。貧しい者は「霊」の威力にすがって、寺廟にお参りに行き、神様に願い事をするしかない。たいして稼ぎはしないがそこまで貧しくはない者は、読書や座禅をしたり、講演を聞いたり、山に登って内観［道教における精神修養］をしたりして、「心」の霊的成長を追求するしかない。金持ちだけが「身」体を獲得でき、東区のヨガ・センターの会員になれ、オイルマッサージや心霊スパを楽しむことができる。大安路の一番高いそれらのクラブは言うまでもない。会員になればみな外国に修行にいけるし、野外で天地ヨガをすることだってできるのだ。

ただなのは霊、安いのは心、いちばん高いのは身体だ。クリスいわく、これは「こんちくしょうな」彼の母親のような、神様への願い事や占いが大好きな女性工員だけが身をもって感じることができる、身心霊のヒエラルキーなのだ。

トイレのドアのそばで、苗木とバンドメンバーたちがベースを持ち、ギターを爪弾き始め、完成したばかりの新曲を披露しようとしていた。苗木はテーブルを叩きながら大声で宣言した。「できたての新曲だよ。焼きたてのパンより熱々だし、美味しいよ……」苗木は口元がリラックスしてきて、舌も腫れぼったくなった。彼は自分が愛してやまないジャズやブルースを歌い出す。馬鹿みたいに自己陶酔している様子は、本能からくる自然さを帯びていた。すべてを顧みない狂おしい愛のように、バナナと安酒の匂いのなかに浸っている。

クリスは冷蔵庫からペットボトルを取り出し、一杯グラスに注いでわたしに出してくれた。わたしは押し返して言った。「今日の予算はもう終わっちゃったよ。追加はもうできないんだ……」

お店からのサービスだよ。クリスは言った。

わたしはグラスを揺らして、匂いを嗅いでみた。「これはなに?」

クリスは言った。「店の酒瓶が空になりそうな時、残りのほんの少しをペットボトルに入れて、貯めてるんだ。僕の特製のカクテルってとこだね。割合も決まりもない。美味いこともあればまずいこともある。まずいときは女のお化けのおしっこみたいだけど、美味《うま》いときはね、ガールフレンドのあれよりも美味いんだよ……」

「なんだかよさそうだね……」わたしは一口飲んでみた。

「味はどう？」

「なかなかいいよ。苦味も酸味もちょうどいい」わたしは言った。「名前はあるの？」

「考えたこともない」

わたしはもう一口飲んだ。「このお酒はなんだか人生のような味がするな」わたしは言った。「どんな味もぜんぶ詰まっている」

「人参？」

「人生だよ。じ・ん・せ・い、人生――」わたしは言った。

「たしかにね」クリスは言った。いつ良いことに恵まれるかわからないし、いつひどい目に会うのかもわからない。どれくらい飲めば酔うのかもわからないね」

「あ、わかった……」これから宣告しようとすることがわたしを震えるほど興奮させる。「これはカクテル界のphun《プゥン》なんだよ！」

「phun？」

「そうだよ、phun、つまり残飯のこと」

クリスは大声で笑った。「そうそうそう、phunはいちばん栄養があるんだ。僕たちのような人間はみんな安ものや余りもので生きているんだからな」

それはまるで南アフリカの貧民窟のようだ。ケープタウン近郊の小さな町、Khayalishaでは、何人かの貧しい者たちがおんぼろの家をペンキで色とりどりきらびやかに塗っている。ピンクの屋根、ブルーの窓、クリーム色の玄関、グリーンの壁。ペンキはすべて拾いもので、町の金持ちが捨てたものや、男たちが仕事場から持ち帰った余りものなので、それらの家は予想もできないような美しさで、とてもかわいらしい。

わたしはクリスの「残飯」は美味《おい》しいと思った。お金がかからないからもっと美味しい。続けざまに三杯飲んで、顔のしまりもなくなり、おしゃべりになる。この名前も苗字もないカクテルは、マルガリータやコスモポリタン、シングルモルト・ウイスキーとは比べ物にならない。オーソドックスなカクテルの優雅な割合に欠け、どこまで飲めば酔えるのかわからない。酔ったといえば酔ったことになるのだ。

余り酒の威力は、「乱」の威力だ。夜市で売っている軟膏薬のよう。塗っても効き目があるのかそれとももっとひどくなってしまうのかわからない。

夜市印の軟膏薬は、もともと予測不可能な代物なのだ。

勢いあまって、わたしはカウンター越しにクリスに口づけした。でもクリスは動じることもなく、冷静にグラスを磨く。そしてゆっくりと言った。「来月末でこの店をやめるんだ。もう来なくていいよ」

「どうして?」

「ここはうわべだけの場所だと思わないか?」彼は言った。

「そんなことないよ。この店は好きだよ」

「もう以前とは違うんだ」クリスは言った。「店長が変わり、株主が変わり、なじみ客が遠退き、新しい客がやってきた……昔からの客もいるけど、五年ほどここに出入りしているうちに、みんな変わってしまった……」クリスは視線でカウンターの隅の、電話のそばにもたれている女性を指した。「彼女はここの一番古いお客さんだよ。オープン当日に来たんだから。この近所に住んで、週に三日か四日は通ってくる作家さんだ（クリスが指摘する前から、彼女が誰なのかはわかっていた）。何年か苦労した時期もあったけど、一昨年突然人気が出て、ベストセラー作家になった。でも一流の有名人しか眼に入らなくなって、口を開けばだれだれと仲がいい、これぼかり。ポケットにはジャランジャランと音がするくらい名前が入ってるんだろう。適当にその名前を取り出しては誰かと仕事の話をしようとするんだ」

「ジャランジャランと音を立てるのは小銭だけだよ。大きいお札は音がしないし、株券や債券だって」わたしは言った。「あなたはそんな彼女がかわいそうだと思わない？」

「あわれだと思う」クリスは言った。

「だけど、苗木は前と変わらないじゃない」

「彼だけは、それが足りないんだ」クリスは言った。「しかもまだ成功という試練を経験していない」

「でも失敗の試練は経験してるじゃない」わたしはほとんど言い争っているようだ。「彼はあんなにも苦労して、長いことがんばっている。認められなくても、志は同じように変えずに……」

「好きに言えばいいさ」クリスは言った。

「もしかしたら変わったのはあなたなのかもね」わたしは言った。「あなたが変わったんだよ」

「僕はほんとうに変わったのかもしれないな」クリスは言う。「ここで五年やってきて、いろいろなものをたっぷり見てきた。もうじゅうぶんだよ」

「わたしもそのなかに入ってる？」わたしは訊いた。

「どういうこと？」

「わたしもウソっぽい人間だと思う？」

クリスは首を振って言った。「あなたは例外だよ。ここにいる人間のなかで、あなたのまなざしだけが汚れていないから」

わたしはまぶたをパチパチと動かしたが、乾いて眠たい両眼からは涙も出てこない。そっけなくクリスを見つめながら、彼がどんなふうにわたしを見ているのか想像してみた。耳の奥には彼の言葉が何度も響いていた。「僕はやめるんだ。もうここには来なくていいよ」

11　天天開心

身体が汚れたら洗わなければならない。心だって同じだ。

その時がやってくるたびに、わたしは自分を泣かせてあげる。自分に向かって言うのだ、「いまだよ、さあ泣くんだ」って。そして子ども時代を取り出してみる。まるで商売人が古い帳簿を引っ張りだすみたいに。目の見えない人が自分のカルテを取り寄せるみたいに。家のない捨て子が拾ってきた家族写真をつまみ上げるみたいに。それから借りてきた映画を観ながら、痛快に泣きはらすのだ。

たまに眼が汚れたと感じることがある。眼にしたひどい出来事がねばついて離れないような時にも、ひとしきり泣いて、涙でゆすぐのだ。

涙はいちばんの消毒液だ。天然で、オーガニックで、まったくのタダ。人間の核心の部分から湧き出し、眼を通って、また「心」と呼ばれる場所、絶えず充血し、人体のなかで最も軟らかく最もしなやかな肉の塊へと戻っていく。

涙はわたしを今日まで「まとも」にしてくれてきた。まともでなければないほど、まともらしさを装うことを覚えなければならないのだ。

涙について言えば、TMが小説のなかでこんなふうに書いている。逃げ出した黒人奴隷が船の上で破水し、赤ん坊を産んだ。数日後にたどりついた密約の場所で、迎えた黒人のおばあさんは赤ん坊がお腹を空かせていることには気をかけなかったが、泣いたことがないのではないかと心配した。そこであわてて、この子は泣いたことがあるの?と訊ねたのだ。母親があると答えておばあさんはやっと安心した。そうでなければ、母親の尿を集めて、赤ん坊の眼を洗ってやらなければならないのだから。この世界へと通じる道はもともとこんなにも毒に満ちているのだ。どうりで生まれてすぐに眼を病んでしまう子がいても不思議ではない。

わたしたちは外祖母が半分目が見えなくなっていることにずっと気づかなかった。彼女は医者に診てもらうのを拒んでいたのだ。医者にかどわかされて手術をさせられ、練習台や実験台にさせられ、騒ぎ立てられ、お金も勇気も使い果たしてついには盲目になること、白内障ではなく、医者の野心によって盲目になることを恐れたのだ。彼女は自分の眼が瞎《かつ》していないことを装った(眼が死んでしまうことを「盲」と言い、「瞎」は眼が病気になることを指す)。一面まっしろな世界に落ち着いて、無限の荒涼を吸い込み、孤独な一匹の蛾のように、歴史という悪意に満ちた大きな手に襲わせて、摩耗したガラス瓶に放り込まれ、あちこちぶつかって粉屑のような鱗粉を落とし、羽をもがれ、爬虫《はちゅう》となる。

幼稚園のころ、外祖母はわたしにお店でピンク色のキャンディを買ってくるというお使いを頼んだものだ。それは彼女いちばんのお気に入りのおやつで、ひとつひとつがボタンのように小さく、一回に一粒ずつ食べていたが、それがだんだんと二粒、三粒と増えていき、最後には一度に数十粒を呑み込んで病院に入院するまでになった。そこで初めてそれが薬だったとわたしは知ったのだった。だから以前、わたしが手にした最初のお金（幼稚園の年長クラスで描いた絵の習作が『国語日報』に掲載されたのだ）を、ぜんぶ使ってそのピンク色のキャンディを買ってしまったのだった。そのときわたしはいかにも馬鹿丁寧に、両手で自分のプレゼントを捧げ持ち、「おばあちゃん、これ、あたしのお金でおばあちゃんのために買ったんだよ……」と言ったのを覚えている。

後でわかったのだが、その店は実は地下薬局で、ピンクのキャンディは日本からの密輸品で、「脳神経衰弱」の薬だった。外祖母が今でも生きていたら、みんなは「うつ病」という言葉で彼女を診断し、彼女を区別するだろう。悲しみがひどすぎたか、あまりにも長く悲しみのなかにあったので、この人はきっと「病気」であり、きっと「まともではない」と判断するかのように。幸せな普通の人間にはきっとわからない。ひとりの女性が突然夫を失っていったいどんな気持ちになるのか、夫が国家反逆罪に問われるとはどういうことなのか、独り暮らしの寡婦と、ふたりの子どもを抱えた寡婦では、いったいどちらのほうがより希望を持てるのだろうか、ということを。

「自分のことのように感じ受け止める」というのは戯《ざ》れ言で、それを実際に「受け止めた」人だけが実際に「受け止める」というのはどういうことなのか、「じゅうぶんだ」というのと「がまんできない」というのはどういうことなのかがわかるのだ。

夫を救い出すため、外祖母は賄賂を使った。賄賂を使うのは、それを求める者がいるからだ。言い値は七千元。服を一着洗っても数毛にしかならないのだから、どれくらい洗濯すれば夫を救い出すことができるのだろう。牛を売り、土地を売り、なんとかやっと五千元かき集めた。相手は金を受け取って言った。「あんたの夫はまじめなやつだ。利用されて、労働組合を作った。あんたたち台湾人はまったく単純に過ぎるんだなあ……」新たにやってきた統治者は、植民者しか語らない言葉を語った。「あんたたち台湾人はまったく単純に過ぎるんだ」外祖母は初めて国語というものを学んだが、その北京語はうまく話せず、つっかえつっかえで知的障害者のようだ。約束を交わした文書も読めず、文盲《もんもう》であることを余儀なくされ、彼女の夫は果たして出獄できなかった。台湾人はやはり単純に過ぎたのだ。

VWの言い方を借りれば、外祖母の心は病を得て、平衡感覚を失ったのだ。

平衡感覚を失った心は、取るに足りないささいな事で涙を流す傾向がある。メキシコ人が言うPor nada《どういたしまして》のようで、こういう人は役に立たないものをわざわざ買ったりするものだ。利害がまったくないことのために人と争ったり、取るに足りないことのために傷ついたり、喜んだりする。台湾語でいうところの「空空《コンコン》」［愚かな、知恵遅れの］という言葉に似ている。この人は「空空」だ、「空仔《コンア》」［愚か者］だ。なにをやるにも理由というものが見当たらない。

ある年、沈黙から失語症になってしまったかのようだった外祖母が、突然おしゃべりになった（羽をもがれた蛾は自分が落とした鱗粉の上を這って、アレルギーになってしまった）。彼女は抽斗《ひきだし》のひとつひとつを空っぽにし、クローゼットを内側から外側まで徹底的にひっくり返して、若いころ編んだセーターを取り出した。それをひとつひとつほどき、もう一度、新しいのを編み直した。両手が止まることはなく、一日じゅう編み続けていた。セーターやマフラーや帽子。靴下のような赤ん坊専用の小さな靴。そうやって編みながら言った。小文《シャオウェン》や、おばあちゃんはあんたにこの靴をあげよう。わたしは、おばあちゃん、わたしには履けないよ、もう高校生なんだからね、と言った。履けたとしても欲しくはなかった。人に笑われるのが怖かったから。外祖母が編み上げる一針一針、一本一本は、彼女が支払ってきた（そして通り抜けてきた）一分一秒という時間だ。色褪《あ》せているし、見劣りもする（それらのニットセーターは全部色褪せ、毛玉ができている）。古臭く、いびつに歪《ゆが》み、少しも「流行」に追い付いていない。旬の「時間感覚」の外に取り残され、「ファッション」と呼ぶことはできない。

外祖母は近くの小さな公園に場所を設けて、自分が編んだ様々なものを並べていたが、一日かけても一つも売れなかった。彼女はひどく落ち込んで、古いものをほどいてまた新しく編み直したが、どうやっても新しさをだすことはできなかった。その配色や模様があまりにも時代遅れで、縁起がよくないものなので、年老いて、貧しい、不運な人たちだけが買って着てみようとする。彼らの体内時計は壊れてしまっているので（まったく彼女や彼女の作品のようだ）、時代には合わず、手元はいつも金欠で、店で売っているような季節品は買えず、倉庫にある古い在庫品や、他の人にもらったお古を着るのに慣れていた。

訪れる人もほとんどいない公園の物売りには、警察ですら取り締まるのもおっくうだ。「女性がひとり静かに針仕事をしていたら、それだけでその静寂を静かに破っていると言えるのだ」ある日突然、ある人がその静寂を破って、外祖母からストールを買った。しかも翌日の同じ時間、秋にはちょっと厚ぼった過ぎるそれを巻いて、再び外祖母を訪ね、昨日の約束、外祖母に日本語を習いにくるという約束を彼は果たしたのだ。

外祖母は誇らしげに学生を受け入れ、再び息を吹き返した。みんなに黙っていた白内障の眼をこすりながら、午後の陽光のもと、一対一でその若者に、「やさしさ」と「秘密」はどう発音すべきかを教えた。わたしはその若者を見たことがある。少なくとも三十はいっていて、もしかしたら四十を越えていたかもしれない。お年寄りからすれば若いということになるが、当時高校生だったわたしからすれば、ちょっと老けている方に入っていたと思う。仕事を見つけるために面接しても、若くないからと敬遠され、仮に自殺して新聞にでも載れば、読者はこんなふうに言うのだ。ほんとうにもったいない、こんなに若いのに。

こんなふうにこの男性が、平日の午後は仕事に行かず、公園で半分目が見えず足を引きずるおばあさんとおしゃべりをするようになった。ちょっとしたお菓子を彼女に持ってきてあげて、恭《うやうや》しく日本語で「先生」と呼んだ。こんな男性だったのである。こんな男性は仮にもしもそれほど孤独でないのであれば、きっとすこぶる善良なのだろう。

彼は外祖母に、晩年といういちばん輝かしい時間を与えたのだ。

外祖母はおしろいを塗り、おめかしをして、髪を染め、革靴を履き始めた。わたしに頼んで止まったままの時計を探し出し、それを振って音をさせ、死の淵から蘇らせた。電話して「中原標準時間」を確認して、長針短針を調整し、「現在」を見つけ、「いま」を取り戻した。

それは自動巻腕時計なので、身につけてそれを生命《いのち》に合わせて揺り動かして、初めて時を刻むことができる。

わたしがこの腕時計を見つけた時、それは朝か夜かもわからない九時四分で止まっていた。標本のように押し黙り、凝り固まって、温度も、もちろん速度もなかった。わたしが何度かそれを振ると、それはどうにかこうにか目を覚まし、少し動いて、カチカチと音を出した。まるで呼吸をしているようだが、すぐにまたしんとなる。だから絶えず手を振り続け、力を与え続けなければならない。そうして初めてそれは運動エネルギーを獲得し、再び蘇るのだ。

外祖母は三ヶ月間復活し、復活した時間に合わせるように、明るくおだやかな秋の日を送っていた。そんななか、男性は姿を消したのだった。前兆のようなものはまるでなく、それ以来二度と姿を現すことはなかった。外祖母は学生を失い、自動巻腕時計は動力を失った。男性は彼を象徴する宝物——善良な孤独——を携えここを離れ、別の場所へと行ってしまった。もしかすると彼はついに仕事を見つけ、一段上の階へと上がり、懸命にもがいて孤独から数歩遠ざかったのかもしれない。あるいは下に向かって、さらに深い孤独へと落ちていき、外祖母が死んでも行こうとしない病院か療養院のようなところに入ったのかもしれない。

わたしが小学生のころ、外祖母は「天天開心」*1を見るのが大好きだった。そのころ、台湾語の番組は一日に一時間しか許されず、しかも二つの別の時間帯に分けなければならなかった。外祖母は正午のわずか三十分間の楽しい時間を心から大切にしていた。たとえば売薬大王の黄克林が背中に旗を挿し、童乩《タンキー》*2の服を着て、独創的な「倒退嚕《ドートエールー》」*3を歌うのを見たりする。「へい、願わくば、願わくば／東海岸、西海岸にもお頼み申す／北投ならば紗帽山／鶯歌にゃあ石炭／草山にゃあ温泉が出るんだよ……」

けれども夏休みになると、わたしは外祖母のチャンネルを奪って、知的で高尚な番組、先生に見るようにと言われた番組に変えた。こんなに簡単に「天天開心」をなおざりにした。この「低俗」な郷土のバラエティ番組は、外祖母が頼みの綱にしている唯一の痛みを感じない時間だったのだ——

カメラは舞台のあたりを揺れ動き、まるで若いころなどなかったかのような阿匹婆《アピポ》をとらえる。「パイナップルに西瓜／お金はないし返したくもない／とがった口はニワトリで／ひらべったいのはアヒル口／そっているのは豚肉で／真四角なのは押し豆腐……」阿匹婆は旗を振りながら飛び跳ね、台客《タイクー》ダンスの始祖として、「天天開心」でとっくにチームを組んでいたのだ。

「三十分はサァーっとあっという間に過ぎてしまうね……」司会の司馬玉嬌は後に病気になり、傷ついた心は二度と楽しむことができなくなってしまった。石松は右足を切断し、卓勝利はがんになったのだ。

一年は短いが、一日は長い。いつのことからかは覚えていないが、外祖母はもう口を開くことはなかった。まるで廃墟のように黙りこみ、時間がからだの上を這い回らせるに任せ、蜘蛛の糸が張り巡らされる。

古い一年が窓の外の夕陽にひっかかって、気温の低下に従って冷たくなり、離れていき、新しい一年がやってくる。

外祖母はもう髪を染めることはなかった。染料が色褪せるのに任せ、本来の色を取り戻し、白髪交じりの死が顔をのぞかせた。一日じゅう寝床に横たわり、腐敗した花園となったのだ。暗くじめじめとして、あちらこちらに皮膚病を発症させて。横暴な疾病が彼女の肉体の機能を苛《さいな》み、寛骨《かんこつ》をへし折り、美しい顔をだいなしにし、記憶力を破壊してしまう。

老いてなお死を迎えることができなければ、不具になるほかない。

「人生というのはほんとうに人をがっかりさせるものなんだね……」すべての終わらない時間、通り抜けることのできない時間を、誰も欲しがらないセーターのなかに一針一針編みこんでいく。時間を纏った悲しみが、一針一針歴史へと戻されていく。

彼女は医者をまったく信用しなかった。けれど彼女は病院で亡くなった。

火葬の後の拾骨では、骨全体が穴だらけだった。まるで虫食いにあったかのように。

「これは骨粗鬆症だね……」火葬場の職員が褐色の砕けた骨を拾い上げ、それらの変色した空洞を指さして言った。「いのちっていうのは、こうやって流れていってしまうんだな」

身体が汚れたら洗わなければならない。心だって同じだ。泣きたい時、わたしは目を閉じて、外祖母のことを想う。思いのすべては間違いや、遺漏や、紛失や、誤解を意味し、慕う気持ちのすべては「間に合わない」ものだし、残された者の逝きし者に対する思いはせいぜい遅れてきた感情、効き目のない愛しさに過ぎない。だが、たとえわたしが慕うあの人が、わたしによってまったく間違って記憶された女性であったとしても、わたしがこれまでずっと彼女のことを理解していなかったとしても、そして同じように彼女がわたしを理解していなかったとしても、わたしたちが互いを愛した事実は否定のしようがないのである。


小学二年生のとき、外祖母といっしょに田舎に帰って旧正月を過ごした。昼食の後のブランコ遊びに飽きると、がんとして海辺に探検に行きたいと言ってきかなかった。海辺には塩分をたっぷり吸い込んだ湿って軟らかい砂があり、倒れこんだり、転がったり、宝物を埋めたり、カニを採ったりするに適していた。わたしはとくに、波の音を聴いたり、海面がどこまでも続く藍色の遠方で青い空と一本の線でつながっているところを眺めるのが好きだった。けれど大人たちはみな忙しく、しかも冬の風は強いし、砂浜は砂漠のように枯れ荒んでいるので、わざわざ行くほどのことはない。わたしは正月映画の半分ほどの時間を床の上でじたばた騒いだが、誰も相手にしてくれなかったので、ひとりで出かけることにし、寝ても覚めても行きたかった海を探しに行った。

わたしは都会の子どもの格好で、田舎の小道をやみくもに歩きまわった。新しく買ってもらった洋服には白いセーラーカラーが付いていて、赤いプリント地のスカートには、一隻の煙をあげる蒸気船が描かれていた。わたしはこの新しい洋服がだいのお気に入りで、どうしても外に出たかったのはもしかするとわたしの蒸気船を褒めてもらいたかったからかもしれない。

太陽が西に沈むころ、わたしは道に迷ってしまったことに気がついた。けれどもわたしはどうしても道を尋ねる勇気がなかった。母の言いつけを厳格に守っていたのだ。どこに行ってもその土地の人のようにふるまいなさい。そうすれば悪い人に狙われることはないから。

そろりそろりとわたしの後をつけていたひとりの男の子が、近づいてきて訊ねた。「どこに行くんだい？」わたしは砂浜に行くんだ、と答えた。

「方向はこっちじゃねえよ」男の子は言った。「オレのに乗って行く？」男の子は身体の大きさにまったく見合わない大きな自転車に乗っており、足は地面についていなかった。

「うん」わたしは言った。わたしは彼の前歯が欠けているのを見て、彼がいい人だとわかったのだ。

男の子は力を込めて自転車をこいだ。向きを換え、上り坂を進み、それから下り坂を行き、ある防風林の入り口でわたしを降ろした。そして雑草が生い茂る小道を指して言った。

「これが近道なんだ。ここを通り抜ければもう海だよ」

「あなたは行かないの？」わたしは訊いた。

「砂浜にはなんもないよ。お前のような台北の人間だけが行きたがるんだ」

「でも砂浜はきれいだよ」わたしは言った。

「夏はいいけどな、泳げるし」彼は言った。「だけど今年の台風で大水が起きてからもう行かなくなったよ」

「大水ってどれくらい？」

「すごかったよ」男の子はつま先立ちして腕を頭の上に高く挙げた。「一階がぜんぶ沈んじゃうくらいだった」

自転車の男の子が行ってしまうと、わたしはひとり、雑草が毛糸のタイツを履いた両足をこするのに任せ、小道を進んだ。冷たい風がわたしの顔に吹きつけ、耳のあたりを打つ風が、ウォーンウォーンと叫び声を上げ、わたしの胸のセーラーカラーをはためかせる。歌をうたっているようでもあり、無実を訴えているようでもあった。ひとりぼっちのわたしはちょっと怖く感じて、歩みを速め、遠くに響く潮流の呼びかけにしっかりとついていった。わたしは海の匂いを嗅ぎ、波が砕ける音を聴いた。その音はわたしの心臓を撃った。わたしはその音が怖かったが、同時にわくわくもしながら駆け出していったのだった。

いばらのからまる雑草の道を脱し、防風林に出ると、絶景の夕陽がわたしの眼を通り抜けて、脳天を直撃した。わたしは驚いて息を深く吸い込んだが、心臓は相変わらずドキドキしていた。感情を抑えられずに、夕陽がまぶたの上を飛び跳ね、目縁《まぶち》を湿らせるのに任せた。その瞬間、わたしは教科書の中の「感動」という二文字の意味を理解したのだった。

砂浜は子どもたちの夢のように広々としており、大人たちが棄てたすべてのものを受け入れられそうであった。

遠くには浅瀬に乗りあげた大小の漂流木がひとつひとつ、晴れ渡った夕陽のもとで、金色の光にきらめいていた。


漂流木の間には、何なのかはっきりしないセメント色の巨大な塊がいくつも散乱していた。それら巨大な物体は同じような形に膨れ、同じような大きさ、同じように色のない色をしていた。

わたしはゆっくりと近づき、それらが何かわかった。一体一体の溺死した豚の屍《しかばね》であり、世間から忘れられたまま膨張し、腐乱した肉の臭いを発している。それは怒り続けているようであり、いまにも爆発しそうであった。


豚の屍は累々と連なり、葬列の隊伍のように、乾ききった水の線を一本描きだしている。

わたしは震えながら前に何歩か進んだ。

豚の屍は累々と連なり、そのなかのいくつかは腐乱による膨張に持ちこたえられず、裂けてしまっている。

夏の水害で失踪して、今に至るまで人々に忘れ去られてきた。そんな集団の大規模な死亡。

数えきれないほどたくさんの、はてしもなく蠢《うごめ》いている小さな白い点が、死んだ肉のなかから生まれていた。

わたしは後ずさるべきだったがそうはしなかった。震える七歳の子どもはすべての勇気と好奇心を発揮して、豚の屍が広がる夕陽のなかに立ちすくんでいた。

紫がかった濃い赤色の夕焼けがまるで夢のように広がっていく。死はあまりにも雄大で美しく、わたしが眼を閉じるのを許さなかった。

＊1　台湾のテレビのバラエティ番組。「毎日が楽しい」の意。
＊2　民間信仰において神を憑依させる者、霊媒師。
＊3　台湾語で「後退する、後ろ向きに歩く」の意。

12　白いプレゼント

記憶はやけどをする。ネガフィルムのように、化学薬剤の洗礼を受けるのだ。薬液に浸して、現像、停止、定着といった一連の処理を経て、「海波《ハイポ》水洗促進剤」で残った薬剤を洗い、未感光の粒子を溶かし、薬液に浸して水斑を防ぎ、水洗いしてきれいにした後、さらに四時間ほど乾かす。いたずら好きな芸術家は気の赴くままに順序を乱し、途中で露光させたり、薬剤の割合や温度、浸したり撹拌したりする時間を変えてしまう。また、フィルムを部分的に加熱したり、あるいは温度を下げたり、ある部分は光を強め、別のある部分は光を弱めたりするのだ。

すべては感覚に従うだけ。それはまるで荒木経惟のレンズのなかの、あの着衣のはだけた少女たちのように。

「だけど、いまはこういう写真を撮るのはたいへんなんだ」荒木は言った。彼はかつて「着衣のはだけた少女」をテーマに、ニューヨークで個展を開こうとしたが、「ポリティカル・コレクト」（政治的正しさ）にそぐわないということで拒否されたことがあった。「もしも太った女性の団体が抗議にやってきていたら、えらいことになっていたよ」荒木は口ではこのように言うが、彼は太った女性、街なかのさまざまなおばさんたちをこよなく愛していた。

荒木は妻の裸体（及び彼女の遺体）を撮影し、おばさんのヌードや「人生のキャラクター・メイク写真」を撮影した。荒木こそ真正の変態であり、他人のエセ変態を暴いただけではない。彼は他人をむき出しにしながら、自らをさらに深くむき出しにしていたのだ。彼は妻の陰毛を収集し、二つまみの頭髪をつくり、禿頭の自画像とするなど、彼の変態さは「真正性」を備えていた。彼はしおれて小さい乳房を撮ったし、乳房を切除した女体も撮った。乳がんを患ったその女性は生き長らえず、遺影には荒木が撮った横顔の写真が選ばれた。写真は女性が生前に選んだものだった。女性は世間の人たちにこのような彼女を覚えていて欲しかったのだ。荒木が不具のために注ぎ込んだ神聖さと肉感とを覚えていてもらいたかったのだ。

わたしが手に入れたこの『写真ノ話』には、あるきわどいポーズの少女が載っている。荒木はバレエ教室を訪れた時、そこで稽古している少女が右足全体を高く持ち上げ、下着の股の部分が露《あら》わになったのを見て、感情をおさえられずにシャッターを押したのだった。そうなのだ。感情をおさえられずに、すべて感覚に従っただけ。ほんとうに完全なる変態である。

もうひとりの少女は、花街の路地で遊んでいた。どんな都会の片隅にもいる、野性的な少女だ。見たところせいぜい十歳くらいだろう。平凡な放課後の女の子。家にいる大人が忙しすぎるのか、あるいはまだ家に帰っていないのか、彼女はひとりトタンでできた家の壁の外で、チョークを握り、コンクリートの地面に落書きをしている。長く補修がされていない路面には破損や剥落がところどころにあり、ごつごつした砂石がむき出しになっていて、女の子はそこに跪《ひざまず》いている。このごつごつした世界の表面に跪いて、短く小さなスカートを履き、発育途上の小さなお尻をぴんとたてて、短いチョークを握ったまま、レンズの方をじっと見つめている。

荒木は女の子を食事に誘い、「甘い言葉で彼女を拐《かどわ》かし撮影した」次の写真では、女の子はすでに食堂に入り、畳の間に座って、柄物の上着は真っ白なシャツに換わり、革靴は白い靴下になって、くるぶしのあたりは押し付けられてたいらになり、畳の上に正座して、同じようにレンズをじっと見つめている。女の子の向かい側に座る大人の男はうつむき加減で、帽子、靴、スーツも全部黒ずくめ、顔は帽子のなかに隠れ、ちょうど日本酒を注いでいるところだ。女の子の手元のグラスは空で、何も飲んでいないのか、それともちょうど一杯飲み終わったところなのかもしれない。テーブルの上の瓶はジュースかソーダ、あるいはビールのようにも見える。荒木は言う。「私は彼女に〝キリンレモンソーダ〟だよと言った。ああ、撮影という行為はまったくもって誘拐や窃盗のようなものだ。話は戻るが、この少女はじつにすばらしかった!」

当時の少女は、いまはもう中年をとうに過ぎているだろう。幼い彼女がレンズを見つめるその姿には、怯えたようすがまったくなく、見知らぬ人の招待のもとで危機を身をもって感じながら、全身でそれを跳ね返し、得体のしれない美しさをたたえており、じつに羨ましく思わせるのだ。

わたしの境遇は荒木の花街の少女より少し悪く、阿莫《アモ》よりはずっといい。

長距離バスのなかで、母に荒木経惟のこと、阿莫のことを話し、当時のあの女の子の失踪についての細部を照合した。わたしたちはふたカゴのフルーツとお菓子、そして花束を抱え、山に登り外祖母の墓参りをした。道中がどんなに長く不便であっても、母は必ず花束を準備した。彼女はどんなに困難でもそれを克服し、美感を維持することを簡単にはあきらめない女性だった。

「実は同じようなことに、小さいころ私も遭ったことがあるんだ……」母はわたしに言った。子どものころ、彼女も性的被害に遭ったという。当時四、五歳か、もしかしたら六歳だったかもしれないが、とにかく父親が失踪し、母親もそばにいない時期だったという。

それはどんよりとした秋の日で、わたしの母阿雪《アシュエ》はひとり、他の家の畑で収穫し残した菜っ葉を拾う作業をしていた。面倒をみてもらっている、準孤児という身の上として、聞き分けよくまじめに、休むことなく仕事をしてはじめて、これからも住まわせてもらえるのだといつも感じていた。母の阿雪は言った。

その人は突然現れた。逃走兵だった。その頃、村には兵隊だらけだった。阿雪は言う。彼らは寺や学校に住んでいて、深夜になると、虐待を受ける叫び声が聞こえてきた。捕まって戻ってきた逃走兵に将校が懲罰を与えていたのだ。

阿雪は自分のズボンと下着を相手に剥ぎ取られたことを覚えている。「でも私はあまりにも幼かったから、その人はまったく挿《い》れることができなかった」子どもと処女は結局のところ同じではないのである。子どもは処女にすら数えることはできない。阿雪は自分が泣いたのか、叫んだのか覚えていない。覚えているのはその人が、非常に硬くそそり立っていたまさにその時、とつぜんこの上もなく優しくぐにゃりと柔らかくなり、それをズボンにしまって離れていった、ということだった。

そのことがあってからも、母阿雪は作業を続け、菜っ葉を拾い集めた。そしてそれが起こる前よりもずっと無口になり、悩みごとは、まるで揉んでしわくちゃになったガーゼのように折りたたみ、心の底の錆びついた鉄の缶のなかにしまいこんだのだった。

「どうして今までわたしに言ってくれなかったの？」わたしは訊いた。

「お前だってなにも私に言ってくれないじゃないか」阿雪は言った。

「それから？」わたしは訊いた。「それが起きた後、あなたは誰かに訴えたの？」

「いいや」

「どうして？」

「だって言いたくなかったからさ」

言う勇気がなかったのか、言いたくなかったのか、それとも言うべきだということを知らなかったの？

阿雪は首を傾げて、ちょっと考え、わたしの言った三つの選択肢はたいして変わらないと思った。問題は言うか言わないか、どのように言うのかではない。言うということと言わないということの間には実際差がないということが問題なのだ。

「誰に聞いてもらえばいいんだい？」阿雪は訊ねた。誰が本当に気にかけてくれる？　愛する人はもういなくなり、彼女の訴えを聞く資格のあるたったひとりの人もいなくなってしまった。父は入獄し、母は台北に行って中山北路のホテルの下働きとなった。毎月生活費を送ってきて、田舎の親戚に小学校を卒業するまで娘の世話を頼んだのだ。

「母さんはどうしてその人が逃走兵だとわかったの?」わたしは訊いた。

「だってすごくびくびくしているように見えたから。私と同じようにね」母阿雪はこんなふうに言った。

「少なくとも彼には良心が残っていた」あの完全な暴力によって抑えこもうとした刹那に、「その人は私を許してくれたんだ。私の命を助けてくれたんだよ」男の少女阿雪への同情は、大人になった阿雪の男への同情を誘った——はっきりといえば、その人も孤独や絶望に苛《さいな》まれていたんだろう。たぶん成人になったばかりだったのだ。


家を出て一週間、母と再会したこの日、彼女はとてもおしゃべりになっていた。去年、彼女は大きな手術をして、肺の腫瘍を切除した。がん細胞転移の危険はまだ残っているので、毎日薬を飲まなければならない。彼女は術後の傷痕を気にし、その醜さを嫌がった。絶えずだるさやしびれ、痛みを感じ、それが長引いて痛いのは肺なのか、骨なのか、皮膚なのか、それとも心なのかわからなくなってしまった。

今年の一月、外祖父は冬の雨の朝、転んで頭に重傷を負い、一ヶ月あまりぼんやりとしたまま、最近ようやく杖をついて歩く練習を始めた。母は言った。ストレスは大きいし、胸の傷口は痛むし、気持ちは晴れないのよ。とくに四月の清明節のころには、身体ぜんたいが刺のある雨にあたっているように痛み、それが胸から広がって、身体の奥深く、いちばん軟らかい、いちばん重要な肉塊、鬱々として不機嫌な彼女の心へと達するのだ。

バスは迂回しながら山を登り、台北第二墓地に到着した。こぬか雨が降りしきる平日ではあったが、墓参りの人たちが山頂に溢れていた。この世にはまだ忘れ去られていない多くの人々がいるのだ。母は泣きながら話しかけていた。昔と同じように、そこかしこに存在する死者にたくさんの話を言って聞かせた。それはひそひそ話のようで、よく聞きとれず、秘密を交換しあっているかのようだ。卜占の道具を何度も投げて、次から次へと、ひとつひとつ外祖母の意向を確認した。この一年、母阿雪は自分の母親を想ってずっと泣いていた。これまでのどんな時よりも激しく。

私たちは昼近くに出発し、夕方には帰宅した。その間、母阿雪はぶつぶつと何かを喋り続けていて、おかしな宣言すらしたのだ。「私は文盲《もんもう》なの」と。彼女は言った。「お前が家にいない時、ひとりで映画を観に行ったんだよ。自立してるだろう?」聞くところによると、女性主人公は乳房を露《あら》わにするだけでなく、二十も年下の少年と寝るのだという。阿雪はチケットを買い、「ポルノ映画を観賞する」のだと興味津々で二番館に入っていった。しかし思いがけなくそれは、政治映画だった。

「いい映画だった?」わたしは訊いた。

「まあまあだね」母阿雪は言った。「少なくとも私は居眠りしなかった」けれどもこの映画の彼女にとっていちばん重要な点は、「女主人公が私と同じように文盲だってこと」

「母さんのどこが文盲なの?」わたしは言った。「新聞だってちゃんと読めてるじゃない」

「違う」阿雪は言いはった。「私はあの女主人公と同じなの。私たちはふたりとも文盲なの」

母にじゃあねと言って、玄関にうずくまって靴を履いていると、母が低い声で誕生日おめでとうと言うのが聞こえた。眼が恥ずかしそうに潤んでいた。

「誕生日はまだ先だよ」わたしは言った。

今日さきにお祝いするんじゃない。母は言いながら、果物かごに入っているリンゴや梨、桃やスモモを布袋に詰め、わたしに手渡して言った。「約束したんだからね、来週は家に帰っておいで……」そして「人様のところに泊めてもらうんだから、行儀よくね。これを持って行って食べてもらいなさい。わかった？」それからお金をわたしに掴ませて、誕生祝いだよと言った。「コートを持っていくのよ。今年の四月はほんとにおかしくて、とっても寒いから。栄養のあるものを食べて、あまり節約しすぎないようにね。そうだ冷蔵庫に牛乳があるんだった。それに苺のヨーグルトも……」母は家の中にまた戻って冷蔵庫を探った——自分が産んだ子どもに対する、気がふれたような、おかしな、さらけ出して氾濫し災いともなるような母の愛だ。


冷蔵庫を開けると、六本の大きな瓶が入っていた。六本の一リットル入りの牛乳だ。

「母さん、こんなに牛乳を買ってどうするつもり？」

「安かったから」

わたしは瓶に記されている製造日を確認して訊いた。「いつ買ったの？」

「昨日」

「昨日？」わたしはなんとか責める言葉を抑えた。「この牛乳は今日が消費期限だって知ってた？」

「そうなの？」

「ここに書いてあるよ」わたしは言った。「四月十七日までって。つまり今日だよね」

「……」

「この牛乳、今日が消費期限だってこと、わかってたの？」わたしは一文を三つに分け、強調した。

「母さんと父さん、ふたりだけなのにこんなに買ってどうするの？」

「だって一つ買ったら、もう一つおまけでついてくるんだから」

「どうして安売りしているの？　消費期限がすぐ来ちゃうからなんだよ」わたしは言った。「これは常識だよ。わかってる？」

「消費期限が過ぎたってまだ飲めるわよ……」母は蓋をひねって開け、コップに注ぐと、ゴクゴクと水のように飲み始めた。

「一つ買ったら一つおまけなんだったら、二本でじゅうぶんでしょ。なのに六本も買って！」

「お説教はやめて」阿雪は言った。

「お説教じゃないよ。買い物の時は鮮度がどうなのか、製造日はいつなのか、あとどれくらいもつのか、ということに注意してってことなんだよ」わたしは言った。「母さんは説明書も読まないし、製造日だって見やしない」

「お説教はやめてよ。私は文盲なんだ」母は言った。「私にはわかったの、あの女主人公は文盲なんだって。私は彼女と同じなんだと」

「外国映画なのに、どうしてわかったの？」わたしは言った。「だって母さんは字幕を読めるからだよ。文盲じゃないよ」

「私は文盲なんだ」母は言い張った。「私は中学に受かったのに、手続きに行かなかった。父親が牢屋にいるから勉強できなかったんだ。私は文盲だよ」

消費期限がきた牛乳の他に、冷蔵庫にはまだ数箱の期限切れのヨーグルトが入っていた。母は他にも三十斤［十八キロ］の桑の実を買って、居間に置いていた。酒を造るのだという。傷みやすい桑の実はすでにところどころ傷つき、果汁が浸み出していた。まるで薄まった血のようで、ハエや蚊がたかっている。母は、疲れたから夕食は食べずにそのまま休むと言った。昨夜は眠れなくて、睡眠薬を二錠飲んだがやはり眠れなかったという。


窓の外の四月はまだ涙に濡れている。山のふもとには春が呑みこまれていた。

春なのに冷え冷えとしていて、灰色がかった青空はまるで苦い薬を静脈に注射したかのように、当てもなく死に場所をさがしているような黄昏を長く遠くまで引き延ばしていた。


わたしは生まれて初めての誕生日プレゼントを覚えている。母がわたしにくれたものだ。その年、月ごとの試験で十七位になって、母は大喜びだった。「うちの子は他の子のように馬鹿じゃないんだよ」我が子は他人の子のように馬鹿ではない。母はわたしにサッカーボールをひとつくれた。わたしはそれでまりつきをした。

ある日の午後、家の外でわたしはゴムまりをついていた。ポン、ポン、ポン、ポンと賑やかで楽しそうな音をたてながら。ふと手を滑らせてゴムまりは転がっていき、わたしはあわてて追いかけた。すると突然大きな手がぬっと出てきて、ゴムまりを掴み、もう一方の手にははさみを掴んで、パンと一刺し、まりは破れてしまった。

父だった。

父はゴムまりを処刑したあと、身を翻して家のなかに入り、仕事前のたいせつな昼寝に戻った。ひと言も喋らず、怒るのも面倒なようすで、けちけちして一字も投げてはよこさなかった。まるで一文字喋るごとに、父が残している力を無駄遣いし、夜の仕事をより辛いものにしてしまうかのようだった。あのころ、父は夕食と夜食を専門に提供するレストランで駐車係をしていた。六時から未明の三時まで働いていたが、昼間少し余力があれば、タクシーを運転しにでかけた。

気分がいい時には、父は近所の山登りに連れて行ってくれた。オタマジャクシがいっぱいいる池の傍らで、竹を一節切って、家に持ち帰った。家に帰ると、桶にきれいな水を汲んでナイフを研ぎ、すぱっと竹を割り、何本かの細長い竹の棒を削り出した。それから黒い紙やすりで、竹の棒の側面を滑らかに艶が出るほどよく磨いた。その針のようにとがった細かくてよく見えないささくれをこそぎ落とした。外食する時に割り箸をこするみたいに。

数分間もすれば出来上がる。完璧な竹の鞭の誕生だ。

父は竹の鞭を持って、力を込めて振った。空気を鞭打ち、ヒューヒューと、教育者のいかめしい言いつけのような音を立てる。それから自慢げに言った。「なかなかいい。よくしなる……」それがわたしをぶつためのものだと、わたしにはわかっていた。「皮膚を破って肉に食い込む」ことや、見つけるのが難しい小さな傷ができるのを避けるために（ほら、わたしたちはたくさん経験をしているんだ！）父はきめ細やかに竹の鞭の表面を磨いて滑らかにした。まるでまじめな木工職人のように。

「父さんが寝たい時に、うるさくするんじゃない」父は言った。「でなけりゃ、たいへんな目に遭うぞ」

夜へと近づきながらきれいに色づいていく雲は、ヒューヒューと鞭が空中に発する叫び声のなかで、まるで痛快であるかのように、血痕のような淡い赤色を浮かび上がらせていた。

父は満足して、竹の鞭をわたしに手渡して言った。「お前が自分で試してみろ」


後にその竹の鞭を使ったのは、父ではなく母だった。

ちょっとおかしな感じだが、母は自分からわたしの誕生日を祝おうと言ったのだった。翌年春の月ごとの試験で、わたしは上位十位に入った。母はわたしをデパートに連れて行き、午後まるまる見て回って、西洋人形をひとつ選んだ。人形はきれいな衣装を身にまとい、不思議で傲慢なほどの美しさで、わたしたち母子には絶対になれないようなある種の人々、あまやかされることで驕《おご》り高ぶる人間を象徴していた。胸に抱くと眼を閉じて眠り、揺らしてみると夢のなかの泣き声を出す。

母はこのことにはまじめにとりくみ、白いケーキも買ってくれた。赤い蝋燭を挿して、まるで自分の見放された子ども時代を取り戻そうとしているかのようだった。誕生日の歌をそっと、小さな声でうたった。音程は外しっぱなしだし、声は震えているし、音が高いところに飛んでいってしまうし。時々口元を隠しながら笑い、びくびくして思わず笑い出してしまうエキストラの役者のようだった。

父は最初から最後までこのことに反対し、死んでも協力しようとはしなかった。「年寄りだって祝わないのに、なにが子どもの誕生日だ！」

貧しい者なら、貧しい者らしくなければならないし、性格も暮らし方もそれらしくなければならない。ニュー台湾ドルが米ドルには敵《かな》わないようなものだ。これが父の論理だ。けれど母阿雪は同意しなかった。彼女は、貧しい者には金持ちよりもずっとお金を使ったり楽しんだりする資格があると考えていた。貧しい者が一分ごとに支払う金はすべて自分で稼いだものだし、相続したものなんかではないからだ。外祖父が出獄する前、母は外祖母について、家政婦として金持ちのキッチンに住み込み、栄華や富貴が目の前を通り過ぎるのを見ていたのだ。こんなにも近いのに、まるで手を伸ばしても届かない夢――夢の本来の色をまったくなおざりにした悲しみのようだった。人々の眼のなかに幸せが注ぎ込まれるのは、目覚めた後、幸せはそこにはないことをはっきりと見極めるためなのである。

翌日、登校日に、母から許しをもらっていたので、仲のよい同級生を家に連れてきた。女の子三人でクローゼットのなかに隠れ、人形を抱いて、医者や姉や母親に扮して遊んだ。突然クローゼットが開けられ、母が麺を手にどなった。「私が忙しくしているのがわからないの？　どうして電話に出ないの！」

「聞こえなかったから……」同級生は呆然とし、わたしは恥ずかしかった。

「もしもお父さんからだったらどうするの！」母はわたしの人形を叩き落とした。「店はいっぺんに七人も八人もお客さんがやってきてるのよ。お腹をすかせて催促するから、母さんはほんとうに大変なの。なのにこんなところに隠れて遊んでるなんて！」だって母さんが休んでいいと言ったんじゃないか。わたしは不満だった。

「いまからそこに立ってなさい……」母は同級生の目前でそう命令した。

「だけど、だけど今日はわたしの誕生日なんだよ」

「誕生日がなんだい？　お嬢様にでもなったつもりかい？」

その後、ふたりの同級生がどうやって家に追い返されたか、西洋人形の頭がどうやってもげてしまったのか、あの竹の鞭がどんなふうに憎らしく風をきり、わたしの身体に眼を見張るような傷痕を創ったのか……いまはもうはっきりとは覚えていない。わたしが覚えているのはその後、小海《シャオハイ》の家で何気なく読んでいた『ケーキの物語』のなかで、母が買ってくれた誕生日のケーキと再会したことだ。わたしのケーキは本のなかのそれよりももちろん無骨で、醜く、いなかっぽいし、ずっと安かった。でも、確かにそれは同じ種類のケーキだった。Vaguely Reminiscent. 実はこのケーキにはこんなにも美しい名前が付いていた。Vaguely Reminiscent. ぼんやりとした追憶、曖昧な思い出。心ここにあらずというふうに昔の優しさを抱きしめている。

ぼんやりとはっきりしない白いケーキはたいして美味しくはなかった。ただ甘かったことだけは覚えている。

13　ガーリーボーイ

ある文化大学の女子学生が、金物屋でナイフを選び、支払いも済ませる前に心臓を突き刺して死んだ、という記事を新聞で読んだ。

きっとレズビアンだろう。そう思う。しかも『モンマルトルの遺書』[*1]を愛読しているような、ある種の、どれだけ愛しても愛し足りない（だから愛で傷つくことを避けて生き続けることなど到底できない）ような、ワニ印のレズビアン。

彼女は遺書を残さなかった。彼女の死に方が遺書だった。一組のパスワードを残し、四方八方の同類たちに送ったのだ。ハーイ、あなたもそう？　あなたも私たちのように口に出すのも憚られるようなあれなの？

こういうレズビアンの別のバージョンがあるが、ぼくは彼女のことを蠍《さそり》と呼んでいる。蠍はガールフレンドの変心に耐えられず、ＢＢ弾で眼を撃った。彼女が撃ったのは自分ではなく、相手の眼だった。その女性の眼は幸いなことに失明を免れたが、視力は損なわれ、黒眼の一部が欠け、硬くなって白濁色になり、それは白眼のほうにも広がっていた。まるで炎症を起こしたひと匙の豆腐のように、赤い糸を引いて。

蠍はとても「かたくな」だった。自分が男と付き合ったことがあると偽ることなどできないほどにかたくなだし、自分が「女性ではない」と偽ることができないほどにかたくななので、女子トイレに入ればたいてい人を驚かせてしまう――「すみません、ここは女子トイレですよ！」トイレに入るたびに、性別検査を受けなければならない。彼女に投げられる周囲の冷ややかな眼によって、二十年かけて積み重なった恨みを、蠍は一度に蔵出しし、彼女の不運な（元）ガールフレンドにぶちまけられたのだ。

ぼくは蠍とそれほど親しくはない。彼女のモデルになったことがあるだけだ。彼女のデッサンはすばらしかった。

ぼくが蠍の眼の前で服を脱ぐと、彼女はぼくを女性として、レズビアンとして描いた。ぼくにはセックスの経験はなく、二人の女の子に片思いしたことがあるだけだった。でも、レズビアンの敷居はとても低い。自分がそうだと思えば、そうなのだ。マイノリティの仲間入りをすることは何の利益にもならないが、入りたかったらおいで、と。当時、九〇年代の初めには、後に同性愛がこんなに流行し、こんなにも「正しく」なるとは誰も想像しなかったことだろう。

当時ぼくは、十六歳になったばかりだった。けれどももっと若い頃にも、もっと若いなりの人生経験があったのだ。十五歳になる前は、両親から自分は男の子だと言い聞かせられていた。射精をしたこともなく、ペニスは「ミニソーセージ」よりもミニサイズで、しかもあまり勃起しないにもかかわらず。それが生まれつきなのだ。両親は決してぼくを騙していたわけでない。ぼくは定期的に病院で診察を受けていた。「再建」手術が決まっても、不安でたまらず、その、みんながぼくに据えつけようとしているものを、自分は据えつけられたくはないと感じていた。

ぼくは毎日股間の状況を観察し、興味を失った指を伸ばして、いじくるようにそれを幾度か弾いた。どうやら観察するたびに、それは少しずつ小さくなっていき、あたかも蔑視されるという経験を通じて、ある日大量の、止まることない鼻血を流す時まで、それは本当にだんだんと萎んでいくかのようだった。抑えることのできない街なかの抗争のように激しく、それは湧き出す。偶然掘り当てた油田のように、暴動の生臭さを帯びて、ぼくの鼻腔を塞いで口を開かせ、咳き込ませながら息をさせるのだ。

二週間にわたる集中的な検査を行い、医者はそれが鼻血ではなく経血であると判断した。

もともと、ぼくの体内には不完全な子宮と不完全な卵巣があり、膣は完全に閉じているため、経血が鬱血して逆流したのだ。止まらない鼻血は、三年かけて溜まったものだったが、七ヶ月分しかなかった。ぼくには季節ごとか半年ごとにしか生理が来ないのだ。

まるでぼくは男ではないみたいだけれど、女であるとも言い切れない。そこで精神科の医者が登場し、ぼくの性別を確定させる手助けをしてくれた。

筋肉の爆発力、中レベル。男女各一点。

柔軟性は非常にすばらしい。女性一点。

胸部はやや膨らんでいる。女性一点。

陰茎はやや勃起する。男性二点。

数理的能力が言語的能力に優っている。男性一点。

（どうして？　どうして力強さは陽に属し、しなかやかさは陰に属するのか？　なぜ数理は陽で、言語は陰なのか？　ああ、君が何を訊きたいのかはわかっているよ。精神科の医者は言った。まずこの表を完成させてからにしよう）

恋愛対象は？　男性が好きなのか、女性が好きなのか？

女性です。ぼくは言った。ぼくはクラスの女子に片思いしている。

女性が好き。男性五点。

「この一点だけで」医者は言った。「君はほぼ男性だと確定できるね」

そうなのか？　でもぼくは自分は女だと思っている。半分男の身体を持っていたとしても、ぼくはやっぱり女なのだ。もしかしたらぼくはレズビアンなのだろうか？　陳先生、あなたもきっと耳にしたことがあるでしょう。板橋のもうすぐ五十歳になるトラック運転手のことを。彼は結婚もして娘も生まれたけど、最近になって性別変更の手術を受けた。女性になった彼は、自分が好きなのはやっぱり女性だと言った。彼は男であったことはまったくなく、だから異性愛者でもない。男性の肉体で女性のなかに入ったとしても、彼はやはり異性愛者ではないのだ。彼は男性ではないのだから。

彼と彼の妻は、一組のレズビアンだった。男レズビアンと女レズビアンによって構成されるレズ・ファミリーなのだ。

male lesbian という言葉が、賢い人が書いた文章に登場したとき、ぼくはすごくでたらめだと感じた。

また、理論ばかりの「似非ポストモダニスト」が現れたと感じたのだ。いまやほんものの、生身の当事者が姿を現した。実は少しもでたらめなどではなかったのだ。この人は少しもポストモダンではなく、クールでもない。むしろ田舎者のようで、いまが何時代だと思っているのか、頭にはカチューシャをつけて、言葉も途切れ途切れで、まるで喉を絞められているみたいな、雲林特産の海口訛《ハイコウ》りを帯びている。かつて、彼の人生（板橋のトラック運転手の人生）はぼくと同じようにもの珍しいものだった。名前がないほどに新しく、性別がないくらいに不思議だった。彼はまだ彼女ではなく、ぼくもまだぼくではなかった。ただのIT、it。属性の不明な、意味を付与されるのを待っている文字。

ひとつの代名詞。ある種の暫時。

新生児の最初の泣き声、一点の汚れもない、登場の叫びをあげるように。

その男でも女でもない、分類することのできない、it、嬰児、小さきもの。

夜明け前の最後の一筋の闇。闇夜とは言えないし、早朝でもない。

時計の針が止まったままの、未決の時刻。

何かが始まろうとしている。けれどはっきりとはしない。

もう少し待ったとしても、やはりはっきりとはしない。

それからすべてがおかしくなった。専門家によって慌ただしく決定されてしまった。この世界は待つということが許されないのだ。この、女でないのなら男なのだ、という世界。

五歳になるまで、後にトラック運転手になる子どもは、男に分類され、男になるように育てられた。ぼくも小さい頃から思春期に手術によって性別を「回復」するまで、性別を決められていたのだ。まるで原住民が自分の名前を取り戻すまでのように。

「急いで性別を決めないと、制服も着られないし、学校へも行けないぞ！」みんなが好意でこう言ってくれるのをぼくは知っている。

ぐずぐずもたもたしていたら、人になどなれるわけがないのだ。

それはまるで、みんなが見慣れないと感じるような、「誤字や脱字」としか判断できない記号が、何画か減らすか加えるかされ、メスによって整形されて、別の「正しい」文字に改められるように。

（「半陰陽」を表す古い文字はあるだろうか？　それはどのように消えてしまったのか？　どのようにして氷山のように文明によって押しやられ、上昇していく気温の中でゆるゆると溶けていき、「男」と「女」になったのだろうか？）

大学に進学したあの夏休みに、ぼくは初恋のガールフレンドと別れた。屋上に建て増しした小さな部屋を引き払い、実家に帰って何日も経たない頃、ひと山の写真が母親に見つかってしまった。ほとんどが「ポラロイド」で撮った、タバコや酒やセックスによって生みだされたもの。写真の中のぼくの眼はまるで何かにやみつきになっているかのようで、汗が吹き出るほどの興奮が、眼窩にぼんやりと広がっていた。表情は酒を飲んで緩んでおり、ぼくによく似た妖精にキスをしている。その時、ぼくはもう「性別変更」の手術（あるいは「復元」手術）を受けていて、膣もあり、生理も来ていた。この生理は厳密に言えば月経ではなくやはり季経で、三、四ヶ月に一度やって来たのだった。

「李文心《リーウェンシン》、私が書いて欲しいのは〝男の娘《こ》〟であって、半陰陽とかトランスジェンダーじゃないの」プロデューサーは言った。「男の娘がなんなのか、知っているわよね？」

わたしは頷いた。けれどよくはわかっていなかった。

「あなたは自分の文体が親しみをもてないってこと、わかってるのかしら？」

「……」わたしはどう答えていいかわからなかったが、わかっていると答えるのはよくなさそうだ。

「あなたが書いたこの人物だけど……うーん……」プロデューサーは原稿をめくりながら、「この人物は……生まれながらの半陰陽で、十六歳まで両親に男として育てられ、鼻から経血が出てはじめて自分が女だとわかったの？」

「ええ……だいたいそんなところです」原稿のなかにたくさんの赤線が引かれているのをみて思った。実際にはそんなふうに単純化することはできない。彼はひとりの「余計な人間」なのであり、「半陰陽」からはじき出された「女性」なのだ。十七歳で手術を受け、男性器官を切除し、女になった。切除された男性器官は不完全で、残余物質のようなものだった。残された女性器もまた不完全だった。この世にはまったく完全なる人間などいないのである。

「この半陰陽は男性器を切除すると決めて女性になったけど、彼女が好きなのはやっぱり女性なの？」

プロデューサーはさらに訊ねる。

「はい」原稿にはいくつかの赤いクエスチョンマークが書かれていた。

「ということは彼女はレズビアン？」

「ええ」わたしは言った。

「じゃあどうして彼女は男を選ばなかったんだろう？」

「わかりません。本人に聞いてみないと」わたしは言った。

「あなたが書いた話は、実在のモデルがいるのか？」

わたしは頷いた。「彼女はわたしの友人の友人です」阿莫《アモ》のルームメイトの路路《ルル》だ（そう、阿莫の自殺現場を片付けたあの不運ちゃん）

「彼女に連絡してラジオの出演依頼をしてもらえないかな？」プロデューサーは言った。「こういう人物には実際に本人に語ってもらうのがいちばんだから」

「でも彼女は高雄に住んでるんですよ」

「それは大丈夫よ」プロデューサーは言った。

「では電話して彼女に訊いてみます」わたしは言った。「でも、彼女が断ったら？」

「あなたはどう思う？」

「小葉《シャオイエ》君のお母さんにお願いしたらどうかと」

「誰？」

「小葉君ですよ」わたしは言った。彼の名前を書いてプロデューサーに見せた。

「いったい何者なの？」

「小葉は女子合唱団唯一の男子で、歌声は女子よりも高かったんです。中学三年の時、学校のトイレで不審死を遂げました。彼はいつも一人ぼっちで、授業が終わる前に早めにトイレにいくか、始業のチャイムが鳴った後に女子トイレに行っていました。他の男子が彼のお尻を蹴ったり（なんと大胆にも俺たちに背を向けやがる！）、手で彼を殴ったり（立って小便するのにも条件があること知ってるよな）、彼のズボンを脱がせて本当におちんちんがあるかどうか、正しい身体なのかを実際に確かめたりしたんです（あーあ、がっかりだよ。おまえのマンコが見られると思ったのによう……）。小葉は教職員トイレに入るようにしたがこれもうまくいかなかった。教師から礼儀作法もなっていないと叱られたからです。身体の大きな子が彼にむりやり宿題を肩代わりさせたのは、一度や二度じゃなかった。毎日ですよ。彼はいつも睡眠不足で、眼にはくまができていた。彼が亡くなる二ヶ月前に、ある生徒が、放・課・後・首・を・洗・っ・て・待・っ・て・い・ろ、と脅したので、彼は同級生に頼んで一緒に回り道をして帰宅したんです……

「彼が死んだ日、いつもと同じように授業が終わる前に急いでトイレに駆け込んだんですが、発見された時にはもう血まみれで倒れていた。ズボンのチャックも開けたままで。その日学校は警察に届けず、そのまま現場をきれいさっぱり片付けてしまった。その後の調査でわかったのは、トイレの照明が壊れていて暗かったこと、水槽はずっと修理されずに床を濡らしていたことだけで……彼の死因はまったく確認できなかったんです……」

小葉が出棺される前、小葉の母親は学校に戻ってあの体格の大きな子を見つけて言った。「あんたたち見たくないの？　いま車を頼んであんたたちを載せていくから、あの子を見せてあげるよ……」校長は彼女に生徒を騒ぎに巻き込まないようにと言ったが、彼女は承服せず、「あの子たちは見るのが好きでしょう！　いまあの子は横になっているから、おいで、あの子を脱がせてぜんぶ見せてあげる……」

この後、小葉の母親は半年あまりも泣き暮らし、薬を飲んで精神科に通い、自分は精神病院に入れられるかもしれないと思った。私の息子にはおしっこをするという権利もなかった。あの子を死に追いやったのはまさにこの一点ですよ、と彼女は言った。彼女がとりわけ聞き捨てならなかったのは、ある教師が、小葉がこんなふうに亡くなったのは彼にとって解脱のようなものだったのかもしれません、と言ったことだ。教師はまるでわかっていない。あんな息子にだって、とても幸福なときがあったということを。彼は母親が仕事から帰ると、風呂に入るように勧め、その間に晩御飯を作っていた。母親の髪を洗ってやり、マッサージしてやり、毛染めをしてやった。「ドクダミ」を煎じて母親の咳薬にした……

みんなから逃げることでやっと安心してトイレに入ることができた。永遠のひとりぼっちで、傷を負った後も救われることなく亡くなった――これが小葉の孤独、女々しい男の孤独だ。たとえ「ポリティカル・コレクト」によって「優男」や「ガーリーボーイ」などと言い換えられたとしても、この孤独を溶かす助けにはなりはしないのだ。


「李さん」プロデューサーはわたしを遮《さえぎ》った。「おととい私ははっきりと言ったよね。あなたに書いて欲しいのは〝男の娘《こ》〟についてだって。結局あなたは半陰陽について書いてよこした。こんどは女々しい男なのね？」彼女は言った。「男の娘は女性より化粧やメイクについてよく知っている、女性よりも美しい男の子なのね。わたしたちが欲しいのは気楽で楽しい話題だし、企業とも話をつけやすい話題なのよ……」プロデューサーは言った。「あなたが書くのはいつもそうじゃないものばかり。この仕事にはあんまり向いてないわね」
けれども番組のパーソナリティはわたしの提案を受け入れ、SVのこの歌を流してくれた。昼には神の恩恵に感謝し／夜には用心して警戒し／世界の半分は幸福のなかに／もう半分は恐怖のなかに／闇が手を伸ばしてあなたをつかまえても／簡単に諦めてはいけない／抹消されたそれらを取り戻すのだ……／輪郭を取り戻し／かたちを取り戻し／もっとも微小な粉殻であってもそれを通して／事物の輪郭を取り戻せば／彼らはあなたに自分の名を告げるだろう……

あるリスナーが電話をかけてきた。「勇気を出して女装して外出するようになってもう一年以上になるんだけど、私のメイクテクニックはまだまだなんです。誰にも教われないし、ヒゲが濃いほうなんで、分厚くファンデーションを塗らないといけないし。それにニキビ跡も残っているから、顔全体が外出するときにはテカテカして厚化粧で、まるで壁を塗ったみたいで。だから通りすがりの人みんなが私のことをじろじろ見るんですよ……」男の子の喋り方は、とぎれとぎれで、混乱しており、一文字一文字そのまま こころがり出てくるようであり、歯が何本か欠けているようでまったく攻撃的ではない。彼は続けて、「最近外では、勇気を出して女性トイレに入るようになったんですが、女の子を驚かせないようにいつもマスクをつけるんです。おしっこをするときにはちゃんとおさえて少しずつ出すんだけど、私が言いたいのは、女性のおしっこはとても静かでおしとやかだから、自分のおしっこの音が大きすぎて彼女たちを驚かせるんじゃないかと心配だったんです。でも、でも結局驚いたのは自分のほうで、実は女性のおしっこはすごく豪快で、大きな音だったんですよ……」

歌が半分終わったところで、別のリスナーと繫がった。「レモンオイル」というニックネームの彼は、まもなく中高一貫の私立中学に入るという。そこでは厳格に男女別々のクラス編成がなされるのだが、彼は女子クラスに入りたいと思っている。「男子と一緒にいるのが好きじゃないから。あいつらは一日じゅうケンカをけしかけてきて、一人前の男であることを証明させようとするんです」けれど、女子クラスは冬でも例外なくスカートを履かなければならない。「ぼくはスカートは履きたくない。やっぱりズボンがいいんです」彼は言った。「ぼくは、男子の制服で女子クラスに入って授業を受けたいんです……」パーソナリティはレモンオイルと少しやりとりしてから言った。「家族のなかで、君を応援してくれる人はいるの？」彼はいないと言った。「家族に話したことはないです。部屋にこもって携帯からかけてるんです……」突然、パーソナリティはニュースキャスターがライブ中継するみたいに言った。「レモンオイル君、別のリスナーが電話をかけてきて、君と話したいと言ってますよ……」

ふたつの電話は空中で繫がり、相手はいきなり話しだした。「兄ちゃん、俺だよ、弟だよ……」弟の言葉は、これだけ言うと途切れてしまい、そっとすすり泣く声が聞こえてきた。無言の時間はＳＶに残された。そして彼女は歌い続けた。わたしは願う、あなたをかばい、支えることを／あなたに一筋の光が当たることを／けれどわたしはこう教えることしかできない／夜の視界は……

資料を準備しているとき、わたしは小米《シャオミー》の物語を耳にした。

小米は女性になる前に、自らの手で自分に麻酔を打ち、自分の睾丸を切除した。彼にとって、その一対の睾丸はふたつの腫瘤のようで、余計であり、醜く、疎外感を帯びて無駄に突出していた。

小米は最初の作業で、十五センチの傷口を作ったが、うまくいかず、なかのものを取り出すことはできなかった。三ヶ月後、輪ゴムで睾丸の根本をしっかりと巻き、同じようにナイフを使って手術したが、この時は半分成功して、ひとつだけ取り出すことができた。話を聞くだけで、全身が震え、歯茎がしみてくるようだ。こんなに痛めつけてもやめようとしなかったのは、彼は女性になれなかったら死ぬ覚悟だったということだろう。

小米の行為は、自らを救う行為ではなく自傷行為と見なされ——「去勢」「自宮」——「自己を完成する」のではなく「精神異常」と見なされ、国防部は彼に傷害救済金を給付し、早期除隊させた。このため小米は性別変更手術の費用を準備できたのだ。世間の人は、性別を変更したいというのは一種の病気、あるいは精神的な変態であり、それを選ぶのは個人の自由なのだから、健康保険を給付すべきではないと考えていた。

小米は手術の後導尿管を外し、はじめてしゃがんでおしっこをした。血が混じった尿が脚元に滴り落ちるのを見て、うれしさのあまり涙がこぼれた。

小米は痛みを恐れない。女性であるということは痛みを伴うものなのだ。母親の大きな痛みによって誕生し、生理の痛みのなかで成長し、乳房の張りを感じながら排卵する。月の周期に従って、痛みの循環に適応していくのだ。最初の何回かの性交で痛みを感じ、出産に痛みを感じ、授乳でも痛みを感じる。授乳は時に出産よりも痛いものなのだ。すべての陰性なるものはみなある種の特殊な力、痛みを受け止める力を持っているのである。

小米は本来は陽性であるが、途中痛みを伴いながら自らを陰性に変えた。陽物を陰唇に変え、包皮をひっくり返して内側に折り畳み膣にして、女性が出産するように、自分の産道から自分を生みだしたのである。

小米はまず自分を壊し、そしてもう一度自分を生み落とした。

自らを生み落とすのは痛い。非常に痛いものだ。

陽に属する古い人生を断ち、陰に属する新しい人生を獲得する。下半身にはまだ血が流れていて、まるで生理が来ているか、あるいは初めての性交のようだ。そして十ヶ月の妊娠を経て、大きな痛みのなかで分娩し、自らを生み落とすのである。

哲学研究の賢者はこう言った。女として生まれるものは誰一人としてない。女とは「生まれつき」のものではなく、少しずつ「そうなっていく」ものなのだ。

本当に「そうなる」ことは可能なのだろうか？　本当に「なる」のだろうか？

小米が女性へと変化していく途上は、歩むごとに摩擦を生じるように、非常に苦労を伴うものだった。絶望へと滑っていくその道には、しかし少しの「抵抗」もなかった。彼は妖怪と見なされ、誰かに愛されることもなく、仕事も見つけられず、合う眼鏡すら見つけることはできなかった。兵役についている時、彼は眼を駄目にしてしまい、コンタクトレンズをつけられなくなってしまった。眼球の位置がずれてしまい、すっかり顔立ちは変わってしまった。誰にも好かれないような顔つきになって、彼が憧れていたアパレルの店員になることもできなかった。家族ですら彼のことを認めず、ものすごくひどい家の面汚しとみなした。小米はうつ状態と躁状態を交互に繰り返し、友人は減って、すずめの涙ほどの貯金もさらに少なくなった。性格もどんどん悪くなって行き、仕事を探すのも難しくなった。一度自殺を試みたが果たせず、二回目も駄目で、もう一度試みた時には子どもっぽい冗談だと思われた。最後にとうとう成功し、新聞に載ると、「ニューハーフの悲劇」に化けていた。

小米はそれほど痩せていないし、美しくもない。肌はそれほど滑らかではなく、声もそれほど細くはないし、骨格もそれほど小さくはない。貯金もそれほど多くなく、趣味もそれほど良くなく、話す方の才能もそれほどでもなかった（ああ、こんなに多くの「それほど」をどれだけ費やせばじゅうぶんになるのだろう?）。職業専門学校を卒業した田舎者の子どもはすべてをつぎ込んでも、望みどおりの女性としての生活を送ることはできなかった（「女性」の定義は自らなすのではなく、他人によってなされるのだ）。女性にはなれず化け物となり、日一日《ひいちにち》と落下していった。終わることなく落ち続けた。深い深い海底の、誰にも辿りつけない孤独まで。

孤独の極致とはつまり死亡だ。イエスやシロナガスクジラでさえ彼を救い出すことはできなかった。

小米に比べたら、阿莫のルームメイトの路路は幸運なほうだろう。彼女は順調に性別変更手術（もう一度強調させてほしい。このような手術は「性別回復」手術、あるいは「性指向自己決定」手術と言うべきである）を受け、男性器を切除し、女性となり、望みどおりのレズビアンの理想的な生活を送っている。非常にささやかで、平凡で静かな、好奇な視線にもまったくさらされない普通の生活だ。

その時、路路は医者に頼んで自分の精液を採取し、精子を選別し保存して、いつか母性の強い女性を愛したら、自分の赤ん坊を産めるようにと備えたのだった。それら選別を経た精子は、いきいきと健康的に、密やかな低温のなかで悠々と放蕩しながら、神の奇蹟あるいは悪戯を、世間の人々の前で繰り広げるのを待っている。まるで神への冒瀆のように、どう反応してよいかわからず、また驚嘆の叫び声をあげさせるような……限りなく輝く異形なる変化を待っているのだ。

＊1　レズビアン作家邱妙津（一九六九―一九九五）の作品。邦訳には『ある鰐の手記』（『台湾セクシュアル・マイノリティ文学』第一巻、垂水千恵訳、作品社、二〇〇八年）がある。

14　チャーリー・パーカー

夜七時、チャーリーは道端に立って、冷たくなった晩飯を一口かき込んだ。飯碗のなかの粥はとっくに固まっていた。夜風で細かい砂が一面にふりかかっていて、まるで塩胡椒をまぶしたみたいだ。チャーリーは飯碗に熱い湯を注ぎ、匙で何回かかき回し、道路の排気ガスも一緒にかき混ぜて、無理やりもう一口かき込んだ。

チャーリーは食事に箸は使わない。箸はなくしやすいし、飯に突き刺したら死者へのお供えのように見えてしまう。チャーリーは絶えず移動し、絶えず走り回っている。彼の爪は短く、肉に食い込んでおり、過酷な労働が指の先を真っ黒い垢《あか》でいっぱいにしていた。

チャーリーは胃痛持ちで、薬を飲んでもやはりなんとなく痛みは残った。胃痛は耳鳴りと同じように不可思議で治りにくい、精神病の代替物なのだ。チャーリーを知る者はみんな、「あんたっていう人は、がんばり過ぎだし、厳しすぎるし、実直に過ぎるんだ」と言う。チャーリーは忠告を聞き入れて、食事は一口ずつしっかりと噛み、それからゆったりとしたリズム（自分が公園を散歩しているように妄想しながら）でゆっくり歩いて、廖さんの車を取りに行くことにしていた。廖さんのレクサスは半キロほど離れたところ、忠孝路と基隆路の交差点あたりに停めていた。

この日の朝、いつもの四月の朝と同じように、陽の光がブラインドを通り抜けて、壁紙が剥がれた壁にあたっている。一陣の春風が陽光の中をかき回し、壁に映る影を波立たせる。ブラインドのすき間に切り取られた一本一本の金箔を、ゆらゆらと揺れる波に変えたのだ。けれどもチャーリーには陽光の悪戯に気づく余裕もない。目覚まし時計が六時半にジリジリ、ジリジリと、夢もない睡眠を破ると、起き上がり小便をして顔を洗い歯を磨いて服を着てマントウを食べ、三十分以内には家を出て、仕事に向かう。

チャーリーはその金色の小さな水面を見ようともしなかった。美しさなどというものは、無意味な無駄遣いにすぎない。チャーリーは詩も書かないし夢を見ることもない。感じとれるのは疲れているということだけ。ありきたりの立体的な疲れだ。それに乾きもある。目覚めた時には喉が砂のように乾いていて、一杯の水では足りない。もう一杯飲む。彼は毎日いびきもかくので、夢でさえ打ちのめされ、逃げ出してしまう。妻と一緒に寝ることもできない。

疲れて発狂するほどの睡眠は、大きないびきをたてるものなのだ。

台湾経済が飛躍的に発展し始めた十五年、一九六五年から一九七九年は、チャーリーにとって、苦労して運転手をしていた十五年だった。彼はバスの運転手を二年やってから、自動車販売店に弟子入りし、一九六九年から娘が学校にあがった一九九三年までタクシーの運転手をした。長年の運転手としての生涯は、彼に痔や胃痛、十二指腸潰瘍をもたらした。収入は一年ごとに減っていき、タクシー運転手の仕事はもう長くはできないと思い、駐車係に仕事替えをして今日まで、なんと十数年も経ってしまった。

チャーリーの胃痛は良くなったり悪くなったりで、何度かあったいちばんひどい時には、地面に倒れこんでしまうほどだった。この前の夏は異常な暑さで、体じゅうの皮膚が荒れ、まるで傷めつけられた野良犬のようになってしまった。冬が過ぎてまた春が来ても、皮膚は依然としてひどいままだった。けれども彼は我慢強さでは卓越していて、泣き言を言わない。人生は辛く、背中は凝り固まり、眠るのはスプリングベッドではなく板の間だった。ただ最近、どんなふうに寝ても節々が痛むので、試しに軟らかいベッドに寝てみたら、こんなにも気持ちよく眠れることを初めて知ったのだった。眠るほどに哀しくなる、自分が年老いたことを思って。

結局のところ体力が衰え年老いていくから、軟らかいベッドを好むようになるのだろうか。それとも、自分が老いて初めて楽しむということを覚え、よいものを見分けられるようになったことに感嘆すべきなのだろうか。

いずれにせよ残念なのは、もう過去へは戻れないということである。

チャーリーは初めから終わりまでずっとひとりの田舎者、台北の田舎者である。

彼は十年の歳月をかけてやっとゴムホースを諦め、シャワーで入浴するようになった。もちろんクレジットカードは持っていない。

台北に根を下ろして半生を送り、田舎暮らしの経歴をゆうに超えた。首都で結婚し、子どもをもち、家を買って、客観的に言っても台北人なのだが、どう見ても南部の人間のように見えるのだった。

タバコも酒も夜更かしもしない（前の二つは南部の人間らしくないが）、レストランにも行かないし、街をぶらついたりもしない。彼が言うには、タバコは臭いし、酒はまずい、ソーダはまるで爆竹のように刺激的だ。それに、どんなレストランでもいい、その厨房に入るだけで、外食する勇気がなくなるとも言った（この話からわかるのは、彼は高級なレストランに入ったことがないということだけだ）。

台北人が持つべき習慣、良いのも悪いのも、彼はどちらも持ちあわせてはいなかった。でも、田舎者の習性はまだ残していた。大きなどんぶり碗をもって、日暮れ時しゃがみ込んで食事する。自分で靴や電気釜を修理する。露天で散髪する。壁を電話帳代わりにする。薄っぺらい日めくりをメモ書きに使う。マッチ棒の頭をとって爪楊枝にする。

やっとのことで仕事を代わってくれる人を見つけて、病院へ診察に行けば、待合室の老人とお喋りをする。おばあさん、いくつになったの？　住まいはどこ？　何をしてるの？　子どもは何人？　息子と同居してるの？　収入はどうなの？――まるで自分がデジタル時代の市立病院ではなく、かつての廟の前の広場にいて、保心安油を塗っていれば病気が治るとでもいうように。あるいは露天商の野菜売りのように、都会の人間が持つ警戒心を持たずに、指一本の身の上さえはっきりさせないとすまないとでもいうように。

チャーリーは昔からこういうタイミングの悪い田舎者の好奇心を持っていた。

旧正月の一日に、植物園で人がリスに餌をやっているのを見かけた。女子学生が指先でつまみながら、少しずつ少しずつゆっくりと上品に餌を食べさせているのを見ていられず、「あーあ、なんでそんなにケチケチしているんだ……」と手を伸ばして女の子からパンを奪い、大きな塊に裂いて力いっぱい拳を突きだすみたいに差し出したので、その木にいたリスがいっぺんに逃げ出し、女の子も腰を抜かしてしまった。

女の子は眼の前のリスよりも物珍しい見ず知らずの人を眺めながら、笑いがこみ上げてくるのはこらえたが、驚きは禁じ得なかった。とんでもなく失礼なことをされていると感じたけれど、どうしても怒る気にはなれず、この変なおじさん、古い世界からやってきた失礼な野蛮人をゆるすほかなかった。そして「風変わり」という言葉を思い出し、それをしかと心に刻んだのだった。

この都市はグレード・アップし、リスや鳩や蝶を再び迎え入れ、精進料理ですら肉を食べることよりも優雅で贅沢なものになった。チャーリーが働くこの街では、新規オープンした精進料理レストランは「質素な食事」を標榜し、ランチはひとり四、五百元だ。この都市が前回グレード・アップした時、チャーリーは社会に出たばかりで、肉食をありがたがる時代に間に合った。道路や建物が草の生える空き地や農具小屋などを覆うように造成され、すべての鳥や虫や動物たちを駆逐した。虹は建物によって山奥深くに見えなくなり、都市は豊かになっていったのだ。

ここ数年、台北は自らの汚れた豊かさに嫌気がさし、清潔になることを学んでいる。ほこりや垢がゆっくりと落ちていくなかで、にわか成金の汚れにまみれて登場した北京や上海に追い越されていった。台北人は、上海が命知らずにも自分の身体に成長という近代化の土埃を身にまとっていくのを眺めながら、やっきになって英語を勉強し、海を渡ってチャンスを探し、その定義があいまいな、誰も方向を見いだせない「グローバル競争」の渦中へと身を投じているのだ。

　チャーリーですら英語を学び始めたほどだ。

「崔サア、はいはい」チャーリーは携帯電話をとった。「はい、わたし車をパアするチャーリーです。いまカアをとりにこられますか？　それともキイをお届けしましょうか？」

　サアはサー（Sir）。パアは駐車（parking）。カアは車（car）。キイは鍵（key）。

　チャーリーは独自に作ったパスワードを漢字で置き換えた。「卡《カア》」（台湾語）は車。「起《キイ》」（台湾語）は鍵。「パア」はもう勉強する必要はない。彼はもう「趴《パア》」して二十年近くになるのだ。

　最近お客とおしゃべりして、チャーリーははっと悟った。「エイロA」というのはロスアンジェルスのことだったのだと。

　崔さんはマカオからやってきた。華僑を名乗っている。彼はレストランの客ではなく、チャーリーが自分で開拓した「外の客」である。崔さんは食事にここに来るのではなく、博打をしに来るのだ。このプライベート・クラブはビジネスビルの一角に身を潜めながら、政財界の名士たちを集めていた。外部の者には知られておらず、ただの企業の宿泊施設だと思われている。チャーリーのような内情を知る「召使い」も漏らしたら都合が悪い。あのドアの隙間から滲み出すハエの頭ほどのささやかな利益を失ってしまうことになるからだ。この秘密クラブに出入りするのは、みな新聞やテレビでよく見る名前の人間だ。旧王朝の権力者がまだいるところへ、新王朝の実力者がやってきて、ふたつの違った顔ぶれは時間をずらしてやってきては、知らぬがほとけ、自分は他のものより身ぎれいだと自認して、相手の汚さをあげつらいあって泥の塗り合いをしているのだ。

崔さんは急いでいて、チャーリーに車と鍵を届けるように命じた。チャーリーは夕飯を置いて、足の裏の痛み、胃もたれに耐えながら、数百歩走って、崔さんのBMWを招待所へと移動させた。それから鍵を警備員に渡し、代わりに二百元を受け取る。この二百元がチャーリーの「駐車代理管理」の一回分の報酬だ。この一回は、「一食分の飯」の時間ということもあるし、丸一日かかるということもある。「代理管理」の仕事には、車がレッカーされないこと、罰金を徴収されないこと、傷つけられないようにすることが含まれている。チャーリーの仕事は、場所を見つけたり、駐車したり、場所の取り合いをする以外にも……きちんと停まっている、まさにいま停めている、停められるまで待っている、急いで離れる……そういった様々な車両の間を走り回り、それに警察からも逃れつつ、レッカー車とのかけっこもしなければならないというものなのだ。そうしなければ罰金を課されるたびに、全部チャーリーが肩代わりをしなければならない。

レッカー車がまだ遠くの方を脅かしているうちに、チャーリーは大急ぎで駐車禁止区域（赤線）に停まっている車を安全な場所（黄線）へと移動させなければならない。

警察がやってくると、黄線の車両を白線へと移動させるのだ。

料金徴収員がやってきたら、また白線上の車両を黄線に戻さなければならない。でないと、駐車料を払わなければならないのだ。

けれども黄線はいつものんびり赤線を待っているというようなことはない。白線だって黄線を待っている暇などまったくないのだ。状況が危なくなった時には、チャーリーは車を近くのビルの地下駐車場に乗り入れ、窃盗犯よろしくスロープ上にとどまり、意識を集中してレッカー車と必死に戦いながら、面の皮を厚くして、守衛や住民の罵声《ばせい》に耐える。

「先月は五枚も駐禁キップを喰らったんだ。今回はぜったいにあきらめないぞ！」彼は汗で背中を濡らし、筋肉をこわばらせ、歯茎にもぐっと力を込めて、まるで命がけで働く、錆びついた鉄槌のようだった。

時間とは鉄の錆だ。

時間とともに錆びついてしまった人間が、相変わらず行ったり来たり駆けまわり、時間に急かされている。

時代に急かされて英語を学び、仕事を奪い合っている。

昼間はGood day、晩にはGood evening、さよならはGood night。

私はチャーリー・パーカー。I am Charlie, the parker, Charlie Parker.

チャーリーは夜の暗がりのなかで、この奥深いセンテンスを、芝居の稽古のように練習した。

チャーリーという名前は娘にもらったものだ。

世界は毒蛇の脱皮のように新しく生まれ変わる。娘を名づけた父親が、娘に名前を請う。

娘は言った。チャーリー・パーカーは伝説のジャズ・ミュージシャンで、しかもparkerには駐車係の意味もあるのだ、と。「レストランが新規オープンしたら、そうやって自己紹介したらいいよ。外国人のお客はきっと父さんの名前を覚えて、駐車してもらおうと思うはずだよ。チャーリー・パーカーのファンなら、チップもはずんでくれるかも」実際には駐車係という意味の英語はcar park attendantだ。でもこれだと難しすぎて覚えられない。そこで娘はCharlie Parker、チャーリー・パーカーという言い方を思いついたのだ。

向かいは、年初にオーナーが代わったばかりの「イタリア懐石主義」というレストランだ。二ヶ月前のバレンタイン・デーにはひとり四千八百元の特別コースで、四十六の席がすべて埋まった。街角の安い「愛神《キューピッド》レストラン」は商売上がったりで、一晩の売上は三千元にも満たなかった。いわゆる不景気とは、金持ちがもっとたくさん金を使えるようになるということを意味するのだろう。だからチャーリーのこのレストランもグレード・アップするのだ。

レストラン改装後の風格は、風格という言葉すら圧倒するものだった。看板はとても小さく、おとなしくなって、大理石の壁の溝状に彫られた部分にはめ込まれ、難解なフランス語が、ひげのような飾り文字とともに記されている。まるで特に客入りを期待しているようでもなく、フランス語がわかる金持ち以外は歓迎していないようだ。今後はノンオイルの鉄板焼を、一人前最低でも四千元で売り出すのだという。

オープンまで半月、レストラン内には工事で出る石灰粉がふわふわと漂い、天井には新たに取り付けられたシャンデリアが輝き、チャーリーのスーツのほころびを明るく照らしだしている。作業員が出たり入ったりし、喜ばしい雰囲気が漲っていた。今後は、通路で店員が押し合いへし合いしながら笑ったりおしゃべりしたりすることはもう許されない。出入りはすべて裏口からとなり、客とトイレを共用することはできないし、まかないもメニューとは違うものとなる。

にもかかわらず、チャーリーは変わらず笑顔を浮かべ、このレストランに誇りを感じ、その成功には自分もメンバーとして役割を果たしているのだと自認していた。「数日後には、おれは高級鉄板焼屋の駐車係なんだ！」チャーリーは考えれば考えるほど士気が上がり、まるで出世したかのようだ。彼にはモデルチェンジが必要なのだ。新しい服に新しい靴で、この新しい世界に飛び込んでいくことが必要なのである。

新しいネクタイはもう準備した。遠浅の海のような青緑色で、艶のある緞子《どんす》の表地には、さまざまな形の船が停泊している。煙を上げる蒸気船や遠洋漁業船、巨大なコンテナ船にのんびりと進む大きな帆船。ヨットの上の豪華なパーティや、海賊船で繰り広げられる昔日の戦闘。比類の無い賑やかな、数百年の時間の海がそこにはあった。ネクタイは娘がプレゼントしてくれたもので、ネット通販でニューヨークの「メトロポリタン美術館」から買ったものだ。チャーリーにはインターネットというものがとても不思議に思われた。もしも引退後も元気であれば、ぜひその中をぶらぶらしてみようと考えている。

チャーリーはとにもかくにも台北人であり、たまにその華やかだが薄っぺらな時代の外面《そとずら》に向き合うこともある。数年前の二〇一オープンの時、彼は二ヶ月あまりも待って、旧正月の二日にやっと時間ができたのでちょっとのぞきに行った。ほんとうにただちょっとのぞきに行っただけだったが。そのスカートの縁の部分をぶらぶら一周し、写真を撮った。仰ぎ見て、風がほんとうに強いなあと感心した。並んでいる人の群れについて、わざとらしく嬉しそうに、押されるようにしてなかに入り込み、目を凝らしてあちこち眺め回し、トイレに入ってみたり、ごみ箱に触ってみたり、公衆電話の受話器の向こうのトゥートゥーという音を聞いてみたりした。ビルの中の表示はすべて外国の文字で見てもわからない。もう少し歩いて工事現場に潜り込み、忙しそうなタイ人労働者に向かって新年おめでとう、と声をかけた。そして思わず新年の休日出勤にはボーナスがでるのか、と訊ねてみたりした。残念なことにまだエレベーターで上に登ることはできないので、駐車場の方に行ってみようか。

二階の通路に戻って、ソファに座り、近くのお年寄りたちとおしゃべりをした。

どちらから？

嘉義からですよ。

どうやって来たんです？

朝五時に観光バスに乗ったんです。

今晩はどこにお泊りなんですか？

しばらくしたら帰りますよ。おじいさんは言った。

おじいさんは農民らしい足を曲げながら、まだらに日焼け跡がついている水筒を開けて、ゴクゴクと飲んだ。

おばあさんは十本の過労気味の指を曲げて、袋の中から半分に切った鶏の手羽先を取り出し、かじっていた。

記者が傍らでカメラを構え、田舎から出てきた老人とダイヤモンドの腕時計を扱うカルティエの売り場（特にそのブランドを象徴する純金のジャガー）をいっしょにフレームに収めるという「対比」のテクニックを駆使して、繰り返しシャッターを押した。チャーリーはこうして新聞に載り、嘉義観光団の一員になったのである。

チャーリーは一台の車を停め、紙にナンバーと客の略称をメモして、オリジナルの「方位コード」を記した。それからそれをキーホルダーに挟んだ。春風が街をめぐって、騎楼にも吹きつける。チャーリーは散らかったそれらの古紙を拾い上げ、擦り切れた紙の箱に紙製のケースやポスター、チラシなどを詰め込んだ。そこへ半分眼が不自由な老女が現れ、紙箱のなかに手を突っ込んで、彼女が欲しいごみを運んでいった。チャーリーと老女は以心伝心で通じあっているので、自分のやることに専念していればよく、その場で指示し合う必要もない。チャーリーがごみ拾いのために少しばかり汗をかいてやるのはまるで、時間は人を摩耗するかもしれないが、決して人を潰してしまうことはできないと証明しているかのようだった。

街なかで生計をたてていて、いちばん避けたいのは他人から嫌われることだ。チャーリーはいつでも全力でいい人を演じなければならなかった。道路の掃き掃除、ごみ拾い、車の誘導、側溝の清掃。黄ばんだYシャツの襟は破れ、汗臭さと同じようにまじめで、みんなは彼のことを心根の優しいおせっかい屋さんだと言った。住民票を移して町会長に立候補だってしたらいい。彼のまじめさには、街なかでおっぴらに自分の子どもを殴りつけることが含まれているにしても。

十年前、チャーリーが五十歳を過ぎたころ、前のレストランをクビになり、狂った犬のように慌てふためいた。借金、ローン、父親の医療費、娘の学費、塾の費用……。三ヶ月あまり奔走しても仕事は見つからないので、金を払ってニセの学歴を作ったが、はったりですら笑えるほど控えめで、小学校卒を中卒に変えただけだった。まるでカツラを選ぶのにも、できれば真っ黒だったりふさふさ過ぎるのは避けないと、逆に変だといぶかしがられ、目の前を歩いているのはハゲだと思われてしまうかのように。アルファベットすら全部わからず、どうやって高卒の学歴に対抗して仕事を見つけることができるというのだろう。大学は言うまでもない。大学とは彼の娘のことだ。チャーリーが人生で最も誇らしいことは、すなわち、大学が彼の娘のことになったことだ。彼は娘に彼の頭上にある境界線を飛び越えさせ、もうひとつの世界へと向かわせた。チップを貰う側から、チップを与える側へと。

十年前に捏造した学歴は、確かにチャーリーにいくつかの機会を作った。面接という敷居を跨いで、「正面」から跳ね返されるという機会だ。チャーリーが金を払って得た教訓とは、中卒は小卒と同じように役に立たず、いわゆる機会というのは、ほんとうの機会というものは、機会が多すぎるためにそれを必要としない人にだけ残されているということだった。

彼が頼れるのは結局自分しかなかった。自らたゆまず路傍でふんばり、車の動向を観察し、綿密で時間のかかるフィールドワークに頼るしかなかった。どんな車でも、ぐるぐる二回以上回っているのを見かけたら、タクシーが標的にそろりそろりと近づくみたいに（これは彼のかつての十八番だ）勇んで近寄っていき、チャンスをとらえて（赤信号で生じる渋滞をとらえて）、コツコツと先方のドアをたたき、丁寧に自己紹介する。「停める場所が見つかりませんか？　私がお手伝いいたしますよ」

一旦陣地を定めれば、「駐車サービス」という看板を立てて、棄てられたパイナップルにとりつくハエのように、何があってもそこを離れようとはしない。熱くなれば近くのブランド・ブティックに行き、入口に立って、自動ドアを開け無料の涼風をちょっと拝借する。

レストラン側が出てきて口をだし、ルールを決める。客をとるのはかまわないが、この店の客を優先すること。給料はなし。チップは自分で処理してかまわないが、客と額の交渉はしないこと。チャーリーは喜んで受け入れ、真夏の正午に仕事を始めた。雑草ですら焼けて苦痛に呻《うめ》いてしまうような時刻に、灼熱の晴天の下、車に乗ったり降りたりしながら、駆けずり回る。下着はじっとりと湿り、そして嬉しそうに湯気をあげる。蒸籠のなかの布巾《ふきん》が熱気を通すことを心から望むように。

チャーリーは力を込めて自分を、自分の影を踏んで、垂直に落ちてくる太陽の光の下の満ち足りた黒点に、仕事をもつ人間になった。真っ黒い肌は日焼けで火傷している。客を見送るときには顎を引いて、少し腰をかがめ、出しにくそうに手のひらを差し出すのだ。

「一回につき百元いただきます」はどう言えばいい？　どう言えばはっきりと伝わり、しかも失礼にならないだろうか？

チャーリーは、学ぶべきセンテンスを整理しながら、手に握った皺くちゃのお札を平らにのばした。この数枚しかないすっからかんの紙幣は、チャーリーの手のなかで擦れ合い、微かな音を立てる。このシャッシャッという音は彼のほの暗く曖昧な羞恥心だ。客がとぼけて金をくれなければ、彼は口を開いてうながす。「社長さん、私給料がないんです。チップだけが頼りなんです」レストランがなにか出してくれるとすれば、一日二食のまかないの他は、入口に立っていられる権利だけだ。

チャーリーの「瀬戸際生存術」には洗車も含まれる。車の主が飲食や賭け事、愛人と仲良くやっている間に、勝手に車をきれいに洗い、車を返す時にそれとなく伝える。「社長さんありがとうございます。さきほど洗車の方もさせていただきました」チャーリーにとって、生きることの秘訣とはつまり無茶をするということだ。ありもしないことを捏造し、「なにもない」という状況であれこれ頭を働かせ、「ある」ことにしてしまうのだ。まるで赤貧《せきひん》の動物か、経験豊富な昆虫のように、周囲のクズを利用して、「ない」を「ある」に変える。旧世界が満足する謙虚さでよりごのみなどはしないように。取るべきでないものは取らず、礼を言うべきは礼を言い、謝るべきは謝る——けれど家族は例外だ。

わたしが生まれた年、チャーリーはもう三十歳をとうに越えていたが、緊張のあまり震えてしまい、病院に駆けつける途中でタクシーが側溝に落ちてしまった。そのとき彼はまだ父親になったことはなく、わたしにも名前はなかった。いま、チャーリーとわたしはこの都市の両端にいる。ひとりは相手のために一生懸命に金を稼ぎ、どうやってもうまく発音できない英語を苦しそうに唱えている。もうひとりは同級生の家に泊まり、高級なレストランに出入りして、英語のメニューを読んでいる——このような「天と地ほどの違い」は少しも不思議ではない。「母親は蔡という苗字で、娘は李、母娘は血は繋がっているが苗字が違う」ことと同じくらい自然なことだ。

中下層の両親の成功の一瞬とは、まさに子どもと「階級が分裂する」ときだ。違う階級の人間になり、違う言葉を話し、違う歌を聴く。チャーリーはある種楽しむような心持ちで、ある客が彼に言ったことを繰り返した、「上昇気流」と。いわく「台湾の労働者家庭では、両親ががんばって働き、予想外のことが起きなければ、そして子どもも賢く公立大学に合格することができれば、次世代かその次の世代が生まれ変わりたいと望めば、ホワイトカラーになれるんだよ」この話はまったく科学的根拠がないが、父親のチャーリーは信じて疑わなかった。この話は彼に限りない希望、限りない生存の意義を与えてくれたからだ。

チャーリーは羅社長には感謝してもしきれなかった。十年前、彼が初めてここにやって来て、ここに地盤を築こうとしていた時、新旧の勢力がやってきて邪魔をしようとしたが、羅社長が表に立って助けてくれたのだ。羅社長は古くからの住民であるという優位な立場と、商売人の腕、世慣れた人間の義侠心を発揮して、なんとかしてチャーリーが残れるようにしてくれ、しかも合鍵まで作って彼の家の鉄扉の門を出入りできるようにしてくれた。仕事終わりに「駐車サービス」の看板（とコップや飯碗やタオルなど雑物一式）を階段の踊り場に片付けて、誰かに壊されないようにするためだ。

チャーリーはこのように心から感激したので、羅社長の母親が亡くなった時には、香典をもって焼香に訪れただけでなく、娘にも参列させ、この心優しい人を育て上げた高貴な老婦人をお参りさせた。

わたしは父チャーリーの頼みを断ることはできなかった――もしも彼が病院でどんなふうにわたしを叱っているのか見たことがあれば、断れない理由を理解できるだろう、なにゆえ「どうしても」断れないのか、ということを――電話を受けた後（謝りの電話かと思ったら頼み事だった）、約束どおりに彼の仕事場にやってきた。喪服姿でエレベーターに乗り、B棟の十一階に着くと、八十八歳の天寿を全うした羅おばあさんの棺が安置されたピンク色の霊堂に向かって、囁《ささや》くように御礼の言葉を捧げた。「羅おばあさん、ご存じないと思いますが、わたしは李文心《リーウェンシン》です。外で駐車係をしている李の娘です。あなたとあなたの息子さん羅社長には、父が長年お世話になりまして本当にありがとうございました。病気の苦しみから解放され、自由の身となり、西方の極楽浄土にたどりつけますようお祈りします」

居間はひっそり静まり返っていて、途切れ途切れの話し声が漏れ入ってくる。羅家の人たちは上の階の部屋に集まり、他人が聞いてはいけないことを相談しているのだ。少女がひとり階段の手すりを滑って、わたしの前に飛びおり、かかとをしっかりと床につけた。それからダイニングテーブルのほうに向かってふらふらと歩いて行き、「ねえ、あなたはだぁれ?」と訊いた。みかんを一つ手にとってわたしに手渡しながら、「これ食べてね」と言う。羅社長は階下に降りてきてわたしを見ると、手を握って礼を言い、ついでに口にしがたいあることを教えてくれた。

焼香を終え、街に戻って、父と落ち合った。時刻は午後三時、昼食はもう残飯になっただろう。わたしは父のブリキの飯碗を持って洗いに行こうとすると、父は飯碗を下に置いて言った。「レストランは工事中でなかは汚いですよ、水道も場所を移してしまったし……」まるでこの瞬間、この瞬間にわたしたちは父娘ではなく、駐車係と客の関係になってしまったようだった。

わたしたちの間には境界線が横たわっている。そしてチャーリーはこの境界線を受け入れ、娘が違う階級の人間になることを心から喜んでいる。

わたしは鞄から紙を取り出し、父に渡した。「昨日母さんとお参りに行ったんだ。そしたら母さんから父さんのためにメモ用紙を作ってあげてと言われたから、今朝作ってきたよ」わたしは言った。「今回はちょっと少なめ。最近ラジオの仕事が忙しいから、落ち着いたらまた作ってあげる」メモ用紙の幅は一・二センチ、長さ十二センチ、十二枚を一束にまとめている。ここにお客さんの情報と停車位置を記しておくのだ。昔はしょっちゅう突き返されて、心中怒りが収まらなかったが、実際に父親が紙を破って、それをキーホルダーに括りつけるのを見て、どうして父の「規格制限」が厳格であるのかをやっと理解した。決してあら探しをしているのではないのだ。紙の幅が広すぎると括りつけられないし、狭すぎれば字が書けない。長さはちょうど結び目を作れるくらいで、長すぎると絡まってしまう。薄すぎたり脆《もろ》すぎると結べないし、厚すぎや滑らかすぎでも結ぶことができない。羅社長がくれる社用便箋がいちばん適している。摩擦力と弾力性がちょうどいいのだ。

用事は済んだけれど、何を言えばいいかわからなかった。胸の奥にはあのことがずっとひっかかっていたのだ。わたしはその場に突っ立ったまま、父が口を開くのを待った。

父チャーリーも話したかったが、結局わたしが一週間を家を出てしまい、途中一回電話をしたきりだった。けれど彼の気性は相変わらずで、ぐっと歯を噛みしめて、だめになったハマグリのように口を閉ざし、かすれた声で咳払いをした。

辺りには馴染みのある都会の排気ガスが瀰漫《びまん》している。父娘ふたりはこんなふうに立ったままでいた。新しい芽も生えてこず、それらしい話も出てこない沈黙の凍土に突っ立っているようだ。

（ある種の人々はこんなふうに愛し合う。抱きあうこともキスもせずに。唯一の、唯一の身体的接触は、他でもなくぶたれるということだけ。互いに理解し合い傷ついた時でも、彼女は大きくて厚い彼の手を握る勇気はないし、彼だってそうだ。ふたりはこちらとあちらに分かれて立ち、凍土のような無言を隔てて、心のなかでやっとの思いで抱き合うのだ。まるで彼らには理解できない詩、百年たっても消えないため息を抱きしめるように)

ついに父親は口を開いた。「お前のあの古傷はもうよくなったのか?」

これが彼の謝り方だ。

「とっくによくなったよ」わたしは言った。

これがわたしの赦《ゆる》し方だ。

あの時間が経った古傷は、すでにわたしの腰椎にとどまり、臀部から大腿部のほうへと広がり、昼となく夜となくわめきたてて、悪い子どものようにわたしを苛む。自分の肉親よりも親《ちか》しいのである。もっと分別がつくようになってようやく、あの時暴力をふるったのは実はわたしだったと理解し、認められるようになった。父が手をあげる前、わたしが、わたしが先にあの目つきで彼を見たのだ。あの、父を見下すような目つきで。そう、暴力をふるったのはわたしなのだ。わたしのあの弁の立たない父親はただ、暴力でもって暴力を制したにすぎない。「文暴」［知性派の暴力］は時に「武暴」［武闘派の暴力］よりも人を傷つける。

「仕事は順調か?」彼は訊いた。

「うん、順調だよ」もちろん嘘っぱちだ。

「給料をもらうようになっても、絶対に株に手を出したらだめだぞ」父チャーリーは言った。(彼は株券一枚をいくらだと思っているのだろう?)

「カネでカネを儲けようなんていうのは一番馬鹿げている。この世にそんなうまい話があるわけないんだ」父は言った。

これが彼の価値観、労働者の価値観だ。

父は女遊びにもまったく手を出さなかった。女性が近づいても押し返すくらいだ。道徳的に潔癖だったからというわけでは決してない。彼は根っから享楽をよしとせず、怠惰を蔑視していた。働かずして成果を我がものにするどんなことをも見くだしていた。彼にとって、世間の多くの仕事はみな労せずして利益を得るようなものだった。彼は宝くじも、ロトも買わないし、むろん株やファンドにも投資しない。汗水たらして稼いだカネだけが、ほんとうのカネなのだ。

「父さんに買ってあげたあの保湿オイル、塗ってみた?」父の下顎にひろがる皮膚の炎症を見ながら言った。「あれは高いけどよく効くんだ。無駄遣いしないようにね」

ワセリンを塗っていればそれでいい、彼は言った。

その「保湿オイル」とは、実際にはKiehl'sの保湿クリームで、小海《シャオハイ》が教えてくれたニューヨークのブランド品だ。聞くところによると、『ニューヨーク・タイムズ』を読むようなエリートたちのお気に入りのブランドなのだとか。でも、この値の張る保湿クリームは、父の日のすべてのプレゼントと同様に、部屋の隅でほこりをかぶっている。去年も同じようなことがあった。足が痛いという父のために、ニューバランスのシューズを買ってやったのに、父は履こうとせず、クリントンも履いているんだよと教えたら、無理やり一日だけ試してみたのだ。一日だけのアメリカ元大統領になったものの、翌日にはもう脇にはじかれ、いつもどおりに夜市で買った合成樹脂の革靴に戻ってしまった。

わたしは父の手の裂けて傷になったシワや、ボールペンで書いた字の跡を見つめながら訊いた。「こんばんはってなんて言うんだっけ？」

父チャーリーはとっくに言えるようになったさと言って、逆に訊ねてきた。「カリフォルニアがどれくらいの大きさか知ってるか？」

「どれくらい？」

「四十一万平方キロメートル。台湾の十二倍だ」チャーリーは言った。

「わぁ」感嘆する他に、言う言葉が見つからなかった。

「じゃあ、人口が一億以上の国がいくつあるか知ってるか？」チャーリーは質問する。

おもしろい。わたしは頷いて、まじめに考え始めた……「中国……インド……アメリカ……バングラディシュは入ってる？」

「ああ」

「ロシアは？（チャーリーは頷く）……メキシコ？」

「メキシコは入ってない」

「あといくつあるの？」わたしは言った。

チャーリーは指折り数える。「中国、インド、アメリカ、バングラディシュ、ロシア……」小学生の消去法だ。「あと五つだ」

「日本！」わたしは言った。

「そうだ」

「ヨーロッパはどこも入ってない？」

「どこも入ってないな」

「日本……日本……」わたしは自分の脳みそが空っぽになっているのを感じる。

「インドネシアもそうだ」チャーリーはひとつ答えを出して、得意気に訊いてくる。「それから？」

「ブラジルは？　アルゼンチンはどう？」当てずっぽうに口にしてみる。

「ブラジルは入ってる」

「いまいくつになった？」わたしは国名を唱えながら、数えてみる「中国、アメリカ、ロシア……インド、バングラディシュ……日本、ブラジル、インドネシア……あと二つだ」

「この十個の国の人口を合わせるとだな、ゆうに三十数億を超えるんだ」チャーリーは言った。

「残りの二つはどこの国？」わたしは訊いた。

「台湾大学で勉強しているお前が、俺に負けるのか？」

「教えてよ……」

「じゃあ約束しろ。今後は汚い言葉を二度と使わないこと。わかったな」

　このセリフはわたしのもので、父さんのものではないよね。わたしは心のなかで思う。それでもやはり「わかった」と言った。

　こんなにはやく答えたわたしが、お茶を濁しているのは見え見えなのに、父チャーリーはそれを指摘しようとはしなかった。彼がそれを求めたのは、承諾を得るためではなく、「お前のことを気にかけている」ということを伝えたいためなのだ。遠回しな言い方で、お前のことを理解している、と。

先月、チャーリーは破天荒にも仕事を別の人に肩代わりしてもらい、ある結婚式に参加した。チャーリーの長兄（わたしにとってはおじさん）の娘が、英国人と結婚することになったのだ。小雨降る週末の夕方、じめじめとして寒い台北はどこも渋滞していた。借りてきたトヨタに一家で乗り込み、市民大道の混みあった車列のなかにいて、遅刻してしまいそうなのをただただ見守るしかなかった。チャーリーはいら立ち始め、鬱々とした車内は汚い言葉で溢れかえった。すると母阿雪《アシュエ》に火が着いて怒り始めた。あなたの時間だけが時間だなんて考えないで。娘はきょう家庭教師を休んだのよ。来週には試験もあるの。暇人じゃないのよ。父も入院してるから私だって忙しいし疲れている。でも家族みんなで出てきたのは、あなたに付き添うためなの、あなたの文句を聞きにきたんじゃないのよ……

その不平や不満で満ち満ちた道路は、方向転換できない一方通行の道だった。まるで人生のように苦しみは尽きない。乾いた沈黙のなかで、たまに出てくるのは、たいていこんなものだ。世間にはあなたのような人はいないわね。日曜だって休まずに、一年三百六十五日はじめからしまいまで、正月に二日休むだけ。正月二日や三日に出勤したって、いったい誰のために仕事をするのよ。街じゅう駐車の空きスペースがあるっていうのに、誰が駐車サービスを頼むの？ あんなにへとへとになるまで働いて、手術の時間だってとれやしない。前みたいに、道端に倒れるまで働いたりしたら、入るのは病院だけじゃなくなっちゃうじゃないの……母阿雪はこんなふうに言った。

そう、もしもチャーリーが過労で死ぬまで働くつもりなら、彼は永遠に疲れを感じることはないだろう。それと同じように、もしも彼が、彼がなぐったり怒ったりしている相手のためにずっとカネを稼ぎ続けるという拙いやり方でしか愛することができないとしたら、こんなに自虐的な「苦労して稼ぐやり方」を彼にやめさせるということは、つまり「愛することをやめさせる」ことと同じになってしまう。

エンジンのがなりたてる音がひとしきり車列の間に響き渡ると、赤いフェラーリが路肩を駆け抜け、法律を律儀に守る亀の列を追い抜いていく。

「ちくしょう！　通報して捕まえてやる。くそったれ……」わたしは言った。

「こんな車を運転できるような人は、罰金だって楽に支払えるでしょうよ」母阿雪は冷たく言い放った。

「いや」父チャーリーは言った。「こういう車を運転できるんなら、議員さんに声をかけて帳消しにできるだろう」

わたしは言った。「こんちくしょう、台中のあのフェラーリのことを覚えてる？　F430で、ナンバーが8888の。一台一千万元で、バンパーだけでも四十万。塗装にも二万かかる。停めたいところにおかまいなしに停めるけど、警察はレッカーしようとはしない。傷つけて賠償するのが怖くてね」名車の力、富の力だ。カネさえあれば合法的に法を破れる。

「ちくしょうバイクをレッカーされて傷つけられたのに、くそったれの警察はなんで賠償しないんだよ」わたしは言った。

わたしが再び「こんちくしょう」を使うと、父チャーリーはわたしを黙らせた。「お前はなんだ？　なんでそんなに汚い言葉を使う？」

「こんなのたいしたことないよ」わたしは言った。「汚い言葉なら二、三十字は一気に言えるけど、聞きたい？」

「お前は台湾大学でそんなことを勉強したのか？」

「違うよ」わたしは淡々と答えた。「全部父さんから習ったんだよ」

やっとのことで、一台のパトカーが路肩を駆け抜けて追いかけると、フェラーリはやみくもに増長した百四十キロから、心中穏やかならずに七十、五十、十キロと速度を落とした。ブレーキランプを灯して、追い詰められたケダモノが怒りで眼を大きく見開くように停止した。チャーリーはふときまり悪そうに言った。「だから、家庭教育というのは実に大切なんだな」

「人口一億超の大国」を数え終えると、わたしはチャーリーにさよならを言って、この「セリフが少なく」、「互いにきまりの悪い」、「沈黙が絶えない」親子の大舞台から退場した。チャーリーはわたしが残したみかん（羅家の女の子がくれた）を剥いて、ひと房食べ、疲れた背中を伸ばし、自分のものとは思えない四肢を伸ばした。彼の疲れ果てた身体はまだ、半キロ先に停めた邱さんから預かったマツダのことを気にかけていた。

Thank you, have a good day. Goodbye, happy weekend.

チャーリーは舌の先で歯をこそぎながら、わたしが彼に教えたセンテンスを呼び起こし、学ぶ機会のなかった舌を慎重に鍛え、その練習の繰り返しのなかで、あらためて上あごを意識したのである。ひとつひとつの音をゆっくり引きずるように、不自由な足の歩みのリズムを帯びている。ゆっくりと味わうように、みかんの果肉の一粒一粒を味わうように、舌先でほころびる子音のように。一文字一文字はすべて、彼がカネを払って買ってきたもののように貴重なものだった。One hundred is okay. Two hundred is better. 百元でもオーケーです、二百元ならなおありがたいんですが。時にはまるでそれらの言葉を恨むように、怒りで歯ぎしりせざるを得なかった。舌を噛んでしまうほどの発音になってはじめて、笑いものになることをまぬがれることができるのだ。

けれども結局のところ、チャーリーは幸せな学生だった。彼は知識を愛し、学ぶことを愛した。知識は彼に力が漲るように、自分の人生をコントロールできる力を与えてくれるように感じさせた。人口一億超の国やカリフォルニア州の面積の他に、世界八大工業国、ASEANプラス1やプラス3がどの国を指すのか、「ユネスコ世界遺産」に選ばれているのはどの地域か、過去の（総統、立法委員、地方首長）選挙における国民党と民進党の得票率を、彼は暗記していた。人生は車窓のように透明なんだ、他人に言えないようなことなんて何もないんだ。彼は言った。

六歳で小学校に上がり、初めて国語を学んだ。桌子《つくえ》、椅子《いす》、簿子《ノート》、包子《まんじゅう》、車子《くるま》、繩子《ひも》、孩子《こども》。チャーリーは最初の授業ですぐに国語の奥深さを知った。家に帰って大人や子どもみんなに言い放った。国語はほんとうに簡単だよ。台湾語の発音を四十七度変えて、後ろに「子」をつけさえすればいい。そうすれば完全に転換できる。目玉をぐるぐるさせるくらいに簡単だよ。

なぜ四十七度で、六十二度や七十五度ではないのかについては、チャーリーの後日の説明によれば、これはただの「比喩」に過ぎないという。あるいは、ある種の不思議な化学、声の化学である。これは神秘的な天分の才能と関わるもので、ベンツとBMWのエンジン音を彼がたやすく聞き分けることができるのと同じようなものなのだ、と。

雨がぱらつき始めた。チャーリーは自分の車にもぐり込み、ひと休みした。

この中古車は買ったときにはもう十二年経っていた。チャーリーのそばで九年が経ち、二十一歳の高齢に達したおいぼれ車は、暇なときの仮眠や、寒い冬にとる暖をチャーリーに提供してくれた。毎日幾度かエンジンをかけてあたため、必要な時には四肢が半ば麻痺した忠犬のように前方か後方に少し移動した。焼けるように暑い日や風雨の日を経て、全身傷だらけで、風をさえぎるガラスはぼんやりと視界が悪く、まるで白内障を患ったかのようだ。チャーリーは雑巾をとりだして、雨の後の曇った車窓を拭いた。

彼の透明な人生、車窓のように「他人に言えないようなことは何もない」透明な人生は、見る間に老いさらばえ、この曇ってぼんやりした車窓のように、いくら拭いてもきれいにはならない。

わたしはあの婚礼のことを覚えている。父チャーリーの長兄の娘が嫁いだあの日、舞台ではカラオケや、艶っぽい笑い話が繰り広げられ、みんなが笑いどよめいているなか、彼だけがひとり表情をこわばらせ、何かに耐えているかのようだった。父は眼を閉じ、俯《うつむ》き加減で、雑巾のように油で汚れたフキンを手にとり、力いっぱい自分の顔を拭いていた。無言で笑いもしない父が、めでたい雰囲気を醸し出している赤いテーブルクロスの陰で、こっそり涙をぬぐっているのをわたしだけが見ていた。父娘は決まり悪そうに視線を外し、ひとりは「なにも見ていない」ふりをして、もうひとりは「お前が見たのを俺は見ていない」ふりをして。

婚礼は非常に予定どおりだった。予定の時間の一時間後に始まった。「非常」に時間どおりだ。

会場に入った途端、わたしは笑ってしまった。わお、すごく「台《野暮ったい》」じゃないか。最高潮に台だ。

ここは非常に豪華なレストラン（非常に、ポイントは「非常に」だ）で、インターチェンジのそばの大型台湾料理店だ。その豪華さは、勇壮とか豪放といった心意気に近い。ちょっとやけくそのような、必死に贅沢をしているという感じだ。無骨で雄壮なネオンサインと音は、大通りに向かって爆竹を鳴らしているようで、衆人の注目を集めている。もう一発拳《こぶし》をお見舞いされれば、眼から火花が出てしまうほどだ。

婚礼はレストランのマネージャーが司会を務めた。きざにめかしこんだ背の低い男で、シークレットブーツを履いていた。舞台にあがって祝辞を述べた後、宴会は始まった。プログラムはと言えば、来賓によるカラオケ披露と司会者の色っぽい笑い話だ。

「まずは御来賓のみなさまどなたかまずいらっしゃいませんか？」司会者は儀礼的に眺めまわして少し待つと、老練な感じで言った。「みなさまほんとうにご遠慮深い。実は喉がうずうずして、名人のみなさまはこっそりお手洗いに喉をすすぎにいらっしゃったようです。ではわたくしからまず、みなさまに一曲お聞かせいたしましょう（一秒ポーズを置いて、期待を高めて）。午《まよ》・夜《なか》・香《の》・吻《キス》です」

わたしはほんとうに嬉しくてたまらなかった。時間が逆戻りして、子ども時代の夜市に戻ったかのようだった。そこで流れ者がニセの骨董を売っていたのを眺めたものだ――慣例に従って考えれば、前の何品かは必ず落札されず流れてしまう。流れ者はじゅうぶんにおのれをわきまえていて、とりまいている者が値段をつける前に、勝手に三度買値を訊ねたあと、落札できなかったと宣言し、すぐに次の品を取り出す。南京の白玉観音だ。日清戦争で日本に渡り、その後また台湾へと渡ってきたものだよ。底値は五百、いくらで買う？　どうです？　どうです？　これが最後だ、どうです？（パン！　尺を振り上げ競売台を叩いて）、流れました！（貴重な玉観音を紙箱に放り投げる）一気呵成で、下剤を飲んだかのようにスムーズだ。

「さあ、音楽スタート！（司会者は左手を挙げる）ありがとうございます！（幕開けの気分を演出して、皆に拍手をお願いする）演奏は愛之船バンドのみなさんです（メンバーは二人だけ）……あなた／あなた／どうして忘れることができるでしょう／あの真夜中の／うっとりするような／歌声……」

たとえ新郎がロンドンのハンサムボーイで、遠方からやってきた親族も英国紳士、在台の英国の官僚もスーツ姿で主賓のテーブルに座っていても、会場全体の野暮ったい感じはちっとも変わらなかった。ディナーショーが始まると、司会者はさびしくひとりで歌をうたいながら、皿を運ぶ従業員をひとり無理やり舞台に引っ張りあげ、よれよれのスカートの裾を引っ張りながら、調子はずれのリズムで腰を振りながら、歌声（真夜中の～うっとりするような～キ～ス～）に合わせて、心ここにあらずというような投げキッスのポーズをする。

「どんだけの蝶が花のために死《す》んだのか、どんだけの蜂が花のために生きんのか……」司会者の歌は心に突き刺さるようだったが、隣のテーブルの少年たちは落花生を投げ合っている。「私は恋人を愛するためなら、いのちだって惜しくない……」

真夜中のキスを歌い終えると、司会者は笑い話を披露した。ある夫婦が婚礼に出かけようとして、みなさまと同じようにレストランの近くで駐車スペースを探していたんですね。ぐるぐる回って探しているうちに、夫婦の表情はこわばり一触即発の状態に。やっとのことで向かいの車道に空きが出たので、奥さんは急いで車を降りて道路を渡り、ご主人のために場所とりをした。ご主人は方向転換してまさにバックして、すぐにも入れようとしていた。この時、別の車が現れて、やっぱりそこに入れようと思った。奥さんは足を広げ、両足で形作った三角形を指差しながら、大声でこうのたまった。すみませんね。この隙間《あな》はあんたのものではないの、うちのだんなに入れてもらうものなの。

会場全体が大笑いして、拍手が鳴りやまなかった。

わたしは恐ろしくて身の毛がよだち、驚いて口がふさがらなかった。都会の人間の空気を読む如才なさと田舎者の苦悶の悪ふざけとの間を揺れ動き、両肩は思わず震えてしまう。震えは止まらず、まるでてんかんの発作のように抑えることはできない。インテリの身ぶりをかなぐり捨て、うっすらと涙を浮かべながら爆笑してしまう。公明正大に低俗な悪ふざけをするのだ、涙をこぼしながら。なんてすばらしい「世紀の婚礼」。

料理はぜんぶ揃い、酒も飲んだ。司会者は精一杯責任を果たして歌を三曲うたい、艶っぽい笑い話を二席披露した。屏東から来た新婦のおじさんや、板橋の二番目のおばさん、それに名前を思い出せない二人の親戚もみんな舞台に上がって歌をうたった。新婦の父親は酔っ払ってふらふらしながら舞台に上がり、愛する娘に一曲を捧げた。余天の（後に阿吉仔も歌った）「あなたは私のいのち」だ。

私は心からあなたに捧げよう　だいじないのちを
だってあなたを愛しているから　いのちのようにあなたを
あなたのうっとりさせる笑顔　うっとりさせる姿（ここまで歌うと、新婦の父は嗚咽《おえつ》し始めた）
私の頭に　私の心に　なんども現れては消えない（声が震えてひどいのだが、それでも歌い続ける）
ああ　大声であなたの名を呼ぶ（すでに感極まって泣きはらしているが、依然として「余天式」に歌詞の最後をくねくねと震わせている）
あなたは（泣いて息もできない）私の（このまま息絶えてしまいそうだ）……いのち……（新婦の母がすばやく舞台に上がり彼を支える）

一番を歌って、間奏に入ると、新婦の父は涙を拭いて深呼吸した。ここでやめようとはまったく思っていないようだ。彼はこの歌を最後までうたいたかった。この歌はとても気持ちよくうたえるからだ。とりわけ最後の二つのフレーズの高くて美しい高低の変化は、絶対に逃すことができない。六十歳になったとはいえ、父チャーリーの長兄はいまだに、気ままでやんちゃで小さな子どもなのだ。

ほとばしるような感情が過ぎると、静まりかえった会場に間奏が流れる中、わたしはおじのコメディーのような「自分で自分に感動する」というパフォーマンスに泣き笑いさせられてしまい、怒りもはぐらかされてしまった。この時、使命感の強い司会者がマイクを手に、歌詞と歌詞の間の空白を埋めるように、「みなさま、美しい新婦がもう一度入場いたします」（みなは顔をそちらに向けて一斉に拍手をした）こんどは優雅な紫の背あきのドレスをまとって……

「新婦の李恵芬さんは、今年二十八歳、亜東技術学院をご卒業なさいました。松山の名家のご出身で、ご家族は服飾業をなさっておられます……」実際には、市場で三着百元の下着や俗に「義母のドレス」と言われるような柄物のブラウスなどを売っているに過ぎない。仮にこれでも「名家」と呼べるのなら、市場で肉でんぶを売っていれば「食品業の名家」、ビニール袋を商っているなら「石油化学工業の名家」となるだろう。

わたしは舞台から二つ目のテーブルに座っていたが、全身童乩《タンキー》のように震えが止まらなかった。抑えられない無言の笑いのなかで震え、顔中に涙をこぼした。自分が大失態を犯し、ひどく失礼であることはわかっていた。急いで涙を拭き、口をつぐみながら俯《うつむ》いて、父の方を盗み見た。わたしに怒っているのではと心配したが、父も涙を拭いているところだった。ただ、彼の涙はほんものだった。盗み笑いやでたらめさを少しも帯びていないし、皮肉でも喜びの涙でもない。純粋に感傷的な涙だった。爆笑映画にはまったく似合わない、詩的哀愁が込められた涙だった。まるで冬の夜、酔っぱらいの浮浪者が、はっきりとした意識で充血した眼を見開きながら、賑やかな街で騒いで楽しんでいる浮世の男女を傍観しているようだった。

もしかすると父は四歳で亡くなった妹か、亡くなったばかりの長姉のことを思い出していたのかもしれない。長姉はどうにかこうにか退職したと思ったら（元は映画館で切符売りと掃除係をしていた）、ちょっとした病気からなんとがんになってしまい、半年で逝ってしまった。あるいは思っていたのは長姉ではなく、行方不明の弟のことだったかもしれない。青春時代はどっぷり酒漬けの生活を送り、溺れ死ぬところだった。肝臓病によってハンサムな外見がすっかり変わり、健康な皮膚は剥ぎ取られ、毛が抜け落ちてしまった怪猫のような姿になってしまった。正月に家に帰ることはもはやなく、親戚の集まりにも参加することはなかった。もしかすると思っていたのは、愛する父親のことだったかもしれない。下駄の音を響かせながら、夕食前にはカランコロンと紫色の夕日のなかを歩き、黒い紳士帽をかぶって、近所の雑貨店に暗くなるまで座り、ビールを二本空けたものだ。

八〇年代の台北の雑貨店は、他人には真似のできない技を持っていた。たった一本のヒモで、十本の酒瓶を等辺六角形に結び、店の入口に積んで、手軽に椅子として使うことができた。老父は十本の酒瓶の上に紙の板を一枚置いて座り、鼻歌を歌いながら、タバコをくゆらせていた。一本飲んだら、もう一本。いまの若者がバーで楽しむのと同じだ。時には紹興酒か高粱《コーリャン》の酒を開けて、飲みきれなかったら店に置いておき、翌日また訪れる。雑貨店はまるで一軒のバーで、彼はボトルキープする上客のようだった。通りがかりの人は彼の酔った顔を見て、おもしろそうに訊ねたものだ。おじさんは一日にどれくらい飲むの？　彼は豪気たっぷりにやくざ者の口調で言い放った。「わしがもし腹の中の酒を基隆河に吐き出した日にゃあ、台北は大洪水になっちまうよ」

人の思いというのは、バラの呼吸のような、花が枯れていくような、ひっそりとして音のないもの。わたしはこっそり父を盗み見た。父はこっそりと涙を拭いていた。何も訊けないし、近づく勇気もない。――わたしたちはそういう出身ではないし、そういう家庭でもない。自分の思いを打ち明け合うようなことにも慣れていない。ひとりひとりが自分の秘密の中に住んでいるのだ。

酔っ払って足がへなへなのおじは、自分の歌声にさらにへろへろになってしまった。涙が力を奪いさり、おかしくなってしまったように舞台を下りると、イギリスの親戚に抱きついて、相手が聞いてももちろん理解できない心のこもった大ぼらを吹いていた。

おば（新婦の母）はマイクを受け取ると、生き生きとした真っ赤な唇を開いて、「熱情の砂漠」を高らかに歌った。おじはここでやっとぼんやりした状態から目覚め、贈り物をするような興奮した面持ちで、親戚に向かって英語を話しだした。アリガトウ―アイシテマス―ハッピー―ワタシ（自分の胸をポンポンと叩いて）ワタシ、ハッピー―アイシテマス（Thank you—I love you—happy—me! me—happy—I love you）。

それから、おじは難しそうな単語をひとつ口にした。「カンガチュウレイ……」けれどこの単語は実際とても長いし難しい。そこで彼はポケットからカンニングペーパーを取り出して、真心込めてもう一度言った。「カンガチュウレイセンス」、congratulations、おめでとうございます。初めて台湾にやって来た新郎の父親、実直な英国紳士は、台客《タイクー》の放縦で熱い抱擁から逃れる力もなく、まるで負けてしまったレスリングの選手のようだ。失敗してもライバルと認め、なんと豪快に大声で叫びながらスーツを脱ぎ、グラスにたっぷり入った赤ワインを一気に飲み干したのだった。

父チャーリーの仕事場に戻ろう。空が暗くなって、チャーリーはおんぼろ車のなかで目覚めると、誰かが窓を叩いている。マツダの邱さんだ。

邱さんは気遣うように言った。「休んでいてよ。鍵を返してくれればそれでいいから」

「遠くに停めてあるんですよ」チャーリーは車からでてきた。「松仁路のさらに向こうなんです」

邱さんはだいじょうぶと言った。「会社で一日じゅう座っていたんだ。ちょっと散歩するのもいいもんだよ」

レストランの厨房係がチャーリーに夕食を届けにやってくると、それはまもなくやってくる夜の忙しさの合図だった。チャーリーは冷たくなったスペアリブを口に入れたが、ゴムのようにかみ切れない。しかたなく道端の野良犬に投げてやった。脂っぽい夕食をかき込みながら、一方で周囲の状況を注意深く警戒していた。時折ふと本能的に飯碗を置いて、急いで走りだすのは、それは断固とした、議論の余地のない赤色、レッカー車の赤色が目に飛び込んでくるからである。

ある程度走ってやっとそれが気のせいだったとわかる。遠くに煌《きら》めいていたのは、新製品のSUVだった。

それでも彼は一息つくことはできないのだ。

彼の内臓は長期にわたって緊張に支配されており、一旦ちょっとでも気を抜くと、かえって緊張して痛み始めるのだ。

食べていくために働いているのに、彼は一回の食事も味わって食べたことがない。

夕飯時の人波がまもなくやってくる。これからの時間帯は、休憩をとることはできないが、少なくとも数分間の静けさはある。自動車も、道路も、そして警察の横暴も暫時休止する。この時だけ、彼は自分の悩みごとのために使えるのだ。

恐ろしい道路。困難に満ちた都市。

きょう彼は三回怒鳴られ、一枚駐禁キップを喰らった。もうひとりの警察官が同情してくれたおかげで、午後のレッカー車の突撃は避けることができた。ある自称中学の校長だというドケチ野郎にまんまとやられた（古い『商業週刊』を駐車代の代わりに渡したのだ）。ベンツとトヨタの間で悩んだが、結局ベンツを選び（倍のチップを期待して）、あらためて現実の力、カネの力に服従したのだった。

はるかはるか昔、マニュアル車は動かしてもすぐにエンストしてしまっていたころ、腕時計のような身近なものが人の心と同じように重厚だった古い時代には、チャーリーは手に汗握りながらも自分を大目に見てやり、ベンツとフォードの間でどちらか一つを選んだものだった。ベンツが少し多めにチップを払ってくれると想像して、娘になにか実用的なものを買ってやれると考えたのだ。いや、「実用的」なものよりももっと高価なもの、役に立たないもの、プレゼント、おもちゃ。


約束の時間はとっくに過ぎていたが、あのアウディの客はまだ姿を現さない。

けれどチャーリーはもう慣れっこだった。他人が自分の時間を時間とも思わないことに。

待っているとき、彼は手拭いを濡らして顔をきれいにする。それから手拭いをきっちりと伸ばして、乾かす。

この手拭いはボロ布のような憂鬱さを帯びて、寒い春の街の隅に引っ掛けられ、しずくを落としていた。

チャーリーは奮闘することに慣れていた。誰かに頼るということを知らないのだ。彼はずっと自分だけを頼りにやってきたのだ。

腹がいっぱいになると、路地の奥まで歩いて、残飯桶をちょっと蹴って、なかのネズミが逃げ出した後、自分の残飯を入れる。そうすればその小さな生き物たちが窒息しないで済む。たとえ猛獣の監視下で残飯に頼って生きているにしても、チャーリーは猛犬のように妬み、か弱きものをいじめて楽しむようなことはしなかった。

身体の向きを変えて手を洗い、まだら模様の鏡のなかに、自分が長らくじっくり見てこなかったものを見つめた。塵埃《じんあい》に覆われた顔の、時間によって刻まれた凹んだ痕。

チャーリーは鏡を見ない。けれどこの時、偶然にも鏡の中の自分を覗きこむことは、まるで罪を犯しているかのようだった。

二度と若返ることも、美しくなることもない人間にとって、鏡に向かうことは罪なのだ。

もしかしたらここ数日、ずっとスーツを作りたいと思っていたが、そこでやっとチャーリーは自分が年老いたこと、年老いてしまったことに気づいたのである。いつも路地のある曲がり角で、記憶のなかに紛れ込み、思い出すのは台北に初めてやってきたあの日、真夜中におじの家に転がり込んだときのことだった。興奮して気もそぞろで、薄明かりの早朝四時に眠りについてまもなく、まるで戦争のような轟音《ごうおん》のなかで目覚めた。部屋はかすかに揺れていて、地震かと思ったくらいだ。目をこすりながら、網戸の破れた穴から朝日の方を望むと、おじの家が鉄道の線路脇に立っていたことを知った。先ほどの一陣の揺れは、早朝始発の列車によるものだった。この都市の震撼によって、台北人としての一日目が始まったのである。

チャーリーは年老いたが、台北はまだとても若い。レストランの斬新な看板は、大理石の凹みのなかにはめ込まれ、紫がかったグレーの草書体のようなフランス語は、わざと人が見ても理解できないような、悪意の魅力を帯びていた。その昔、大きさや高さを競った旧式の看板はとっくに片付けた。新しい看板、新しい名前、新しいメニュー。すべてがまるで外国人と外国語のために存在しているかのようだ。勉強する機会に恵まれなかった田舎者の口元ですら、少しはまともな英語を喋るために、緊張しながら鍛えられているのだ。Good day. Good night. Welcome. I am Charlie Parker. 私は駐車係のチャーリー、チャーリー・パーカーです。

台北の背骨は突然ぐっと高くなり、天を突き刺すように、その輝く畸形を示している。あごを突き出し、進歩がもっと速くもっと効率のよい（だからこそもっと残酷で野蛮な）都市を目指している。現代よりももっと現代的なるものに向かって邁進《まいしん》している——道徳家気取りの収奪や、熟練して優雅な貪婪《どんらん》さを通して。

法律と秩序が文明という暴力を振りかざし、道路の一本一本を手なずけていく。五メートルの幅しかない路地も例外ではない。この秩序のない道路で生計を立てられる日々がもうそう長くないことをチャーリーは知っている。「だからこそチャンスを掴めばなんとかなるのだ」チャーリーの思慮深い眉間から一筋の好奇の眼差しが、通りがかりの男に向けられている。彼が身につけているスーツはどこで買ったものだろうかと考えているのだ。

台北に暮らして数十年、チャーリーもたまには標準的な都会人のように、華やかでなかみのないもの、気分だけの「遊び」——可愛いほど皮相で、軽薄な艶っぽさを帯びている——を楽しんでみたいと思うこともある。とりわけそれが無料《ただ》であるときには。彼にはいわゆる娯楽や遊びというものがどういう意味なのか、若者たちが言う「遊び」が、いったいどれほどおもしろいのかが、結局のところわからないとはいえ。

年末までにはまだ間があるころ、チャーリーは決めた。「今年は一〇一に行って花火を見るぞ」と。十二月三十一日の真夜中の前には、すべての車がいなくなる。車の多くは早々に引き上げて車庫に入ってしまうか、道端の駐車スペースを奪い合うのだ。百万を超える人波によって真夜中の台北で身動きできなくならないように。

今年、チャーリーも歓喜に湧く群衆に混じって、一〇一に行って楽しむのだ。そして豪華で奢侈《しゃし》なひとときを実際に経験するのだ。それがいかに正確にせわしなく三分間で何千万というカネを焼きつくすのか、あっけにとられるようなその浪費の一幕をこの眼で見届けるのだ。

四十年も台北に住んでいる人間なら、れっきとした台北人なのだ。

チャーリーは頭をあげて遠く一〇一を眺めた。その何組かの明るい眼が瞬きするのを眼にした。白色の二組はせわしなく煌めいて、まるで何かを警告しているようだ（飛行機よ、ぶつかるなよ、おれはここにいる）。赤色の二組は闇夜のなかでゆっくりと現れては消え、待ちぶせ攻撃する獣の眼のようだ。百八十秒の花火は、陳腐な言い回しのすべてを照らしだす（まばゆいばかりの、絶世の美人、きらきらと一面輝く、光り輝く）。これらの華麗な文句は瞬間に爆発し、蘇生し、噴射し、燃焼し、そして灰燼《かいじん》に帰すのだ。

台北はまるでうごめく一匹の蛇のようだ。古い皮膚を脱ぎさると同時に、痛みの中で新しい皮膚ができあがる。最も脆弱な時期に入ると、それが脱皮の時だ。しばらくの間は攻撃性は影を潜めるので、簡単に攻撃されやすい。喉をつまらせながら、自分よりももっと新しくもっと大きな世界を呑み込もうと試みる。この世界がどうやって自分を消し去り、あるいは自分を完成させるのかを想像しながら。北京、上海、ソウル、ボンベイ。どうやって自分に追いつき、自分に勝ったのか。

チャーリーは口を開いたが、大きな疲れを呑み込めずに、あくびが喉にみなぎるのに任せた。

彼は妻に電話をした。「阿雪や、義父さんは手術したばかりだからいいものを食べさせてやらないとな。滋養剤をできるだけ買えよ、節約なんてしないでな。思うんだが、もうちょっと金を払って、一人部屋にしてもらおうか……」

電話を切ると、あの坊っちゃんがやっと現れた。「おれのアウディは？」遅刻した坊っちゃんは面倒くさそうな表情でやってきて、すぐに車が欲しいという感じだった。

チャーリーは彼にその場で少し待つように言い、早歩きで歩いた。歩いているうちに知らず知らずまた走り始めた。責任の呼びかけがこだまするなか、品揃えが豊富できらきら輝いている店構えのような未来に向かって。

誰もチャーリーには伝えていないが（羅社長ですらこっそりわたしだけに教えてくれたくらいだ）、オーナーはすでに新人を雇っていた。ハンサムで、見栄えがよく、若い。名実ともに駐車係の「弟分」だ。モダンで、賢く、バターのように滑らかでつやがあり、頭がいい。どんなパンにも、そしてどんな都市にもぴったりだ。

チャーリーの力のこもった歩みが、都市の心臓を震わせる。
しかしこの都市が、彼に同情することはなかった。

15　小さいころのできごと

「私、いままで、あんな夕焼けを見たことがなかったよ。……ほんとうに怖かった」

阿莫《アモ》は二ヶ月前のことを話し始めた。浴室のなかが一面、流れる血でいっぱいになったあの時、彼女の瞳孔に浮かんだのは夕暮れの絶景だった。「死ぬ間際に目にする世界は異様に美しいんだね。でもその異様な美しさは結局のところ天国なのか、それとも地獄なのかな？」

わたしは3596のことを思い出した。彼はこう言っていた。「火焼島に上陸したとき、おれたちはみんなあっけにとられたもんだよ……」なんと美しいんだ、この離れ小島は。山から海へと広がる純粋で無辜《むこ》の美しさが、理想や意志の力、そして青春をぐるりと包囲していた。みんな頭がぼんやりして目がぐるぐるまわり、船の上では嘔吐や船酔いに苦しみ、そして船を下りた。「地獄っていうのはこんなにきれいなところだったんだなあ」海水は透き通ったグリーンで、それは果てまで続き、透明なブルーへと続く。世界で最も自由であでやかな魚たちが泳ぎ、サンゴは生き生きとしたピンク色、まるで赤ん坊の手の指のようだ。3596の筋肉は落ちてしまい、力を入れることができない。顔の筋肉は緩み、まるで微笑んでいるようだ。「軍法処に拘置されて一年近く、結局死刑にはならず、十数年の刑を喰らっただけだった。みんなでよかったと喜び合ったよ、まるでくじにでも当たったようだった……」地獄の下の方から何階分か上がったからといって、地獄に変わりはない。でもどうみても以前抱いていた印象よりも美しく、底なしの地獄がもう心に這いあがり、そこに住みついてしまったことに気づく由もなかった。「地獄は、底なしでなければ恐くはないもんさ」3596はそう言いながら、9047と一緒に難関をクリアしながら怪獣を倒すゲームを楽しんでいた。

「二月のあの頃は、ほんとうに耐えられなかった。どうしても眠れなかったんだ」阿莫は言った。冬の雨がポタポタと、いつまでも止まない。生理不順の経血、あるいは夢の中で冷えきってしまった涙のようだ。阿莫はまるまるひと月というものベッドの上で寝ていなかった。机の前でがんばって、幽霊のようにパソコンにむかって眼を大きく見開いているつもりだったが、寒さで意識が戻ると、自分が目をつぶって寝ていたことに驚き、珍しいこともあるものだと感じた。夢の余熱に従って、ベッドに這いあがり、睡眠薬を二錠飲んで自分をごまかしてまた眠らせようとするが、なにしろ彼女の「自分を欺《あざむ》く技術」はそれほどのものでもないので、あたりは寒々としたまま眠れない。寒くなればなるほど意識ははっきりとしてきて、「辺境」と呼ばれる場所へと滑り落ちていく。誰かが彼女に話しかけているのを耳にして、その音の呼びかけに素直に従い、たちまち自分の髪の毛を切ってしまった。

「その声に性別はあった？」わたしは訊いた。「男か、それとも女か？」

「わからないよ」阿莫は言った。「その声の性別を聞き分けられなかったというわけではなくて、その声が完全に私をどこかへさらってしまったんで、区別する余裕もなかったんだよ」

「じゃあその声はずっと同じものだった？」わたしは訊いた。「つまり、もしその声に〝アイデンティティ〟があるとしたら、それは〝同一人物〟ということだよね。同じ声色だったのか、それとも変化があったのかな？」

「ひとりの人の声だったように感じる」阿莫は言った。「それにあなたが想像しているようなくどくどしたしゃべり声というわけではなかったな……」

「だったらどうなの？」

「夢を見たことはあるでしょう？」

わたしが頷くと、阿莫は続けた。「夢の中の人が話すときには、必ずしも口を開いて話さないよね。時には電波か以心伝心のように、直接意識のなかに入り込んでくるでしょう」

確かに。奥が深い。

「そうだね」わたしは言った。「外祖母が夢でわたしとおしゃべりする時は、完全にわたしに背を向けてるんだよ。なのに彼女の表情をわたしは覚えているんだ」

わたしは続ける。「あなたが何かぶつぶつ言うのは、あの声とおしゃべりしているの？」

「わからない」

「どういうこと？」

「ぶつぶつひとりごとを言う時、ふつう自分では気づいてないんだ。他の人から教えてもらうんだよ。医者や看護師や同室の患者さん、それに昔の同僚なんかにね……」

「あの声とおしゃべりをしているの？　それとも言い合ったりしてるのかな？」

阿莫は眉をひそめて、首を傾げる。実際にはわたしが言うほど簡単なことではないのだろう。

「もしかするとあなたは単純にそれに従って、言われるがままということなのかな？」

「うーん、ほんとうによくわからないんだよ」阿莫は言った。「完全にそれによってどこかへさらわれてしまって、あの声を聞いてもいるのに、でもその経験をもう一度再現することができないんだ。けれど、完全におかしくなってまったく現実感を失ってしまったわけでもない……たとえば歩いている時その声は現れる。私を探しに。私はぶつぶつひとりごちながらも、走ってくる車を避けたり、信号を待ったりするんだよ……」

「それに一度、道端で昔の同級生に会ったんだけど、ぶつぶつひとりごとを言ってその声にさらわれているのに、眼の前にいる人物を自分はちゃんと認識しているし、彼の名前も覚えているんだよ。これはその時、自分が何者であり、昔どこの学校に通っていて、どんな友だちと付き合っていたかってこともちゃんとわかっていたってことだよね……」阿莫は言った。「さらわれている時にも、自分の意識はちゃんとしていたんだね」

「その声に悪意は感じた？」

「感じなかった」

「じゃあ善意は？」

「それもないね」

「完全に中立？」

「完全に中立」阿莫は言った。「だけどそれは私を疲れさせるけどね」

「だけどこの髪型はとてもいいよ」わたしは言った。「〝夢遊病者〟の床屋さんをひらけるよ」

わたしはさらに訊ねた。「だから、あなたが手首を切ったのは、それが唆《そそのか》したからというわけではないんだね？」

阿莫は首を振った。「私が自分で決めたことだよ」あるいは、酒とドラッグが阿莫といっしょに決めたことなのかもしれない。


その数日間は、冬の雨が空気を湿っぽく凍らせて、それがかえってかたくなな、精神的な乾いた熱さを誘発していた。阿莫は言った。「月曜日、私はいつものように出勤して、いつものように遅刻したんだ。少なくとも一、二時間はね。本心がどうかはともかく、遅刻した人はどうしたって恥ずかしさと自責の念を表情ににじませるものでしょう。だって時間は自分のものじゃないんだから。自分で管理したり使ったり浪費したりできないんだよ。病気になったら必ず休暇願いを出さなきゃならない。でなけりゃさぼってることにされちゃうから。休暇を取れば一律に給料からさっぴかれる。なんの因果で社長に過分な時間を借りたりするんだよ」

現代の都市の組織は、時計とインターネットによって構築された「時間」によって管理されている。「時間の感覚」とはつまり「現実の感覚」のことなのだ。時間を統一して、現実の秩序を統一するのだ。我々は時間とカレンダーを照合し、欠席や遅刻を避ける。だって我々は現実から脱落することを恐れているから。現実の懲罰を受けることを恐れているから。

「あの日の午後、私はオフィスで眼を閉じて休んでいた。でも眼球は相変わらず休もうとはせず、はやなりの心拍に合わせてぐるぐる動いていた。私は閉じたまぶたの隙間から電気ショック治療を受けている女性がぼんやりと見えた。こめかみのつぼの部分がへこんで、焼け焦げた傷痕が見える。筋肉はもう茹で上がってしまったようで、肌は淡い白色になり、まるでしゃぶしゃぶの羊肉みたいだった……」阿莫は言った。「私は驚いて目を見開くと、辺り一面漆黒の闇で、自分がどこにいるのかもわからない。冷汗が体じゅう吹き出してきた。私は自分にこう言い聞かせた〝何かの間違いだよ。私はオフィスで企画書を書いてるんじゃないか〟手を伸ばしてあちこち触って、灯りをつけた。そしたら、ベッドの上に自分は横たわっていて、夢から目覚めたばかりだったんだ。なんてことだよ、やっとのことで自分のベッドで眠れたと思ったら、睡眠中も出勤していたなんて！　夢の中で平日の火曜日を過ごしたのに、目覚めたらまだ火曜日で、オフィスに行って夢のなかでやった仕事をもう一度やらなければならないなんて」

「それはひどいなあ」わたしは言った。「あなたが休学して働きに行っていたのは、規則正しくご飯を食べ、規則正しく睡眠をとり、時間の感覚を取り戻すためだったのに、結局それもかなわなかったってことだ」

夢が偽ものだなんて思わないでほしい。夢はなによりもずっと真実味あふれるものなのだ。夢を見ている時、わたしたちの限られた人生、限られた時間は、やはり一分一秒と失われている。現実とまったく同じなのだ。そしてこの世に生を受けて、手にすることができる唯一の贈り物が、つまりこの時間なのだ。

夢は滲み漏れてくる雨水のように、現実のなかに溢れてくる。阿莫はベッドを下りて、海の砂のように絶えず流れていく時間を踏みながら、ぼんやりとした近視眼をぱちぱちさせて、手探りでキッチンへと入っていった。そして夢のように水を沸かし、夢のようにコーヒーを淹れる。夢のように冷蔵庫を開けて、夢のようにパンをトーストしながら、夢のように朝食の香りを味わう。阿莫は言った。「私はカーテンを開いたんだ。するとおかしなことに七時過ぎだというのにまだ明るくなっていない。二月の冬のさなか、太陽も私の真似して遅刻グセがついたのか。私は窓を開けて、街の音を聞いてみたかった。みんな街頭に集まって、日食なのか、それとも新聞が予告していた何かの異常気象なのかと、あれこれ議論している様子を見てみたかったんだ」でも街はいつもと変わらず、観衆が集まっている様子も、立てかけられた望遠鏡や、黒いゴーグルも見えなかった。バイクはせわしない騒音を鳴らしていたし、コンビニの灯りが点《つ》いていて、自動ドアを客が出入りしては、ピンポンというよく響く音を出していた。テレビをつけて、いくつかのニュースチャンネルをひと通りまわしてみたが、「ニュース速報」を大声で叫びながら「遅れている日の出」について説明しているようすはなかった。

「あの数日間は、両親がエルサルバドルに行っておじの結婚式に出席していたんで、彼らとは同じタイムゾーンじゃなくて、同じ現実のなかにはいなかった。ルームメイトの路路《ルル》もいないんで、同僚に電話するしかなかったんだ……」阿莫は言った。

「小葉《シャオイエ》、私、阿莫だよ」

「あなたなの……」相手は息をついて、「やっと電話がつながったようね」

阿莫は小葉に訊ねた。「きょうなんだか変だと思わない？」

「どこが？」

「変だと思わないの？」

「確かに。変ね」小葉がこんどは阿莫に訊いた。「じゃあ言ってみて、どこが変なの？」

「もうすぐ八時になるよね」

「そうよ。なんでまたいったい、それが変だなんて言うの？」

（この世界は壊れてしまったのだろうか？　阿莫は思った。小葉ですら私の話を理解できないなんて）

「もうすぐ八時になるんだよ」阿莫はもう一度強調した。

「だから？」相手は言う。

「八時になるのに、なんでまだ明るくならないの？」

「だっていまは夜だからよ」小葉は言った。「みんなが一日じゅうあなたのことを探しまわってたこと、知らないの？」

「私はそうやってクビになったってわけ」阿莫はにこにこ笑いながら言った。「私は『変身』のあの虫になったんだ。もう従業員の責任を負う必要はなくなったってわけ」

「そうだよ。だって彼は壊れてしまったからね」わたしは言った。

「あなたは？」阿莫は訊ねる。「仕事は順調なの？」

「あんまりよくない」わたしは言った。「試用期間は過ぎたけど、誰もわたしのところに来て書類を書かせたり手続きをさせたりはしないんだ」プロデューサーは言った。この業界に必要なのは、華々しいだけのつまらない才能や、人の気を萎えさせてしまうような道徳心ではなく、残酷な好奇心なのよ。

「クビになってから、私は一日じゅうネットに入り浸り、似たような話を探してた。自分に似た人をね。ひとつ読んでは、泣いていたよ。お腹が空くのも、喉が渇くのも感じなかった……」阿莫は言った。「もう十何年も前のことなんだ。私はもうそれを過去のものにしていたと思い込んでいた。けれどそれは過去のものにはならず、すぐに戻ってきてしまうんだ。結局それが離れていきたくなかったのか、それとも私のほうが離れがたかったのか、どっちかな？」

猫好きの人もいれば、犬好きの人もいる。酒好きが昂《こう》じて中毒になり酒を恨んだり怖がるようになる人もいれば、酒にはまったく心を動かされない人もいる。阿莫に言わせれば、人生にはおよそ二種類あるという。ひとつは傷を背負う人生、もうひとつは温室の中で幸運にも難を逃れられる人生だ。

わたしは言った。「仮に七十歳まで生きて、おばあさんになっても、物語を読んでは泣いたりしたって、別になんの問題もないよ」自分にこんなふうに言う資格があるかどうかはわからないが、少なくとも、わたしはこんなふうに信じている。治癒とは忘却のことではないし、終わりがなければだめだというわけではない。

治癒とは痛みを背負い続けることであり、自分がなぜ痛みを背負うのかを知ることであり、だからこそ痛みに耐えることができるのである。

治癒とは、どんなやり方でも受け入れてはじめて効果があるというものだ。

「そのとき、あなたは何歳だったの？」わたしは訊ねた。

「転校したばかりだったから、はっきり覚えているけど、小学校二年の後半だった」阿莫は言った。「私は高雄から引っ越してきたんで、台北はすごく寒いところだと思ったよ。父は母と離婚したばかりで、台北に行って友人を探し、コネや仕事を探していたんで、私をあのおばさんの家に預けていたんだ。はじめは数週間のつもりが、これは父にとっても都合がいいことに気づいて、食費や家賃を払うようにして、私を住まわせることにしたんだよ」そのおばさんは徐さんといって、結婚しており、息子がいた。「私は父の当時の愛人がその徐さんだったんじゃないかと疑っている。私を彼女に預ければ、堂々と彼女に金を送ることができる。私に会いに来れば、ついでにデートだってできるからね」

「どのくらいそこに住んだの？」

「一年近く」

「だから、あれはあなたが七、八歳くらいの時だったってこと？」

「うん」

「どのくらい続いたの？」

「覚えてないよ。寒かったことしか覚えてない。掛け布団をめくられた時に寒かったって」

「きっと冬だったんだよ。新学期が始まったばかりの頃」わたしは言った。「住み始めてすぐに、やられてしまったんだね」

「そうだと思う」

「挿入はされたの？」わたしは訊いた。

「覚えてない」阿莫は言った。

「覚えてないのか、それとも覚えたくなかったのかな?」わたしは言った。「言いたくないなら答えなくていいよ」

阿莫はちょっと間を置いて、唇で数秒間考えてから、言った。「覚えているのは指。その他は、気が動転して覚えていないか、眼を閉じていて記憶する勇気がなかったのかはわからない……」

(私はまだ小さいの、じゃましないで。生理だってまだなんだから、処女ですらないんだよ)

阿莫は微かに熱を帯びた額を触りながら言った。「はじめてボーイフレンドと付き合った時、彼とセックスする前にはもう、自分が出血するはずがないとわかっていたよ……」

「つまり覚えていたんだね……」

「そう。そんな記憶があったような、そういう直感がね」阿莫は言った。

「それで、血は出たの?」

「ほんとうに出なかったんだよ」阿莫は言った。

「わたしもそう。わたしも出なかったんだ」わたしは言った。「小肆《シャオスー》が最初の相手だけど、出血しなかったんだ」

「初体験」とか「最初の相手」なんていうのはもともと処女コンプレックスの産物だし、至極疑わしいものだ。挿入しないのにエクスタシーを得られたなら初体験になるのか? 挿入できなくてダメになっちゃっても初体験といえるのか? 服を着たままフェラチオしてやるのは初体験? 自分でいじって出血してしまったら初体験? どれだけの少女たちが自分の初めてを壊れた自転車に捧げたのだろうか? どれだけのTが「処女」の身体でガールフレンドを淫水で溢れさせたのか? どれだけの少女たちが

「処女」を守ったままで、ボーイフレンドに肛門に挿入させたのか？

純潔な処女の肉体を守るためには、この世で最も変態的なことだってできるのだ。


清明節を過ぎたばかりで、四月の台北はいまだに泣き止むことなく、ポタポタと涙をこぼして、濃い緑色の姿を映しだしていた。夜は冷え込むので、わたしは薄い上着を羽織っていたが、阿莫はかき氷を、愛玉氷《アイギョッピン》*1を食べていた。愛玉は彼女の高雄の最後の思い出なのだ。

「引っ越しの日、高雄駅で列車を待ちながら食べたのが愛玉氷だったんだ」阿莫は言った。愛玉氷は彼女の子ども時代を真っ二つに分けてしまった。愛玉氷の前と、愛玉氷の後とに。それからの世界は台北で、居候の身の歳月であり、鍵のかけられたことのない部屋だった。阿莫は愛玉を食べるのが好きだ。ひとくちごとにまるで透明の夢が広がるようだ。それはぷるぷるとした金色の幻覚であり、「事件」の前に戻り、駅のあの明るい朝を幻視するのである。

愛玉は南部の少女が北へ向かう前の、もっとも透き通った純真な金色なのである。


「どうしてあなたの父親とあの徐おばさんが関係していたって断言できるの？」わたしは訊ねた。

「あの人たち、その後絶交したからだよ」阿莫は言った。「もしも普通の友人関係なら、そこまではしないよ」阿莫はそれがその後の彼女の憶測であることを認めている。「父が彼女の写真を破っているのをこの眼で見たことあるよ」

「徐さんの息子はたぶんそれを知っていて、それで私に対してあんなことをしたんだとすら思っているよ」阿莫は言った。

「息子は何歳だったの?」わたしは訊いた。

「あのとき……おにいちゃんは……」阿莫はちょっと顔をしかめた。「私、やっぱり本当に覚えていないんだよ。どのみち中高生ってところだよ。カーキの制服を着て、大きなお皿みたいにかっこわるい帽子をかぶってた。中学生も高校生も私にとっては同じだったんだね」

「彼は報復したんだとあなたは思ったの? あなたのお父さんが奪ったものをあなたの身体から取り戻そうとしたって」

「わかるわけないよ。あの人のことを理解しようとも思わないし」阿莫は額を揉みながら言った。「覚えているのはあの人が乱暴で、悪辣で、毎日のように私を脅かしてたってこと。あの人が私の身体にしたことは、思春期の少年の探究心や好奇心からではないよ」

「じゃああなたのお父さんに対しては? お父さんのほうにずっと腹を立てているようにみえるのはどうして?」わたしは訊いた。

「まず、私の父親だからってことだよね」阿莫は息をつく。「それに、父の態度は事情を知らない第三者のようではなかったし」

「どういうこと?」

「父は忘れろって言ったんだよ」阿莫は言った。「父に話したら、忘れろって言われたんだ。父の反応は怒りでも、悲しみでもなかった。私はむしろね、父が狂わんばかりに怒って、ものを投げたり私のことを殴ってもいいとさえ思った。早く言わない馬鹿な私が悪いんだって。でも父はなんと、忘れろって言ったんだよ」
「……」
「何か後ろめたいことがあるからこそ、忘れろって言ったんだろうね」阿莫は言った。「父は私の記憶を失くして愚鈍なカビの生えた枕にしようとしたんだ」

阿莫は十七歳のとき（わたしたちは知り合ったばかりで、彼女がわたしが借りていた小さな客間にやってきて居候していたあの頃）、ベッドの上でボーイフレンドを蹴ったりぶったりして押しのけ、自分で自分をコントロールできずに泣き叫んだのだった。この時はじめて「小さいころのできごと」がずっと身体の中に居座り続け、皮膚に広がり、触ればすぐに目覚めるということがはっきりわかったのだ。傷口はまるで癒合したことのない口のように開いたままで、流れるべき血も乾かぬうちに、化膿して潰瘍ができ、ぶつぶつと何かを訴えるようになる。自分がどうして傷を受けたのか、どこがまだ裂けていて、どこがまだ痛むのかを聞いてもらいたいと渇望するようになるのである。

ものごとの秩序というのはだいたいこのようなものだ。最初は密度が高いが、時間が経つと緩んでくる。

時間の圧迫感もそうだ。記憶の圧迫感もそう。そして人間関係も同じだ。

数ヶ月後、阿莫はむりやりボーイフレンドの身体を受け入れた。たとえ体内では繰り返し炎症を起こし、燃え続ける記憶の火が消えることはなくても、皮膚はもう焼けるような痛みを感じることはなかった。慣れれば、痛みを感じることもなくなる。長期間虐待を受けた後に感情のはたらきが鈍くなってしまうように。そしてそれは彼女が小異《シャオイー》と出会うまで続いた。

「はじめは、傷そのものに痛めつけられたし、記憶そのものに苦しめられたんだけど、後になると、言ってはいけないということが私を苦しめるようになったんだ。しかもこういう痛みには毒があって、それが私に恨みを持たせるんだよ」阿莫の父親は彼女に忘れるようにと言い、阿莫の母親は、自分がこんなふうになってしまったことの言い訳をやみくもに探しているだけだと言った。

こんなふうになってしまった？

男でも女でもなくなり、女性と付き合うようになったということ。

阿莫の母親は彼女をとがめて言った。「あんたの言ってることはぜんぶ言い訳だよ」

彼らは聞きたくなかったし、信じたくもなかった。覆い隠すということが傷口をさらに深く爛《ただ》れさせ、できものは爛れて井戸のようにへこんでしまった。

「それで自殺しようと思うようになったの？」わたしは訊いた。

阿莫は頷いて言った。「父は忘れさせるために、私を騙してこんな作り話もしたんだよ。あのおにいちゃんはその後日本人と結婚して東京に移り住んだ。そこで自動車事故に遭って死んでしまったと」

「わあ、すばらしい思いつきだ」わたしは言った。「でもどうしてお父さんがあなたを騙してるって知ったの？」

「家族が騙していたって、実際にはわかるもんだよ。知らないふりをするかどうかだけ」

「じゃあ知らないふりをしたの?」

「父に言ってやったよ。おにいちゃんが死んでも足りないよ、おじさんだってそうだよ?」徐おばさんの夫もそうだったのだ。

「ああ! それはひどい」わたしは言った。「お父さんはどんな反応だったの?」

「私をぶったよ。すごい力でね、ひとしきりぶったら、泣きだした……泣き止むとまた私に忘れろって言ったんだ」

阿莫の母親はもっとひどい。彼女は言った。「もう過ぎたことなのよ。思い出してもなんの役にも立ちやしない」真相は人を苦しめる——そのとおり、真相は役立たずだ——だからみんなは逆に真相を暴いた人のことを責めて、加害者を追及することを忘れてしまうのだ。

阿莫の母親は言った。「こういうことはたくさん目にしてきたけどね、十中八、九は嘘なんだよ……」阿莫の母親は地方裁判所の守衛なのだ。「仮に本当だとして、それが何だって言うの」彼女は言った。「こんなことはありふれていて、どこにだって転がっている。お前だけがそんなふうに大げさに騒いでるのよ」

「まったくでたらめな話だ」わたしは言った。「まるで、性転換したいと思うのは病気だ変態だ、病気なんだから健康保険の給付を受けるべきだとみんなは言うくせに、一旦性転換手術をすると言えば、またぞろ、それは個人の選択だし、一種の〝自由〟なんだから、自費でまかなうべきだなどと言い出すのと同じだね」

「母は私がレズビアンになることばかり気にしていて、それは娘の味方をしてやろうという愛情に勝っているんだよ」阿莫は言った。

世間の両親も千差万別だ。路路の母親もまたひと味違う。

路路は高雄に戻り、惜児《シーアル》の写真を枕元に置いておいたら、母親が訊ねた。「これは誰?」路路は答えた。「誰だと思う?」母親はすぐにぴんときた。

翌日、母親はおばを連れてきて援軍とした。母とおばは声を低くして路路に懇願した。「絶対にお父さんには内緒にしてね。言ったら、お父さん脳卒中になっちゃうわよ……」またこうも言った。「なにかあったら私たちに相談なさい。お父さんのことは許してあげましょう。お父さんは子どもだと思って、時間をあげて、大きくなるのを待ってからでいいでしょう」路路の母親とおばは台湾語をいつも話していて、彼女たちは都会には行かない「下港人《いなかもの》」で、「酷児《クィア》」なんてものもよくわかってはいない。けれどもこの女たちは、ほんとうに「南台湾酷斃加味姑嫂丸《最高にクールな婦人薬》」だ——医学博士が実験を重ね、良質な生薬を選び、古の処方により精製されたご婦人方の最良薬。効能はご婦人、娘さん、淑女の方々の各症状。月経不順、婦人病、不妊症、月経時の排尿痛、発熱、食欲不振、不眠症、胃痛、便秘、経血の過多や過少、周期の乱れ、経血の色の異常、神経衰弱、各所の痛み、更年期障害、生理不順、経血量の異常……。

「尼さんにも効くみたい」処方箋を読み終えて、わたしは頭をあげた。

「はは、これは香港のやつでしょ?」阿莫は言った。

「そうだよ」わたしは言った。「香港の処方箋はすばらしいね。まるで詩そのものだよ」

この女たちは金の指輪をふたつ作ってきて、ひとつは路路に、もうひとつは惜児にあげようとした。路路は怒って言った。「なんでそんなふうに大げさにするの。結婚するわけでもないのに」母親はあわてて言った。「違うわよ。あの子を義理の娘にしたいって思っただけよ」おばは路路のいかめしさに恐れをなして、アリのように小さな声で言った。「私のアイディアなのよ。だったらこうしましょう。私の義理の妹にするってことでいいわよね?」さらに、「義理の娘か妹ということにすれば、あの子が家に遊びに来たり、正月をいっしょに過ごしたするのも自然な感じになるじゃないの」

わたしと阿莫は、彼女の小さな部屋に閉じこもっていた。床にはわたしの荷物が広げてある。もう小《シャオ》海《ハイ》の家は出て、阿莫が退院するまでここに数日間居候するつもりだ。

「手首を切ったとき、ほんとうに死にたいと思ったの?」わたしは訊いた。

「そういうわけでもなかった。そんなにはっきりした意志はなかったよ。ただ自分がこの瞬間からとにかく逃れてしまいたいということはわかっていた。いまというこの瞬間からも、いろんな思いに囚われていた自分からもね……」阿莫は言った。「お酒をたくさん飲んで、細く幾筋も切ったんだ。それからたくさん薬を飲んで、力がぐっとみなぎってきて、突然決心をつけたら、思った以上にたいへんなことになってしまった……」一部の傷口は自分から開いて、声をあげることを渇望する。一部の傷口はどこからやってくるのかわからず、せわしなく急にやってくるので、当事者にも見極める余裕がない。

「あなたが最初に家出した時、わたしのところに転がり込んできたのを覚えてる?」わたしは言った。

「覚えてる」阿莫の声は熱を帯びていて、軽く震えていた。「風邪をひいたみたい。熱が出そうだよ」

「あなたがわたしに『ライ麦畑でつかまえて』をくれたこと、覚えてる?」わたしは言った。

「そうなの?　忘れちゃった」どろりとして粘り気のある、記憶の不快感が、阿莫の皮膚いっぱいに広がっていた。

「もう読んだよ。二回読んだんだ」わたしは言った。「あるくだりがずっとわからなくて、明らかに翻訳に問題があるんだけど、その位置とか置かれている文脈からして、すごく重要な箇所のはずなんだ。だから原文を確認してみたんだよ。原文はこうだよ。You don't like anything that is happening.」あなたはいま起こっているどんなことも気に入らないと思っている。

これは主人公の男の子Hの妹の言葉で、兄のことを怒っているところだ。妹は兄を理解しているし愛してもいる。大人ではなく子どものやり方で、純粋に兄を怒っているのだ。兄さんはいま起きているどんなことも気に入らないし、いま経験していることのすべてを否定している。

「この少女はすごいと思うよ!」わたしは言った。「だって彼女はすごく純粋だし、だからすごく賢い。彼女はいちばんシンプルな言葉で真相を指摘しているんだから……」わたしは言った。「憂鬱な人はみんな、どうしてもいまを受け入れられないし、この瞬間に没頭することができない。いつもいま現在から離れて別の時間のなかに逃げ込みたいと思っているし、ここから逃げ出して別の場所に行きたいと思っている。死にたいと思っている人はみんな、この時この瞬間から逃げ出したいんだよ。この時この瞬間から逃げ出すってことは自分じしんから逃げ出すってことだからね」Hは私立高校のエリート教育に我慢ならず、自分の属する上流階級のことを歯牙にもかけず、中西部に行ってガソリンスタンドで働きたいと思っている。なぜならガソリンスタンドの従業員は弁護士のようでも、銀行家のようでも、貴族学校の教師のようでもないからだ。ガソリンスタンドの従業員は嘘をつく必要がないのだ。

「確かに、現在というのはほんとうに耐え難く感じる時があるよね」阿莫は言った。「あの蝕《むしば》み続ける孤独や空虚な気持ち。もしも愛情や肉親の情ですら偽ものなら、他にほんとうのものなどあるのかな？」孤独の究極とはつまり死だ。

「でもひとりの人間として、現在以外に私たちが生きる場所はないし、どこにも行けないんだよ……」

阿莫は言った。

人がこの世に生を受けて、得られる唯一の財産（あるいは負債）とは、つまり時間だ。自分に頼ってしかやりすごすことのできない、他の人にはどうしても代わってもらえない毎分、毎秒。

「わたしたちの手の中のこの時間が、わたしたちの一生なんだよね……」わたしは言った。「だけどみんなは時間を殺している。毎朝目覚めて唯一の目標は、がんばって今日という一日を殺してしまおう、ということ……」

「はは」阿莫は笑った。「まるでネットゲームをしているみたいだね」

にっちもさっちもいかない。みんなはにっちもさっちもいかなくなってしまった。わたしは言った。

「どうりでクリスはわたしに、妹がインドに行きたがってるって言ったんだな。十三《シーサン》は自分がインドに行けさえすれば、ホスピスで何年か働き、末期患者のために入浴や食事を手伝い、薬を飲ませ、最期を見届ける。そうやって他人のために身を投じれば、苦しみがまとわりついた自分から逃れることができると信じているんだね」

「彼の妹はほんとうにインドに行くつもりなの？」

「まだ退院していないんだし、先の話でしょ」わたしは言った。「わたしが知っているのは、クリスが彼女のために旅費を出そうと思っているんだけど、一人で行かせるのは危ないので、だれか一緒に行ってくれる人を探してるってことだけ。クリスはその友人の旅費まで出してやろうと思ってるんだよ」

「じゃああなた行けばいいじゃない」阿莫は言った。

「わたしはいいよ」

「クリスのことが好きなの?」

「わかる?」わたしは訊いた。

「バ・レ・バ・レ」

「だけど彼のほうはわたしには興味がないみたい」

「すごくまいっているんだよ」阿莫は言った。「私がもしも彼だったら、こんな時に恋愛なんて絶対しないよ」

「どうして?」

「だって恋愛じたいすごく疲れるものでしょ」阿莫は言った。「すごく愛してれば、疲れちゃうし、試してみたけどやっぱり無理だなってなれば、すごくめんどうじゃない」

「気楽にはできないのかな? 気軽な感じで好きになるというのはだめかな?」

「クリスはもともとまじめな人なんだよ」阿莫は言った。「彼のそういうところが好きなんじゃないの?」

「じゃあ、あなたは、レズビアンになったのは、男性が怖いからだっていうお母さんの言葉にどういうふうに答えたの？」

「私は確かに〝小さいころのこと〟を理由にして、両親にカミングアウトして言ったんだ。どうしても男の人とはいっしょになれないって。でもそれはひとつの戦術だし、便利な理由だってことはわかってたよ」壁の隅のクローゼットの中からうずくまっていた物語が這い出してきて、自分の影と光を持つようになったのだ。

阿莫は言った。「小さい子どもの肉体が犯されるとき、いちばん根本的な恐怖と無力感っていうのは、自分はとても小さいのに、相手が巨大だという点にあるんだ。自分より大きな体格の大人に押さえ込まれて、押しのけられない力で貫かれるような、こういう痛みというのはすごく複雑なんだ。単純に性的な問題だけでは絶対片付けられない……」阿莫はそこまで話すと、痛み止めを飲むことにした。

「頭痛がひどいんだよ。もうすぐ熱が出るんじゃないかな……」

「刮痧《クアサー》*2をしてあげるよ」わたしは言った。「刮痧はよく効くよ。薬は控えめにしたほうがいいよ」

「〝あのこと〟じたいが、確かに私の子ども時代を傷つけたんだ。ああいう気持ち悪い感じは、なんというか〝泣きたくなるような不快感〟といったらいいかな。だけど成長していくなかで、私はもうひとつのもっと強力な痛みを経験することになった——私は自分が被害者、ひとりの〝性的被害者〟だということを強烈に感じている……これを除いたら、私は何者でもないというくらいに……」阿莫は言いながらボタンを外し、肩や首、背中を露わにした。そしてわたしの素人治療を受け入れた。

「小さいころは何が起こったのかまるでわからなかった。もちろんことがらの深刻さだってわからなかったし、自分がどれほどの被害を受けたとも思わなかった。大きくなって、学校に行き、テレビを見たり新聞を読んで、だんだんと〝性〟が特別で大切なことだと、とくに女性の性が大切なものだと意識し始めるまでね……私がこのことを学び意識したとき、周りの人たち、両親や教師から同級生や友だちまでみんなこのような枠組みと想像のなかにとりこまれているということに気づいたんだ。それでしだいに〝あの事件〟は非常に深刻なことだったということを意識するようになったんだよ。小さいころ起きたあのことは、みんなの眼から見ると、非常に非常に深刻な収奪だったんだってことをね……」七、八歳のころに女童から処女へと変化する。処女膜の破れた処女へと。処女になると同時に、処女の資格を失ってしまったのだ。「処女崇拝」をかたくなに守る文化のなかで、「痛みそのものが性《セックス》になること」を経験したのである。

「こうも言えるかもね。小さいころは、傷つくことも怒りもまだわからない。こういう痛みの強さとか収奪される感覚というのは全部あとづけなんだよ。成長するに従って、当然小さいころに残された、人に対する不信感を伴ってはいるけれどね。たとえば、両親に捨てられた孤独や、南部の人間がもつ卑屈な感じとか、お小遣いが欲しいと言う勇気もない、異郷の人間の見放された感覚とかね……」阿莫は言った。「私の結論は、〝小さいころ起きたこと〟がいまの私を決定づけたわけではないし、私が身をおく環境というのはある解釈とかある見方を提供してくれるだけで、その唯一のある観点から過去に遡っているにすぎないってこと。ひとりのTとしてみれば、こういう原因探しっていうのはよく求められるものなんだ。だって私たちは自分が正常ではないと思っているし、正常でないことを恐れているから、振り返ってかすかな手がかりを、自分が自分であることの理由を探すんだと思う」

月の光のない夜、阿莫は自分のベッドに座り、肌を露わにして、わたしに預けた。ぶ厚い陰影の中で、一言ひとこと苦しそうに、自らをわたしに預けたのだ。

ひとこと語るごとに苦しみがある。まるで刮痧で背中をこすってできた内出血の痕、点状に炎症を起こす皮膚のように。

「ほんとに気持ちいいなあ……」阿莫は首を動かして、太陽穴［こめかみのツボ］を揉みながら、わたしの命じるまま、素直にお湯を一杯飲み干した。

傷とはもともと社会に順応していく過程なのであり、だから治療には終わりがないのだ。とくに運命に見放されたときには。

「いつも思うのは、〝治癒〟っていうのはすごく疑わしい言葉だってことだよ」わたしは言った。「治癒っていうのは、心身が〝復元〟する状態、病気も怪我もしていない状態を前提としているよね。でもね、人間はどうすれば〝原点〟に戻れるの？〝原点〟ってどこにあるんだろう？」身体は生まれた時から不断に変化し続けている。成長と老化、青春と死亡は、同じことの裏と表にすぎない。Living is the way we die. 誰だって生きながら死んでいくものなのだ。

「誰だって傷つけられたことはあるよね。男も女も。ゲイもストレートも……」阿莫は言った。「子どもの頃の性的な傷とTであることを繋げてしまうことの最大の問題は、〝ペニス中心〟ということ。足の指が好きな人は、足の指に触ることが性的に最も感じると思っている。こっそり足の指を触ることでオーガズムに達する人だっているんだよ――どうして私たちは〝足の指を触られること〟を性的被害と見なさないの？　なのに男性の生殖器が女性のなかに入ったかどうかってことばかり問題にしているでしょう？」

「だけど、怪しいおじさんにこっそり足の指を触られて、それで射精しちゃうって考えただけで、すごく気持ち悪いよ……」わたしは言った。「まあ、犬の糞を踏んじゃったことと同じくらいの気持ち悪さでしょ。壊滅的な傷を負わされるわけじゃない」わたしは続けた。「仮にわたしが悪巧みを考えている宗教詐欺や、以心伝心でわかる色情狂で、背中フェチのSだとしたら、いまあなたにしているこの乱痴な動きというのは、フフフ、わたしの性欲を満足させていることになるから、あなたを性的に犯していることになる……」

「わわ、怖いよう。でも残念なことにあなたは私のタイプじゃないんだ」阿莫は言った。彼女は以前、オナニーをしているとき、自分がレイプされるのを想像していた。虐待のプロセスを通して、レイプされた経験をなぞり、痛みの記憶を解放したのだ。

傷の双子の姉妹は被害者である必然性はない。ファンタジーでもいいし、奔放な行動や想像力でもいい。傷は化け物の情欲の原点にもなりうるんだと阿莫は言った。

「だけど、こういう考え方は、私が被害者という苦海のなかを長い間もがき続けた後、やっとわかったことだってことは認めなければならないね」ある性的暴力を受けたTと受けていない――あるいは「受けることに満足している」――Tに関する主体性と性の主体……

わたしは引き続き阿莫に刮痧をしてやりながら、この瞬間、この瞬間に舌がむずむずとしだしたことに気づいた。

わたしは彼女ととってもキスしたかった。この瞬間の彼女、この率直な演説狂に。阿莫はわたしとそんなふうになってもかまわないと思っている、とわたしは直感していた。だってわたしは彼女のタイプではないから。だから安全なのだ。

けれども、この思いと同時に出てきたのは、彼女はいまはまだすごく弱っていて、冒険しないほうがよい。もしも心から彼女のためを思うなら、わたしは節度をわきまえなければならないし、自分の欲望、絶えず辺境を探索しようとする好奇心を抑えなければならないということだった。

我々は「主体」という言葉を口にするのに慣れているが、主体を「満足するために絶えず前進する」ことだと間違ってとらえていて、主体にも「節制」や「放棄」、すなわち原則に従って、欲望が自分に及ぼす影響力を拒絶するということが含まれていることをまったくなおざりにしている。

小海とわたしの友情もあぶなっかしいものだ。わたしはもう教訓を得ている。彼は毎日のように部屋のドアをノックし、わたしは聞こえないふりをして鍵をかけた。「性的友情」という概念に疲れたし、大いに疑問を感じていたのだ。「性的友情」が概念から行動へと転化する時、「友情」の空間は逆に圧迫され、縮んで変形し、別のものになってしまう。

それはなんだろう？　すぐにはなんとも言えないが――人と人の間の関係というのは、ある時空間の条件のもとで進化し変化していくものであり、しばらくは定義のしようがなく、名付けることもできない。まったく小海とわたしが共有するこの関係ともいえない関係のようだ。わたしは様々な語彙が錯綜する中で手がかりを探したが、結果はまだ出ず、適切な用語も見つからないし、新しい言葉もまだ創り出せていない。思い切って阿莫のところへ逃げてきて、風当たりを避けたというわけだ。

わたしは運命が与えてくれたチャンスを遠慮して、情欲の貪欲さをも謝絶する。自分の阿莫に対する邪《よこしま》な気持ちをしまって、互いの友情を守ろうと思う。

阿莫の母親は断言した。阿莫の小異に対する感情とは、「身を投ずる」ではなく「身を寄せる」ものなのだと。

身を投ずるとは、後へは引けない愛情であるが、身を寄せるのは難を逃れるためだ。異性から逃げ出すために、同性の肉体へと走るということ。

「ほんとうに馬鹿みたい」阿莫は言った。「母が最初、父に嫁いだのは、合法的に家出して、自分の両親から逃れるためだったのに。彼女だけが身を寄せることができて、わたしには許さない。異性のもとに身を寄せるならかまわない、同性のもとに身を投ずるのはダメなんだ」

「『欲望という名の電車』で、もっとも性的なあの部分を覚えてる？　男と女の間で暗闇のなか起きるあれこれは、その他のものの精彩を奪い、ちっとも重要ではないものへと変えてしまう……」それは野蛮な取っ組み合いに近い、赤裸々な性欲であり、ブランチも乗った「欲望という電車」であり、この電車が彼女を破滅へと導いたのだ。「わたしは繰り返しこの部分を読んだ。テネシー・ウィリアムズは、男と男の間の愛をまさにこっそり渡っているんだと感じたよ」わたしは言った。

ブランチは自分を弄《もてあそ》び尽くして、こんどはみんなに弄ばれ、だめになってしまったと言われた。その後彼女は非常に現実的になり、カネを愛するようになってしまったからだ。愛による傷を回避するために、二度と愛を信じなくなったが、一方でカネを信じ、富とそれによってもたらされる美と尊厳を追い求めた。追求者からの尊重を得るために、絶えず嘘をつき、人を誘惑し続けた。彼女は言う。「私はこんなふうに、どうしても私を欲しくなるまで彼を騙し彼を誘惑することしかできない」

投資して男を釣る。カネも地位もある男を釣る。どんな女の子もみんなしていることじゃない。すべての雑誌や広告、アイドル出演のドラマはみんなこういう夢想を売り込んでいるのだ。美貌や弁舌、格好や趣味に投資して、遠い果ての神秘的な旅行に申し込み（敷居はものすごく高い。資格が限定されている）飛行機に乗るならビジネスクラス、芸術品のオークションに参加し、謙虚に熟考して「金持ちのおぼっちゃん」や「大会社の社長」の社交場に紛れ込む……「わたしが愛するブランチですら（わたしはお笑いのすすり泣きをする）、かつていちばん純真だったあの女の子が一日じゅう想っているのも富豪なんだ……」前のボーイフレンドがテキサスで石油を掘りあてて、富が溢れるばかりに噴き出してきて、深いポケットにももう収まりきらない。溢れてそこらじゅうに広がる。ブランチはいつも昔の恋人に会いにいって好意《カネ》に甘えたかった。ちょっとの好意で彼女の幸せな妄想は満足するのだ……。

美女はお金持ちに「嫁入り」する。女性スターたちが列に並ぶ魚のように、ひとりひとり順番に富豪に嫁いでいくのは、いったいどういうことなのだろう？　いったい何によってそのようになるのだろうか？　これはおそらく「阿莫が小さいころに起きたこと」よりもずっと悪い。しかも徹底的にひどく、そのひどさはそこらじゅうがあたりまえのように色恋沙汰でいっぱいになり、人の心に深く入り込み、誰もこれがひどいとは文句も言わなくなるほどである。

「仮にあなたのお母さんが正しいとしても、だからどうなの？　あなたが〝傷によって作り出されたレズビアン〟だったとして、それがなんだっていうの？　異性愛の女どもが、みんなして名誉と利益の庇護を求めるのに比べれば、こっちのほうが聞いた感じずっと正常だよ」わたしは言った。

「たぶんね」阿莫は言った。「どんな少女でも女性へと変わっていく過程では、多かれ少なかれ傷を負うような個人的な経験を踏んでいくだろうね……」

「レズビアンは愛する相手を間違えたらどうしようと思うけど、ヘテロの女は自分には誰かを愛する資格がなかったらどうしようと思うんだよ……」それほど可愛くなく、愛する価値もなく、愛に釣り合わない。自分がそれほど痩せておらず、若々しくもなく、足も細くなく、胸も大きくなく、お尻もぷりっとしていないし、BB《べべ》もそれほどピンク色じゃない（BBクリーム？　韓国系のお嬢さんはみんなBBクリームにお熱って聞くけど。母親はびっくりした顔で訊いてきた。最近はBB《べべ》も化粧しなくちゃならないのかい？）……すべての「平均値」にある肉体はすべて「障害」があると周知され、卑屈が常態となり、いつも自分が醜いと信じている。今日は昨日よりもっと醜く、明日はもっと醜くなるだろうと。

　商品によって統治された乱世に身をおく、すべての正常な女性はみなそれほど正常ではなく、集団で「Dカップ羨望症」に罹患《りかん》しているのだ。まだ異物を充填していない乳房は、充填されるのを待っている――次の失恋の後で。天然の乳房が小さすぎれば、直接買い物かごに片付けて、「畸形」や「欠損」ということにする。矯正と治療が必要であれば、シリコンやヒアルロン酸、コラーゲンタンパク質、ボツリヌス菌を、乳房や鼻梁や唇や眼の周囲、頬、ふくらはぎに処方する。必要があれば手術も行う。まぶたや眼頭を切り、顎を削り、脂肪を掻きだす。ブラウスやバッグやボーイフレンドが同じになってしまうこと以外に、将来には同じ顔になってしまうことにも注意をしなければならない。義乳房、義歯、義鼻、義眼となっても、意志や感情や性格は変えることができない……この「異性愛女性の傷と整形治療明細」は終わることなく長い年月書き続けることができる。失敗した革命が再度成功を宣言し、そしてまた失敗するまで。「人間性」の定義がひっくり返り、そしてまたひっくり返るまで。人類がもはや人類ではなくなるまで。

「実は小異は胸を整形してるんだ」阿莫は言った。

「うそ?」わたしは言った。

「ニセモノだよ。二十万かけて偽のおっぱいを作ったんだ」

「ほんとう?」

「ほんとうだよ」阿莫は言った。「離婚した後にやったんだ。自信をつけることのほかに、徹底的に前夫との関係を断つためにね。前夫はあちこちに愛人を作ってしかも離婚はしたがらなかった。小異は離婚した後も彼のことが忘れられず、その後一、二年も彼に弄ばれたんだ。彼女はずっと豊胸手術をしたいと思っていたけど、その勇気がなかった。強い衝動には欠けていたんだと思う……」

「うん、整形ってなんというか捨て身の衝動が要るよね……」わたしは言った。

「その後、小異は前夫のやり方に耐えられなくなり、自分のことも嫌になって、一時の衝動でついにやってしまったんだ」阿莫は言った。「小異にとってみれば、豊胸はものすごく大きな解放だった。彼女は変身したんだからね。前夫は秘密を守れない大口で、豊胸後の彼女は自分の節度をかたく守って、二度と前夫には触れさせないようにしたんだ……」

「わあ、彼女も〝変身〟を経験したんだね……」外側から内側へと自分を鍛え、意志を変えたのだ。もしかしたらわたしはあの「異性愛女性の傷と整形治療明細」は回収すべきかもしれない。

「だけど彼女は爆弾処理をしてね、かわいい〝知的なAカップ〟に戻ったんだ……」阿莫は言った。「へへ、私はDカップもAカップも試してみたんだよ」

「そんなに違うもの？」

「私からすればまったく差はないね」阿莫は言った。「Tは男じゃないし男になりたいわけでもない。私たちが女の子を楽しむ角度は、男とは違うんだよ」

「どう違うの？」

「ああいう整形の広告が対象にしているのはみんな男女関係で、異性愛を毒しているだけなんだ」阿莫は言った。「特にネイルケアとかネイルアートね。レズビアンがああいう指を好むなんて想像しにくいし、爪を西太后みたいにのばして、あんなに削ってとんがらせ、人造ダイヤとかシール、ビーズをたくさん貼り付けて……ああいう女の人は仕事しなくてもいいの？　髪の毛だって自分で洗う必要はないんだろうか？　それに、ああいう爪はガールフレンドのあそこを傷つけちゃうでしょ？　自分や自分の相手も出血しちゃうと思うよ」

「結局どこがどう違うの？」

　阿莫の話は道理にかなっていた。だけどわたしはあいにく道理なんて聞きたくなかった。道理は「理性」の側にしか立っていない。わたしが欲しいのは理性以外のものなのだ。

阿莫は口笛を吹きながら眼を閉じた。むりやりわたしに「非理性」の水面下に潜り込まされ、しばらくそこでたゆたったが、一文字も掬《すく》い上げることができず、わたしにこう訊いただけだった。「高凌風《フランキー・カオ》は知ってるよね？」

「知ってるよ。冬のかがり火でしょ」

「彼の歌に『違う』というのがあるんだけど……つまりああいう感じなんだな……」

あらら阿莫、あなたってまたけっこうシブいなあ。わたしは言った。この歌は知っている……

言いてえんだけど／口はなかなか開《しら》かねえ／説明してえんだけど／どう言やいいかわからねえ／けっきょく／ひとことで言《し》えば／違うと言うしかねえ／そりゃあつまり違うってことだあああ……。

＊1　愛玉子の果実から作るゼリー状のデザート。
＊2　民間療法の一つ。背中を銅貨などでこすって皮膚を充血させて治療する。

16 ただです、ご自由に・さよなら小海

人生でなにか間違いを犯すこと、それは分岐点であり、予想外なことである。もしもそれが繰り返されれば、言葉となり、スタイルにもなるのだが。わたしが犯したひとつめの間違いは、小海《シャオハイ》のマスターベーションを手伝ったこと。ふたつめは、彼とベッドを共にしたこと。

ブランチは期限を越えて居候し続け嫌がられるまでになったが、自分も同じだとわたしは気づいた。もう出ていかなければ。それは借金にも似ていて、借りる理由と金額を言うだけではだめで、いちばん重要なのは返却期限だ。どんなことにも最低ラインの他に、上限もあるものだ。「期限」がなければ「借りる」とは言えず、むしろ「責任をとらない」ようなもの、馬鹿にしているようなものだ。

期限を越えて居候しているわたしは、でも小海の善意を使い果たしたとも思っていない。その理由は、小海が三晩連続でドアをノックしたことだ。おかげでわたしは部屋の鍵をかけ、聞こえないふり、

寝たふりをしたのだった。寝たふりをした人は呼んでも起きることはない。

小海はそれを求めたが、わたしはいやだった。問題はわたしにはどうしても決められないというところにある。自分に拒絶する権利があるのかどうかどうしても決められないのだ。まるで身体で家賃を払っているようだし、居候の身という立場の弱さもある。

一旦「身体で交換し合う」ことの不適応感が生じれば、離れたくなるし、「罪をあながい」たくなるのだ。

荷造りを始めたあの日、目覚めたとき、ドアの外ではウーウーと掃除機の音が響いていた。小海の家の使用人が掃除をしていたのだ。わたしは小海のお姉さんの香気高いベッドに横たわり、だらしなく電話をかけた。

「阿莫《アモ》？　わたしだよ。いつ退院するの？」

「白衣君がさっき来たところだよ。早くて金曜日だって」

「うれしい？」わたしは訊いた。

「娑婆に出られるんだからもちろん嬉しいよ。でもちょっと怖くもある」阿莫は言った。「これからは自分だけでなんとかやっていかなくちゃならないから」

「そうだよね」わたしは言った。「自分をぜんぶ他人に預けて、少しも責任を負わなくていいのはほんとうに気軽だもんね」

「あなたの話を聞いてるとなんだかおかしな感じがするな……」阿莫は言った。

「わたしあなたのところに住んでも、いいかな？」

「いいけど、でも私のところは狭いし、小海の陳公館みたいに豪華で、大人が誰もいないわけじゃないんだよ、なんでいい方を選ばないの？」

「あのことだよ……」

「ああ、結局のところ小海があっちの方を求めすぎってことなのか、それともあなたが美味しすぎるってことなのか、どっちなの？」阿莫はにやにや笑った。

「笑うんだね。もっと笑えばいいよ……」わたしは言った。「いつかあなた自身がそういうことに出くわせばわかるよ」

「はは、私経験あるよ。あなたの先輩ってことだよ」阿莫は笑って言った。「あれは小学生のときだったな……」

「嫌な感じ。あなたってどうしようもないTだね、そんなことまで自慢して。ほんとにもう退院したほうがよさそうだよ」


電話を切って、この鍵のかかったドアの内側に閉じこもり続けた。掃除機の騒音はドアの外を行ったり来たりしていて、まるで年寄りがぶつぶつと文句を言っているみたいだ（あなたって人はほんとに恥知らずだわね）。小海のバスルームからはシャワーの音がしている。きっと朝風呂のあと、わたしを連れて、「来来飯店」の会員専用の朝食を楽しみに行くつもりなのだろう。

わたしは身体を横にして左耳に全身を預けた。するとスプリングベッドのなかがなんだか騒がしい。

金属疲労でそのなかの一本が切れてしまったのだ。ベッドの心臓の、血管が破裂したのである。ベッドの胸腔《きょうくう》の肋骨の一本が痛んでいる。

小海はドアをノックして訊ねた。「起きた？　お腹空いてない？」

わたしは小海を中に入れた。そしてここを出て行くことを伝えた。なぜと彼が訊くので、自分自身のことを釈明してみたが、でも言い方があるいはわかりにくかったかもしれない。小海を説得するには足りなかったので、はっきりと言うしかなかった。

わたしは言った。「あなたが必要なのは友だちじゃなくて、ただで抱ける娼婦なんだよ」

「僕はきみのことを娼婦だなんて思ったことはないよ」小海は小動物のように無辜《むこ》で大きな眼を見開いた。

「わかってる」わたしは言った。「でもね、ここに住んでると不自由な感じがしてくるんだ」

「僕と関係してしまったから、不自由に感じるの？」小海は訊いた。

「違うよ。断ることがどうしてもできないから、不自由に感じるんだよ」

「断ればいいじゃない」

「でもあなたはずっと求め続けてるよね」

「嫌だって言えばいいんだよ」

「言ったよ」

「そんなことないだろ……」小海は子どもががっかりするかのように気落ちした。

「あなたがノックしてわたしが答えなければ、言ったことになるでしょうが」

「僕はただ一回求めただけじゃないか」

「そうなの？」わたしは言った。「一回しか求めてない？　昨日は何回求めたの？」

「……」

「あなたって本当にわかってないの？　それともわざとわからないフリをしているの？」ああ、わたしなんてきついんだろう。でも収まりはつかない。

「あなたはわたしに部屋代を払わなくちゃと思わせてくれないと」わたしは言った。「でもあなたのところのようなお家は、わたしには借りられないけどね」

「そんなふうに思ったことはないよ」

「あなたがそうだってことはわたしわかってるよ」わたしは言った。「たぶんわたし自身の問題なんだ。やっぱり出て行く方がいい」

「どこに行くんだよ？」

「数日後には実家に帰るよ。阿莫のところに二、三日泊まれるから」

「お金なら払ってあげられるよ」小海は言った。「もしもきみがそんなふうに……」

「ねえあなた結局わたしの話理解できてないじゃない！」わたしは怒った。「わたしはただの娼婦になりたくはないし、有料の娼婦にだってなりたくないよ」――ゲームのルールを新たにつくって、お金やプレゼントの賄賂を受け取らせれば、快楽の罪のなかにも斬新でラジカルな道徳的世界を再構築できるとでも？

「じゃあ、他のことはまったくしなくていい。たまにオナニーを手伝ってくれるだけでいいよ」小海は言った。
「そんなことも相談できるって言うの？」この言葉は太字の別のフォントになって、わたしの表情を醜くねじ曲げる。
小海は痛みに近い嗚咽《おえつ》をあげながら言った。「僕はきみだけが欲しいんだ。他の誰でもなくよ！　でなけりゃバーにでも行ってひっかけるか。わたしは言った。「前のように女の人を買いに行けばいいんだ
「小海、あなたほんとうに病気だよ！」わたしは言った。「前のように女の人を買いに行けばいいんだよ！　でなけりゃバーにでも行ってひっかけるか。あなたはお金にも困らず、顔もハンサムで、身長も高いっていうのに、なんでわたしなんかに纏《まと》わりつくの？」

ひとしきり責めて、わたしはようやく自分がとても高慢で、価値のある人間、「身売りの金額」の付く人間になどどうしてもなれないということに気づいた。本性に逆らって、身体で部屋代や光熱費や一日三食の食事や友愛の救済を相殺にすることなんてできないのだ。

わたしはただ無料の人間になりたいだけなのだ。自由。Free. 無料は自由の同義語だ。

無料の人間だけが、ノーという資格がある。

前回、思い切って「ノー」と言えなかった結果、真夜中に大量の糜汁《びじゅう》をもどしてしまった。饐《す》えて腐りきった水が体内からわき上がってきて、また逆流し、鼻腔をめぐって、体内へと戻っていった。

強い酸の毒がわたしの睡眠を腐食していく。わたしには売淫の天分がないのだと思った。あるいは見知らぬ人が相手なら大丈夫だろうか？　けれど、文字を売ることだって骨が折れる。ラジオ局が欲しいようなフレーズはなかなか書くことができないんだから。

「どうして僕がこんなふうになってしまったのか、考えてみたことはないの?」小海は訊ねた。

「どういうこと?」

「どうして僕がきみにこんなふうに接しているのかって話してるんじゃないの?」わたしは言った。「あなたは
「考えたことはあるよ。いまそのことについて話してるんじゃないの?」わたしは言った。「あなたはたぶん〝セックス依存症〟なんだと思う。わたしの手には負えないんだよ。女の人を買いに行ったり、ナンパしに行けばいいよ。あるいは友だちや医者に相談するか……」

「他の可能性について考えてみたことはないの?」

「どういう可能性?」

「僕に秘密があるのか、きみが訊ねたことがあるよね?」

「覚えてる」

「あるって言ったのは覚えている?」小海は言った。「僕には秘密があるって」

「うん」だから?

「それはきみも耳にしたくないような秘密だって言ったんだけど、覚えてるかな?」

「覚えてるよ」わたしは服を干した野菜みたいにぐるぐる巻いてスーツケースに入れながら言った。

「とっくの昔にその秘密は知ってたよ。あなたの問題はわかってる」

「そうなの?」小海は訊いた。「きみは何を知ってるの?」

「あなたは檔案局［公文書局］に行って、おじいさんの資料を調べた。彼は山のような案件を処理して、山のような死刑判決を下した……」

「僕は檔案局には行ったよ。でも僕の秘密はそれじゃない」

「わかってる。最後まで話を聞いて」わたしはベッドに腰掛け、あの疲労した金属をもう一度折って、小海のほうを向いた。「わたしの外祖父の案件も、あなたのおじいさんが処理したんだよ」わたしは言った。

「きみは知ってたんだ？」

「うん」わたしも檔案局に行ったのだ。「でもあなたのことを恨んでもいないし、嫌いなわけでもない。あなたのことは大好きだし、わたしのいちばんの親友だよ。だけど、あなたやあなたの家族が象徴しているようなものを、わたしが軽蔑してるってことは、認めなければならないけどね」

小海は頷いて言った。「僕もそうだよ」

「だけどきみに教えたい秘密はそれじゃないんだ」小海は言った。

それはおもしろい。わたしは草臥《くたび》れたベッドの上で疲れた眉を上げて、小海を見つめた。

「きみを愛してるんだ」

彼はわたしを愛してると言った。

え？

「きみのことを愛してるんだ」

わたしは数分間ぽかんとしてしまった。それから怒りが爆発した。

言葉につまってよりによって「きみを愛してる」なんて、いったいどういうこと？

「またでたらめを言って」わたしは言った。

「ほんとうなんだ」彼も譲らない。「もう長いことときみのことが好きだったよ」激情が襲ってつま先を立て、つま先の小さな筋肉たちが張りつめながら、なんとかバランスを保っている。

「あなたは友だちなんだよ」わたしは震えるほど興奮していた。「いちばんの友だちなんだよ」わたしは泣きそうだった。「なのになんでそんなことを言うの?」

「きみはすばらしいと思わないか? いちばんの友だちを愛するんだよ?」

「あなたはわたしの友だちなんだよ」怒りで言葉もつまってしまう。「あなたは〝セックスフレンド〟とか言ってわたしを騙して、友情を言い訳にわたしと関係を持ったんだよ……」

もしもそれが「愛情」だと知らされていたら、小海と関係をもつことは決してなかっただろう。

「たぶん頭のなかが精子でいっぱいで、くらくらして思い違いをしてるだけだよ」わたしは言った。「あなたの歴代のガールフレンドをわたしはみんな知ってるよ。李玟君時代、張倩宜時代、アップルちゃん時代、蓮霧《れんぶ》ちゃん時代……。蓮霧ちゃんの誕生日プレゼントは、わたしが一緒に選んであげたんだよ……」小海は雄犬のように若い。たとえわたしより半年早く生まれているとしても、やはりわたしより若い。

「だけど彼女たちはきみじゃない」

「なにを言ってるの?」

「大学一年の後期に僕たちが仲良くなったころ、きみは小肆《シャオスー》と付き合っていた。だから僕は別の女の子と付き合うしかなかったんだ……でもいまは、きみも僕もひとりだ……」小海は言った。「僕はずっときみを待っていたんだよ……」

「これがあなたの秘密なの？」

「うん」

「わたしがあなたの秘密だったの！」

「そうだよ」

「わたしが聞きたくないとわかっているのに、どうして教えたいと思ったの？」

「だってきみが、僕がきみをただの娼婦だと思ってるって言ったからさ」小海は言った。

「あなたが自分の恋愛遍歴を書き換えたいんなら、わたしには知ったことじゃないけど、でもわたしは信じないよ」

小海は自分がわたしを愛しているということを信じている。しかももう長いこと愛していることに自信をもっている。男の子が性欲に支配されているときは、かえってとても純情にみえるものなのだ。わたしはもうここに居続けることはできない。

「もし小海が本気だったら？」阿莫はわたしに訊ねる。「どうしてあなたは小海が自分じしんもそして他人も欺《あざむ》いているって断定するの？」

「おちんちんを何日か放っておけば、彼も目が覚めると思うよ」わたしは言った。

阿莫は刮痧《クアサー》のおかげで、気分も爽快になった。急いで病院に戻るのだ。一分でも遅れたくはない。

「退院許可」がまもなくでる今週は、彼女には失敗が許されないだけでなく、ますます信頼されるような落ち着いた態度を示さないといけないのだ。

阿莫が出て行くとすぐに、小海から電話がかかってきた。彼は泣いていた。下にいるからわたしに会いたいと。

「あなたはわたしを監視してるの？」わたしはカーテンを開けて下のほうを眺めた。

「そんなことはしてないよ。ただ下で待っているだけ。阿莫が帰るまで、きみにひまができるまで待ってるだけだよ」

「つまり監視してるってことだよね」

「会いにいっていい？」

「わたしは会いたくない」

「どうして？」

「あなたはわたしを騙したんだよ、会いたくない」

「きみのことを愛してるんだ」小海は電話の向こうで子どものように泣いた。

「結局わたしと寝たいのか、それともわたしを愛してるのか、あなたにはまったく区別できていないってことだよ……」わたしは言った。

「どんな違いがあるの？」

「もちろん違いはあるよ」わたしは言った。今回は「性と愛の一致」について議論しているのだろうか？

「愛したいという気持ちと欲しいという気持ちにどんな違いがあるの？」小海は泣き続ける。「どんな愛だって欲しいっていう気持ちから始まるんじゃないの？　欲しくないなんて思う愛なんてあるの？」

小海はマンションの下で騒いでいる。わたしは彼のことが本当に怖かった。彼を部屋に入れる勇気はなかったので、こちらから下に行って会うほかなかった。

彼はわたしを見るなり手を伸ばして触ろうとするので、ぱっと避けた。

長いこと黙りこくったあと、わたしはようやく新しい論点を見つけた。

「あなたはわたしを愛してないよ。あなたの罪悪感がわたしを愛しているんだよ」わたしは言った。

「違う。僕は大学一年のときからきみのことを愛してるんだ」小海は言った。「僕のおじいちゃんときみのおじいさんのことは、最近知ったばかりだよ」

「それがつまりわたしが言いたいことだよ！」わたしは言った。「もしもあなたが大学一年のときからわたしを愛していたのなら、もう六年間もそれが続いてるってことだよ。どうしてあなたはこれまで何事もなく、最近になってようやく発作を起こしたの？　ひとつは、わたしたちはセックスをしたから。もうひとつは、あなたたちのような特権家庭の幸福で豊かな暮らしは、わたしたちのような家庭の悲劇の上に成り立っているとあなたが気づいたからだよ……だから、あなたは〝性《セックス》〟によって混乱しちゃっただけじゃなく、〝罪悪感〟によって有頂天になっているってことだよ」わたしは言った。

「僕に道理を並べないでくれよ」小海は言った。「きみは僕のいちばんだいじなものをもう奪ってしまったんだ。そんな道理を並べないでくれ」

「あなたの何を奪ったっていうの？」

「いちばんだいじなものさ」小海は言った。「僕の心を奪ったのだから、この僕という存在全部を奪ってくれなくちゃ」

「あなたの心なんて奪ってないよ」わたしは言った。「あなたのおちんちんを握っただけ」

小海は話を聞いていない。ただ喋っているだけだ。「ひとつを奪ったってことは、全部を奪ったのと同じだよ。この僕のすべてを奪ってかまわないよ」小海は言った。「僕を殺していいよ」

その瞬間、血の気のない白っぽい街灯がぐらっと傾くのを感じた。ごみ拾いの老女が通り過ぎ、ネクタイで――そしてそれが象徴するあのいなくなった男を――彼女の黒犬を縛り付けた。

「小海、ドラッグでもやっているの?」

「やってないよ」彼は言った。「でも酒はたくさん飲んだよ。それに痛み止めもね。僕はナイフを持ってるんだ。僕を殺していいよ」

ナイフの柄は彼の拳《こぶし》に握られていて、拳はカバンの中に隠れていた。わたしは背筋がぞっとして、ナイフの先が息もできない皮膚の上を滑るところを想像した。

「ナイフなんて持ってきてなにをするつもり?」どうして彼を殺すことなんてできるだろう? わたしは殺されることのほうを心配した。

「だって僕を信じてくれないからさ」小海は言った。「死んで僕が本気だってことを証明してあげるよ」

「いいよ、いいよ。信じてあげるから」命の安全のために、信じると言うべきことは全部信じる。

わたしは自分があらしのなかに身を置いているとはっと気づいた。小海の意識の下三センチの、理性の及ばないところで、静かなあらしが吹き荒れている。

「じゃあきみを抱いていいかな?」小海は訊いた。

「断ってもいい?」

「お願いだよ」

「わたしだってお願いしたいよ、小海」わたしはひどく震えて、泣き出してしまった。「あなたが見知らぬ人になってしまったように感じるよ」

「わかった、わかったよ。泣かないで。きみを抱いたりしないから」

わたしは泣いて拒絶したのに、まったく逆の行動をしていた。手を伸ばして小海を抱いたのだ。一方で同情しつつ、もう一方では恐怖を感じながら。小海の不眠症の眼は燃えていて、瞳孔はまるで光熱で膨張した炭団《たどん》のように、大きくなったみたいだ。わたしの指先は彼の背中に触れて、尋常ならざるものを探りあてた。

「あなたの背中、どうしたの?」彼の肉体については結局のところわたしはよく知っているのだ。

「なんでもないよ」彼は言った。

「見てもいい?」

「だめ」

「いったいどうしたの?」

「見ないでくれよ」小海は言った。「見たら後悔するよ」

このとき、小海の表情はなにかに集中していて、ぼんやりとしたなかにも、明らかに澄んだ透明さを含んでいた。彼がわたしを守ってくれていると、残忍な視覚の衝撃から免れるように守ってくれているとわたしにはわかっていた。そしてわたしはもっと激しく震えだした。

「ご飯を食べに連れて行ってもいいかな？」小海は言った。「きみは僕の家で太ったよね。とっても可愛いよ」

彼はわたしが太ったことすらも気に入っていると言った。もしこれでも愛と呼べず、愛と呼ぶ資格がないというなら、愛とはおそらくまれにしか存在しないということになるだろう。

小海が高校三年のあの年、紅衫姑娘《ホンシャンクーニャン》の一声で彼は捨てられた。小海は反抗することなどなく、ただ、成熟した年齢の肉屋の熟しきった権威、すべてをぶち壊し、へし折ってしまう性の暴君に服従するのみだった。紅姑《ホンクー》に比べれば、わたしは逃げ後《おく》れた雌鶏や甘やかされて育った家畜のように弱々しく、飛べない翼を振り回し、小海の崩壊が近づいている権威、気がふれた人と狂人だけが享受できる特権にひれ伏すばかりだった。

わたしたちは辺鄙な路地を離れ、ネオンがきらめく大通りへと歩いて行った。人の群れと車の流れに見守られているうちに、わたしの恐怖感は少し遠のいた。小海が突然キスしてきて、わたしをご馳走に連れて行ってくれると言った。もしも神経にも皮膚があるなら、わたしの神経はもう脱皮して、ロマンチックなぬかるみのなかで裸をさらしていた。

「メニューのない日本料理屋なんだ。評判がとてもいい店だよ」小海はわたしに訊ねる。「オマカセを食べたことはある？　オマカセっていうのはつまり信頼するってことなんだ。自分を相手に預けるっていうこと」小海の充血した両眼はきらきらと鋭く輝いていて、あの愛情に関する秘密はいまだに生まれ続け、成長し続けていた。

わたしたちは三十分も路上をうろうろし、なんども道に迷い、背中が汗でぐっしょりになるほど道を訊ねてまわったが、逆に頭の方は少し冷静になった。

ふとっちょのおばかさんが粗末で醜い変電設備の入った箱の上で、マーカーペンをマイクに見立てて握り、蔡依林《ジョリン・ツァイ》の「舞 孃《ダンシング・ディーヴァ》」を歌っている。投げ銭入れの紙箱は空っぽで、強い風が吹いて飛んで行ってしまった。

わたしたちは小海が言っていた店、「二十二家屋」にたどりついた。

劇場のように何層も重なり、何層にも奥行きがあるような空間で、夢のような光沢に染まっており、テーブルごとにそれぞれ芝居を演じているかのようだ。店はすでに満席で、外にも人が溢れていた。わたしは食事を待つ列の中で、さまざまな音を耳にしたり、あたりをきょろきょろ見渡したりして、居心地の悪さを感じていた。

「長いこと待たされそうだね」わたしは言った。「小海、別のお店にする?」

「席はまだあるよ」小海は言った。「お店が準備してくれているところだ。もうちょっと待てばだいじょうぶ」

わたしは優しさが自分を踏みにじるのをやきもきしながら我慢しつつ、狼狽《ろうばい》したような微笑みをなんとか浮かべた。右に数歩移動して、もうひとつのドアの前に立った。もともとこの店には別の空間があり、たくさんの畳が敷き詰められてできていた。すでにきれいに片付けられ、客をそちらへと迎え入れようとしていた。そこには人の気配はなく、だからこそ清潔で夢のような店内には、十数匹もの猫がうずくまって座っていた。

十数匹、二十四はいるかもしれない。一匹一匹が互い違いに並べられた低いテーブルのひとつひとつに繋がれている。

空気中には漂白剤と生魚の臭いが漂っている。

部屋いっぱいの猫ちゃんには二種類の色しかない。まっ黒かまっ白かだ。二色だけが許され、他の色は許されていない。

猫ちゃんを繋いでいる長いヒモは一つの色だけ。疑う余地もない真っ赤な色。

猫たちはみな毛がぼさぼさに逆立っていて、見た感じがペルシャ猫のようだ。

わたしは小海の袖をちょっと引っ張って、振り返ってこの一幕、怪しげなシーンを見てもらった。

猫という動物は、一匹一匹、飼い主によって毛を整えられて「猫ではないもの」になってしまう。まるで動物ともいえないし、ペットとすらいえない。そこには人の意志しか見て取ることができない。命はひとつの装置、装飾品、静物、小道具になり果てている——これらの生きている猫ちゃんたちは、ヒモの長さぶんの円周のなかで動いたり、じっとしたりしている。

どれだけの忘却を経れば、こんなふうにおとなしく静止したり、ヒモの束縛を受け入れられるのだろうか？　駆けまわったり飛び跳ねたりすることができない円周のなかで、病み衰えながら、美しく輝いている。

どれだけの忘却を経れば、この猫ちゃんたちのようにほとんど人間のような顔を持つことができるだろう？

世間を見飽きたようなひとつひとつの、人の顔をしたペテン。

「小海、この店はなんだか怖いよ。なかに入りたくない。向かいのお店で麺を食べればそれでいいよ」わたしは言った。

「きみはオマカセを試してみたくはないの？」（僕を信じ、僕を愛し、僕にきみを愛させ、僕にきみを預けてほしい……）

「わたし吐いちゃうかもしれない。あの猫たちは標本みたいなんだもの」わたしは言った。わたしは猫たちが喉を摘出され、ミャーミャーと鳴けなくなってしまったのではと思ったほどだ。

空気中には漂白剤の臭いが漂っているが、猫の体臭をごまかすことはできない。

「そのシーンは、ダリの絵みたいだったんじゃない？」一週間後、阿莫はわたしに会いに来てくれた。彼女は訊ねた。「あなたはダリの絵を見たことはあるでしょ？」

「ちょっと違うなあ……」わたしは言った。「わたしのいまの説明があのとき目にしたものと同じなのかどうかもはっきりしないんだ。覚えていることと、経験したことが果たして同じなのかどうかがね……」わたしにはダリはわからない。けれどダリの世界の中では、時間が溶け、空間が歪んでいき、人と物と世界の関係がそれに従ってねじれていく。ダリの空間に足を踏み入れれば、自発的に脅威を感じるし、攻撃を受けていると感じ、警戒状態へと入っていくだろう。

だけど、二十二家屋の怖さとダリの怖さはちょうど反対だ。店内へと入って、にこにこと自分じしんをそのなかへ預ける人たちは誰も、外にいるわたしのように脅威を感じてはいない。彼らは酒を飲み、劃拳《ホアチュアン》*1をし、笑い話に興じる。同席の男女とふざけあいながら、輸入もののお刺身を口に運ぶ——これにはどれだけの忘却が必要なんだろう！　標本のような死の、静物の猫の取り巻く中で、享楽という特権、人間の特権を行使するのだ。

生活というものを継続させられるのは、まさしくこのような忘却である。

その少しずつ流れ去る、一分一秒のなかの忘却なのだ。

わたしは小海に言った。「猫の顔は見なかった？　わたしは何も喉を通らないよ」

振り返った時にわたしは壁にぶつかり、眉弓《びきゅう》が切れて血がにじんだ。

その壁は透明ではなかった。目の前が見えなくなるほどにぼんやりしていたのだろう。

わたしのこの傷がその場の混乱を終わらせ、意外にも小海の目を覚まさせた。彼はわたしの額をかばいながら、店に消毒薬をもらい、「きみはここに座ってて、血が止まれば病院に行く必要はないと思う」この不注意の傷は、小海の力強い母性を刺激し、彼を明るくそして優しい人間へと変えたのだった。

「あなたはにおわないの？」わたしは小海に訊いた。「あの猫たちの臭い……」囚われた、死の臭い。

わたしの足の下に間違えて踏みつけられた枯れ葉でさえ、あざ笑うかのようにちぎれるような音を出している。

「きみはこの場所が怖いの？　それとも僕が怖い？」小海は訊いた。

「あなたは怖くない」わたしは言った。

「ほんとうに？　じゃあさっきは？　さっきも怖くなかったの？」

「さっきは、あなたは気が変になってたんだよ」わたしは言った。「でもいまは、またもとに戻ったみたい」

「そうみたいだ……」小海は言った。「ドラッグも酒も抜けたみたいだ……」

小海はわたしがひどく泣きはらしているのを見て、わたしの頭をそっと叩いて言った。「きみは僕に教えてくれたよね。苦しんだことのない人間に愛は必要ない。欠陥のない人間は愛を理解できないって……」完全無欠の人生には愛は要らない。愛は人生の谷間に存在しているのだ。

「これから僕は欠陥人間になるよ……」小海は立ち上がり、小さな傷ついた木のようにわたしのほうに身体を傾け、苦笑いした。友だちのように。

「わたしが怒り爆発だったことわかってるの？」わたしは言った。

「何に対して？」

「わたしを、わ、た、し、た、ち、を裏切ったことに。あなたとわたしの関係を軽くみて、わたしたちの友情を賭けに使ったことに」

「僕は賭けてなんかないよ」小海は言った。「権力者の子弟として、僕たちは賭けなんかしない。投資をしたり、人間関係をやりくりしたりはするけどね。関係を構築すれば、手づるになる情報が手に入るからね……」

わたしは笑った。そして泣いた。

「でも僕はもうきみに迫ったりはしない。僕を愛するように迫ったりはしないよ」小海は言った。「前は我慢して言わないでいられたんだ。これからだって大丈夫だよ。だけど今回、今までの努力が水の泡になっちゃったから、またもう少し鍛えないとだめだね」

わたしを阿莫の家に送ってくれてから、小海は言った。「ひとつきみは間違いをしたよ」

「なに?」わたしはぎょっとした。小海、また気が変にならないでね。

「『変身』のなかのあのセンテンスは、きみが思っていた、〝これは人間の話す言葉ではない〟じゃあないんだ……」小海は言った。

「ほんとう? でもわたしは確かに読んだんだけどな……」

「あの版本は誤訳だよ。調べたんだ」小海は言った。「カフカがもともと書いたのは、それは動物の声だった、なんだ。それは野獣の声だった、と訳してもかまわないけどね」

動物の声? 野獣の声?

「それは、きみが理解していたよりもずっと単純だったね」小海は言った。

「だけどわたしはあの誤訳の版本のほうが好きだな」わたしは言った。「あの誤訳は小説全体をより深く大きなものに変えているような気がする」

「かまわないさ」小海は言った。「この間違いを好きなままでいてもね」

「いつか、プラハに行ったら、カフカのお墓の前で占いの木片を投げて彼と話してみるよ。あの一文を変えてもらえるようにね」わたしは言った。「〝それは動物の声だった〟を〝これは人間の話す言葉ではない〟に変えるようにって……」

月が大きくなって、わたしのうるんだ睫毛《まつげ》の下でぼんやりと広がっていく。

「それから、『ロリータ』の作者ナボコフの研究によれば、人間から変身したこの虫には実は羽があって、しかも飛べるらしい……」小海は言った。

「そうなの？」

「そうだよ。僕がどれだけきみを愛しているかわかるだろ……」小海は言った。「きみのことが好きだから、きみが好きなものまで好きになってしまったよ」


カフカの筆によるGは虫となり、人間の言葉を失い、人としての資格を失ったが、一対の羽を手にしたのだった。けれど彼は背中の羽を見落としていて、地を這うことしか知らなかった。床から壁を這いあがって、天井から落下したとしても、飛行能力を起動させることはなかったのである。Gは自分が飛べるということを知らなかった。もしかするとカフカ自身もGが飛べることを知らなかったのかもしれない。彼らは信じなかったのだ。「人間失格」である自分自身が、なんと失格後に代わりに常人にはない能力、すなわち飛翔する力、逃亡する自由を得たことを、信じようとはしなかったのだ。

別れのとき、小海は言った。「抱きしめていい？」

「……」どうすればよいのかわたしにはわからず、眉弓の傷を押さえて憐《あわ》れみを誘ってみた。

「李文心《リーウェンシン》、きみの愚かさを抱きしめていいかい？」

「なに？」

「きみの愚かさを抱きしめていいかな？」

「なにを抱きしめるの？」

「きみの愚かさだよ！　愚鈍の愚だよ……」小海は大声で宣言した。「李文心、きみの愚かさを抱きしめていいかい？」

わたしは笑いながら彼を見つめた。眼に涙を浮かべて、彼がわたしを抱きしめるのに任せた。

「きみがずっと愚かでいられるなら、そのうち自然と賢くなるよ」わたしはそう彼がつぶやくのを耳にした。

＊1　宴席で座興としてよく行われるじゃんけん遊びのこと。

17　眠れない

最後の一日。

荷物をまとめ、店じまいし、負けを認める。そして両親のもとへと帰るのだ。

正午、小異《シャオイー》が電話をよこして言った。「あなたのお母さん、なんだか変だよ」

「母さんが？　どこが変なの？」わたしは訊いた。

「全体的に変だよ。着ているものも、言動も、目つきもね……」小異は言った。「あんなお母さんは今まで見たことはなかったわね」

小異は阿莫《アモ》の前のガールフレンドで、東区にハンバーガー屋を開いている。わたしは母阿雪《アシュエ》を何度か連れて行ったことがあるのだ。

小異は離婚して、四十歳あまり、息子は小学六年生だ。彼女と阿莫は姉妹恋《しまいのこい》なのだ（「おばとめいの恋」あるいは「母と娘の恋」だってかまわない。小異が好んで言うのは、お母さんはね阿莫を産めるくらいの歳だよ、というものだ）

「母があなたのお店に？」わたしは訊いた。

「さっき出て行ったところだよ。しかもタクシーに乗ってね」確かにおかしい。母はそういうお金をずっと惜しんできたのだ。

「あなたのところにご飯を食べに行ったの？」

「そうよ。お昼は忙しくててんてこ舞いだったから、いまやっと暇ができて連絡してるってわけ」小異は喋りながらはあはあ言っているが、忙しすぎたからかそれともびっくりしてしまったからなのかよくわからない。「お母さんはひとりじゃなかったの。もうひとりの女の人と一緒だった。数十年の親友だって言ってたかな……」きっと蕭おばさんだ。わたしは思った。紡織工場で働いていた少女時代、母と同じ生産ラインにいた同い年の工員だ。

「お母さんはサングラスをかけててね、食事の時にも外さなかったわ。でね、ずっとしゃべりっぱなしなの……」

「母さんの友だちに向かって？」

「それだけじゃないのよ」小異は言う。「私が彼女のそばに近寄りさえすれば、わたしの手を掴んでずっとしゃべり続けるの……」

「なにをそんなにしゃべるの？」

「私はすごく忙しかったから、ちゃんとは聞いてないよ。店も騒がしいしね。私が言いたいのはね、彼女がおしゃべりをやめられなかったということ。それに落ち着いて注文もできないから私が手伝ってあげたのよ。料理ができて持って行ったら、また私をつかまえてずっとしゃべり続けるの。昼食には彼女はちょっとしか手を伸ばさなかった。ほとんど手付かずのままで私に返したの。一口も呑み込めなかったってね。」

母阿雪が店を出る時、千元札を出しておつりは要らないと言い、小異にタクシーを呼ぶよう頼んだ。車が到着すると、こんどは持ち金がないと言い出して、振り返って小異に二百元を借りようとした。

「彼女たちふたり分の勘定はだいたい六百元だったから、私は急いで五百元をお母さんに渡したわ」小異は言った。「だけど受け取ろうとしないの。がんとして二百元だけ借りるって言うのよ」

「それで母さんはどこへ行ったの？」

「どこへかは言わなかった。どこかへ行って占いかお参りをするとか言ってたかな」小異は言った。「お母さんは最初から最後までずっとサングラスをかけたままだったけど、私にはよくわかった。彼女の眼はものすごく腫れていたし、とくにあの目つきは……」小異は言った。あの目つきは常軌を逸していて、異常に鋭く痛みを伴う光を孕《はら》んでいた。「そうそう、お母さんが言ってたことを思い出したわ」そうして小異は補った。「目に見えないものは、見えるものよりもずっとすごいって」

電話を切ってまたすぐにかけた。母は携帯の電源を切っていた。何かがおかしい。

荷物の片付けはひとまず措いて、急いで家に帰ると、がらんとして誰もおらず、床いっぱいに散らかっていた。家じゅうの寂寞《せきばく》が膨れ上がった果ての荒涼。

アルバムがいっぱいに広げられ、一冊ずつまるで手術を施した後のようだった。表紙は破られ、ビニールシートは裂け、中にあった写真はすべて外に取り出されていた。外祖母、外祖母、外祖母。写真のなかはすべて母の母親だった――「外の祖母」というこの文字面は疑いなく現実離れしており、彼女は明らかにわたしたちと一番親しい。嫁として「出」ていった娘と「外」の孫と一番親しいのだ。

清明節は過ぎたばかり、山に登ってお参りもしたばかりで、外祖母の誕生日も続いてやってくる。母は自分の母親のことを想って気が変になってしまったのだろうか？

父チャーリーから電話がかかってきた。すぐに帰ってこいとわたしに命じた。

「もう家にいるよ」わたしは言った。「母さんがいないんだよ」

「母さんは全然寝てないみたいなんだ、変なんだよ……」電話の向こうでチャーリーは言う。真夜中、家じゅうに足音が響くんだ。母さんは自分の寝室にいたかと思うと、ふらふらと居間に行ってみたり、また台所に行ってみたり。朝起きたら便器がトイレット・ペーパーでいっぱいになっていたり……。阿雪は夜中じゅう何度もトイレに駆け込んだが、相変わらずしとやかにすることは忘れず、便器を流す水の音を立てないようにしていた（母はその音で父を起こしてしまうのを避けたのだ）。

「母さんがおかしくなってしまうんじゃないか心配なんだよ……」チャーリーは狼狽していた。まるで卒中になってしまうかのように、声は歪《ゆが》んでいた。

電話がどうにかこうにかつながったときにはもう、母は玄関先に立っていた。けれど彼女は入ってこられない。鍵の穴にうまく挿し込めないのだ。

再会して、母はわたしに訊ねた。「あなたはだれ？」

わたしは阿文《アウェン》だよと言った。「母さん、あなたの娘だよ、李文心《リーウェンシン》だよ！」わたしは全身が震えて汗がにじむのを感じたが、皮膚には一滴の汗も出ていない。

わたしは急いで眼鏡をとって、言った。「新しい眼鏡を作ったんだよ。だからまだ見慣れてないいんじゃないかな？」

母阿雪はサングラスを外し、精神を集中してわたしをじっと見つめた。しばらく疑いの表情をした後、続いてほっとしたように、「ああ私の不肖の娘だったのね……」彼女の白眼は充血していて、瞳の中の黒い部分のさらに内側にある黒の、いちばん深い暗黒のなかは、高熱の炎で燃えていた。

この家を飛び出して十日ほどしか経っていないというのに、帰ってきたら様変わりしてしまっている。何かが歪んでしまい、平衡を失ったのだ。乾燥したリンゴがひとつ部屋の隅に転がっていく。

父さんが私のことを怒って、あなたを家に連れて帰るように言ったのよ。母阿雪は言った。父さんが言うには、私があなたを甘やかしているって。あなたを甘やかすからあなたはわがままで身勝手になり、我慢するということがわからなくなったんだ。私たちのような家の子とはちっとも思えないってね。あなたには自由が必要なんだって言ったわよ。私は自由なんてものを味わったことはないけどさ。でも自分の娘には自由になってほしかったわよ。私の話が終わらないのに、父さんは手を伸ばしてきた。すごく怖くて、頭を抱えたわ。だって殴られると思ったから。結局、父さんは手を伸ばして私の顔を撫でたんだ……それから抱き合って泣いたのよ。

父と母が抱きあうなんてそんなすばらしい場面にわたしは出くわしたことがない。父と母が抱き合って泣くことだって、おそらく夢でさえ見たことはない。

見たことがあるのは、口喧嘩や手が出るような喧嘩ばかり。包丁さえ飛んでいくような喧嘩だ。「あの人なんて怖くはないさ、私は死ぬことだって怖くないんだから」今年の初めの尋常ならざる（特別な異常にすら数えられない）家庭内の嵐はまだ記憶に新しい。母は、ガス栓を開けて、全身火炙《あぶ》りになって、炙られた皮膚いっぱいにガラス片を刺して、相手がどう出るか見てやる、と言ったものだ。「ガスを開けて、全身火炙りになって、ガラス片を突き刺してやる。それであの人が私を殺しにくるのを待っててやるんだ」母が突き刺そうとしたそのガラスとは、お屋敷が泥棒や犬や猫の侵入を防ぐために、塀の上部に逆さまに挿した鋭く尖った、割れた酒瓶のようなガラス片のことだ。


母さん。わたしは呼びかけた。母は振り返ったが、また向こうを向いてしまった。わたしはもう一度母さんと声をかけると、母はまた振り返り、わたしを見つめた。まるで見知らぬ人間を凝視するかのように。耐え難く疲れ果てた戸惑いのなか、感情は不安定に揺れ動いていた。

「もう三日寝ていないんだよ」母は言った。「死にたいよ」

「じゃあ睡眠薬を買いに連れて行ってあげるよ」わたしは言った。

「もう飲んだよ」母は言った。

「いつ飲んだの？」

なんども。母阿雪は言った。さきおとといは眼を開けたまま明け方まで泣いてた。一分間ほども寝ていないよ。おととい薬を買ってきて、一晩に四回も飲んだのにやっぱり眠れない。昨日もう一度薬局に行って別の薬を処方してもらったんだ。二時間に一度飲んだけど、眠れない。きょうはもっと強い薬にしたけど、やっぱり眠れない。阿雪は言った。ようやくわかったよ。自分の母親が生前どんな気持ちだったかということがね。

「どんな気持ちなの？」わたしは訊いた。

「どう言えばいいかわからないね。気持ちは乱れるばかりだよ」母は言った。「気がふさいでね、身体が粉々になってしまうような感覚だよ」

母の顔に浮かぶ表情は変化し、まるで崩れゆくくず鉄の塊のようだ。「歯を磨いていないから、口の中がむかむかする」母は言った。「人間の肉はしょっぱくて、世間はなんともせちがらい、人生は広い海原のよう……」表情には厳粛な疑問符が浮かび、ゆらめく波間に、錨《いかり》を下ろした。

「あなたはだれ？」母はまた訊ねた。まるで数日のうちに泣きはらして目が半分不自由になってしまったかのように。

「母さん――わたし、あなたの娘ですよ」わたしは眼鏡を外して、彼女の顔を捧げ持った。そして自分の顔を母にぐっと近づけた。「まず歯磨きをしようよ。それからお風呂に入って、寝ましょう。いい？」

「おじいさんは？」母は訊ねる。「おじいさんに食事を運んであげた？」

「おじいちゃんは病院だよ。病院には世話してくれる人がいるから」わたしは言った。

「おばあさんは怒っているよ。おじいさんは何十年も耐えてきたんだ。子どもたちはみな父さんと呼ばなかったから悲しかったろう」

「わたしだって申し訳ないけど母さんの旦那さんのお父さんなんて呼べないよ」わたしは言った。「台湾の父親っていうのはそういうもんだね。がんこなんだよ」

わたしはたたみかけるように訊いた。「おばあちゃんはいつそれを母さんに言ったの？」

「母さんはいま私のそばにいるよ。さっき私に言ってきたんだ」

「おばあちゃんがいま母さんのそばにいるの？」一筋の黒い波がわたしの頭に衝撃を与えた。「きっと夢に見たんだよね。おばあちゃんは夢の中で母さんに言ったんでしょ？」

「違う」阿雪は言った。「今まで一度も母さんを夢に見たことなんてないよ。いま私に会いに来たんだよ」


外祖父が刑務所に入ったとき、母さんは三歳で、おじさんは四歳だった。出所したとき、母さんは十九歳で、おじさんは二十歳だった。兄と妹は「父さん」という言葉を声に出すことも、呼び慣れるということもなかった。彼らは代わりに「先生《すみません》」とか「おじいさん」と呼んだ。わたし自身も言葉に詰まることはあって、母の前では父のことを「彼」（あの人）と呼び、父の前では「彼」（あの人）を「あなた」あるいは「　」――埋めることのできない空白に置き換える。人称代名詞をくるくる変えるのは、ルービックキューブを動かすのに似ている。

母は跪《ひざまず》いて泣きながら、自分自身を罵《ののし》りつつひとりごちた。「不孝な娘の、お父さんに対する無礼を、お詫びいたします……」わたしはあっけにとられてとっさに彼女を引っ張りあげて、わたしはあなたの父親ではないと大声で咎《とが》めた。彼女は大きな声で思いっきり泣き叫んだ。顔中に涙があふれ、まるで落として破裂したスイカのように、真っ赤に紅潮していた。

夜の帳《とばり》は声もなく降りてきた。母の息だけが大きく響く。

歯を磨き、顔を洗って、その悲しみと喜びをしっかりと掴んでいた何かが微かに緩んで、母にはなんと食欲も戻ってきた。趙小姐《おねえさん》の（阿雪の麺屋を改装した）カフェは食事を出していないし、商売も長いことと上がったりで、午後四時には店じまいしてしまう。わたしたちは近くの麺屋に行くことにした。夜八時半、牛肉麺はとっくに売り切れ、大滷麺《タールー》も終わってしまい、炸醤麺《ジャージャン》もちょうどなくなってしまったところ。清湯麺《チンタン》だけが一人分残っていたので、それを頼み、餃子を十個追加した。料理が運ばれてすぐ、母の手から箸が落ちてしまった――極度に体が弱っている状態でぼんやりとしたり、またひどく興奮もしているので、どうしても鍵穴に合わせられずドアを開けられないし、箸をつかんで料理をとることもできない。けれども彼女はかえって嬉しそうに言うのだ、「ほんとうに霊験あらたかだよ……」心のなかの喜びを抑えることができず、ケタケタと笑いながら、「ほんとうに貴《とうと》い人はいるものね、おばあさんは霊験あらたかだ……」

「おばあちゃんがどうしてすばらしいの？」わたしは訊いた。

「明日誰かがわたしをごちそうに連れて行ってくれるって言うのよ」

「箸が落ちたのは母さんが寝てなくて、手に力が入らなかったからだよ」わたしは言った。

「減らず口」母は不服そうだった。「あんたは小さい頃から言うことを聞かないし、家にも住もうとしない。それに一生結婚しないなんて言うし……」彼女は指でわたしの額を力を入れてつついた。そして恨みがましそうに言った。「この減らず口」三日間寝ていない彼女だが、暴力をふるうときには逆にことのほか力が籠《こも》っていた。

「去年のおばあさんの誕生日、私たちはお参りに行かなかったね……」母は言った。

「去年のこの頃は、母さんもがんの手術をしたばかりで、出歩くのが大変だったからね」わたしは言った。

「おばあさんは寂しがるのよ。あんたは知ってるの?」母は言った。「一年の一度きりの誕生日なのに、分けてあげられるようなビスケットもキャンディもないなんて、あちらの友だちに笑われちゃうでしょう。おばあさんは生前あんなに引きこもっていたんだから、あの世ではたくさん友だち付き合いするべきなのよ……」

「わかったよ。じゃあ明日いっしょにお墓参りに行こう」わたしは適当にあしらって返事をした。

「あんたって減らず口は、一回くらいお参りに行かなくたって大丈夫だなんて言うんだからね。あんたのおじさんにお参りに行くようにって言ったって、あの子も一回くらい行かなくったって大丈夫だと言うでしょうよ。私はがんになったんだよ。あと何年生きられるか。私が死んだら、もうおばあさんのお墓参りに行く人間はいなくなってしまう。おばあさんは餓鬼になってしまうわよ。あんたみたいな減らず口は、私のことだってお参りしないでしょうよ……」母は続けた。「あんたのおじいさんも減らず口だったわ。死んでも葬式なんか出さなくていいなんて言ってたんだから。あんたは約束してちょうだい。これはおばあさんの言いつけなの——おじいさんが亡くなったら、あの人がいくら減らず口だってかまやしない。お参りすべきは必ずお参りして、やらなければならない儀式も、ひとつだって欠かしちゃだめよ」

わたしは黙っていた。

「わかったわね?」彼女は声の音量をあげて、箸を叩きながら、もう一度繰り返した。「わかったわね?」

わたしは言った。「母さんもっと小さな声で、でなかったら……」この言葉は最後まで言えなかった。でなかったら気狂いみたいに見えるから。

家に帰ると、母は話し始めた。今朝、家に蝶々が一匹飛んできたのよ。「とってもきれいだった」彼女は言った。「おばあさんが私に問題が起きたと知って、蝶々に変身して助けに来てくれたんだ」母は腕を広げて、蝶々の真似をして台所に飛んでいった。「私が追いかけて行くと、その蝶々は大きくなっていったの。ものすごく大きくね……」

「どのくらい？」

「このくらいよ……」母阿雪は両肘を広げて、十本の指も開いた。まるでバスケットボールの手真似をするみたいに。

「そんなに大きいはずがないでしょう？」

母はわたしが訝《いぶか》しがるのがうれしくない様子で、両腕を開いてもう一度言った。「このくらいだよ」

「それじゃあ人間と同じくらいってことだね」

「そうだよ。とってもきれいなんだ。おばあさんが生きてた頃、両足が不自由になって歩けなくなったけど、亡くなったら反対に飛べるようになったんだよ。それにとってもきれいなんだ……」

「おばあちゃんはもともときれいだったよ」わたしは言った。しかもとってもいい匂いがした。彼女が病気になって風呂に入りたくなくなるまでは。

「おばあさんは蝶々になって私を助けに、私を守りに来てくれたのよ」母阿雪は言った。「おばあさんは私に話してくれた」

「話したって何を？」

「外に遊びに行きなさいって。遊びに行けば死ぬことはないって……」母は目の周りを腫れ上がらせて続けた。「でもね私はどこに遊びに行けばいいかわからないのよ……」私の友だちはどこにいるの？　誰が私と遊んでくれるの？　「私の人生はずっと店のなかに閉じ込められているばかりだった」

「過去」が「現在」へと忍び込み、「未来」のなかへと潜り込む。そして口を開けて、母を呑み込もうとしている。歪んだ笑みを浮かべながら、母を愚弄するのだ。

「蕭おばさんに連絡すればいいじゃない」わたしは言った。「いっしょにハンバーガーを食べに行くんでしょ？」

「だけどね、ハンバーガーを食べた後どこに行けばいいのかわからないのよ」

娘は大きくなった。借金もきれいに返した。夫は家にいない。母親も亡くなった。父親は入院して看護をお願いしている。自由になるべき番なのだ、どうやら。

「自由がなんなのか私にはわからないね。ただただ寂しいだけ」母は言った。

人生の大半の自由を没収され、晩年近くまで引き延ばしてやっと戻ってきたものの、自由はもはやなんの値打ちもなく、孤独や寂寞よりももっとひどいものに成り下がってしまった。コンロの上の鍋のなかの豚足はどうやって煮ても柔らかくならず、煮たところで食べる者もいない。自分の誕生日は自分しか覚えてはいない。便器の中の水の音は、どうしても静かになることはなかった。

母阿雪は言った。「おばあさんが降りてきてね、言うのよ。あんたは必ず結婚しなければならないってね」

「おばあちゃんが降りてきたの？　それとも夢のお告げ？」

「おばあさんは私のそばにいるわ」

「いま？　おばあちゃんはいま母さんのそばにいるの？」

「そうよ」

「おばあちゃんが母さんの身体に降りてるの？　それともそばにいるの？　どっちなの」

「あんたはどうしてそんなふうにはっきりさせたがるの！」母は怒った。「私は文盲なのよ。あら探ししないでちょうだい」

「そんなことしてないよ」わたしは声を和らげた。「わたしはおばあちゃんがどこにいるのか知りたいだけだよ」

「目に見えないものは、見えるものよりずっとすごいのよ」母阿雪は言った。「おばあさんの言いつけだよ。あんたは結婚しなくちゃならないんだ」

「どうして？」

「でなかったらおばあさんは死んでも死にきれないのよ。私だってそう。おじいさんだってお父さんだってみんな死んでも死にきれないでしょうよ」

母は泣き始めた。時折鋭く叫んで、わたしの減らず口を呪い、わたしの不孝を責めながら。「おばあさんがとり憑いたこと」にことよせて不満を露わにし、「母親の母親」という立場を借りて「母親」の娘にはありきたりの幸せをつかんでほしいという思いにわたしを従わせようとしている。
母は何の躊躇《ちゅうちょ》もなくわたしをぶった。わたしは今までこんなふうにぶたれたことはない。おかしくなった、おかしくなってしまった。わたしは経験豊富なので、母阿雪がこのうえわたしをどうやってぶとうとも、ためらいながらするに違いないとわかっていた。母の愛と理性はずっとしっかりきつく結ばれていたが、今回は緩んでしまい、だめになってしまった。わたしは驚いて涙が出るほどで、母が狂っていくのに従って、気がおかしくなった赤ん坊へと変わり、泣きながらママと叫んだ。母の手のひらから愛がこぼれ落ち、怒りだけが残った。強靭な母性が失われ、忘却がそれに代わった。

母阿雪はわたしを忘れ、「わたしたち」を忘れ、娘に対する愛情を失ってしまった。彼女はもともと我を忘れて犠牲になることを厭《いと》わぬ母親だったのに、こんなふうに力いっぱいわたしを殴ったのだ。おそらく愛した果てにいつも失望させられ、失望が恨みを生みだしたのだろう。

「あんたは文学賞をとったというのに、授賞式もないっていうのは、うちがしがない庶民の家で、誰にも注目されないからでしょうよ。どこぞのお役人やお金持ちのところの子なら、きっと新聞に載っただろうに」阿雪は不平に対して心穏やかならず昔の恨みをまだ覚えている。それはもう二年も前のことで、ちっぽけなキャンパス文学賞で、佳作の賞金は一万元にも満たない。

実は授賞式はあったのだが、わたしは出席するのがおっくうで、授賞式はないのだと適当に言ってしまったのだった。式があったとしても「同伴参加」にはふさわしくない、両親が会場でただ嘲笑されるかもしれないことが気がかりなのだ。

「それにあんたが大学を卒業したとき、卒業アルバムにあんたの写真がなかったね。おじいさんがあんなに長いことあの人たちに捕まっていたというのに、なんで私たちをいまだに許してくれないのかね？」記憶は山のように積み上がり、四月の長雨は止むことはなく、決壊して泥流のような災難となった。

「わたしが写真を提出しなかったからだよ……」写真を出さなかったばかりでない、卒業のコメントも出すのもおっくうだったし、アルバムを買いさえしなかったのだ。

「なんで母さんはアルバムにわたしの写真がないことを知ってるの？」わたしは訊いた。

「自分で一冊買ったのよ。わたしの娘が台湾大学を卒業したんだからね……」ああ、名誉や尊厳に対する渇望は、氾濫して災いとなるような強烈さに満ちている。

「おばあさんがね、私は今年ね、模範的母親として表彰されるって言うのよ。それにね、表彰される前に死んではだめだって……」自卑と渇望が秘密兵器となって（私は新聞に載るの、新聞に載るのよ……）、母は部屋の中を歩きまわった。まるで荒野から逃れられない犬が、以前に埋めて隠しておいた骨を嗅ぎ分けるように、アルバムを開いては、ぶつぶつといくつかの同じことをいつまでも繰り返し、突然一枚の写真を投げ捨てて言った。「これは要らない。あんた持って行ってちょうだい。この男はあんたを裏切ったんだ」

わたしは写真を拾い上げた。それは小肆《シャオスー》とわたしの写真、甘い十九歳だ。

「そうじゃないんだよ母さん、彼はわたしを裏切ったりはしなかったよ」わたしは言った。

「この男はあんたを棄てたのよ」

「違うよ」わたしは言った。「わたしが悪かったんだよ」

「この男が二股をかけたんだね」

「そんなに単純な話じゃないんだよ」

それからもう一枚、また放り投げた。わたしだけが写っている写真だ。よちよち歩きを始めた頃でレンズに向かって笑いもせずただ泣いている。「ワァワァ」と涙と鼻水でぐしょぐしょになり、虐待を受けている子のようだ。

「これ持って行ってちょうだい。私は見たくない」母は言った。

「どうして？」

「だってあんたが泣いてるから」

「子どもっていうのは何かといえばすぐ泣くものだよ」

「これは要らない。あんたが泣いてると私まで泣きたくなる。私がなんにも知らないなんて思わないでね」

わたしは母をあやして風呂に入れ、身体を洗い、寝間着に着替えさせた（寝間着とは、着ては外出できないような古くて格好悪い服のことだ）。両親はほんとうの寝間着、上下に分かれたシルクか綿の「睡眠専用の揃い」は着ないのだ。彼らはそういう階級には属していない。

母を落ち着かせて布団のなかに寝かせ、睡眠薬を一錠飲ませた。一時間後にもう一錠飲ませたがそれでも眠らない。十一時になった。父チャーリーがそろそろ帰ってくるころだ。阿雪は静かにならず、自分が「泣いて訴えることが許されない」ことを涙ながらに訴えている。泣き声が高まってくると叫び、叫び声が盛り上がってくると声を張り上げ、高まるだけ高まるとだんだん落ち着いてきて、その状態が続くとまたゆるゆると高まってきて、泣き叫び、声を張り上げる。何かが憑依したということをわたしは信じないが、母は確かにわたしが家を出る前の、よく知っている母ではもはやなかった。

母は布団をめくり、膝を胸元に抱えて、縮こまって赤ん坊が眠るような姿勢になり、子宮のなかの胚胎にまで退化して、両手で眼を覆い、奇妙な泣き声を上げた。

それは年長者の泣き声ではなく、若者のそれでもない。女の泣き声でもなく、男のそれでもない。それは悲しみの声ですらなかった。

それは赤ん坊の泣き声だ。ワァーワァーワァー、お腹が空いたのにおっぱいがみあたらない、おむつが濡れてしまったのに自分では替えることがどうしてもできない。そんな剥き出しのどうしようもない叫びだ。

母はエンエン泣きながら、一方で丸めた身体を揺すって、両手は相変わらず眼を覆っていた。時折張り上げるように大きな声を発し、身体が激しく弾んで、ベッドから転がり落ちてしまう。膝が直に床にぶつかり、四つん這いの姿勢になる。それから胸元を上げて、その場で祈りながら、おばあちゃん、おばあちゃんと泣き叫ぶ……相も変わらず赤ん坊のようにエンエンと咽《むせ》び泣き、言葉を覚え始めた子どものように稚拙にくりかえす。「おばあちゃん、おばあちゃん、おばあちゃん……」

ひんやりとしたものが全身を駆け抜け、骨髄まで滲み入り、わたしは驚いて全身冷や汗でぐっしょりとなった。阿雪は強奪されてしまった。母よりはるかに強く、わたしより勝る力によって奪われてしまったのだ。その凛然とした面持ちは、まるで中身を入れ替えられてしまった人間のようで、わたしを「減らず口」から「幽霊を怖がる」ようにひねって変えてしまった。

終わった。もうだめだ。さらわれてしまった。

わたしは肉親が気が触れてしまったのを目の当たりにして、自分がここから逃げられないと悟った。

これからわたしは、気狂いと決して解けることのない親密な関係を築いていくのだ。

この夜が短くなることはない。一分一秒の消失に従って、醜く引き延ばされるばかりで、まるでこの世のすべての不眠症の夜のようだ。もう八十時間は超えているが、母阿雪は三日三晩連続で寝ていない。わたしは母を外に連れ出し、阿莫のところに行って泊まろうと決めた。父は不眠症になることはできない、それを理由に休みをもらう権利もないからだ。わたしは父を守ってやるためにも、気が触れた母をわたしの肩で背負わねばと思ったのだ。

外は小雨の音がしていたので、傘をさして家を出て、少しばかり歩いた。大通りに出てやっとタクシーを拾うことができた。母は歩きながらカネをばらまいた。わざと十元五十元といったコインを道路に投げつけ、音をたてるのだ。どうしてそんなことをするのと母に問いただすと、母は理由なんてないと言う。「発散したいだけだよ。ちょっと気持よくなりたいんだ。カネを放り投げる音は、聞いていると気持ちがいいもんだよ……」母は貯金なんて意味がないと言った。「あんたのような親不孝の娘が結婚しないと言いはるから、うちの家はあんたの代で終わりってことだね……」母は散財童子になりたいようだが、散財するにも倹約をして、数日前に銀行へ行って札束を袋いっぱいのコインに両替してきたのである。

「じゃあ母さんはどこへ行って散財したいの？」

「貧民住宅だよ」母は言った。「それに山道沿いに石に向かってカネを投げたら、いちばん大きな音がするよ」


阿莫の家につくと、父に電話して適当に話をつけ、電話を置いた。そして振り返ると母がわたしの背後に幽霊のように音もなく立っていることに気づいた。足音も、息の音も、服が擦れ合う音もしない。母は冷たく訊ねた。「あんたは私を誰かに売り渡すつもり？」違う違う違う。また母がわたしのことがわからなくなったのではと不安になり、かけていた眼鏡を急いで外し、顔を前に寄せて言った。「母さん、わたしは母さんの娘だよ。母さんを傷つけたりはしないよ」

「ほんとう？」彼女は訊いた。「私を守ってくれるの？」

「守るよ」

「おばあちゃんみたいに蝶々になって守ってくれるの？」

「うん」わたしは後へは引けずに答えた。まるで自分には守ってやる力があり、おばあちゃんは本当に人間のように巨大な蝶々に変身したことを、わたしが本当に信じているかのように。

「母さん、さっき何していたの？」

「あんたが誰かと電話で話しているのを聞いて、売り渡されるんじゃないかと心配になったの」

「わたしがどうやって母さんを売り渡すの？」

「私を精神病院に入れるんじゃないかって」

「ああ、だけどね、わたしが訊いたのは別のことだよ」わたしはゆっくりと母に説明した。「さっきまだ家にいた時、母さんはベッドの上で、赤ん坊みたいに泣いていたんだ。覚えてる?」

母は困惑したような表情になり、頷《うなず》いてから、また首を横に振った。

「母さんは、ワァーワァーワァー(わたしは両眼をふさいで、母の真似をした)こんなふうに泣いてたんだよ。覚えてる?」

「あ、それは……」どうやら思い出したようだ。

「あの時、母さんは何してたの?」わたしはそう言いながら、母の真似をして身体を揺すった。

「あの時ね、私はあんただったんだよ」

どういうこと?

「あの時、私はあんたになったんだ」母阿雪は言った。

「わたしになった?」

「そうだよ。だっておばあちゃんに会いたかったからねえ」

「母さんがわたしになったの?」わたしの背骨がきゅっとなった。水滴のしたたる氷の先でさっとなぞられたように。

「私は小さいころのあんたになって、おばあちゃんを探しに行ったんだ……」

「どうしてわたしになる必要があったの?」

「あんたはおばあちゃん子だったからね。おばあちゃんの一番のお気に入りもあんただった。おばあちゃんが亡くなった後は、あんたの夢にしか出てこなくて、私の夢には出てこないからね……」わたしは三歳になるまで外祖母といっしょに寝ていた。あの数年間は、両親はまだ熱烈に愛し合っていた。どんなに腐って錆びついてしまった結婚にも、過去には美しい時間があったのだ。

「母さんがわたしになって、おばあちゃんを呼んで、おばあちゃんがやってきてくれることを願ったの？」

「そうよ」

「じゃあどうして眼を閉じていなきゃならなかったの？」わたしは訊いた。

「だって私は観落陰《かんらくいん》*1をしていたから」

観落陰？　もしもわたしが一匹の猫だったら、この時わたしの背は絶対に空に向かって弓型にせりあがっていたはずだ。

「テレビだよ」母は言った。「どこで観落陰なんて習ったの？」「テレビのなかの人はみんなこんなふうに（両手で眼を覆った）、赤い布で眼をふさいで、観落陰をしていたのよ」

「おばあちゃんにどんなことを話そうとしたの？」

「私は謝りたかったんだ」

「なぜ？」

「だって私に勉強をさせてくれないおばあちゃんが悪いとずっと思ってたから。私たちはずっと母娘をしてきたけれど、生涯ずっとこのことで言い争いしてたのよ……」そう言って母はまた泣き始めた。わたしがひどく後悔するほどの泣きようだった。「おじいさんは私のなにもかもすばらしいと言ってくれたけど、唯一の欠点は大げさで体面を気にするところとも言ったわ。私には卑屈なところがあるからね……勉強はよく出来たのよ。だけど勉強するたびに私のおばあちゃん（わたしは会ったことのない外曾祖母）が電気を消してしまうの。おばあちゃんはこう言ったのよ、〃あなたのお父さんは勉強したせいで捕まってしまったんだよ〃……」母は涙ながらに語った。「おじいさんがもしも無事で家にいたら、きっと私に勉強させたと思うわ。おばあちゃんだって台北に行ってお金持ちの家のお手伝いさんなんかになる必要もなかった……あんたは勉強できるんだからできる限りやらせてあげたいのよ。あんたには私のように爪も割れてしまうような工場勤めにはなってほしくないんだよ……」どの子どももみんなその両親の病である。愛とは障害なのだ。みなはそれぞれの障害をもって、傷痕が累々とした両親を愛するのである。病んだ愛によって両親を愛するのだ。

「おばあちゃんが昏睡状態になったとき、私はまだおばあちゃんと仲直りができていなかった。恨みを抱えたまま、おばあちゃんは逝ってしまった……」母阿雪の泣き声はさらにひどくなった。一瞬で崩れる雨除けのひさしのように、決壊してしまったのだ。

泣き声と叫び声が、母のすでにねじ曲がった顔をさらにねじ曲げる。まるで疲れを知らないかのように終わることなく。わたしは疲労困憊《こんぱい》だ。

敏感に過ぎるのだ。阿雪は敏感に過ぎる。どおりで病気になるわけだ。

カフカの『変身』では、虫となって言葉を失ったGが自ら寝室に閉じこもり、人聞きの悪い家庭内の醜聞（たとえば障害者、同性愛者、トランスジェンダー、政治犯、性的被害に遭った子ども、精神障害者……）へと成り果てた。窓の向こうは病院だが、誰も彼を受診に連れて行こうとはしない（この「したくない」は医療体制への懐疑によるものでは断じてない）。けれどもGは、人間失格のGは、家族のなかで唯一芸術を深く愛しており、音楽にも熱中している「人間」なのだ。妹が借家人の求めに応じてバイオリンを弾いても、まじめに聞き入るのは彼だけである。借家人が聞き飽きて、両親がきまり悪そうに笑顔を見せ、それでも妹が舞台を下りられないとき、Gだけが、この隠れた巨大虫だけが楽曲にうっとりして我を忘れ、「異形の者」は身を隠さねばならないという責任を忘れてドアの外に這い出し、居間に姿を現す――熱狂的で、愚鈍で、馬鹿で、天真爛漫。この怪獣は果たして常人とは異なり、芸術の力に対してずっと鋭敏だった。しかしこの「過敏さ」が結局彼を死へと導いたのだ。彼は自分の妹が話すのを耳にする。「もしも彼が私たちの家族、私の兄であるなら、彼は自分から姿を消すことでしょう。そして二度と私たちの負担にはならないと思います……」数時間後の翌日の明け方、彼は果たして息を引き取った。まるで、意志のみで自殺することができる特異な力を具えていたかのように。「病態」の人間だけが常人よりもずっと切実な情感をもっているのである。純粋なまごころというのは、悲しみによって精錬されるのだ。

阿莫のところにはバスタブがあるので、母を湯船に浸からせてから、あやしてベッドに寝かせた。彼女は訊ねた。「私を守ってくれる?」守るよとわたしは答えた。「私を見捨てる?」見捨てないよとわたしは答えた。そこで母は安心して目を閉じ、薬を飲んだ。母は眠るのだろうとわたしは思い込んだ。だが母は身体を曲げ、膝を抱え、縮こまって赤ん坊になり、さらには胚胎にまで退化して、両手で眼をふさぎ、ゆるゆると身体を揺さぶり始めた。

赤ん坊はママーと叫びながら泣いた。ワァーワァーワァーおばあちゃん――おばあちゃん。

観落陰が始まった。母は娘の幼いころへと入っていった。六十歳の女性が、一歳の小さな女の子になって、泣きながら死者に帰ってきてと頼むのだ。そして庇護と許しを請うのである。

真夜中二時半、空をも震わすような泣き声で、静かにならなかったら、近所の人が警察に通報するだろう。

縮こまった身体は激しく、激しく揺れた。もしも阿莫のベッドに骨があったなら、それはきっと傷を負っていただろう。

泣き声が天に響き、甲高い叫びは泣き声よりももっと強くなった。もしも警察が通報を受けて中に踏み込んできたら、母は驚いて肝をつぶしてしまうだろう。

バタンと母は自分でベッドから飛び降り、両膝はそのまま、床にぶつかった――それは六十歳の膝なのだ！　この世にまさかこんなありえないことが起こるだろうか？

母は膝を直に床にぶつけたのに、痛みなど感じていないようだ。きっと別のところが、傷ついた肉体よりもずっと痛いからなのだろう。力が尽きるまで声をからし、力尽きた後もなお苦痛を受け入れられるようだ。母の肺が破れてしまうのではないかとわたしは思った。

わたしは電話をかけて「台北市立医院松徳分院」の電話番号を調べた。秋香《チウシアン》おばさんが入院していた、松山精神病院のことだ。

病院に電話をかけると、先方はこう言った。「精神障害の病歴がなければ強制送致はできません」

「お願いです。母はもう八十時間も寝てないんです」わたしは言った。「あなたがたの助けだけが頼りなんです。母をゆっくりと寝かせてやりたいんですよ……」

「その方とあなたのご関係は……」

「わたしの母親なんです。いまわたしと母のふたりだけで、わたしの手にはもう負えないんです……」

「申し訳ありませんが、規定により、病歴がないと強制送致はできないんです」

「でも、でも……」わたしは阿雪がそばで叫び声をあげているのを聞いて、すぐに電話を切った。

「あんた何してるの？」阿雪は横目でわたしを見ながら訊いた。

わたしは母を見つめながら、体じゅうが震えた。それはわたしが見たこともないようなまなざしだ。

「私を裏切るつもり？」

わたしの母はここにはいない。彼女はある「過去」の曲がり角に閉じ込められていて、「もとに戻れない」場所にたまって膨れ上がった悔恨《かいこん》の念が炎症を起こしていた。

「なんでもないよ母さん、父さんがさっき電話をしてきたんだ、母さんが寝たかどうかってね」わたしは母にでたらめを言って、ベッドへと連れて行き、阿莫の家にあるフルーツナイフ、ピーラー、彫刻刀、はさみ、そしてすべての鋭利な刃物と野球のバットを見えないところに隠した。

電話が鳴った。「すみません、さきほど電話をされたのはあなたですか？」病院の担当者が追跡して電話をかけてきたのだ。「われわれは患者さんの状況を電話で聞きました。いま救急車を急いで派遣します。住所をお教え願えませんか……」

わたしはベッドに戻り、泣き叫ぶ母の両手を握って言った。「母さん、おばあちゃんはほんとうに霊験あらたかだよ。母さんを助けるために貴い人をよこしてくれるんだよ」

「ほんとう?」

「ほんとうだよ。ほら……」わたしは腕のうぶ毛が立ち上がっているのを指した。「おばあちゃんはさっきご利益を示してくれたんだよ。わたしに言ったんだ。しばらくしたら貴い人が迎えに来てくれるって……」わたしはアレルギー性の炎症をおこし、恐慌をきたした自分の皮膚をさすりながら、うそを言い続ける。「ほら、おばあちゃんがさっきわたしに会いに来てくれたんだよ……」

「ほんとうなの?」母は笑った。

「早くコートを着ようね。真夜中は寒くなるから」外は雨が降っている。四月はずっと、わたしが家出してからまた家に帰るまで、毎日雨が降っていたようだ。

深夜三時を過ぎていて、廃棄処分にされそうなほどに疲れ果てていたが、母阿雪はもっとひどくて、頭は間が抜けたパパイヤのようになり、自分で服を着ることもできず、腕は萎縮して箒《ほうき》のようになり、袖に通すこともできない。ジャケット一着に四苦八苦してまだ半分も着終わっていないころにはもう、ドアベルが鳴った。

「母さん、貴い人が来たよ。ドアを開けに行くね」

「ほんとう?」

「ほんとうだよ。おばあちゃんの言いつけどおり、母さんは貴い人の言うことをちゃんと聞くんだよ」

「ほんとうに来たの?」

「うん、ほら見て」わたしは腕の立ち上がったうぶ毛を見せながら言った。「おばあちゃんはここにいるよ」

ドアが開くと、いかつい大男がふたり現れた。白い防護服にマスクを付け、ヘルメットを被り、腰には棍棒をさしている。誰かを救助に来たというよりは、凶悪犯か幽霊でも捕まえに来たようだ。全身武装して、暴力によって暴力を制しようとするつもりなのだ。

「お願いですから、ヘルメットとマスクをとってください。それだと母がびっくりしてしまいます」わたしは言った。「母があなた方を傷つけないことはわたしが保証しますから。お願いです、普通の人のような格好になってください。母を驚かせないでください……」彼らはわたしの言うことに従い、外すべきものを外した。わたしは顔がぼやけてしまうほど泣いた。彼らもわたしの眼の中でおなじように顔がぼやけていた。

母のもとに戻り、コートを着るのを手伝ってやり、「母さん、貴い人はふたりいるよ。白い天使なんだよ」わたしは言った。母はその人たちをうかがいながら、ためらっていた。「あの人たちのこと私は知らないわ。怖いよ」

「わたしが付き添ってあげるから」わたしは言った。「一緒に行こうよ」

「ほんとう？」

「わたしがずっと付き添ってあげるよ。母さんが家に帰ってこられるまでずっとね」わたしたちは抱き合って泣いた。カッコ悪い、細部のどんな美しさにも無頓着《むとんちゃく》なジャケットを着て、「おばあちゃんがよこした貴い人」に従って、一歩一歩階下に降りていった。しとしとと泣くような雨音のなかを通って、白い救急車へと乗り込んだのだ。

寂しげな長雨のなか、金属が石にぶつかったようなこだまが響いた。小さな水滴が無言の影をしめらす。「ほんとうに天使なんだね」母はすっかり喜んで、わたしの手を握って言った。「ぜんぶ白いんだね。人もこの船も白いよ」母は口をわたしの耳元に押し付けて囁《ささや》いた。「それにね、私は赤い光をほんとうに見たんだよ。神様がほんとうに私を守るためにやってきたんだわ……」母阿雪は、眼がかすんでしまうほど泣いていた。でも母が眼にした奇蹟は救急車の上でぐるぐる回る光に過ぎなかったのだ。

深夜の精神病院の救急診察室は、盛り場のような賑やかさで、まるで騒がしくうごめく火山のようだ。寝付けないすべての狂人がここにやたらと押しかけてくるのだ。母がのどが渇いたと言うので、わたしが給水機のところに行って水を汲んできて飲ませようとしたが、母はひどく疲れており、手の指の一本一本がまるで足の指のようにうまく動かない。三角形の袋状の紙容器をしっかり持つことができず、キリの先のような吸い口に合わせられなくて、一滴一滴すべてが震えながら口のまわりにこぼれてしまう。

母は怒った。紙容器を放り投げて、「どうして本物のコップをくれないのよ！」

わたしはナースステーションへと走った。「すみません、紙コップはありますか？」

「給水機の脇にありますよ」

「わたしが欲しいのは本物の紙コップなんです。両手で握ることができるような。患者はひどく弱っていて、あそこにあるような容器だとうまく水を飲むことができないんです」

「申し訳ありませんが、ああいう容器しかないんです」

「じゃあコップをお借りすることはできますか？　母は水を飲みたいんです」

「コップの貸し出しは行っていません」

「だけどコップが必要なんです。わたしたちは本物のコップで温かいお湯を飲みたいんです」

「それは無理なんです。ガラスのコップ、陶器のコップ、磁器のコップ、ステンレスのコップ……ここではすべて禁止されてます。患者が割って自傷行為に及ぶか誰かを傷つけるかもしれませんから……」


患者はとても多いが、夜勤の医者は二人しかいない。待っている間、母はトイレに行きたくなった。けれどトイレには紙は置かれておらず、ナースステーションに申し出て、もらう必要がある。トイレの紙ですら狂人の凶器になるとでもいうのだろうか？

「多めにもらえますか」わたしは看護師に言った。「トイレの便座が濡れているんで、まず拭いてきれいにしないと座れないんです」

看護師は横目でわたしを睨《にら》み、ゾンビのように板のような腕を伸ばして、生気を失ったようなトイレットペーパーを差し出した。わたしがわざとあら探しをしているのではないかといぶかっているようだった。

わたしはステーションの時計を眺めながら言った。「いまは深夜の四時ですよ。こんな時間に救急診察室にやってくる人は、誰だってみんな疲労で発狂しそうなんですよ。便器の上に立って跨がり用を足す力がある人なんてどこにいます？　わたしたちは座って用を足す必要があるんです。わたしたちには清潔なトイレ、清潔な便器、じゅうぶんなトイレットペーパーが必要なんです」

看護師は無表情のまま、言い訳するのもおっくうなようで反駁《はんばく》もしなかった。「我々はすぐに改善しますよ」

彼女はわたしが初めてきたばかりの、扱いにくい「新参者」だと決めつけた。まだ状況を把握していないし、要求がとりわけ多い。

ここでは病人と付き添いは見たところ違いはないのだ。耐え切れないほど疲労困憊し、瞳には焦りとおののきの色を浮かべている。同じように脆《もろ》く怒りやすく、同じように絶望している。

救急診察室のエアコンは髪の毛が逆立つほど寒かった。わたしは訊ねた。「毛布をお借りできますか？　母もわたしも雨に濡れてしまって。ここはとても寒いってことわかってますよね？」

わたしは一枚毛布をもらえた。

「二枚もらえませんか？」わたしは言った。「わたしたち二人なんで」

「無理です。患者さん一人につき一枚ずつですから」

「わたしの携帯はもうすぐ電池が切れてしまいます。充電させてもらってもいいですか？」わたしたちが救急診察室に入ってすぐ、ナースステーションでわたしの充電器が没収されたのだ。

「だめですよ」看護師は言った。「すべての電気コード、ひもは全部禁止ですから」彼女たちは誰かが今晩どんなふうに過ごすのかということにはまるきり無頓着で、誰かがここで首を絞めて自殺しないようにすることだけが確保されればそれでよいのだ。

「わたしの携帯電話はもうすぐ電池がなくなるんです。朝になったら電話をかけて会社に休みをもらわないといけないし……」あなたがわたしにうそをつかせているんだからね。わたしはそう思った。

「無理です。これは規則ですから」

「じゃあ携帯電話を預けますから、ステーションで代わりに充電してもらえませんか」わたしは言った。

看護師は首を振って言った。「申し訳ありません」

「わずかな骨折りにすぎないのに、そんなにも難しいんですか?」

看護師はわたしを見つめながら、声を出さずにむりやり笑顔を作った。

「携帯電話の電池がなくなったら連絡手段を絶たれてしまうんですよ。ここには公衆電話もないし……」

「必要なときには、ステーションの電話を使ってかまいません」彼女は答えた。

「ということは、電池が切れる前に控えておくべき番号をひとつひとつ写しておかないといけないということですか?」

わたしはとても疲れた。もうこのまま言い争い続ける気力もなかった。「理性」というのはこういうものなのだろうか? こんなふうに自分自身を確認するものなのだろうか? もしも、これが理性的なプロセスでは決してないとしたら、まるで愚かさを示しているようなものではないだろうか?

医者はどうにか時間をひねり出して、わたしたちのところへと巡ってきた。

体温を測り、血圧を測って(とても高い、気が触れたような高さだ)、採血をして検査に回した。薬物やドラッグ、大麻、アルコール……もしも本当にこれらが検出されれば、ことはずっと簡単になる。

「母は去年肺がんになりました。転移や拡散の可能性はあるでしょうか？　脳に腫瘍ができたとか？」

わたしは切実に質問し、彼は黙々とそれを書き取った。夜勤の白衣君はまるで実習の医学生のように若い。

「病気によって誘発された死への不安の可能性はあるでしょうか？」わたしは言った。「母はずっと亡くなった彼女の母親のことをもちだすんです」

白衣君は書き取りに専念していた。じゅうぶんに研究者肌の医者だ。わたしは見たもの聞いたもののすべてをぶちまけた。まるで嘔吐するみたいに、吐くものがあれば吐き、人がそこにいればそこに吐き、言葉がどれほど混乱しようが、顔がどれほど汚れようが、現場がどれだけ忙しいかなどは構わずに。

医者が話しだした。彼は母に訊ねる。今日は何曜日ですか？　いまは何時ですか？

母はなんの反応もしない。彼女のお気に入りのサングラスをかけることしか頭になかった。

医者は自分の腕時計を母の目の前に差し出して訊ねる。「いま何時か教えていただけますか？」

母は答えなかった。

救急診察室がまるで仮性の夜盲症に罹《かか》ってしまったようで、青白い蛍光灯に照らされて、眠ろうとしている盲人が眩しさで起きてしまいそうだった。母はサングラスを押さえて、医者に彼女の眼を診察させまいとしていた。そのサングラスは夜市で買ったもので、おもちゃのようなアクセサリーだ。鮮やかな緑色のフレームで、精神障害の印象がいやますように、顔の半分を覆い隠している。コンサートのときのスーパースターのようであり、顔にテントを張っているようである。

「今年おいくつになられましたか？」

「どれくらい眠ってないのですか？」

「娘さんは睡眠薬を飲んでいるっておっしゃいましたが、全部でどれくらい飲んだか覚えてますか？」

母阿雪はどの質問にも答えられなかった。顔にはある種の極めて悲しい困惑の表情が浮かんでいた。

「蔡雪雲《ツァイシュエユン》さん、もう一度質問しますね……」白衣君はやや声のボリュームを上げた。「今日は何日だかわかりますか？　あなたの身分証の番号はいくつですか？」

阿雪は反応できなかった。まるで読心術のできない、聾唖《ろうあ》者のように。白衣君は声のボリュームをさらに上げ、大きく口を開き、はっきりと発音した。「蔡―雪―雲―さーん、あ―な―た―は―ど―こ―が―気―分―悪―い―で―す―か？」白衣君は力を振るって「認知テスト」を繰り出したが、それは今にもだめになってしまいそうな患者の耳のなかで咎めているようだった。阿雪は突然跪いた。「すみません私には学がないのでわからないんです」母は白衣君のきまり悪そうな脛《すね》にかじりついて、さめざめと泣いて訴えた。「父が三歳の時に捕まってしまい、そのせいで私は勉強できなかったんです……」

わたしは「父が三歳の時」という意味、このへんてこな文法について急いで説明した。「外祖父は政治犯で、彼が入獄した時、母は三歳だったんです」

「先生、すみません、私は学がないのです……」年をとった女性が、二十何歳の脛を抱えて、跪いて自分の無実を訴えている。「ごめんなさい、私文盲なんです。あなたが何をおっしゃっているのかわからないんです」

（ごめんなさい。文盲はいったい誰に対して申し訳ないというのだろう？）

「ごめんなさい、私には学がないんです」何度も何度も繰り返す。「字だってまともに書けないんです」いつまでも同じことを繰り返してすっかりヒステリックになっている。「ㄅㄆㄇ《ボポモ》[*2]しか書けないけど誰かに見られて、笑われるのが怖くて……」過去とは凍りついた池の水のようなもので、半世紀にわたって凍っていた硬い氷塊が、突然襲ってきた高熱によって、急速に溶かされ、大小様々な塊に砕けて、互いにぶつかり合い、乱れた風向きに従って渦を巻きながら流れていく。

絶えず循環しながら堆積してきた垢《あか》が、脳神経にへばりつき、ほじくりだそうにもほじくりだせないのである。

医者は注射を一本打って母を眠らせようとした。淡い紫色の液体は神話に出てくる涙か、夢の中のジュースのように美しかった。しかし現実の苦渋は薬剤よりももっと強力だった。母はぼんやりとしておとなしくなったが、十数分ほどうとうとするとまたぱっちりと眼を開き、わたしの顔を見つめながら、よそよそしく言った。「阿文《アウエン》、あなたここにいたの……」手のひらにさらさらと優しさが滲み出してきた。「あなたの眼どうしてそんなふうに腫れちゃったの……」顔に優しさのにじむ悲しみを浮かべた。まるで凡人が経験する感情のひとつひとつが、いいものも悪いものも、同時に母の表情に浮かんだようだった。

朝四時半、月はまもなく溶けてなくなる。わたしは母の部屋を出て、どこでもいい静かな片隅に自分の身を置いて、眠りたいと渇望した。冷房があまりにも強く、生き生きとしたこの世を霊安室に変えてしまうほどだ。コートは湿ってしまったが、脱いだら寒さを凌《しの》げなくなる。眠りたいがそれができず、残るのはただ泣くことだけだった。

この時、わたしは自分のためだけに泣いた。

診察室のソファで、すでに落ち着きを取り戻した女性が言った。「なにも要らない。ただ家に帰りたいだけ」女性は髪の毛が真っ白で、中学生のような髪形をしており、ひとりの老人が付き添っていた。老人は白衣君にさっき起こったばかりの出来事を話している。

「姉は薬を飲まず、お医者さんに処方してもらった薬を全部砕いて、家の給水機に入れたんです……」

「そんなことしてない」白髪が言う。「ぬれぎぬだよ」

老人は彼女のことは構わず、医者への説明に集中した。「おとといから始まったんですが、なんだか家の水の味がおかしいことに気づいたんです。検査してもらうと、確かに沈殿物がありました。サンプルを持ってきています」

「そんなことしてない」白髪は言った。「あんたは妹のことばかり可愛がって、私のことは信用しないんだ」

医者は訊ねる。「あなたは患者さんと同居していらっしゃるんですか?」

「そうです」老人は答えた。「姉が発病すると、夫の家族は見切りをつけて放り出したので、私が引き取るしかなかったんです。私は独身ですが、こうやって姉の面倒を見てもうすぐ十年になります。私は毎日出勤しないといけないし、明日も都合が悪くて休暇をとれないので、姉を数日入院させてもらえないでしょうか？」

「お宅は景美ですよね。これまでは耕莘《こうしん》医院に行かれていたのではないんですか？」

「しかし姉は最近発作の頻度が急に上がりまして」弟は言った。「別の病院で診ていただきたいと考えたんです」

「今夜は何があったんですか？」

「私が仕事を終えて家に戻ってからずっと、姉は、妹の家に突撃して捜査をするから連れて行けとうるさいんです。妹がとりつけた盗撮機をもう見つけたから、妹の家で盗撮した録画テープを探し出すんだからすぐに連れて行けって言うんですよ……」

「妹さんはお近くにお住まいですか？」

「妹は恐れおののいて、遠くに引っ越してしまいました。台中に住んでいて、自分の家庭を持ち、子どもが二人います。姉は私が妹ばかりを可愛がっていると不満を持っていて、それは妹がこっそり告げ口をして姉の悪口を言っているからなのではと疑ってるんですよ。要するに被害妄想症ですね」

「お母様は？」

「亡くなりました。五年前に」

白髪は口を挟まず、八方ふさがりの弟を眺めながら、この忠犬の憐れな告白を黙認していた。

「今夜姉は、七時から十二時過ぎまで騒いでいました。妹の家に突撃捜査に行くからどうしても連れて行けと。私が断ると、殴ってくるんです……」老人は袖をまくって、腕の引っかき傷を見せた。

「私は証拠はあるって言ってるのに、あんたは信じようとしない。今回はもうしょうがない。タイミングを逸してしまった。録画テープはもう廃棄されているわよ……」白髪は言った。

医者は弟に、姉が毎日どんな薬を服用しているのか、量はどれくらいで、一日何錠かを訊ねた。

弟は何も入っていない薬袋を取り出して、説明しながら言った。「ほら見てくださいよ。薬はもうないでしょう。ここ数日ずっと飲んでいないんですよ……」

「あんたは私の味方になってくれないのに、どうして飲まなきゃならないのよ？」

「飲まなかったことを姉さんは認めるんだね?!」弟は白髪の方を向いた。

「そんなふうには言ってないわ」

「じゃあ、あの薬はどうしたんだ？」

「どこに行ったか私が知るわけないでしょう？」

「姉さんは給水機に薬を入れて、俺を毒殺しようとしたんだよ」弟は言った。「姉さんはここ数日自分で水を沸かして飲んで、給水機の水は飲もうとしなかった」

「あんたが自分で薬を入れたんでしょ。私に罪をなすりつけないでよ」白髪の魔女はこの優しく善良な弟をいじめた。

「姉は認めました」弟は白衣君の袖を引っ張って、まるで証人を抱き込んで自分の見方にするみたいに、「姉は給水機に薬を入れたことを認めたんですよ！」

「それはあんたが自分で入れたんでしょう」白髪は絶望しながら稚拙な横暴さをふるい続ける。

「どうして自分に薬を仕込む必要があるんだよ？　そんなことしても俺にはひとつもいいことないだろう……」弟は言った。「俺の人生はもう終わったというのに、このうえ姉さんは俺をどうしようといううんだよ？」

「今日証拠を掴んだって言ったじゃないの、フン……」白髪は自分の意見を譲らなかった。「あんたが証拠を見つけるのを手伝ってくれれば、ことはすぐに解決するじゃないの？」

「姉のこの憎たらしいざまを見て下さいよ。ずっと騒いでいて、私がベッドに入って眠ってもまた起こされて、さっきまでずっとこんな感じなんです……先生お願いします。姉をここに数日間入院させてくれませんか？」

「すべての診断結果とその評価については、朝の九時を待って、複数の担当医師の診断の後決定します」白衣君は言った。「耕莘医院はもうお姉さんを入院させてはくれないんですね？」

弟は視線を落とした。「古い患者には、先生も看護師さんもみんな感覚が麻痺してくるんでしょう。家に連れて帰って自分で面倒みるようにと言われたんです。だけど私はとても休みたいんです。睡眠や休暇が必要なんです。二、三日でもあればそれでいいんです……」

わたしはもう聞いていられなかった。暗がりのなかで腫れ物のようにできる家庭の秘密、互いに愛し合う人同士でつくり上げる地獄。

白髪の魔女の頭のてっぺんにはハゲたところがあり、まるで山頂の木が伐採された後の傷痕のようだ。病気になって時間が経ちすぎ、世間からも遠く離れすぎてしまったが、眼差しだけは逆に純粋なままだ。両腕を胸の前で交差させて、知らないうちにゆらゆら揺れている。まるで間が抜けたようにガタガタする教室の机のように。

うとうとしている母がわたしの名前を呼んでいるのを耳にして、わたしは急いで小さな病室に戻った。「母さん、わたしはいなくなったりしてないよ。外で休んでただけだよ」

「ここは蚊が多いんだよ。ずっと私を刺してるのよ」阿雪は言った。

これは幻覚などでは決してない。蚊は同じようにわたしのこともいらいらさせていた。ナースステーションに行って、電子蚊取り器を借りに行くと、だめだと言われた。「すべての電気コードが必要な物品は一切禁止です」おなじみのお役所言葉だ。

「でも病室のなかの蚊はほんとうにひどいんですよ。母は眠れません」わたしは言った。「母をここに連れてきた唯一の目的は、たっぷりと寝てもらうことなんです。でもここには蚊がこんなにたくさんいるんですよ……」

「我々は毎日担当者に掃除をしてもらっています」

「じゃあ、あなた方はほんとうによく仕事ができるってことですね。ええ、ここは本当に清潔すぎるかもしれない。便器の蓋はびしょぬれだし、四月だというのに冷房は一番強くしている。相変わらず蚊を追い出すことだってできやしない」わたしは訊ねた。「直接壁のコンセントに挿すコードのないタイプの電子蚊取り器がありますよね。そういうのを貸していただけませんか?」わたしは喰らいつき続け、先方は首を振り続けた。

「じゃあ教えていただけませんか?」わたしは言った。「救急診察室や病室のなかにあるコンセントはいったいいつ使えるんです?」

わたしは母のもとへ戻り、トイレットペーパーを丸めて球状にし、母の耳に差し込んで、脳にまで響く蚊の魔の音を遮《さえぎ》った。それから母の露出している肌の部分を全部ふとんのなかに収めた。彼女が泣いてぐしょぐしょにしてしまったハンカチを開いて、顔の上を覆った。こうするしかないのだ。こんなふうに困難を克服していくやり方で、このシステムの「理性」とやらに適応していくしかないのである。

次の患者は自分の足で歩いて入ってきた。若い浮浪者だ。彼は街頭での経歴はベテランの域に達しているようで、長い髪はもつれて首の後ろでとぐろを巻いており、黒い髪は日に焼けて淡い茶褐色に変色している。全身がひどく臭った。拾ってきた買い物かごを引きずって、自分の持ち物を全部ひっくるめて持ち、「自首」してきたのだ。

「俺は健康保険カードも、カネもない。でも頭痛がするんだ。眠りたいので、一本注射をタダで打ってもらえないかな？」浮浪者の声には曲線がなく、高低もない。まっすぐに引っ張ったビニールひものようだ。

「どれくらい寝てないんです？」医者は取り込んでいるので、看護師に任せた。

「長くなるなあ。お日様と月が消えては出てきて、出てきては消えて。俺はそれでも眠れないんだ」

「最近薬は飲みましたか？」

「頭痛薬を一箱持ってる。薬屋のおやじが恵んでくれたんだよ……」彼は買い物かごから袋に入った小さなガラクタを取り出して、「あとこれかな。これは自分で買ったんだよ……一つ十元で、十個買ったんだが、もう残りは一つだ……。俺はすごく眠りたいんだけど頭がひどく痛むんだ。でもカネも保険カードも持ってない。タダで注射を一本打ってはくれんかね？」かなりの手練れと感じる。

彼は臭かった。貧しさが極まったような赤貧《せきひん》の臭いだ。

わたしは彼には一番近いがちょっと離れた場所に立っていた。涙が止まらなかった。

どうすればいいのだろう？　わたしの眼のなかに流れ込んでくる、痛みに感染したものをどうやって体外に排出すればよいのだろう？


浮浪者の問題がまだ片付かないうちに、警護員がひとりの怒れる男を担いで入ってきた。警護員は二人組で、レスリングの選手のように、怒れる男の両肩を押さえつけていた。男の身体には傷があり、そこから血が流れ、手には刃物を持っている。

「ちきしょう、ちきしょう……」男の胸は上下し、頸動脈はドクドクと脈打っている。「おれは誰かを殺したい、殺したい……」手にした刃物の先はすでに欠けている。誰かを殺す前にまず自分を傷つけたのだ。看護師は見つからないように抜き足差し足で男の背後に近づき、採血して検査にまわそうとしたが、男に見破られてしまった。彼は暴れて警護員を振り切ろうと、身体を起こして大声で叫んだ。「近寄るな！　近寄るな！」血管は沸騰し、筋肉は張り詰めている。「追い込まないでくれ、おれを追い込まないでくれ……」彼がどのくらい強く自制しようとしているかが、体内の暴動の激しさに匹敵している。

みなは武装し始め、戦いは一触即発だ。白衣一号、白衣二号、警護員一号、二号、応援に駆けつけた三号、四号……ストップモーションで〝白色武侠〟と命名できるような映画のポスターになりそうだ。

わたしは母の病室に戻り、ぼんやりとした肩をすぼめて、鍵をかけられないドアを軽く閉じ、自分が相変わらず命を惜しみ死を恐れていることに気づいた。わたしは決して絶望してはいないということだ。

母はわたしに気づいて、まるで夢でも見ているかのように言った。「おばあちゃんがね、私は今年、模範的母親になるっていうのよ。表彰式の時には、私をお化粧できれいにしてちょうだいね……」

「うん、眉を描いてあげるよ」

ドアの向こう側は静かになった。怒れる男もいなくなった。メランコリックな浮浪者はまだいる。そこへ一組の老夫婦が新たに入ってきた。

「家内はずっと窓を開けて、外に飛び出したがるんです。一晩中見守って、彼女を引き止めているんです……」ご主人はみたところ七十はいっているだろう。夫婦は二人ともずぶ濡れで、毛布にくるまって、歯ががたがた響くほど震えていた。この四月の寒さはおかしすぎる。冬はしっぽを振りながら立ち去ろうとはせず、春は耳をそばだててはいるが姿を現そうとはしない。

「私は家内と一晩中、明け方近くまで戦って、どうにか外に散歩をしに連れ出したんです。地面にたどり着けば、飛び降りることなんてできないでしょう。結局家内はあちこち駆けまわって、こっちは追いかけるのに死に物狂いでしたよ。それで家内のせいでこんなふうに池に落ちてしまったというわけなんです……」

白衣君は訊ねた。「奥様は昔からそんなふうだったのですか？　それとも……」

「家内は分裂症なんです」ご主人は言った。「最近薬を変えたんですが、どうもあまり合わなかったみたいで」

通報を受けた警察が傍らで調書をとっている。

「家内はこの病気になって長いんです。息子が亡くなってからのことなんですが。息子は亡くなってもう二十数年になります」ご主人はそう話しながら、調書にサインした。「注射を打って家内を二、三日寝かせて、病院服を貸してやってくれませんか。私もじゅうぶんに睡眠をとれたら、連れて帰りますんで」ご主人はずいぶん慣れた様子で、触れ回らなければならないような感情もなく、肌身離さず持っている健康保険カードと重大疾病カードを取り出して、看護師に手渡した。

奥さんは眼を閉じて、毛布のなかにくるまりながら、ひとことも話さず、まるで微笑《ほほえ》みを浮かべる繭《まゆ》のように、白い夢を見ていた。頭のなかは宇宙のようで、長々と粉雪が降っている（数時間前には、激しい暴風雪を経験したばかりだが）。雪はまるで塩のように細かく、ゆるやかに、長い間降り続け、うっすらと層をなし、別の細かく白い層の上に覆いかぶさっていく。少しずつ、愛と痛みを、忘れてしまい、そして覚えておくこともなく、もはや取り上げる価値もなくなるまで、埋葬し続けるのである。

「母親というものの一番愚かで一番憐れなのは、自分の命を投げ出してでも子どもを愛してしまうということなんですよ……」ご主人はひとりごちた。「彼女の病気は子どもを愛しすぎたことによるものなんです。若い時の流産ですら、子どものことを忘れさせることはできませんでした。こんなふうに私に訊ねることがあるんです。あの子は今どこにいるの。お嫁に行ったのかしらってね。自分がおろしたのは女の子だったと心から信じて疑わないんです……」ああ、若い母親が一度は宿し、数ヶ月育てたものの、結局はそばに置いておくことができなかった子ども。

ええ、ご主人はため息をついて言った。「人として生きるなら親になどならないほうが楽しいでしょう。母親になるというのはとりわけ危険なことでもあるんです。ひとりの人間が一度にもっとも情にもろく、もっとも粘り強くもあるなんてことがどうして可能でしょうか？」ご主人は、自分の血圧を測ってほしいと自ら頼み、やはりポケットを探りながら言った。「私も薬を飲まなければ」

空が明るくなりかけた頃、ひとりの少年が運び込まれた。白い包帯で四肢を巻かれ、腰のあたりは縛り付けられている。彼は担架の上で必死にもがきながら叫び、憤懣《ふんまん》やるかたなく罵っていた。一緒に現れたのは、年老いた大学警備員と屈強な宿舎の管理人だった。

少年は外国文学部の大学一年生である。

「彼は自分のパソコンにラッカー塗料を吹きつけたんですが、三人のルームメイトのパソコンも被害に遭いました。最後には果物ナイフも出して、まだ電源を落としていないパソコンの画面を切り裂いたんです。危うく火災になるところでした……」宿舎管理人は冷淡に語った。彼の少年を咎めたいと思う気持ちは憐憫《れんびん》よりもはるかに勝っていた。「彼の両親にはもう連絡しました。いま宜蘭から駆けつけているところです」

白衣君は彼に名前を訊いた。彼は答えた。「僕には名前なんてない」

「いまから採血するよ、いいかな？」

「僕には血液なんてない」

「このクソガキ、宿舎を地獄にしやがったくせに」管理人は言った。「赤いラッカーは、彼に掃除させます」

白衣君は少年に言った。「採血はごく一般的な検査なんだ。君の体内がどうなっているのか、私は知らなければならないんだよ」

「僕の体内には、失ってしまった信頼を除けば、他には何もない」少年は力いっぱいもがいたが、束縛は解けず、からだじゅうに血痕ができた。

「失恋しただけなのに、よくこんなざまになれるもんだな……」この管理人はほとんど軍事訓練官で、鼻息の荒い独裁者だ。少年の顔の傷は、きっと管理人がもみ合いのなかでお見舞いしたものだろう。

「君の名前と体重、年齢を教えてくれないか」白衣君は少年に訊ねた。「今夜はお酒を飲んでいる？」

「体重にどんな意味があるんだ？　年齢がなんだって言うんだ？　僕を放してくれ！　そんな無駄話はもうたくさんだよ！」

「わかった。じゃあもう訊くのはよそう。君の話を聞こうじゃないか」

「なにを話すんだよ？　うそをつけばいいのか？」少年は白衣君に言った。「うそ以外にあんたはいったいなにを話したことがあるっていうんだよ？」

「よし、私たちはうそは言わない。本当のことを話すから、君も本当のことを話してくれ」白衣君は言った。

「本当の話を聞きたいのか？」少年はやはり固定された頭を動かそうとして、担架を取り巻いている人間たちや、部屋いっぱいにいるだろう傍観者に向かって大声で訊いた。「あんたたちは本当に本当の話が聞きたいのか？」

April is the cruellest month, breeding 少年は大声で詩を朗読した。吠え猛るように力を込めて。

Lilacs out of the dead land, mixing
Memory and desire, stirring
Dull roots with spring rain.
Winter kept us warm, covering
Earth in forgetful snow, feeding
A little life with dried tubers.

四月は残酷極まる月、死んだ大地の上に
ライラックを育み、記憶と
欲望をないまぜにしながら、春の雨が
のろまな球根に降り注ぎ、目覚めさせる。
冬は我々を暖め、大地を
忘却の雪のなかに閉じ込め、干からびた
球根に少しばかりの命を宿してくれた。

この少年は実に厳かだ。なんとエリオットの『荒地』を暗誦してみせた。何事につけても真に受けるのだから、おかしくなってしまうのも無理はない。

しかもわたしたちは確かに四月の勝手気ままな春の雨の中で震え、精神病院の広々とした寂寞（同時に耐えられないほどの窮屈さ）の荒地のなかで、死にたくてもその勇気はなく、生きたくても助けてくれる人もいない。どうやって生き、生活していけばよいのか疑問を抱いているのだ。

少年の両親が到着した。溺れる人の手のように慌てふためき、表情を失い、脊柱を失い、歩みを失い、まるで恐怖すらも失くしてしまったようだった。

少年は両親を見て、狂ったように暴れ始め、「誰が知らせたんだ？　誰がこいつらを呼んだんだよ！」怒りの眼差しを管理人に向けて、「嘘つき、嘘つき、嘘つきめ！」

夜明けの朝の光が狭い換気口を通って入ってきて、薄気味悪く笑っている。

「放してくれ！」彼は叫んだ「放せよ！」少年は激しく身体をくねらせ、突然目覚めた火山のように、湧き上がるマグマを噴き出した。

母親が息子に代わって懇願した。「お願いですからそんなにきつく縛り付けないでやってください。この子は怪我もしているんです……」すぐに愛する息子の方を向いて、出血した四肢を手でさすってやりながら、「だいじょうぶよ、お母さんはここにいるわよ」

「僕を放すようにあいつらに言えよ！」息子は母親に命令した。「そうでなければ、今後はもうあんたの息子なんかやめてやるからな！」そう激しく罵りながら、侮辱の言葉で卑しい願いを包み隠す。全身の関節が跳ね上がり、まるで強力なスプリングが装着されているようだ。

父親は傍らに立ちすくみ、泣き声すらあげない。溺れている人は泣き声をあげることもできないのだ。

「悩みがあるんだったら、私たちに話してくれないか?」父親は言った。

「あんたたち、本当に聞きたいのか?」少年は言った。「あんたたちには僕の本当の話を聞く勇気があるのか?」少年の喉は膨れあがり、まるで布教や演説、あるいは街頭で抗議をしているかのように力強かった。

「よく聞けよ」少年は声量を突然下げて、「本当の話をするよ」まるで体操選手が体を起こして跳躍する前に、不意に両膝をほんの短い間曲げるように、「僕は本当の話をするよ……」


わたしは傍らで聞きながら、それを目撃した。

驚き、混乱し、呆気にとられた。

慟哭によって息ができなくなり、涙が口や鼻に入ってむせぶのに任せた。


わたしには少年が語ったいかなる言葉も繰り返すことはできない。その内容がわかりにくくてどうしても書きとめることができないのではなく、また彼の話があまりにも残酷すぎて逃げ出したくなるからでもない。さらにはその痛みによるのですらない。彼の話す言葉が人間のそれではないからである。

少年はまるで嘔吐しているかのように口を大きく開け、何の意味もない一連の声を吐き出した。下顎と唇はねじ曲がり変形し、顔の表情も彼の発する声と同じように難解で、同じように獰猛であった。彼が話しているのは人間の言葉ではなく、犬や猿やその他のいかなる動物の言葉ですらない。

生命の危機に瀕しているかのように泣き叫ぶ声は、救急診察室のひとりひとりを驚かせて目覚めさせ、患者たちは四方八方から呼応して、疫病のようにたちまち拡散していった。小さな病室のベッドのひとつひとつから、泣き叫ぶような声が響いた。壊れてしまった頭のひとつひとつがすべて、もう一度衝撃を受け、頭のなかで事故を再現したのである。

精神病院の救急診察室は、まるで人の道に背いた者たちが泊めさせてもらっている部屋のようで、多くの人がひしめき合って窮屈だが、一人になればなったでその孤独さも嫌だった。

騒ぎは朝八時まで続き、すべての狂騒は疲れ果て、静かになったが、ひとつの声だけは相変わらず目覚めたままで、廊下の端で叫んでいた。俺は眠りたい、俺は眠りたい、俺は眠りたい、俺は眠りたい……。

もしも「字体の大きさ」でもって抗議の強度を表せるとすれば、その「俺は眠りたい」というセンテンスは、三級の細明朝体のはずだ（まもなく死にゆく弱々しい呻吟《しんぎん》であれば、腕時計の数字よりも小さいだろう）。等比級数でだんだん大きくしていくと、九級のゴシック体になり、さらには八十級の太ゴシック体になり、ついには六百級の特太ゴシック体になるのだ。新聞の一面の見出しになってもまだ足りず、こちらに向かって飛び出してくるようで、喉がつぶれるほど叫び続けた後、無力な細明朝体へと落ちていくのである。

俺は眠りたい……俺は眠りたい！　俺は眠りたい！！　俺は眠りたいのだ！！！！

彼は病院の枕に、まるで自分の墓に横たわるかのように横たわっていた。彼は墓のすべてを、六張犁（この病院から実はいちばん近い）の無縁仏たちをすべて呼び覚まそうとしていた。

星も月も疲れ果て、太陽も溶けてしまった。浮浪者の買い物かごも意識を失ってしまった。誰ひとり答える者はいない、たとえひとりひとりみな眼を覚ましたとしても。

俺は眠りたい、俺は眠りたい、俺は眠りたい、俺は眠りたい……。彼はつまり自分じしんのこだまなのだ。

わたしは聞いているうちに頭がむず痒くなり、喉も熱を帯びてきた。いままさに勤務を交替しようとしている白衣君をつかまえて訊いた。「どうしてもう一本多めに注射してあの人を眠らせないの？」白衣君は答えた。「もう三本も打っているんです。血管の中は薬でいっぱいですよ。これ以上打ったら生命の危険に関わります」

「それでも眠れないなんて、どうすればいいの？」

「どうしようもないんです」白衣君は言った。「あの人の声がそんなに力強いなんて思わないでください。もう八十歳なんですよ。あなたのおじいさんと同じで、火焼島から出てきた年老いた患者さんなんです」

「わたしの外祖父です」わたしは言った。「政治犯として服役してたのはわたしの外祖父なんです」

白衣君はドアのあたりの女の子を指さして言った。「あれがあの患者さんのお孫さんですよ」

わたしはとっくにこの女の子に気づいていた。彼女は一晩中隅のソファに座り、冷静で落ち着いた様子で、すっかり心地よさそうに、持ってきた漫画を読んでいた。自分で用意したクッションを時には枕にして、毛布も持参して、ゆったりとした寝間着のズボンに履き替える。彼女は明らかに早くから真夜中の精神病院の救急診察室に慣れているようだった。

女の子は忙しいなかでもゆったり落ち着いていて余裕があり、さらに微笑むことすらできた。激しい炎のような「俺は眠りたい」という叫び声から離れ、漫画のなかのあるエピソード、人間的欠陥のあるキャラクターの面白おかしい描写に夢中になっていた。彼女の血管のなかには深くて静かな河の流れがあって、物ごとに動じず、百年に一度の災害にはとっくに見舞われていて、もう簡単には氾濫することはない。

わたしは彼女の落ち着いた面持ちを見つめていると、その場限りの悲しみがこみ上げてきて、また泣いてしまった(もうほんとうに役立たずなクズだね、とわたしは心のなかで自分を罵ることしかできなかった)。

どうやって流れだすのだろうか? 眼のなかに入ったものがどうやって眼から流れでるのだろうか? 今夜目にしたすべてが眼から流れでてしまったのだろうか? 涙になってきれいになったのだろうか?

けれど、耳に入ったものはどうだろう? 耳に入ったものは、どうやって流れでるのだろうか? 俺は眠りたい……俺は眠りたい……俺は眠りたい……俺は眠りたい……八十歳の老政治犯はまだ叫び続けている。俺は眠りたいんだ。

わたしは看護師にトイレットペーパーをもう少しもらった。「精神病院の新顔」に数えられるわたしは、一晩でおそらくトイレットペーパー一箱分も泣きはらしてしまっただろう。冷たい空気には慣れてはきたが、鼻水がでてきた。二十数時間も寝ておらず、鼻血もでてくる。眼にしたものすべてに適応しても、涙が流れてしまう。耳にしたものすべてに適応しても、もっと多くの涙が流れてしまう。尿意がなくなるほど泣いたが、それでもまだ泣いている。適応とは元来、繰り返し失っていくプロセスなのである。

女の子がわたしに向かって近づいてきて、ティッシュを手渡して言った。「あげるよ。このティッシュはきめが細かいから」わたしがありがとうと言いながら「近づいてきた人」からのプレゼントを受け取ると、ふと自分がどうやら「乗り切った」ことに気づいた。鼻水も鼻血もとまり、涙も収まったのだ。なんとか乗り切った。慣れたのだ。これからまだ無数の「乗り切ることのできない」夜が眼の前に待っているかもしれないにしても。

無名塚は沈黙のまま。物語は絶滅してしまった。求刑者は眠らせてくれない。
ただ酔狂と錯乱した言葉、そして妄想だけが、傷ついた記憶を贖《あがな》うことができる。

一九六六年（これはみんながよく知っている白色テロ時代ではない）、政治大学の学生許席図は、新聞のある投書、「人情味と公徳心」を読んだ。台湾に来ているアメリカ人の学生の文章だった。投書は台湾人の悪い習慣を批判しており、それが愛国心のある許君に羞恥心を沸き上がらせ、大学生に「ボランティア活動によって社会を浄化する」という公益活動に参与することを呼びかけた。許君は「反乱組織を計画準備した」という罪で逮捕され求刑されると発狂してしまい、療養院に送致されて死ぬまでそこで過ごした。

当時の療養院は、狂人院としか言いようがなかった。いわゆる治療とは、縛り付け、罵り、電気ショックを与えることに他ならなかった。「政治」が彼らに施した「治療」となんら違いはなかったのだ。

花蓮の玉里療養院では、前後して総計四百人以上の政治精神疾患の患者を収容していた。入院もせずまた家にも帰らなかった者もいた。たとえば呉君は、陸軍士官学校の卒業生で、中国史に精通し、「黄帝から始まって最後まで皇帝の名を諳《そら》んじることができた」。弟が酷刑によって死に至ったことを獄中で知り、精神が崩壊して出獄することになったが、飢えや満腹感、暑さ寒さの感覚もわからず、家を出て流浪し、四十五歳で亡くなった。

緑島の王さんは、泣いたり笑ったりぶつぶつ独り言を言いながら、部隊を離れて山に登ったきり戻ってこなかった。見つかった時にはもう屍体は腐乱していた。

わたしが誘拐に遭ったあの大道路にさえ、似たようなエピソードがある。

エピソードの主は老兵で、黄埔軍官学校[*3]の六期生で湖北の出身だった。共産党が湖北を手中に収めると、彼は老Kを頼って台湾にやってきて、万華の夜市で商売をした。この人はどんな罪を犯したのか？資料が明らかではなく確定できない。出獄後にはもう精神疾患に罹っていて、貧民住宅に送られた後、さらに松山精神病院へと送られた。

もういいだろう。もう聞きたくはない。時代は一九四七年に戻るが、彭孟緝はこう言っていた。「二二八事件の善後処理は、光復節の前に㊣部処理が完了した。今後は永遠にこの問題が取り上げられることのないように望む」これは彭司令が「第一回省参議会」で行った談話である。彼の原稿には「全」の字が一文字漏れていて、記者が代わりに補ったのだ。

同じ日の新聞にはささやかな社会面のニュースが隠れていた。

昨夜は急に冷え込んだ。最近の米価は六十の大台を超える勢いで、街頭の乞食の数も以前より多くなってきた。本日午前太平町のあたりで、纏足をした婦人が一六、七歳の子どもに連れられて、家々をめぐり物乞いをしていた。足が小さすぎるので、小さな椅子を持っていた。その服装からはそれほど困窮しているようには見えず、一般の乞食とは比べられない。記者が訊ねてみると、羅東の人であり、この度の水害の後、台北の親戚を頼ってきたが見つからず、家に帰るにも足代に乏しい。家に残るのはわずかに母子ふたりのみで、他にはなにもない。

新しい占領者は誰にも聞き取れない言葉をしゃべりながら、手を伸ばしては何でも取ろうとした。「彼らは中山服を着ていて、袋は特別大きかった。いつでも面倒を起こすが、心づけを握らせれば問題はない」砂糖すらも統制品となり、密輸は有益な業務となった。彰化のある商売人は、五、六袋の砂糖を密輸して、警察に捕まり取り調べを受けたが、家族が金を差し出すとすぐに保釈された。一九四九年、戒厳令が敷かれる三日前の五月二十七日、米一石の価格はすでに百万元を突破していた。六月十五日、旧貨幣の四万元が新貨幣の一元へと交換され、ここにニュー台湾ドルが誕生したのだった。

翌一九五〇年は、清郷大逮捕[*4]のあった年である。初めは逮捕勾留することもなく、街頭や駅で銃殺し、殺害後も遺体は回収せず、布告を張り出して見せしめにした。

家族が遺体を受け取るにも、五百元の請戻し金を払わなければならなかった。払えない者や、あるいは単身台湾にやってきた大陸人は、国防医学院に回され、解剖の練習台となった。詩人藍明谷の家族はやや遅れたため、病院まで駆けつけて、ホルマリン漬けのなかから彼を掬《すく》い上げたのだった。

ある年老いた農夫は、畑で綺麗な紙を拾い、紙飛行機にして孫に遊ばせ、誰が遠くまで飛ばせるか試合をした。これらの飛行機はほんとうに隠しておけるわけがなく、畑のわきの道路を越えて、警察の手中に落ちた。赤い紙面には、対岸で流布している簡体字が印刷されていた。農夫は七年の懲役刑となり、出獄したときには七十になんなんとしていた。彼はずっと自分が犯したのは「種稲罪」（稲を植えた罪）だと思い込んでいた。というのは「政治《ジンディ》」という言葉は、発音が台湾語の「種稲《ジンデュ》」に似ていたからだ——審判の過程では誰も彼のために通訳してやらなかったのだ。

別の日本に留学した医学生は、「奇」という名前で、桃園に診療所を開いていた。近所の子どもたちが野球をしていて窓ガラスを割ってしまい、日本国籍の妻が子どもが遊んでいて余った紙を、割れてしまった箇所に貼って三つの星形にした。奇医師は懲役十五年となり、妻は恐れおののいて日本に逃げ帰ってしまった。

母阿雪の父親は労働組合に入り、職位と待遇の回復を求めた。二人の子どもの父親として、接収者が高位を独占し、本省人が下へ下へと追いやられる、失業へと追いやられることを見ていられなかったのだ……

この後、語ることのできないさまざまなエピソードがうわさへと変わり、家族の秘密として伝わっていき、書き換えと変形を繰り返して不揃いとなり、風の影へと化した。新しく加えられた細部によって汚染され、虚構《フィクション》となった。恐怖によるこじつけと夢による付会が加えられて。

「我々はとても話したいんだよ。なのに君たちは聞きたくないという。私の娘ですら耳をふさぐんだ……」3596は言った。

記憶の傷とは、実は「もう一度傷ついていく」というプロセスのことなのだ。「現実」すらもう新鮮さが失われてしまっているというのに、歴史は言わずもがなではないか?

「いま我々が死んでしまったら、若い人たちは追いつけなくなってしまうだろう……」3596は自嘲気味に言った。我々の「互助会」はもう「送りびと互助協会」に変わってしまった、と。

そうだ。わたしたちはもう3596、2046、2051、9047……の物語には追いつけない。彼らの葬儀に追いつけるだけだ。

＊1　亡くなった人と意思疎通するという宗教行為。
＊2　注音字母による表記。
＊3　一九二四年孫文が広州に創設した国民政府軍幹部養成校。
＊4　反政府的人物の摘発、掃討。

18

G

「我々のような人間が、この病にかかったら、別の世界に行ってしまうんだ……」

雨のしずくが一滴、わたしの閉じられた眼に落ち、わたしはまぶたを瞬かせた。自分がどこにいるのかわからない。

眼を開いて、カーテンの方を見た。外から太陽の光が溢れるように射しこみ、まったく新しい一日をからっと乾かしている。

わたしは部屋のなかに横たわっていた。頭は高熱で膨張し、眼底には水ぶくれができ、耳鳴りは鳴り止まない。けれどわたしには聞こえる。

カーテンの外側の小さな花台に、かたつむりが細長い草の茎を這っているのが聞こえる。

まもなく静かになる気流のなかで蜘蛛の巣が揺れ動き、何かが、おそらく体液をすべて吸い取られた虫だろうが、そこから下へと落ちていくのが聞こえる。

家の外の排水口の、奥深い暗がりのなかで、傷ついた蛾が羽を広げようとする音が聞こえる。

背後にいる人が、わたしに向かってゆっくりと重々しい呼吸をしているのが聞こえる。彼のにおいを嗅いでみると、少し年のいった男性のようだ。

耳鳴りは止まない。でもわたしは逆にどんな時も仔細に聞こえている。わたしは音の繊維のなかに入り込むことができるのだ。

ああ、わかった。ここは母の部屋だ。わたしは健康保険カードを探しに帰宅したのだった。少し前に、疲労困憊の一撃によって倒れ、昏睡していたことを思い出した。自分がどれくらい眠ったのかはわからない。

背後の見知らぬ呼吸は続いているのだが、いったい誰なのだろう？　父であるはずはない。帰宅した時には、父はもうとっくに出かけていたのだから。わたしは一、二、三と数えて、勇気を出して振り向いた。でも誰もいない。

この聴覚過敏は、幻聴なのか、それとも霊聴なのだろうか？　身も心も耐え忍んで極限にまで至り、感覚は磨いた金属のように異様に鋭くなっていた。狐の耳、犬の鼻、猫の毛のように。

わたしは精神が混乱する中で極限を超越したことやものを体験したのである。わたしは壁の向こうで咳き込む声を聞いた。

もうすぐ十二時になる。病院を出た時は九時近かった。

四時間ほど前、八時を過ぎた頃、ナースステーションの女性が書類を一束手渡して、カウンターに行って支払いを済ませるようにと言った。

「カウンターはどうやって行けばいいんです?」わたしは訊いた。この病院については、わたしは救急診察室しか知らないのだ。

「ここを出て廊下の黄色いラインに沿って行ってください。黄色いライン沿いに行けば間違わないですから」

「でもわたし健康保険カードを持って来なかったんです」

「じゃあ先に自費で支払ってもらって、後で戻ってきたら差額の払い戻し手続きをしてください」

わたしは自分の財布の中身を確かめてから言った。「現金も足りないみたいです」

「クレジットカードも使えますよ」看護師は言った。

離れる前に、ゴンゴンゴンという衝撃音を耳にして、このとき初めて救急診察室の反対側に堅牢な防護壁があるのに気づいた。

「壁の向こうに人はいるんですか?」わたしは訊ねた。

「いますよ」看護師は言った。「みんなここの入院患者さんです」

彼らはすでに朝食を済ませ、花壇をめぐりながら散歩したり、おしゃべりしたり、朝の体操をしているところですよ。そんなことをしたくない患者も何人かはいるもので、壁を蹴っては抗議したり、ここから出してくれと頼む人もいます。「おとなりさん」を見つけて、暗号ゲームで遊びたがるような、ちょっと茶目っ気があるだけの人なんかもね。わたしは看護師の説明を聞きながら、眼の前のこの人物が、夜勤のあの嫌な感じだった人なのか、朝勤務交替した人なのか区別がつかなかった。

堅牢な壁のあちら側というのは、当時、秋香《チウシアン》おばさんがいた場所ではないだろうか？　治療費を支払えないので、病院側に「技術的」に追い出されたという人もいれば、彼女は自分から望んで、逃げ出したのだという人もいた。

「女性であるということは危険なことなんだ。狂女となればもっと危険なのさ。けれども、危険なことというのはたいてい面白いものなんだ。危険だとわかっていながらそれでも向こう見ずな行動をとりたがってしまうということ、それが自由ってもんじゃないかな……」あの「秋香自決論」を唱えた盲人はこんなふうに言ったものだ。

秋香が失踪した時、わたしは小学校に上がったばかりだった。これらの人物やエピソードは、すべて大きくなってから人が話していたことを寄せ集めたものだ。

わたしは看護師に訊ねた。「ある患者さんなんですが、謝さんといって、名前は……名前は（わたしは指を動かして、記憶をたぐり寄せる）……謝世民か謝世君といったかな……いずれにしても謝さんという男性で、全盲で車椅子に乗ってました。わたしが七歳の時にだいたい四十歳ちょっとくらいだったから、いまは六十歳にはなってるはずです……この人をご存知ですか？」

「もちろん知ってますよ。とても有名ですから」看護師は言った。「彼はここでずっと暮らしているんで、みんなは謝総統なんて呼んでますよ」

「彼はまだここにいるんですか？」

「ええ」看護師は言った。「彼は謝世俊さんですよ。英俊の俊です」

「この防護壁の向こうにいるんですか？」眼の前という近さでありながら遠い過去のようでもある、絶対的な立入禁止区域だ。

「壁の向こうは小さな庭なんです」看護師は言った。「謝総統は車椅子に乗っているし、眼も見えないので、屋外の活動にはほとんど興味が無いんですが、詩を書くのが好きなんですよ」

「眼が見えないのにどうやって詩を書くんですか？」わたしは訊いた。

「声に出すんですよ。それを恋人に書き取ってもらっているんです」

「恋人もいるんですか？」

「彼と同じくらい古株の、長い病院友だちなんです」看護師は言った。「恋人が手伝って書き留めて、投稿することもあるんですよ。一度は入選して新聞に載ったんですよ」

「そうなんですか」

「大きな額装にしましてね、診察科の、第四診察室の外の壁に掛けてありますよ。彼の主治医が第四診察室の邱先生なんですが、邱先生がお金を出して額装にしたんですよ」


救急診察室を出て、黄色いラインに沿って会計カウンターに行った。母は二本注射を打ってもらって、二千七百元だった。カウンターの女性はわたしを怪しんで訊ねた。「これはあなたのクレジットカードですか？」彼女はわたしがカードを持てるような人間だと信じていないのだ。

「まさかわたしが盗んできたとでも？」わたしは見た感じごみ袋のようだったと思う。わたしにはわかっている。

「カードのお名前と患者さんが一致しないんですが」相手は言った。

「わたしは患者じゃないんですよ。患者の娘なんです」

わたしの眼はくるみのように腫れあがり、頬も小麦粉をこねた塊を発酵させたみたいに腫れていた。頭はくらくらする。脳内にはチューインガムがぎっしり詰まっていて、そこにはお転婆な親指姫《おやゆびひめ》が閉じ込められていて、気分がくさくさするので、ガムを膨らませて大きくしたり小さくしたりしているようだった。


カードで支払いを済ませた後、緑色の太いラインに沿って二階の診察科へと上がった。とても暖かいなあここは。万事太平という雰囲気だ。地獄の裏門から逃げ出したばかりなのに、いつのまにかリゾートホテルにやってきたように感じられる。ある男の子がカートを押して、わたしとすれ違い、待合室のひとつひとつを回って、出来たての朝食を販売していた。全粒粉パン、ハムチーズバーガー、ツナサンドイッチ、ジュース、豆乳、ホットコーヒー。「全部ここで作ったものですよ……」男の子は声を出しながら、はりきって売っていた。

患者は病院に敷設されているパン教室で生計を立てるための技能を学んでいる。男の子が見知らぬ「身内の人間」の間を売り歩いている姿は、まるで自分の家の廊下で商売をしているかのようだ。

「ハロー」わたしは背後から彼を呼び止めた。「サンドイッチをひとつちょうだい」

「これは売り物なんですけど」男の子は言った。

「わかってるよ」わたしは言い換えた。「わたしは朝ごはんを買いたいんだよ」

彼は訊いた。「どれにしますか?」

「あなたの作ったのはどれ?」

彼は全粒粉パンを指さして言った。「今日はサンドイッチを作ってないんだ」

「じゃあ全粒粉パンをひとつお願い」実は食べられないのだけれど。

お金を手渡し、商品を受け取る。男の子がむこうを向いてからわたしは追いかけて行って彼に訊ねた。「あなたは小光《シャオクアン》という男の子を知っている?」

男の子は首を振って知らないと答えた。

「わたしと同じで、二十四歳なんだけど、頭と胸を手術したことがあるんだ(わたしは頭と胸の傷痕を手まねで示した)。彼は小光と言ってね、わたしの幼稚園の同級生なんだよ。この人のこと聞いたことある?」わたしはもう一度繰り返した。「小光、小光という名前なんだけど」親愛なる親愛なる、乱暴で鈍いけど可愛らしい、頭のおかしな低能児。

「知りません」男の子は言った。


小光が一家で引っ越しをした日、空は雲ひとつなく輝き、まるで波もなく穏やかな海面と空を逆さまにしたようだった。みんなは非常に嫉妬していた。嫉妬すればするほど祝福の声も大きくなっていった。彼の母親が経営する床屋がグレード・アップして、あるチェーンブランドに加入することになり、市の中心部の方へ三、四本目の通りに移り、いきなり二店舗が開店するという。長い時間が経ったこの時、わたしは初めて小光の顔を召喚し再びまじまじと見た。下顎には透明なよだれが垂れていて、へらへらとずっと笑っている。

疲れ果て、傷ついて脆《もろ》くなり、精神錯乱の状態によって感覚器官が敏感になったことで蘇った記憶の導きによって、わたしは引っ越しの当日、最後に小光と会ったときのことを思い出した。

小光は不器用なので、箱詰めなどの一切の作業を免れた。わたしは送別のプレゼントを手に（二年間保管していたが、使ってしまうのは忍びなく、暑さによって油がにじみ出てきてしまったシール）、小光の姿を探した。わたしは騎楼の日陰に沿って歩いていると、暗がりのなかに男の子を見つけた。泣きたいのに涙も出ない小さな顔をしわくちゃにさせて、漢方の診療所の前に座っていた。

「小光、どうしたの？」わたしは訊いた。

「かあさんにいけといいわれたんだ」彼は言った。

「何の病気になったの？」わたしはまた訊いた。

小光は湿って粘り気のある恨みつらみを呑み込んで言った。「ぼーくーはーかーしーこーくーなーりーたーい」引きずるようにゆっくりと一文字ずつ吐き出した。それらの文字のひとつひとつはぬかるみにべったりとつかっているようだ。

小光の頭にはびっしりと針が刺さっていた。長短合わせて三、四十本はあっただろう。隙間もないほどにびっしり頭を覆い、耳や眼のまわりにも刺さっていて、眉毛は辛さで八の字になっている。そして手には教科書を捧げ持って。ぼーくーはーかーしーこーくーなーりーたーい。

わたしはパン売りの男の子のゆっくりとしたスピードのカートを追い越して、第四診察室へとまっすぐに向かい、壁に掛けられた、拡大され額装された詩を見つけた。

ミューズは彼女がかたつむりを踏みつぶしたまだ暗い早暁に
足のない彼女の身体で
神棚の前を這いながら
一匹、また一匹とコウモリを吐き出す。そして
ちょうどまさに身づくろいをしている太陽は暗闇を
均しく人類に分配することにし、
頬にさした赤みを痩せた大地に与えることに決めたのだ

額縁には作者の写真も挟んであった。実に盛大なことだ。謝世俊はサングラスを掛け、「解説」のなかで冗談を書いていた。「お嬢さん、服をぜんぶ脱ぎ捨てても大丈夫ですよ。私には見えませんから」まったくナンセンスだ。このネタは実にナンセンスだ。スポットライトの照明のもとで、わたしは眼をこらして謝総統の眼のなかの漆黒の空洞を探したが、義眼に当たるようなどんな球体やビー玉も見つからなかった。わたしは想像のなかのしわくちゃな黒い穴を眺めた。底なしの穴を見極めることはできないが、じゅうぶんに長く、そして深く眺めていさえすれば、彼の夢や、彼の眼底にある希望や憂愁を直に手にとることができそうだった。

喜びが一本の濡れた頭髪のように、わたしの傷ついた皮膚にへばりつく。あなたはここにいたんです

ね。謝おじさん。

あなたはどうやって身体に負ったこれらの傷から、ひとつひとつ解放されていったんですか？

これらの傷は最後には自由を獲得することができるのでしょうか？


病院から電話がかかってきてわたしを促した。「お母さんが目覚めてあなたを探してます。すぐに戻ってきてください」

「健康保険カードをとりに家に戻ったら、つい寝てしまって」わたしは充電中の携帯電話を握りながら、母のおののくように泣き叫ぶ声を聞いた。「母を落ち着かせてやってください。そしてわたしはすぐに戻ると伝えてください」


電話をしてタクシーを呼んだ。6884、六分で到着する。さっき電話をした時、口を開けた途端にむせてしまった。喉は一晩で枯渇した井戸のように乾いてしまった。井戸水はすべて汲み上げられ、久々の太陽の光にさらされて、岩塩や砂利がむき出しになっている。

わたしは喉が渇いた。合間を縫って台所に水を探しに行くと、ガスコンロのそばにゴキブリが一匹いた。この可哀想な虫は身体がひっくり返り、腹部をむき出しにして、頼りなげにか細い下肢を動かしている。

わたしの汚物を警戒防備する際の定見は、慎重に、に尽きる（どうやってしとめればよいかよく考え、一発でしとめても体液を飛び散らさないように）だ。手を下す前にこの虫の身体が異様にふくらんでしっかりして、丸々太っていることに気づいた。ゴキブリではなくて、コガネムシだったのだ。幼い時、わたしが好きだった遊び相手のひとつで、てんとう虫に次いで大好きだった。

小さい頃から暮らしてきた（実際には絶えず逃避と帰還を繰り返してきた）実家で、子ども時代の遊び相手と出会うなんて。この昆虫は遠い過去から未来へと帰ってきて、現在に闖入《ちんにゅう》してきたのだ。まるで五歳だったわたしが派遣した神獣のように、いますでに壊れてしまった成人生活を慰めてくれているようである。

それはカフカの描いたGのように、突然姿を現した。小説の中から直接飛び出してきて、わたしの眼の前に置かれている。

どうやって入ってきたのだろう？　このコガネムシは？　昨晩玄関を開けて全身まっ白な「貴い人」が入り口で待っていた時、ちょうど飛び込んできたのだろうか？　……違う、わたしたちは阿莫《アモ》の家から精神病院に向かったのだ。たぶん父が出かける時だろう。あるいはわたしが帰ってきた時かもしれない。

問題は、どうしてそれがひっくり返ってしまったのかということだ——まるで外から力が介入して、その運命と形状を翻弄し、「G」の姿に変えて、このようなタイミングでわたしと出会わせたかのようだ。

こんなにも精緻で美しく、重力を打ち負かすような不思議な生物でも、一旦ひっくり返って、背中を地面につけてしまうと、自力では完全にどうすることもできず、ただ重力や死へと導く力に抗えずに降参するしかないのである。

それは頼りなげな手足をめちゃくちゃに蹴り動かし、見知らぬ誰かが救いの手を差し伸べてくれるのを待っている。

わたしは人差し指と親指を伸ばして、それをつまもうとしてみた。落ちてしまわないようにぎゅっと持たなければならないが、それを傷つけないようにそっと持つ必要もある。これには正確な制御力とじゅうぶんな平衡感覚が必要なのだ。ガンガン音が鳴り響く頭を傾けながら、ぼんやりと崩壊の際《きわ》へと至り、それをそっと、そして厳かにつまみ上げた。

このコガネムシは緑色の、よく見かける品種ではなかった。その全身は金色で、掛け値なしに、少しの妥協もなく、純粋にきらきらと輝いていた。

わたしは二本の指でそれを挟み、窓を開け、気をもみながら手を放すと、それは飛び立っていった。


そう、それは飛べたのだ。

そう、Gは飛べたのだ。

ナボコフの言うとおりで、Gは自分では気づいていない飛翔能力を——常人にはまったく欠けている、ただ異常で障害のある人だけが持つ、「非常なる」自由を、持っている。

正午の陽光がわたしの眼に注がれ、いっぱいになって溢れ出てくる。世界は0.001度傾いたが、誰も気づかない。でもわたしにはわかる。


阿莫は退院したばかりだというのにまた病院に戻ってきた。わたしの付き添いとして。「台湾大学病院の患者」から「松徳病院の看護者」へと変わったのだ。医者はわたしには治療が必要だと判断した。

だから、わたしは患者なのか、患者の家族なのか、その境界線はもうはっきりとはせず、崩壊してしまい、もはや重要なことでもなくなってしまった。

阿莫はわたしに、小海《シャオハイ》がチェコに旅だったと伝えた。わたしが出て行ったあの晩、彼は鉄の鎖とハンガーで自分の背中を打った。その血なのか肉なのか判然としない傷痕はもう回復したという。阿莫は言った。「もうよくなったんで、やっとあなたに伝えようと思ったんだ」

「わたしも気づいていた」わたしは言った。「でも彼はわたしに見せてはくれなかった。わたしを守ってくれていたんだね」

外では強い風が吹いていた。こんもりと緻密な黒雲が、夜風に吹きつけられ、端から崩れていく。まず最初に崩れていくのはいつでも端の方なのだ。

人と人は互いに近づき、寄りかかりあい、互いに憐れみあい、愛しあうものだが、それも境界の崩壊をまず経験してからの話なのである。

しかしながらこの世界には、「元通りになる」というようなことは存在しないのだ。骨折したのち治癒した人が、同じように歩き、同じ街を行き来したとしてもすべてが違ってしまっているのと同じように。ただ筋膜の一番深いところの痛みだけが、食い違ってしまったすべての箇所が元に戻らず、これからもう二度と、二度と元の位置には戻らないことを知っている。

わたしの四肢はいったん全部がばらばらになり、そしてあらためて組み立てられ、まったく新しい人間になるのだ。
さらに痛み、さらに歪《ゆが》んでしまうとしても、だからこそ知性と慈悲心とが少しばかり加えられるのである。

夏は春の後ろ姿に恋をして、ずっしりと覆いかぶさってくる。気温は日ごとに高くなり、新記録を打ち立てたばかりだというのに、また新しい記録によって塗り替えられる。太陽の光のもとで一輪の花が枯れてはじめて、別の花が咲きほころぶのを待てるのだ。
小海からショートメッセージが届いた。プラハにいるよ。もうカフカとは話をつけた。彼はいいと言ってくれたよ。

カフカは承諾してくれた。わたしはこのことを信じて疑わない。まさに彼はもうこの世を離れ、出会うことのできない幻になってしまったからこそ、わたしの願いも達成されるのだ。この美しい承諾は、一旦成立すれば覆《くつがえ》すことはできず、科学の破壊力や実証主義の否定の力を免れることもできる。撤回も取り消しもせず、すべてを自分が信じるものへ預けるのだ。まるでカフカのとがった耳の中のはっきりした幻聴みたいな永遠のように。まるでカフカの眼の中の、奥深く謎めいた暗がりのように。

祝福されるとわたしは信じる。そうすれば小説を書き始められるのだ。

0　後記

実は、ホールデンが入院していたのは精神病院ではなかった。傷ついたのは彼の心ではなく、肺だったのだ。彼は肺結核で入院していた。わたしは『変身』を誤解していただけでなく、『ライ麦畑でつかまえて』についても誤解していた。彼の白髪は前髪にとどまらず、頭の半分ほどに及んでいた。

しかし、病院は確かに精神科の医師を派遣して問診し、社会に「適応」する「能力」を診断していたのだ。

2046の出典は、本を読んだことがあれば誰でも知っている。3596と9047はどうだろう？

3596は映画に由来している。いや、ヒッチコックではない。

9047はある戯曲をもとにしている。ヒント：木蘭花。いや、映画会社によって『心霊角落』と訳されたあのMagnoliaではない。

Magnoliaの花言葉は「許し」である。

小説は終わり、人物はしばし動かなくなり、謎かけが始まる。

緑島のお年寄りのみなさんに感謝を捧げます。

陳傳枝、陳孟和、張敏生、陳英泰、顔世鴻、王文清、劉建修、李金火、李熒台、陳玉藤、宋世興、葉萬吉、鄭逢春、蔡焜霖、盧兆麟、郭振純、涂南山、陳鏗、陳景通。わたしに話を聞かせてくださってありがとうございました。

火焼島の老婦人に感謝を捧げます。

張常美、張金爵。他にもまだたくさんのお会いすることが間に合わなかった方々がいます。

以下の方々の文章、絵画、写真、映像、そして研究に感謝を捧げます。

陳英泰、顔世鴻、陳孟和、胡慧玲、林世煜、曹欽榮、李禎祥、林芳微、鄭純宜、陳翠蓮、陳銘城、滕兆鏘、歐陽文、施並錫、李萬章、楊老朝、歐陽劍華、陳文成基金会、民間真相與和解促進会、中央研究院近代史研究所。

小説中の「謝世俊」の詩は、友人「林触」の未発表作品である。

訳者あとがき

三須祐介

はじめて胡淑雯（Hu Shu-wen）と出会ったのは、二〇一二年初夏の名古屋でのことだ。作品が醸し出す深刻で重々しい雰囲気とはまるで違う、少し神経質そうな、でも非常に澄んだ知的なまなざしをもった小柄な女性。これが第一印象だった。時間を忘れるほどふたりでたっぷりおしゃべりをし、（これは同い年の筆者の傲慢な感覚にすぎないが）まるで久しぶりに再会して積もる話が尽きない高校の同級生のようだったと記憶している。この作品を読めばわかるように彼女じしん社会問題に強く関心があるのは確かだが、大学生時代の一九九〇年、政治改革を求める三月（野百合）学生運動に関わったのは、当時好きだった男子学生が所属していた（政治的アクティビズムを標榜していたらしい）サークルに参加していたことがきっかけだったようだ。[*1] 眼の前にいたのはそんな茶目っ気のある女子大生がそのまま成長したような、なにものにも染まっていない魅力的な人だった。

その後、彼女とも同世代の楊雅喆監督の映画『GF＊BF』（二〇一二）を観たとき、桂綸鎂《グイ・ルンメイ》が演じた、奔放に愛に生きようとするものの、報われずどことなく影を引きずっているように思える美宝《メイパオ》の姿が胡淑雯と重なった。張小虹は胡淑雯の最初の作品集『哀艶是童年』（印刻出版、二〇〇六年）について、

「彼女の文章にはなまめかしい怪しさ（原語「妖気」）が漂っている」[*2]と評しているが、これは彼女じしんの不思議な魅力にも通じていると思う。この映画にも三月学生運動は描かれており、中正紀念堂広場（現自由広場）に集まる若者たちの姿を映し出している。胡淑雯はこんなふうに回想している。「……座り込みをしたり、三月の冷たい雨の中、広場に野宿もしたが、寝坊して遅刻することもよくあった……前夜にお酒を飲み過ぎたり、寝ずに男の子と遊んだりして、睡眠不足で広場では頭がぼんやりしてしまうことが多かった……」[*3]

政治に大まじめに取り組む熱血青年ではなかったと本人は言い、また文学創作を政治的文脈で語ることを避けているところがあるが（それはより自由な創作を求めてのことだと思う）、やはり一方で、文学創作とは別の形で、現実の社会問題に熱心に心を砕いていることも印象的である。二〇一四年、台北の立法院（国会議事堂に相当）とその周辺でひまわり学生運動が起きたときには、実際フェイスブックに正義感あふれるコメントを寄せていたし、筆者にプレゼントしてくれたのも、政府の再開発計画によって強制的に立ち退きを迫られた台北市内の華光地区を支援する抗議団体が作ったTシャツだった。

＊

胡淑雯は、一九七〇年十二月台北生まれ。台湾大学外文系卒業。彼女じしんによるプロフィールによれば、大学には入ったものの勉強にはあまり身を入れず、いつも大学の外で活動していたという。彼女のキャリアには、新聞記者や編集者があるが、特筆すべきは女性運動団体（婦女新知基金会）に四年間専従していたということであろう。一九七〇年生まれの彼女は、前述の三月学生運動以外にも、物心ついたときには美麗島事件[*4]（一九七九年）、高校時代には三十八年間も続いた戒厳令の解除（一九八七年）を経験し、台湾政治や社会の民主化へのうねりのなかで成長してきたといってもよく、このような経験はこの作品に顕著に表現されている社会へのまなざしと無関係ではないだろう。

文学創作のキャリアは、実はそれほど長くはない。二〇〇一年に「真相一種」で第十四回梁実秋文学賞散文創作部門一等賞を獲得したのが文壇デビューと言えるだろうか。その後二〇〇二年に「末花街38巷」で教育部文芸創作賞社会組短編小説部門二等賞、二〇〇四年に「界線」で第二十七回時報文学賞散文部門一等賞を獲得している。単行本は、これらの作品を含む十二篇を収めた『哀艶是童年』と、本作品である『太陽的血是黒的』（印刻出版、二〇一一年）の二冊である。邦訳は本作品が最初ではなく、拙訳の「来来飯店」（上・下）が『植民地文化研究』（十一号・十二号、二〇一二年・二〇一三年）に掲載されている。これは、本作品の第四章と第五章を抜き出して再構成し、一篇の作品としたものである。

本作品の創作のきっかけになったのは、彼女が二〇〇六年に『台北人』創作計画で第九回台北文学賞の創作資金援助を得たことである。白先勇の古典的名作『台北人』[*5]を意識した新たな「台北人」を描き出そうという挑戦的なものだったようだが、彼女はその仕上がりに満足せず、新たに書き直したのがこの作品である。

長編小説でありながら、短編の作品群をコラージュしたような風格をも有する本作品は、一章ずつを独自の味わいをもつ短編作品として楽しむことができるかもしれない。ただ、そのような小説の組み立てが全体としてはぎこちなさを醸しだす印象であることもないではない。しかしその不器用な構成が却って作品の力強さを引き出しているようにも思える。その無骨でしなやかな印象こそが魅力なのである。

日本語版の序には少なからぬ古典的名作を創作の準備のために読み直したとあるが、二〇〇九年に「台湾民間真相與《と》和解促進会」とともに緑島の政治犯収容所に収監されていた老人たちを訪問したことも、本作品創作の上で大きな刺激になったようだ。その訪問当時最も若かったのが七十九歳で、彼の言葉はほとんど聞き取れない状況だったという。

またこの作品は、台湾社会が抱える諸問題を、過去の歴史と現在をオーバーラップさせつつ、戦後国民党とともに大陸から渡ってきた外省人と日本時代を経験している本省人との間に横たわる軋轢（省籍矛盾）、二・二八事件や白色テロといった政治的抑圧、省籍矛盾とはまったく無関係とはいえない都市の貧困（あるいは都市と農村の経済格差）、女性やセクシュアリティなど社会的弱者の問題をまさに闇の中から「抉りだす」というような筆致で描き出している。

ここで作品を読むうえでも鍵となる台湾の歴史について簡単に振り返っておきたい。

*

台湾は、オーストロネシア語族系と言われる原住民（先住民族）が各地に分散して居住していた時代を経て、十七世紀にはオランダ東インド会社が台南周辺を占領、その後、鄭成功がオランダ軍を駆逐して反清朝の拠点とするも、一六八四年には清朝の支配下に組み入れられる。そして一八九四年の日清戦争、翌年の下関条約によって、半世紀に及ぶ日本の植民地統治が始まる。この日本時代の教育施策が日本語話者（一方で戦後の中国語社会にはなかなか順応できない）の台湾人（エリート）を生み出すことになった。

日本の敗戦によって植民地時代は終わりを告げるが、その後の国民党（中華民国）の支配は、期待していた台湾人（本省人）を幻滅させるに足るものであった。日本が去ったあとの国家運営から本省人は排除され、性急な中国語の導入（脱日本化）、外省人の縁故採用などによる本省人の失業問題などによって本省人の不満は高まっていった。そのような緊迫した状況下の一九四七年、二・二八事件は起こったのである。二月二十七日、台北市内でヤミのタバコ売りで暮らしていた寡婦を公売局職員が殴打し、それに反発した民衆が職員と衝突して一人が職員の威嚇発砲によって死亡するという事件が起きた。翌日、行政長官のもとへ抗議にでかけた民衆が発砲され死傷者が出るに至り、反発した民衆の暴動は台北市のみならず台湾の各地へと広がっていた。

国共内戦に敗北した国民党は一九四九年、中央政府を台北に移転するが、それよりも前に台湾全土に戒厳令を施行した。これは政府による反共産党キャンペーンと連動しており、多くの無辜の人々が摘発あるいは処刑された「白色テロ」（白色恐怖）がその後五〇年代まで続いていく。二・二八、白色テロの時期を通じて、戒厳体制を統括する台湾警備総司令部を中心とした恐怖政治が台湾の人々を暗い時代へと導いていった。本作品のなかにも重要なランドマークとして出てくる、来来飯店（軍法処）、獅子林ビル（保安処）、馬場町（処刑場）、緑島（火焼島、政治犯収容所）はまさにこの時代に瀰漫した「恐怖」と繋がっている。

一方でアメリカの援助もあって経済成長には著しいものがあったが、一九七一年には国連脱退、中華人民共和国が国連代表権を獲得、翌年には日中国交樹立に伴う日台断交など、中華民国（台湾）政府の国際的な孤立や中国化政策の虚構が明るみになった。八〇年代になると政治的抑圧に対抗しようとする

「党外」（非国民党）人士による民主化運動も熱を帯び、ついに一九八七年には長期に亙る戒厳令が解除されるに至る。この後もなお民主化への道程には紆余曲折があったが、戒厳令解除は、それ以降を「解厳（戒厳令解除）後」と称するなど、台湾現代史のひとつの大きな画期となっている。二・二八事件の見直しが始まったのもこの年であり、原住民、女性、性的少数者といった社会の周縁にあった人々の権利を謳う社会運動が活発化するのもこの「解厳後」のことである。そして、一九九六年、直接選挙による李登輝の総統就任、二〇〇〇年、民進党の陳水扁総統就任と国民党下野、二〇〇八年の国民党政権復帰と今に至っている。

＊

以上雑駁に台湾現代史をなぞってみたが、本作品は、大学院生の李文心《リーウェンシン》を基軸に、その家族や友人をめぐるエピソードで構成されており、それはこの歴史と不可分な関係になっている。彼女の外祖父は白色テロ時代の政治犯で長らく獄中にいたし、日本語を話せる外祖母はもちろん日本時代を知っているし、父親のチャーリーは戦後の経済成長のなかでその果実を手にすることなく苦労しながら生きてきた。[*6] なにより、李文心の大学院の同級生である小海《シャオハイ》（陳海旭）の祖父は白色テロ時代の政府高官であり、李文心の外祖父の案件処理にも関わったことになっている。そして、「省籍矛盾」のもっとも先鋭的な象徴として物語の中心に現れるこの若い男女が、一九八六年に生まれているという設定は、たいへん重要であると考えられよう。

それは「解厳後」の現実しか知らずに育った若者が、自分という存在と繫がる生々しく残酷な「歴史」

を、いわば「発掘」する過程を通じて追体験していく、あるいは別の形でその痛みを引き受けるという物語になっているからだ。一九九六年の映画『超級大国民』(萬仁監督)は、白色テロ時代にある読書会に参加したことで政治犯として無期懲役となり、友人を裏切ることによって生き残った主人公が、晩年その友人の人生をたどる沈鬱な過程を描き出している。この映画は、未明の馬場町で友人が銃殺刑に処せられるという夢に主人公がうなされるところから始まり、主人公が本作品でも登場する獅子林ビルや来来飯店を訪れるシーンもある。本作品はこの映画とさまざまにシンクロしているが、やはり、物語を語る主体が映画の主人公(当事者)より二世代若いという点が大きく違っており、それが本作品の特徴ともなっている。この点によって、白色テロに象徴される時代は、単なる過去の歴史ではなく、現在進行形で人々や社会に影響を与え続けていると印象づけることに成功しているのではないだろうか。

「歴史の発掘」ということで言えば、たとえばカフカの『変身』や映画にもなったテネシー・ウィリアムズの『欲望という名の電車』などの名作を、小気味よく換骨奪胎しているとも言えそうな捜査・分析の件《くだり》も、台湾現代史とどのように対話していけばよいのかという問題と響き合っているといえるだろう。

主人公・李文心が、台北の街の現在の繁栄のなかに、来来飯店の虚飾にいろどられたランチや、西門町のいかつい女装の男や、整形を繰り返す怪しげな按摩師の楽蒂《ローディ》といった「いびつ」な存在や風景、あるいは現実という表層に現れたかさぶたを見出すのは、歴史の負債が未だ清算されないまま地下に葬られていることを敏感に感じ取っているからに違いない。そして彼女にはその「いびつさ」を拒絶するのではなく抱きしめようというまごころがあり、それに感応して涙を流してしまうという感受性もある。この作品について「『哀艶是童年』同様の冷たさがあり……その他に痛みも感じさせる」[*7]という評価もあるが、李文心のまなざしは、「いびつな」弱者を見捨てないあたたかなやさしさも湛えているのである。

李文心の感受性がとらえる世界(のいびつさ)は、多くの人には見ることのできないものだとしたら、本作品のタイトルでもある「太陽の血は黒い」という言葉を、太陽を見ることができないはずの盲人(秋香《チウシアン》の病院仲間)が語ったことは象徴的である。「いびつな」現実が世界のもうひとつの真実だとして、その真実は見える者にしか見えないのだということを示しているのである。

*

女性や性的少数者、原住民など様々な弱者が登場しているのもこの作品の特徴である。とりわけ性的少数者に関して言えば、李文心の周囲には、阿莫をはじめとして明らかに非異性愛のセクシュアリティとして描かれる人物が多い。第十三章「ガーリーボーイ」の、もはやゲイやレズビアンという概念でもとらえきれないセクシュアリティを持つ人物の描写は、読者に強い衝撃と深い痛みを残すに違いない。「小葉《シャオイエ》」として作中に登場する人物から彷彿とするのは、二〇〇〇年、高雄で起こった葉永鋕少年の事件である。[*8] 物静かでおとなしいために「男らしくない」と同級生からいじめを受け続けた挙句、トイレで不審死を遂げたという点など本作品のモデルとなったといってよい事件だ。ここで述べたいのは、エピソード間の相似ではない。二〇一〇年に初めて行われた高雄のセクシュアル・マイノリティのパレードに彼の母親陳君汝氏が登場し、高雄の社会が開明的になったことを讃えながらも涙ながらにこう訴えたことだ。「でもあなたたちは来るのが遅すぎた、十数年も遅れてしまった。もっと早く来るべきだった、なぜならあなたたちはなにも間違ってはいないから」。十数年、それはもちろんまだ葉少年が生きていた時のことを意識している。「取り戻せない時間」の悲しみは、本作品のテーマとも響き合っている。

小さい子供たちの誘拐や性的被害のエピソードも出てくるが、これも社会的弱者への作家のまなざしとして興味深いものがある。だがむしろこの作品では、被害者と加害者の関係は容易に転倒する可能性があること、あるいは加害者も実は弱者であることを示唆していることに意味があると思われる。たとえば、小光《シャオクアン》と「わたし」の関係もそうだし、逃走兵と阿雪《アシュエ》の関係もそうだろう。小光も逃走兵も性的加害者の役回りを演じながら、同時に弱者であり被害者でもあるのだ。とりわけ、歴史的な加害／被害の関係にあった小海と「わたし」は、その苛酷な秘密を知った上で、どのように互いに向き合うべきかという葛藤を抱えつつ、若々しい肉体をたどたどしくぶつけあい、そして友人同士として忌憚なく語り合う。ふたりは明らかに加害／被害という固定した関係性から脱却しようともがいているようにみえる。それが結局失敗に終わってしまったとしても、しかし未来への可能性は閉じられてはいない。このように関係性が転倒する可能性、あるいは関係性を超克しようとする態度は、「解厳後」の台湾社会のあり方を象徴しているような気がしてならない。

＊

ここで第十八章の最後の一行にも注目したい。

祝福されるとわたしは信じる。そうすれば小説を書き始められるのだ。

物語の「終わり」に、物語の「始まり」つまり座標軸のゼロ地点にたどり着くという逆説的な仕掛けは、この小説が、もうひとつの物語を準備するための物語だとも言えるのだろう。それは果たさなくてはならない歴史の清算であり、新たな歴史を紡いでいく希望でもある。座標軸のゼロ地点は、プラスでもマイナスでもない、まさになにもない状態のわけだが、ゼロにはゼロなりの意味があると思われる。これは主要な人物である「わたし」と小海が大学院生であるという設定とも関わっているだろう。このふたりが、社会にでる（出発点ゼロに立つ）前のいまだ何ものでもない、言い換えればどのような可能性をも持つモラトリアムにある人間として、ぎこちない人生の試行錯誤をしている状態であるという設定が確かに必要だったのだ。そしてこれはきわめて必然的な偶然だが、このふたりの人生がほぼ「解厳後」と重なるということにも得心がいくのである。

歴史家の周婉窈は次のように語っている。

一九八七年に戒厳令が解かれて以来、台湾の政治や社会には大きな変化が訪れた。その変化にはよい面もあれば悪い面もあるが、余りに目まぐるしい変化なので、いまだに未来の方向は見えていない。人びとはこのような時期を過渡期と呼ぶが、いったいどんな社会への過渡期なのだろうか？　秩序と安全が整い人びとが安穏に暮らすことのできる社会なのか、それとも今まで以上に混乱した、利益に追われる社会なのだろうか？　この問題に答えられる人など誰もいないだろう。[*9]

歴史の負債を背負うことでもたらされた現実の「いびつさ」を抱えつつも、この創作（語るべき物語を語ること）を経て祝福を受け、新しい歴史を紡ぐためのスタート地点に立っていることを、「わたし」によって語られる最後の一文は表現しているのだと思う。

＊

さて、本作品はいずれにせよ彼女にとってはまだ二冊目の小説であり、鋭敏な感性でさらなる創作に挑んでいくことに期待したいと思う。

今回の翻訳作業では、李文心の人称を「わたし」として他の人物と区別し、いわゆる翻訳作品にありがちな「典型的な女性言葉」を極力避けてみた。彼女の行動や言葉の端々に、ジェンダーに対する自由な感性を読み取ったからである。また、ルビを多用することで、原語のもつ重層的なイメージを視覚的に表現してみようと努めてみた。ルビは適宜中国語（国語）や台湾語（標準中国語からは遠い福建省南部方言を起源とする言葉）などの音を使い分けながら振っただけではなく、時には日本語の意味を充てるなど様々に工夫を凝らしたつもりだ。しかし一方では、頻出する台湾語や台湾国語（標準中国語の台湾なまり）をどう訳し分けるかという点は、翻訳を終えた今でも悩ましい問題として纏わり続けている。読者諸賢のご批正を乞う次第である。

二〇一〇年の台湾へのサバティカルで台湾文学に親しむようになった筆者に、今回の翻訳を勧めてくださったのは愛知大学の黄英哲先生である。胡淑雯と彼女の作品に出会わせてくださったことに心より御礼を申し上げたい。また、本作品の一部ともなっている「来来飯店」の翻訳では、文藻外語大学（台湾高雄）の謝恵貞氏に、また本作品の翻訳では、同志社大学の唐顥芸氏、友人の葉仁焜氏に、台湾語や新しい語彙のニュアンスなどについて多くのご教示をいただいた。そして、編集をご担当いただいたあるむの吉田玲子氏は、遅々として進まない筆者の翻訳作業に倦むことなく、完成まで丁寧に導いてくださった。末筆ながら、あらためてお礼を申し上げたい。

なお、本書の出版は、国立台湾文学館の台湾文学翻訳出版助成を得た。ここに記して感謝申し上げる。

注

＊1　「駱以軍、胡淑雯對談〈各式各樣孤獨所形成的暗影〉」『印刻文學生活誌』第七巻第十二期、二〇一一年八月。
＊2　この評は『哀艶是童年』の背表紙に掲載されている。
＊3　注1に同じ。
＊4　言論誌『美麗島』が主催したデモが弾圧され、主催者が投獄された事件。弾圧された関係者は、後の民進党内で大きな影響力をもった。前総統の陳水扁はこの時の弁護団の一員であった。
＊5　白先勇『台北人』の原書は単行本としては一九八三年に初版が出ているが、作品そのものは一九六五年から一九七一年にかけて書かれている。邦訳に山口守訳『台北人』（国書刊行会、二〇〇八年）がある。
＊6　たとえば紀大偉の書評「資本主義、一個愛的故事―讀胡淑雯《太陽的血是黑的》」（『印刻文學生活誌』第七巻第十二期、二〇一一年八月）は経済成長（資本主義）の視点から書かれたものである。
＊7　季季「從廢墟中離出的《台北人》變體―評介胡淑雯《太陽的血是黑的》」『文訊』三一六期、二〇一二年二月。

*8　この事件に関しては、台灣性別平等教育協会編『擁抱玫瑰少年』（女書文化、二〇〇六年）等を参照。

*9　周婉窈『臺灣歷史圖說　增訂本』聯経出版（台北）、二〇〇九年、四頁。日本語は、同書日本語版である濱島敦俊監訳『増補版　図説　台湾の歴史』（平凡社、二〇一三年）、一一頁に拠った。

参考文献

若林正丈『台湾の政治─中華民国台湾化の戦後史』東京大学出版会、二〇〇八年

何義麟『台湾現代史─二・二八事件をめぐる歴史の再記憶』平凡社、二〇一四年

胡淑雯（フー シューウェン）Hu Shu-wen
1970年台湾台北生まれ。台湾大学外文系卒業。新聞記者、編集者、女性運動団体に専従した時期を経て、現在は作家活動に専念している。台北文学賞、時報文学賞などを受賞。作品には短篇小説集『哀艶是童年』（印刻出版、2006）、長篇小説『太陽的血是黒的』（印刻出版、2011）などがある。

訳者
三須祐介（みす ゆうすけ）
1970年生まれ。立命館大学文学部教員。専門は近現代中国演劇・文学。翻訳に棉棉『上海キャンディ』（徳間書店、2002）、論文に「明滅し揺らめく欲望—林懐民「赤シャツの少年」を読む」（『野草』90、2012）、「曲から劇へ—「上海滬劇社」という経験」（『帝国主義と文学』研文出版、2010）などがある。

太陽の血は黒い

台湾文学セレクション 2

2015年4月30日　第1刷発行

著者——胡淑雯
訳者——三須祐介
発行——株式会社 あるむ
〒460-0012 名古屋市中区千代田3-1-12
Tel. 052-332-0861　Fax. 052-332-0862
http://www.arm-p.co.jp　E-mail: arm@a.email.ne.jp
印刷——松西印刷・精版印刷
製本——渋谷文泉閣

　Printed in Japan　ISBN978-4-86333-099-3

台湾文化表象の現在《いま》
響きあう日本と台湾

前野みち子 星野幸代 垂水千恵 黄英哲［編］

幾層にも重なる共同体としての記憶と、個人のアイデンティティに対する問い。時空を往還するゆるぎないまなざしが、歴史と現在とを交錯させる視座から読み解く。クィアな交感が生んだ台湾文学・映画論。

津島佑子／陳玉慧／朱天心／劉亮雅／小谷真理／紀大偉／白水紀子
垂水千恵／張小虹／張小青／梅家玲

A5判 296頁 定価（本体3000円＋税）

台湾映画表象の現在《いま》
可視と不可視のあいだ

星野幸代 洪郁如 薛化元 黄英哲［編］

台湾ニューシネマから電影新世代まで、微光と陽光の修辞学をその表象や映像効果から読む。台湾ドキュメンタリーの現場から、転位する記憶と記録を探る。映像の不確実性を読み込む台湾映画論。

黄建業／張小虹／陳儒修／鄧筠／多田 治／邱貴芬／呉乙峰／楊力州
朱詩倩／簡偉斯／郭珍弟／星名宏修

A5判 266頁 定価（本体3000円＋税）

侯孝賢《ホウ・シャオシェン》の詩学と時間のプリズム

前野みち子 星野幸代 西村正男 薛化元［編］

監督侯孝賢と脚本家朱天文との交感から生まれる、偶然性に身を委ねつつも精緻に計算し尽くされた映像世界。その叙事のスタイルを台湾、香港、アメリカ、カナダ、日本の論者が読み解く。

葉月瑜／ダレル・ウィリアム・デイヴィス／藤井省三／ジェームズ・アデン
陳儒修／張小虹／ミツヨ・ワダ・マルシアーノ／盧非易
侯孝賢／朱天文／池側隆之

A5判 266頁 定価（本体2500円＋税）